한국 한문학에 끼친 소동파의 영향

조규백 지음

이 저서는 2011년 정부(교육과학기술부)의 재원으로 한국연구재단의
지원을 받아 연구되었음(NRF-2011-812-A00166)

明文堂

저자 서문

소동파와의 인연은 1977년 대입 재수 시절로 올라간다. 정일학원에서 한문을 담당하신 백발이 성성한 홍선생님께서는 강의 도중에 도연명의 〈歸去來辭〉와 소동파의 〈赤壁賦〉를 낭랑하게 외우시곤 했다. 그 멋들어진 모습이 지금도 잊혀지지 않는다. 당시 국어담당의 담임선생님께서도 자주 "너희 시대에는 중국어를 해야 한다"고 중국어의 중요성을 알려주셨다.

대학원 시절 당송팔대가에 관심이 있어 그 가운데 소동파를 전공으로 택했다. 필자가 소동파를 연구한 지도 30년이 넘었다. '한국 한문학에 관련된 소동파'에 관심을 가진지도 십 년이 넘었다. 동파를 좋아하였지만, 얼마 동안 싫어한 적도 있었다. 철저한 부정이 없이 긍정에 도달하기는 어려운 모양이다. 그의 장단점을 알고 나니 다시 그에 대해 애착을 가지게 되었다. 그간 국내는 물론 중국, 대만을 오가며 소동파에 관한 많은 자료를 모았다. 2차 자료도 중시하지 않은 것은 아니지만, 1차 자료인 원전 해득에 각별히 마음을 두었다. 원전 해득을 통해야만이 창조력이 나올 수 있다는 것을 믿는다.

소동파에 대한 연구는 소동파 이전과 이후의 중국의 학술과 문학을 꿰뚫어야 한다. 이번 저술에 있어서는 한국 한문학사까지 그 핵심을 꿰뚫어야 가능하다.

고려, 조선조의 한문학에 있어 시에 있어서는 杜甫, 文에 있어서는 韓愈가 각광을 받았지만, 詩와 文을 통틀어서는 동파의 영향이 가장 컸다고 할 수 있다. 고려 중후기 문인들의 소동파 열풍, 조선 중기의 소동파 비평이 있었고, 조선 후기에는 이전 시대와는 달리 동파의 초상화 소장과 '拜坡會' 등의 문화적 측면에서의 열풍이 있었다. 긍정적으로든 부정적으로든 동파는 우리 문인의 관심과 언급의 대상이었다. 그만큼 그는 매력 있는 문인이다. 우리 문인은 소동파의 인물과 문학에서 필요한 자양분을 캐내고자 하였고, 또 자기식으로 수용한 노력이 돋보인다.

이 저서의 준비과정을 통해 고려, 조선조 문인의 한문학 수준은 중국에 못지않다는 것을 알게 되었다. 우리 문인의 동파에 관한 評語의 수준도 상당히 높다.

우리 문인의 소동파 평론은 한문학을 위한 한문학이 아니라 우리 것과 자아를 찾으려는 마음에서 시도한 것이다. 우리 문인은 그만큼 소동파에게 새로운 의미를 부여하고 재창조하려고 의도했다.

학문에는 국경이 없지만, 학자에게는 국경이 있다. 사실 동파의 고려에 대한 편견은 대문호에 걸맞지 않게 조선 후기 金允植에 의해 '소인배'라 평가될 정도로 지나쳤다. 그의 안티 고려관은 북송이래 청대까지 아니 현대까지도 어느 정도 영향을 미치었다. 안타까운 일이다. 이 점은 향후 타산지석으로 삼을 만하다.

중국 고전을 연구하기 위해서는 사서오경, 고문진보, 고문관지, 통감절요, 당시삼백수 등 고전원전의 기초가 필요하다. 여러 해 동안 한학의 스승을 찾아 중국 고전의 기본서를 읽었다. 민족문화추진회(현 한국고전번역원) 국역연수원에서 중국과 한국의 고전 원전을 배웠고, 말석으로 졸업하였다. 이후 故 硏靑 吳虎泳 선생님을 틈나는 대로 찾아뵈며 중국 고전을 익혔다. 평생 중국 고전을 공부하는 자세를 견지하며 읽고 있다. 이제 즐겁게 하나의 과제를 마친다. 이와 연관된 새로운 과제를 위해 또 힘차게 매진하리라.

처음 이 방면의 논문을 쓸 때는 한국 고전의 원전을 찾는데 많은 시간이 걸렸다. 후에 한국고전번역원의 DB를 알게 되어, 큰 도움이 되었다. 부록 3 「許筠의 『閑情錄』에 수록된 소동파 관련 자료」는 허균의 『閑情錄』에서 필자가 소동파 관련 자료만 뽑은 것이다. 이를 轉載하도록 허락해 주신 한국고전번역원, 그리고 인문 저술 연구비를 지원해준 한국연구재단에 감사드린다.

고 허세욱 선생님께서는 대학시절 중국고전의 멋을 몸소 보여주셨으며, 어느 날엔가 "동파의 출렁거리는 가슴을 배우라"는 편지를 보내 주셨다. 김철수 선생님, 김익수 선생님, 최봉원 선생님께서는 평소 필자의 연구에 관심을 기울여 주셨다. 정범진 선생님은 학문방법론을 가르쳐 주셨으며, 류성준 선생님께서는 필자에게 한국 한문학에 대한 관심을 배가시키게 하셨다. 중국의 王水照 선생님과 曾棗莊 선생님, 楊逢彬 선생님께서는 학문의 모범을 실천적으로 보여주셨다. 본서의 일부 원고를 읽고 고견을 준 '一日之長'의 벗 김창환 학형 그리고 영문 요약문 작성에 도움을 준 김석수 선생님과 김임열 선생님께도 감사드린다.

부족한 점에 대해서는 諸賢의 叱正을 부탁드린다. 끝으로 전통 있는 출판사를 소개해 주신 오수형 선생님께도 감사드린다.

이 책의 출판을 흔쾌히 승낙해준 명문당 김동구 사장님과 배인준 전무님, 편집을 맡아주신 이명숙님, 그리고 애써주신 출판사 여러분들께 감사드린다.

방배동 尙友齋에서

조규백 삼가 쓰다

2015년 5월 25일 석탄절

차례

한국 한문학에 끼친 소동파의 영향

제1장

서론

〖제1절〗 연구목적

蘇東坡(1036~1101, 본명 蘇軾)는 중국 北宋의 대문호로, 정치가, 예술가이기도 하다. 그의 詩 · 詞 · 文에는 모두 호방한 기세, 풍부한 내용, 독특한 예술 풍격, 강렬한 개성, 그리고 흥미 요소 등을 두루 갖추고 있다. 그는 詩로는 黃庭堅과 함께 '蘇黃'으로 불려지면서 宋詩의 새 地平을 열었다고 평가되고 있고, 산문으로는 歐陽修와 함께 '歐蘇'라고 일컬어졌고 唐宋八大家의 한 사람이며, 詞로는 辛棄疾과 함께 '蘇辛'으로 일컬어지면서 豪放詞派의 창시자로서 간주되었으니 千古의 문인이라 할 수 있다. 그리고 書藝의 경우 黃庭堅, 米市, 蔡襄과 함께 北宋四大家로 일컬어지며, 繪畵에서도 文同

을 대표로 하는 文湖州竹派의 주요인물이다.[1]

그는 高麗 · 朝鮮時代의 漢文學에 가장 큰 영향을 준 중국 문인 중의 한 사람이다. '조선 초기에는 소동파의 시문이 많이 읽혔으나 주자학이 성해지면서, 불교, 노장 관련의 글이 많은 소동파의 시문은 점차 시는 杜甫에게, 文은 韓愈에게 그 主潮를 넘겨주게 되었다.'[2]

특히 『東人詩話』 卷上에서, 徐居正은 "고려 문인은 오로지 동파를 숭상하여 과거 급제자의 방이 나붙을 때마다 사람들이 말하길, '33인의 동파가 나왔구나' 라고 하였다.(高麗文士專尙東坡, 每及第榜出, 則人曰: '三十三東坡出矣!)" 이를 통해 고려시대 문인이 蘇東坡를 학문과 문장의 최고 모범으로 삼았음은 반증하고 있다. 이는 "고려시대 문인들이 과거 급제 전에는 과거시험 준비 때문에 풍월을 일삼을 겨를이 없다가, 과거 합격 후에야 부담 없이 시 짓기를 배우는데 그 가운데 소동파의 시를 더욱 좋아하게 된다.(且世之學者, 初習場屋科擧之文, 不暇事風月. 及得科第, 然後方學爲詩, 則又嗜讀東坡詩.)"[3]라는 말과 관련되어, 당시 소동파 문학의 유행도를 상징한 것이기도 하다. 또한 고려 高宗 23년 몽고 침입의 와중에서 全州

1 王水照, 『蘇軾』, 萬卷樓圖書, 臺北, 1993. 1~2쪽.

2 허권수, 「소동파 시문의 한국적 수용」, 중국어문학 14집, 영남중국어문학회, 1988, 68쪽.

3 李奎報, 『東國李相國集』, 卷 26, 『答全履之論文書』, 『影印標點 韓國文集叢刊』 1, 557쪽.

에서 『東坡文集』을 重刻했던 사실에서도 당시의 소동파 열기를 짐작하게 해준다.

조선시대에 이르러서도 많은 문인이 소동파의 「赤壁賦」를 애호하여 각지에서 '赤壁船遊'의 기풍을 재현한 점이나, 조선 후기 일단의 시인들이 '拜坡會(소동파를 숭배하는 모임)'를 성립시켜 소동파의 생일을 기념하는 詩會를 개최하고 있다는 사실은 당시 문인의 소동파 애호 풍조를 실증하고 있다.

소동파 문학은 조선시대에 있어서도 문학사조의 변모와 학문관점의 차이에 의해 다소 차이를 보이긴 하지만, 전반적으로는 지속적으로 유행을 보이고 있다. 이는 소동파 문학 자체의 가치와 매력으로 인해 국경을 초월하여 우리 문학의 자양분으로 삼을 수 있는 문화풍토가 갖추어져 있기 때문이라 하겠다.

소동파가 생존했던 北宋朝와 고려 · 조선조 문인의 소동파 수용은 시기적으로 격차가 있지만, 同質의 정치문화체제가 중심이어서 차이성보다는 동질성이 강하다. 고려 · 조선시대 문인이 동파를 흠모하고 수용하였지만 그 개성과 환경의 차이로 인해 문학상의 결과는 다르게 나타날 수밖에 없었다.

고려시대 문인, 특히 金富軾, 李仁老, 李奎報, 李穡, 李齊賢 등의 문인, 그리고 조선시대의 문인, 특히 徐居正, 金宗直, 金時習, 李滉, 鄭澈, 尹善道, 申欽, 許筠, 申緯, 金正喜, 丁若鏞, 金澤榮, 黃玹 등과 같은 문인들의 소동파 시문의 수용 양상 및 그 의의를 탐구하고, 두

朝代의 수용상 차이를 고찰하는 것은 가치 있는 일이다. 한국한문학의 소동파 수용과 관련하여, 기존 연구에서 아직 언급되지 않았던 문인을 대량 발굴하고, 또 보다 풍부한 자료의 인용으로 발신자로서의 '소동파 및 그 시문' 과 수신자로서의 '고려 · 조선시대 한문학' 에 대해 비교 연구할 필요가 있다.

이에 선결적으로 한중문화교류의 관점 하에 소동파 시문집의 국내 유입과정을 고찰할 필요가 있겠다. 고려 · 조선시대 문인들에게 있어 동파는 인생과 문학의 본보기를 제공하였고, 문학적 영감과 창작기교, 예술적 성과와 경험을 제시하여 주고 있다. 그들은 중국문학 수용에 있어 자신과 자국문화의 발전을 목표로 출발한다는 정확한 태도와 목적을 가지고 있었기 때문에 모의적이고 학습적인 데에만 국한하지 않고 보다 능동적이고 적극적이었다. 그런데 우리 문인이 작품의 절대적인 경지를 중국의 소동파로 설정해 놓고 창작을 하였다고 할지라고, 실제로 창작된 경지는 또 다른 하나의 새로운 세계를 구축하기 마련이다. 이에 비교 분석방법으로 그 정신세계의 저변까지 검토하여 실상에 접근하고자 한다.

이들은 '소동파 및 그 문학의 수용' 을 통해 한시를 숙련하고 정신세계를 확장하였으며, 문학과 인생의 자양분을 획득한 동시에 동파를 이상적 경지로 부각시켰다. 이에는 우리 선인들의 새로운 자기 세계를 창출하려는 노력이 있고 동시에 우리의 정감이 투영되어 있다.

소동파의 시문이 고려 · 조선조에 미친 영향을 통해 양국 간 문학 교류의 실상과 역사를 정리하고 그 의미를 추출해내고자 한다. 그리하여 비교문학적 견지에서 8개의 대주제를 설정해 논술하고자 한다. '赤壁船遊와 拜坡會의 사례는 어떠한가', '여러 문인이 각기 소동파를 수용하여 어떠한 點化(모방은 하되 창조적 변질을 가져오는 것)나 변용이 있었는가', 그리고 '그것이 우리 문학에 어떤 발전이나 변화를 줄 수 있었는가', 또 '구체적 수용 양상 및 그 의의는 무엇인가', '고려조의 문인과 조선조의 문인은 소동파 수용상 어떤 차이가 있는가' 등을 각기 분석하고자 한다.

필자는 30여 년간 소동파 문학에 대한 연구를 진행하면서, 항상 소동파가 한국 한문학에 끼친 영향의 중요성을 인식하여 왔다. 그리하여 '소동파와 한국 한문학'에 대한 본격적인 연구의 미흡함을 발견하고, 이에 총체적인 접근을 시도하게 되었다.

소동파와 고려 · 조선시대 한국 한문학에 관련하여 선행된 국내외 연구성과를 바탕으로 그 연장선에서 필자의 창의성을 발휘하고자 한다.

〖제2절〗 기존 연구에 대한 검토[4]

'한국 한문학에서의 소동파 문학 수용' 관련 연구는 1980년 이후 적지 않은 논저가 발표되었다. 이러한 가운데, 그 성격상 국내외 연구동향은 7가지로 압축될 수 있다.

① 한국 한문학에서의 소동파 수용에 대해 전체적으로 조감한 연구

- 趙承觀, 「한국문학상의 소동파」, 국어국문학논문집 제5집, 동국대 국어국문학부, 1964.
- 尹浩鎭, 「韓國 漢文學의 東坡受容樣相」, 嶺南中國語文學會, 『中國語文學』, 제12집, 1986. 11.
- 許捲洙, 「蘇東坡詩文의 韓國的 受容」, 嶺南中國語文學會, 『中國語文學』, 제14집, 1988. 7.
- 柳基榮, 「蘇軾對韓國古代文學的影響及其高麗觀之研究」, 復旦大學 中文系 博士論文, 1996. 11.
- 洪瑀欽, 「"擬把漢江當赤壁"－韓國蘇軾研究述略」, 曾棗莊 等著, 『蘇軾研究史』, 江蘇教育出版社, 南京, 2001.3.
- 최재혁, 『소식문예이론』, 소명출판, 2015.

4 기존 연구 검토에 대한 보다 확장된 내용은 본서의 원고를 출판사에 넘긴 후 작성, 발표한 「조규백, '고려, 조선조에서의 소동파 수용' 에 관한 연구개황-1964~2015년 기간을 중심으로」 (중국학보 73, 한국중국학회, 2015. 8)를 참조할 것.

이들은 '소동파와 한국 한문학' 에 대한 선도적 논저로서, 이에는 넓은 견지에서 조망하여 이 분야 연구의 기반작업이 되는 특징이 있다. 趙承觀, 「한국문학상의 소동파」는 한국문학상의 동파에 대한 첫 번째 논문으로서의 가치가 있는데, 원전 인용문의 번역이 없어 아쉽다. 尹浩鎭, 「韓國 漢文學의 東坡受容樣相」은 한국 한문학에서의 소동파의 수용 양상을 주석적 수용, 창조적 수용, 비판적 수용으로 나누어 파악하고 있다.

許捲洙, 「蘇東坡詩文의 韓國的 受容」은 고려, 조선조에서 소동파 시문의 영향과 소동파 시문에 대한 평을 중심으로 착실하게 논지를 전개하고 있다. 윤호진과 허권수의 이러한 경향의 논문은 참신하고 가치가 있다.

柳基榮, 「蘇軾對韓國古代文學的影響及其高麗觀之硏究」는 한국 고대문학에 있어서 소식 문학 출현의 의의, 배경과 구체적 정황, 소식의 고려에 대한 인식과 태도 및 그 역사와 정치적 요인을 탐색하고 있다. 이는 소동파와 한국 한문학의 관계에 있어 이 분야 연구의 충실한 기초가 되고 있다.

洪瑀欽, 「"擬把漢江當赤壁"-韓國蘇軾硏究述略」은 한국에서의 소동파 연구의 略史를 고찰한 동태적 연구이다. 고려, 조선의 시기별로 소동파 문학의 영향, 그리고 근대 한국에서의 소동파 문학의 학습과 연구에 대해 정리하고 있다.

최재혁, 『소식문예이론』의 제7장 「고려, 조선에 미친 영향」에서는 고려시기, 조선 전기, 조선 중기, 조선 후기 등 네 부분으로 나누어, 소식문예이론이 고려와 조선조에 어떠한 평가를 받고 어떠한 영향을 미쳤는지에 대해 고찰하고 있다.

② 고려조 문인의 소동파 수용

- 李昌龍, 「소동파의 投影-高麗漢詩를 중심으로 그 財源 연구」, 인문과학논총 제8집, 건국대 인문과학연구소, 1975.
- 王水照, 「蘇軾文集初傳高麗考」, 『半肖居筆記』, 東方出版中心, 1998. 4.
- 박영환, 「蘇軾과 李奎報 禪詩의 특징 비교 연구」, 인문과학연구 제5집, 가톨릭대학교 인문과학연구소, 2000.
- 김경동, 「蘇軾詩에 대한 李奎報의 追和詩」, 중국어문학지 19집, 중국어문학회, 2005.
- 曹圭百, 「고려시대 문인의 소동파 시문 수용 및 그 의의(1)」, 퇴계학과 한국문화, 제39집, 2006. 8.
- 정선모, 「고려시대 소동파시문집의 수용 양상에 대하여」, 한문학보 제15집, 우리한문학회, 2006.
- 曹圭百, 「고려시대 문인의 소동파 시문 수용 및 그 의의(2)」, 퇴계학과 한국문화, 제40집, 2007. 2.
- 정선모, 「蘇軾文學初期受容樣相考」, 동방한문학 36집, 동방한문학회, 2008.

- 김성기, 「고려 문인의 소동파 수용 양상」, 개신어문연구, 31집, 개신어문학회, 2010.
- 어강석, 「牧隱 李穡의 소동파 시 수용 양상」, 어문연구 제40집, 한국어문교육연구회, 2012.
- 최재혁, 「고려 문인들의 소식문예이론 수용 고찰」, 중국어문학논집89, 중국어문학연구회, 2012. 12.

李昌龍, 「소동파의 投影－高麗漢詩를 중심으로 그 材源 연구」는 고려시대 소동파 시문 수용에 대해 素材와 用語에 있어서의 材源 연구를 중심으로 논지를 전개하였는데, 초창기 논문이라서인지 원전 인용문에 대한 번역이 없어 아쉽다.

王水照, 「蘇軾文集初傳高麗考」에서는 고려에서 최초로 사신 崔思訓 일행이 구입해 간 소동파 문집은 『錢塘集』으로 추량되며, 그 시기는 1077년(宋 神宗 熙寧 10년, 고려 문종 31년, 소동파 42세)라고 하였다. 그리고 현재 고찰할 수 있는 고려 간행 최초의 소동파 문집은 "尙州摹本"과 "全州新雕本"이다. "全州新雕本"은 몽고가 고려를 침략하는 중에 간행된 것으로 소식문집 출판에 대한 고려의 열정을 알 수 있다고 했다.

박영환, 「蘇軾과 李奎報 禪詩의 특징 비교 연구」는 소식 선시의 내용상의 특징을 인생역정을 통한 禪理의 표현, 생활 속의 悟性의 발로, 人生如夢을 노래함, 그리고 정신적인 해탈의 추구 등으로 논하였고, 이규보 선시의 내용상의 특징을 산수자연을 통한 선취의 표현, 방편적인 불교관의 구현, 萬法皆空을 노래함, 그리고 언어도단의 경지를 추구 등으로 논하고 있다.

김경동, 「蘇軾詩에 대한 李奎報의 追和詩」는 소식 시에 대한 이규보의 추화시를 연구테마로 삼아 이규보 和蘇詩의 창작백경과 그 의미에 대해 고찰하고 있다.

曹圭百, 「고려시대 문인의 소동파 시문 수용 및 그 의의(1)」는 먼저 고려조 문인의 소동파 수용과정과 蘇東坡觀을 검토하여 그 구체적 내용과 이유를 살펴보고, 이어서 소동파에 대한 고려 문인들의 숭배의 요인을 파악하고 있다.

정선모, 「고려시대 소동파 시문집의 수용양상에 대하여」는 소동파의 존재가 언제, 어떠한 경로로 고려 문단에 알려지고, 그의 시문집은 언제, 어떠한 과정을 통해 전해졌는지 고찰하고 있다.

曹圭百, 「고려시대 문인의 소동파 시문 수용 및 그 의의(2)」는 먼저 고려 문인이 소동파 시문을 模擬하고 소동파와 같고자 추구하는 동일화 양상을 검토하고, 이어서 소동파 시문에 대한 고려문인의 창조적 수용에 초점을 맞추어 논의를 전개하고 있다.

정선모, 「蘇軾文學初期受容樣相考」는 소식 시문집의 전래과정을 구체적으로 검증하고, 고려 문단에서 소식의 시문집이 유행하게 된 요인을 규명하고 있다.

김성기, 「고려 문인의 소동파 수용 양상」은 고려 문인의 소동파 수용의 요인과 소동파 수용상의 문제에 대한 비판을 고찰하고 있다.

어강석, 「牧隱 李穡의 소동파 시 수용 양상」은 이색의 소동파 시 수용을 '인용을 통한 詩意의 강조', '取捨를 통한 간결성과 함축성의 조성', 그리고 '변용을 통한 詩味의 확장' 등으로 나누어 고찰하고 있다.

최재혁, 「고려 문인들의 소식문예이론 수용 고찰」에서는 소식문예이론 수용을 소식 시문의 학습 풍조, 시화일치, 자연창작 등으로 나누어 고찰하고 있다.

③ 조선조 시문에서의 전반적인 소동파 수용 양상

- 李昌龍, 「朝鮮朝 詩話에 投影된 蘇東坡」, 『轉移와 受容』, 東方文學比較硏究會 編, 學文社, 1986.
- 曹圭百, 「朝鮮時代文人對蘇東坡詩文的"受容"及其蘇東坡觀」, 『퇴계학과 한국문화』 38, 경북대 퇴계연구소, 2006.
- 김성기, 「조선조 시인의 소동파 문학에 대한 인식」, 개신어문연구 제35집, 개신어문학회, 2012.
- 조규백, 「조선조 문인의 蘇東坡 인물 및 산문에 대한 평가」, 대동문화연구 제80집, 성균관대 동아시아학술원 대동문화연구원, 2012. 12.

李昌龍, 「朝鮮朝 詩話에 投影된 蘇東坡」는 조선조 詩話에 투영된

소동파를 논한 것으로 다수의 원전 자료를 활용하고 있으나, 원전의 인용문에 번역문이 없는 점이 아쉽다.

曹圭百, 「朝鮮時代文人對蘇東坡詩文的"受容"及其蘇東坡觀」은 조선조 문인의 소동파 시문 수용과 그 원인 및 문인의 蘇東坡觀을 논술하고 있다. 김성기, 「조선조 시인의 소동파 문학에 대한 인식」은 문학사적 관점에서 시기별로 조선조 시인의 소동파 문학에 대한 인식을 구체적 예를 들어가며 착실하게 논지를 펼치고 있다.

조규백, 「조선조 문인의 蘇東坡 인물 및 산문에 대한 평가」는 조선시대 문인의 소동파 인물 및 산문에 대한 평가를 파악하고 있다. 그리하여 소동파의 장점을 위주로 평가하였던 고려시대와 달리, 조선시대 문인의 평가는 장점과 단점을 한 몸에 지닌 인물로서의 소동파에 대한 것이 그 핵심이라고 하였다.

④ 조선조 시기별 소동파 시문에 대한 수용

- 孫八洲, 「申緯와 蘇軾」, 『韓中漢詩研究』, 빛남, 1992. 10. 再版(1986. 10, 初版).
- 黃渭周, 「朱子의 蘇東坡 排擊과 朝鮮初期 漢文學」, 대동한문학, 제5집, 대동한문학회, 1993.
- 曹圭百, 「秋史 金正喜의 濟州島 流配 漢詩文에 담긴 문학세계 탐색-중국 문인 蘇東坡와 관련하여」, 중국연구, 32권, 한국외국어대 외국학종합연구센터 중국연구소, 2003. 12.

- 金相洪, 「茶山의 蘇東坡論」, 남명학연구, 제18집, 경상대 남명학연구소, 2004.
- 금지아, 「朝鮮 申緯의 『奏請行卷』 연구-燕行과 翁方綱과의 文墨緣을 중심으로」, 열상고전연구 21집, 열상고전연구회, 2005.
- 송혁기, 「17~18세기 조선 문인의 蘇軾 산문 비평」, 한자한문연구 2집, 고려대학교 한자한문연구소, 2006.12.
- 김상홍, 「茶山의 '和蘇長公東坡八首' 攷」, 동아시아고대학 19집, 2009. 6.
- Jiwon Shin, 「당호를 통해서 본 19세기 초 소동파 관련 서화 소장문화와 대청 문화교류」, 한국문화, 제45집, 서울대학교 규장각한국학연구원, 2009.
- 남영진, 「19세기 시학상의 由陸入杜와 由蘇入杜論」, 한국한문학연구 제43집, 한국한문학회, 2009. 6.
- 남영진, 「錦舲 朴永輔와 소동파」, 한국한문학연구 45권, 한국한문학회, 2010.
- 이승재, 「威堂 申櫶 한시 연구」, 성균관대 한문학과 석사논문, 2010. 8.
- 이현일, 「조선 후기 京華世族의 동파 수용 양상」, 중국문학 62집, 한국중국어문학회, 2010.
- 강경희, 「조선 후기 崇蘇熱과 東坡笠屐圖」, 중국어문학논집 65집, 중국어문학연구회, 2010.

- 조규백, 「申緯의 소동파 수용 및 그 의의」, 장서각 제28집, 한국학중앙연구원, 2012. 10.
- 정민, 「19세기 동아시아의 慕蘇 열풍」, 한국한문학연구 49, 한국한문학회, 2012.
- 오수형, 「正祖의 蘇軾 산문 수용 양상 연구」, 중국문학 제21집, 한국중국어문학회, 2013.

이 분야의 연구가 7가지 부류 가운데 수량 면에서 가장 많다.

孫八洲, 「申緯와 蘇軾」은 신위의 소동파 수용을 논한 것으로, 신위의 '소동파 배우기'와 소동파 註釋書, 소동파 차운시, 적벽부의 영향, 소동파 생일시, 그리고 詩句의 영향 등을 논하고 있다.

黃渭周, 「朱子의 蘇東坡 排擊과 朝鮮初期 漢文學」은 朱子의 소동파 배격론을 조선 초기 한문학과 관련시켜 구체적 사례를 들어 관련시켜 충실히 연구하고 있다. 여기서 주자의 격렬한 소동파 배격에도 불구하고, 조선 초기 한문학의 전반적 흐름은 오히려 강한 소동파 경향성을 띠고 있다고 파악하고 있다.

曹圭百, 「秋史 金正喜의 濟州島 流配 漢詩文에 담긴 문학세계 탐색-중국문인 蘇東坡와 관련하여」는 소동파와 관련시켜, 추사의 제주도 유배생활에서 창작한 한시문에 담긴 문학세계를 고찰하고 있다.

金相洪, 「茶山의 蘇東坡論」은 다산이 소동파에 대해 褒揚하고 폄하한 내용을 고찰하고 있다.

금지아, 「朝鮮 申緯의 『奏請行卷』 연구-燕行과 翁方綱과의 文墨緣을 중심으로」는 신위가 옹방강과의 국가를 초월한 墨緣을 통한 '소동파 배우기' 의 양상을 그의 燕行詩 모음인 『奏請行卷』을 통해 살핌으로써, '由蘇入杜' 의 시작이 옹방강과의 만남에서 비롯된 것이었고, 그의 學蘇風의 계승이었음을 파악하고 있다.

송혁기, 「17~18세기 조선 문인의 蘇軾 산문 비평」은 비평사적 관점에서 두 가지 양상에 주목하여 논하고 있는데, 구체적으로 정통 古文의 미의식을 추구하는 입장에서 소식 산문을 재평가하는 것이 그 하나요, 소식 산문이 보여준 小品的 특성에 주목하는 경향이 다른 하나라고 하였다.

김상홍, 「茶山의 '和蘇長公東坡八首' 攷」는 다산이 유배지 강진에서 창작한 '和蘇長公東坡八首' 를 동파의 '東坡八首' 에 대비하여 논하고 있다.

Jiwon Shin, 「당호를 통해서 본 19세기 초 소동파 관련 서화 소장문화와 대청 문화교류」는 19세기 초 소동파 소장문화의 양상, 옹방강의 寶蘇 , 그리고 신위의 寶蘇 등으로 나누어 당호를 통해서 본 소동파 관련 서화 소장문화와 對淸 문화교류를 논술하고 있다.

남영진, 「19세기 시학상의 由陸入杜와 由蘇入杜論」은 조선조 學詩論 중 '由陸入杜' 論과 '由蘇入杜' 論의 형성과정을 살펴보고, 學詩에 대한 논의가 19세기 말 자하 문인인 朴永輔에 이르기까지 이어졌음을 파악하고 있다.

남영진, 「錦舲 朴永輔와 소동파」는 申緯의 제자 박영보가 19세기 문인들 사이에 유행한 동파 초상화 소장, 東坡祭 참여 등의 문화적 활동을 통해 동파 숭앙을 실천하였고, 學詩에 있어서 '由蘇入杜論'을 기치로 삼아 동파를 학문적 모범으로 삼았으며, 문집의 제목까지 동파를 닮아가려는 의미에서 『綠筠集』으로 명명할 정도였다는 것을 논하고 있다.

이승재, 「威堂 申櫶 한시 연구」는 이 논문의 5장 '學蘇의 계승과 양상'에서 신헌의 소동파 수용 양상과 유배지 무주의 생활과 '西坡八首'의 특징에 관해 논술하고 있다.

이현일, 「조선 후기 京華世族의 동파 수용 양상」은 조선 후기에 있어 朱子型 문화와 東坡型 문화라는 두 가지 문화 양상으로 나눌 수 있다는 것을 가설로 하여, 東坡型 문화라 할 수 있는 경화세족의 동파 수용 양상을 논하고 있다.

강경희, 「조선 후기 崇蘇熱과 東坡笠屐圖」는 옹방강을 매개로 하여 金正喜 일파를 중심으로 번져나간 소동파 숭배 열기가 낳은 여러 문화현상을 살펴보고, 그중에서 조선에 유입된 소동파 초상화에 초점을 맞추어 '東坡笠屐圖'의 제작이 성행한 원인을 고찰하고 있다.

조규백, 「申緯의 소동파 수용 및 그 의의」는 신위의 소동파 수용은 한중 양국의 墨緣의 상징이며, 그가 소동파에 동일화했고 나아가 동파시에 차운한 시에서도 原詩의 굴레에 얽매이지 않고 창조적으로 전환시키고 있음을 파악하고 있다.

정민, 「19세기 동아시아의 慕蘇 열풍」은 淸朝 지식인의 慕蘇熱과 東坡祭, 조선 후기의 모소열의 東傳과 拜坡會, 그리고 20세기 초 일본의 壽蘇會와 동파 숭배로 3분 하여 동아시아 삼국의 慕蘇의 열풍을 논하고 있다.

오수형, 「正祖의 蘇軾 산문 수용 양상 연구」는 문체 개혁을 위해 당송팔대가의 문장을 정통으로 삼아 친히 그 典範을 구체적으로 제시한 正祖가 소식의 산문에서 수용한 것이 무엇이며, 그 특징과 의의는 무엇인가를 탐구하고 있다. 그 결과 첫째, 정조는 소동파의 산문에서 對策 중심의 奏義文과 政論 성격의 논변문을 대폭 수용하여 전범으로 제시하였다. 둘째, 정조가 구체적으로 제시한 문장의 전범에는 비유법이 특별히 많다. 셋째, 정조는 소동파의 창작론도 충실히 수용하였다. 넷째, 정조는 소동파의 문장이 지닌 治世를 위한 실용성과 참신한 修辭 및 창작론에 두루 주목해 수용하면서 상당한 정도로 긍정적인 평가를 내리고 있다 라고 논하고 있다.

⑤ 소동파의 전후 「적벽부」에 대한 수용에 관한 연구

- 이사빈, 「조선시대 赤壁賦圖 연구」, 서울대 대학원 고고미술사학과 미술사 전공, 석사논문, 2005. 2.
- 姜慶熙 , 「조선시대 東坡 「赤壁賦」의 수용 – 赤壁船遊와 「赤壁賦」 倣作을 중심으로」, 중국어문학논집 61집, 2010. 4.

- 김주순, 「蘇東坡 '赤壁賦' 對朝鮮漢詩的影響」, 중국문화연구, 16호, 중국문화연구학회, 2010. 6.
- 孫有珍, 「『壬戌泛月錄』에 나타난 공간인식의 양상과 의미」, 경북대 국문과 석사논문, 2011.
- 강경희, 「赤壁圖에 구현된 「赤壁賦」의 이미지와 서사-한국과 중국의 「赤壁圖」 비교 연구」, 동양고전연구 제47집, 동양고전학회, 2012.
- 이태호, 「새로 공개된 謙齋 鄭敾의 1742년 작 '漣江壬戌帖' ―소동파 赤壁賦의 조선적 형상화」, 동양미술사학 제2집, 동양미술사학회, 2013. 12.

이사빈, 「조선시대 赤壁賦圖 연구」는 赤壁賦圖의 연원을 검토하고, 조선조 전기, 중기, 후기 시대별로 그 구체적인 제작양상을 고찰하고 있다.

姜慶熙 , 「조선시대 東坡 「赤壁賦」의 수용 ― 赤壁船遊와 「赤壁賦」倣作을 중심으로」는 동파의 「적벽부」를 원텍스트로 하여 창작된 조선 문인의 「적벽부」 倣作 세 편, 곧 申維翰의 「擬赤壁賦」, 趙纘韓의 「赤壁賦」, 「反赤壁賦」를 통해 이들이 원텍스트를 어떻게 변용하여 자기화하였는지 파악하고 있다.

김주순, 「蘇東坡 '赤壁賦' 對朝鮮漢詩的影響」은 동파의 적벽 뱃놀이를 모방해 읊은 한시 가운데 徐居正, 朴仁老, 尹善道, 洪世泰,

李荇, 金錫胄 등 6인을 중심으로 '적벽부' 의 조선 한시에 대한 영향을 파악하고 있다.

孫有珍, 「『壬戌泛月錄』에 나타난 공간인식의 양상과 의미」는 낙동강 船遊에서의 洛江詩會 시문 모음집의 하나인 『壬戌泛月錄』을 범주로 삼아 소동파의 적벽선유 계승은 물론, 낙동강에서의 伊洛(程朱學派)의 연원을 발견하고 있음을 파악하고 있다.

강경희, 「赤壁圖에 구현된 「赤壁賦」의 이미지와 서사-한국과 중국의 「赤壁圖」 비교 연구」는 전후 「赤壁賦」의 이미지와 서사가 현존하는 중국과 한국의 「赤壁圖」에 나타난 양상을 비교, 고찰하고 있다.

이태호, 「새로 공개된 謙齋 鄭敾의 1742년 작 '漣江壬戌帖' -소동파 赤壁賦의 조선적 형상화」는 정선의 1742년 작 〈漣江壬戌帖〉에서 소동파 〈적벽부〉를 그림으로서 형상화한 것을 연구한 것이다. 이는 1742년 10월 보름날, 임술년을 맞아 경기도관찰사 홍경보가 경기 동부지역 순시 중에 삭녕 우화정으로 연천현감인 시인 신유한과 화가 정선을 불러들여 연천의 웅연까지 뱃놀이를 즐겼고, 정선은 이 이벤트를 〈羽化登仙〉과 〈熊淵繫纜〉 두 점으로 그린 데서 연유한다.

⑥ 소동파의 高麗觀에 관한 연구

- 申採湜, 「蘇軾의 高麗觀」, 中國學報, 第27輯, 1987.
- 王水照, 「蘇軾 "禁書外流" 奏札與東北亞文化交流」, 『半肖居筆記』, 東方出版中心, 1998. 4.

- 王水照, 「論蘇軾的高麗觀」, 『王水照自選集』, 上海世紀出版集團, 上海教育出版社, 2000.
- 柳種睦, 「蘇軾과 高麗」, 中國文學, 第38輯, 한국중국어문학회, 2002. 11.
- 김계태, 「蘇軾의 高麗觀」, 중국인문과학, 37호, 중국인문학회, 2007. 12.

申採湜, 「蘇軾의 高麗觀」은 송대 사대부 관료의 고려에 대한 친고려관, 반고려관, 중립적 입장이라는 3가지 관점 가운데 反高麗觀의 주축인 소동파 고려관의 허구성을 파악하고 그 이유를 제시하고 있다. 이는 짧은 편폭임에도 불구하고 이 분야 연구의 나침반이 되고 있다.

王水照, 「蘇軾 "禁書外流" 奏札與東北亞文化交流」: 이는 소식이 고려를 夷狄으로 간주하고, 고려에 서적을 판매하는 것을 반대하였으며, 소식의 고려로의 서적 유출 금지는 북송, 요, 고려의 정치, 군사적 삼각적 이해관계와 관련된다. 그러나 소식의 이러한 정책으로도 漢籍의 고려로의 유입을 막지 못했다고 했다. 이는 고려의 심층정치심리에 宋 문명에 대한 흠모를 배경으로 하고 있기 때문이다. 사실상 소동파의 아우 蘇轍이 요나라에 사신으로 파견되었을 때 송의 민간에서 출판된 것이 요나라에 없는 것이 없는 추세였다. 『大蘇

小集』도 요나라에 존재하였고, 蘇洵 관련 문장 내용까지도 요나라에서 파악하고 있었다. 서적 유통은 장기적인 의의로 볼 때 국경이 없다. 소식의 도서유출 금지 정책은 역사무대에서 짧은 한바탕 유희의 一幕이 되었다고 했다.

王水照, 「論蘇軾的高麗觀」은 이에 관련된 연구 가운데 인용자료의 범위가 가장 폭넓은 논저이다. '高麗와 친한 정책'을 반대한 소동파의 정책은 사실에 근거하지 않은 것과 시기심에서 나온 것이 있어 편파적이다. 특히 麗宋의 정치, 군사, 외교적인 면에서 편파적이다. 다만 문화교류상에는 우호적이라고 하였다. 소동파는 북송 신법파의 "聯麗制遼(고려와 연합하여 요나라를 제어함)" 정책에 대해서 懷疑하고 반대하였다. 이는 新舊黨爭의 갈등과 연계된다. 여기서 소동파 이후 南宋의 고려에 대한 태도까지 논급하고 있다. 더불어 이 논문은 동파의 高麗觀이 後代에 이르기까지 영향력이 컸다는 사실까지 인증하고 있다.

류종목, 「蘇軾과 高麗」는 소식의 麗宋通交 반대이유를 고찰하고, 이어서 소식의 고려관을 미개한 오랑캐, 거란의 앞잡이, 경계해야 할 위협적 존재 등으로 파악하고 있다. 그리하여 소식이 고려를 싫어한 것은 文弱한 송나라의 군사적 열세에 대한 복합적 콤플렉스 때문에 고려의 진면목을 제대로 파악하지 못한 것에 근본적인 원인이 있었다고 파악하고 있다.

김계태, 「蘇軾의 高麗觀」는 소식의 고려 관련 奏議文을 검토하고, 소식이 고려와의 교류를 반대한 이유를 과다한 고려 사신 접대, 중국의 지형을 그려가는 고려의 사신, 고려 사신의 중국 서적 구입, 그리고 고려의 조공은 거란의 사주라고 파악하고 있다. 그리하여 고려에 대한 소식의 태도는 반대에 그치지 않고 비판하고 왜곡시켰으며 심지어 억측까지 늘어놓았음을 밝히고 있다.

이외에도 다음의 연구가 있다.

- 陳飛龍, 「蘇軾高麗觀之探討」, 國立政治大學學報, 第64期, 1992.

⑦ 판본연구–소동파 시문집의 고려, 조선으로의 유입 및 국내 판본의 간행

- 鞏本棟, 『宋集傳播考論』, 中華書局, 2009. 4.
- 당윤희, 「朝鮮刊 蘇軾 詩集 板本 小考–『增刊校正王壯元集註分類東坡先生詩』를 중심으로」, 중어중문학, 제45집, 한국중어중문학회, 2009.
- 당윤희, 「朝鮮刊 蘇軾 詩文集 및 文集 板本 小考」, 『중국문학』 제63집, 한국중국어문학회, 2010.
- 당윤희, 「조선의 중국본 시문집 유입, 간행 및 수용양상 略考–당송팔대가를 중심으로」, 중국문학 제69집, 한국중국어문학회, 2011.
- 당윤희, 오수형, 「唐宋八大家 文選集의 조선에서의 수용과

유통-한국 소장 唐宋八大家 古文 選集 판본을 중심으로」, 중국문학 제66집, 한국중국어문학회, 2011.

- 홍서연, 「『蘇詩摘律』에 대한 판본 고찰」, 중국학논총 33집, 고려대 중국학연구소, 2011.
- 황선주, 양훈, 「한국본 『精刊補註東坡和陶詩話』 校讀」, 중국어문학논집 71집, 중국어문학연구회, 2011. 12.
- 홍서연, 「조선본 『精刊補註東坡和陶詩話』에 대한 문헌적 고찰」, 중국어문논총 54집, 중국어문연구회, 2012.
- 김보경, 「조선본 『東坡詩選』 初探」, 중국문학 74집, 한국중국어문학회, 2013.

鞏本棟, 『宋集傳播考論』은 宋人이 撰述한 서적이 한국(고려, 조선)과 일본에 流傳된 것을 논하고 있다. 이에는 소동파 시문집의 流傳도 포함되고 있다. 이는 宋人이 찬술한 도서의 한국 유입과 조선 판본의 상황을 서지학적으로 고찰한 것으로 그 가치가 돋보인다.

당윤희, 「朝鮮刊 蘇軾 詩集 板本 小考-『增刊校正王狀元集註分類東坡先生詩』를 중심으로」는 조선에서 판각한 소식의 시집에 대한 판본학적 고찰을 통하여 조선시대에 간행된 소식의 시집은 어떠한 형태였는지를 살피고, 소식 시집이 수용되고 유통되는 현상을 고찰하고 있다.

당윤희, 「朝鮮刊 蘇軾 詩文集 및 文集 板本 小考」는 朝鮮刊 소식

문집 및 詩文合集을 대상으로 삼아, 먼저 중국에서 판각된 소식의 문집 및 시문합집의 판본 계통을 정리하고, 이어서 조선본의 판본 계통을 살펴본 후, 소식의 문집 및 시문집이 조선에서 수용되고 유통된 과정 등을 고찰하고 있다.

당윤희, 「조선의 중국본 시문집 유입, 간행 및 수용 양상 略考－당송팔대가를 중심으로」는 조선시대에 비교적 적극적으로 수용되어 큰 영향을 미친 당송팔대가 시문집의 판본을 연구대상으로 삼아, 각 문인들의 시문집의 판본이 조선에서 어떠한 형태로 유통되었는지에 관한 기본적인 자료를 정리하여 당송팔대가 시문집의 수용 양상을 고찰하고 있다.

당윤희, 오수형, 「唐宋八大家 文選集의 조선에서의 수용과 유통－한국 소장 唐宋八大家 古文 選集 판본을 중심으로」는 한국에 소장되어 있는 중국본 당송팔대가 古文 선집과 조선에서 간행된 조선본 당송팔대가 고문 선집을 대상으로 그 종류와 판본 계통을 고찰하고 있다.

홍서연, 「『蘇詩摘律』에 대한 판본 고찰」은 현존하는 조선본 『蘇詩摘律』에 대한 실사에 근거해 각 판본의 서지적 내용을 중심으로 그 편찬 체제상의 특징을 고찰하고 있다.

황선주, 양훈, 「한국본 『精刊補註東坡和陶詩話』 校讀」은 6종의 宋元本 관련서를 교감에 참고하여 새로운 합리적 글귀, 다시 주목되는 글귀, 호환이 가능한 글귀 등으로 나누어 논술하고 있다.

홍서연, 「조선본 『精刊補註東坡和陶詩話』에 대한 문헌적 고찰」은 本書의 구성방식이 '總集과 詩話의 중간 형태' 이며, 본서의 체례를 구성하는 뼈대는 '도연명의 시', '소식 및 소철의 和陶詩', 그리고 '蔡正孫의 평어' 등 세 부분이라고 밝히어 내고 있다.

김보경, 「조선본 『東坡詩選』 初探」은 조선 문인이 직접 編定한 조선본 『東坡詩選』의 판본 상황 및 편찬 체례, 의의 및 한계에 대한 종합적인 고찰을 하고 있다.

이렇듯 고려, 조선조에서의 소동파 시문집의 유입과 국내 판본의 간행에 대해 문헌학적, 서지학적으로 연구한 것은 나름의 가치를 지닌다.

이외에도 다음의 논문이 있다.

- 이태형, 박미숙, 「李齊賢의 蘇軾 豪放詞의 변용 考」, 고시가연구 25집, 한국고시가문학회, 2010.

이밖에 중국문학이 한국문학에 끼친 영향이나, 한중문학의 관계를 문학사의 흐름 속에서 전반적이고 거시적으로 검토한 아래 논저들이 있는데, 이것들은 후속연구에 계시를 주는 점이 크다. 이 가운데 변종현의 저서에서 필자는 그의 연구방법 일부를 채택하였다.

- 韋旭昇 著, 李海山, 禹快濟 共譯, 『韓國文學에 끼친 中國文學의 影響』, 亞細亞文化社, 1994. 1.
- 卞鍾鉉, 『高麗朝漢詩硏究-唐宋詩 受容樣相과 韓國的 受容』, 太學社, 1994.
- 柳種睦, 「고려 및 조선 문단에 있어서의 中國詞文學의 수용과 전개」, 中國學報, 第40輯, 한국중국학회, 1999. 7.
- 丁奎福, 『韓國文學과 中國文學』, 국학자료원, 2001. 5.
- 이혜순, 『高麗 前期 漢文學史』, 이화여자대학교 출판부, 2004.
- 이혜순, 『전통과 수용 – 한국 고전문학과 해외교류』, 돌베개, 2010.

이상에서 1980년 이후 한국 한문학에 있어서의 소동파 문학의 수용에 대한 국내 연구가 비교적 활발하게 전개되었음을 알 수 있다. 연구범위도 거시적인 것, 미시적인 것이 골고루 있으며, 심도가 점차 깊어지고 있다. 7분야 가운데 조선조 후기의 소동파 수용양상에 관련된 논문의 수량이 가장 많다.

특기할 것은 이혜순, 『전통과 수용 – 한국 고전문학과 해외교류』에서는 소동파의 수용과 송시풍의 전개를 편식과 쏠림 현상으로 파악하고 있다. 구체적으로 소동파 문집의 수용과 전개, 소동파의 인물과 소동파 문학에 대한 인식, 열풍의 배경 요인과 성과 등으로 나누어 논하고 있다.

그러나 한국 한문학에 끼친 소동파 영향의 연구에는 아직 발굴되지 않은 原典자료가 많이 산적해 있는 관계로 개척의 여지가 많다. 특히 한국고전번역원의 국학에 대한 원전정리와 번역이 연구자들에게 많은 도움을 주고 있다.

이상에서 보듯이, 소동파와 한국 한문학의 비교문학적 연구에서는 아직 만족할 만하다고 할 수는 없겠지만 꾸준히 좋은 연구업적이 나오고 있다. 기존 연구에서 언급되지 않은 문인들을 발굴할 필요가 있겠다. 나아가 보다 종합적이고 심화된 비교문학적 연구가 필요하다. 전반적으로 '소동파와 한국 한문학'에 관련된 수준 있는 연구성과가 적지 않게 발표되어 학계에 기여하고 있으나 아직 만족스럽다고 할 수 없다. 그 이유는 일부의 저자가 비교문학의 원천이 되는 소동파의 詩文 原典 자체를 숙지하지 못한 한계성 때문일 것이다. 그렇지만 소동파 시문의 원전 자체가 광맥이 무궁무진하고 고려, 조선조의 소동파 관련 자료도 광맥이 상당히 넓어 향후 각 영역에서 계속 연구할 충분한 가치가 있다고 보여진다.

【제3절】 연구방법

고려 · 조선조 문인들은 중국 한시나 산문을 수용하면서 漢詩文 창작을 통하여 우리식의 감정과 사상을 표현하게 되었다. 조선시대 한중문화교류를 통해 중국문학의 풍부한 경험을 능동적으로 수용한 사례는 보편적이다. 당시 중국문학의 수용상 어떤 난점이 있으며, 문인이 어떠한 자세로 수용의 철저성을 기하고 있었는가, 어떻게 그와 닮고자 하는 노력을 경주하였는가, 그리고 궁극적으로 그 자양분을 어떻게 자신의 것으로 전환시키었나를 파악하는 것은 중요하다. 특히 소동파의 인생과 문학이 어떻게 조선시대 사대부 문인의 모범이 되었으며, 우리 문학의 내용을 풍부하게 하고 나름의 문화의식을 지니게 하도록 하였는지 검토할 가치가 있다. 동시에 중국의 소동파를 문화모델의 이상적 대상으로 설정하여 어떻게 그와 같은 경지에 오르고자 하였으며, 나아가 독자적인 정신세계를 표현했는가를 가늠하는 것은 의미 있는 작업이다. 본 연구의 범주는 한국 한문학에 있어 소동파의 영향을 받은 모든 작품을 대상으로 한다.

본 연구는 연구 범주 내의 한중 양국 문학에 있어 '주요 원전의 철저한 독해를 통해야만 창조적 논문이 가능하다' 는 전제에서 출발하겠다. 중국 시문의 수용에서 시어나 소재의 차용에 대한 고찰은 기초단계에서 필요한 것으로 보인다. 심화된 경지에서는 대상 인물의 정신이나 격조를 배우는 것이 보다 이상적인 경지로 인식된다. 이에 선인들의 소동파 시문의 모방적 측면과 더 나아가 창조적 수용에 초점을 맞추어 논지를 전개하려고 한다. 시어나 문자 자체도 중요하지만 작가 나름의 개성의 표현 등의 창조적 수용은 더욱 가치를 높게 만들기 때문이다.

연구 방법에 있어서는 고려, 조선조의 시문집, 『韓國文集叢刊』 등의 저작, 선집류, 시화류, 잡록류 등에 수록된 소동파와 관련된 詩文, 그리고 詞 안에서 논리를 찾아 논지를 전개해 나가는 방법을 견지하겠다. 다만 한 편의 시문 안에 여러 제재와 주제가 혼재되어 있을 경우에는, 보다 중심적인 문제에 중점을 두어 다루겠다.

구체적으로 본 연구의 내용을 살펴보면 다음과 같다.

2장에서는 소동파 시문집의 고려, 조선으로의 유입 및 국내 판본의 간행에 대해 한중 문학 교류의 관점에서 검토하겠다. 소동파 시집과 소동파 문집으로 나누어 고찰하겠다. 소동파 시문집의 경우, 편의상 소동파 문집 항목에서 다루려 한다.

3장에서는 고려, 조선조 한시문의 사조와 문인의 소동파 숭앙의 원인에 대해 파악하고자 한다. 구체적으로 먼저 고려, 조선의 한시문 사조를 고려와 조선의 경우로 나누어 각기 소동파와 연관시켜 검토하고, 고려, 조선 문인의 소동파 수용 및 소동파 숭앙의 원인을 검토하고자 한다. 조선의 경우는 '拜坡會' 와 관련지어 논하고자 한다. 그리하여 소동파에 대한 우리 사대부 문인들의 열렬한 숭배의 원인은 무엇인지를 파악해 보겠다.

4장에서는 고려, 조선조 문인의 소동파 인물평을 검토하고자 한다. 아울러 연구 배경으로서의 소동파의 高麗觀, 洛蜀黨爭을 검토하겠다.

5장에서는 고려조 문인의 소동파 시문 수용 및 그 의의를 파악하고자 한다. 구체적으로 먼저 고려 문인의 소동파 수용과정과 소동파 詩文評을 검토하고, 소동파 시문 수용 및 그 의의를 파악하고자 한다. 여기서 소동파 시문을 모방하고 소동파와 같고자 추구하는 '동일화 양상' 을 諸家의 소동파 시문에 대한 詩文句의 차용과 典故의 활용, 홍취발현의 매개체 등을 통해 고찰하고, 이어서 창조적 수용에 초점을 맞추어 논지를 전개하고자 한다.

6장에서는 조선조 문인의 소동파 산문 수용과 평가를 고찰하려 한다. 먼저 소동파 산문에의 심취와 동일화 양상을 검토하고, 이어서 소동파 산문에 대한 평가를 긍정적 평가와 부정적 평가로 2分 하여 검토하고자 한다. 여기서 소동파를 부정적으로 비판한 朱熹의 학설이 어떤 영향을 끼쳤나 하는 점도 구체적 사례를 통해 파악하고자 한다. 아울러 소동파의 고려에 대한 편견이나 그의 정치 행적에서 나타난 反高麗的 경향이 우리 문인의 소동파 평가에 영향을 주었던 사실도 간과할 수 없다.

7장에서는 조선조 문인의 소동파 시 수용과 평가를 논술하고자 한다. 구체적으로 소동파 시의 수용 양상을 '소동파에의 심취와 동일화 양상' 과 '소동파 시의 창조적 수용' 으로 나누어 파악하고, 이어서 문인의 소동파 시에 대한 평가를 검토하고자 한다.

8장에서는 조선조 한문학에 나타난 소동파 전후 「적벽부」의 수용과 '적벽선유' 의 재연을 고찰하겠다. 구체적으로 우선 소동파 전후 「적벽부」의 수용과 평가를 검토하고, 이어서 소동파 '赤壁船遊' 의 재연에 대해 '소동파의 後身 自處' 와 '적벽선유' 의 變容으로 나누어 파악하고자 한다.

9장에서는 조선조 후기 소동파의 영향을 가장 많이 받은 대표적인 문인의 한 사람인 申緯를 설정하여 申緯의 소동파 수용 및 그 의의를 파악하고자 한다. 구체적으로 '소동파 배우기(學蘇)' 과정－翁方綱의 매개 역할과 소동파 시에의 심취와 동일화 양상, 그리고 소동파 시의 창조적 수용으로 나누어 검토하고자 한다.

한국 한문학에서의 소동파 시문의 영향은 時空을 달리한 한중고대문인간의 정신적, 문화적 교류의 산물이라는 점에서 매우 가치있는 연구과제이다. 여기서 보다 종합적이고 입체화된 연구를 지향하려 한다.

본고는 발신자로서의 '소동파의 인간 및 그의 詩文과 수신자, 재창조자로서의 '고려, 조선시대 문인들의 소동파와 관련된 작품과 유관 選集, 그리고 각종 詩話類, 雜錄類' 를 연구범위로 삼는다.

이상의 연구를 위해 소동파의 경우, 가장 정평 있는 詩文의 판본인 『蘇軾詩集』(全8册)〔(淸)王文誥 輯注, 孔凡禮 點校, 中華書局, 北京, 1990.〕과 『蘇軾文集』(全6册)〔孔凡禮 點校, 中華書局, 北京, 1990.〕, 『蘇軾詞編年校注』(全3册)〔鄒同慶, 王宗堂, 中華書局, 北京, 2002.〕 그리고 한국 한문학의 경우, 고려 · 조선시대 대표 문인은 물론, 기존연구에서 언급되지 않았던 문인을 대량 발굴하여 『韓國文集叢刊』 등의 著作, 選集類, 각종 詩話類, 雜錄類를 저본으로 삼겠다. 더불어 기존의 연구성과를 바탕으로 보다 확대 심화시켜 나름대로의 논의를 진행하겠다.

제2장

蘇東坡 詩文集의 고려, 조선으로의 유입 및 국내 판본의 간행

이 장에서는 소동파 시문집의 고려, 조선으로의 유입 및 국내 판본의 간행에 대해 한중문화교류의 관점에서 검토하겠다.

〖제1절〗 蘇東坡 文集의 고려, 조선으로의 유입 및 국내 판본의 간행

소동파집의 조선으로의 유입은 대체로 상인, 使臣, 학자들의 왕래, 그리고 贈로의 방법에 의한 것이다. 소동파 문집의 국내 최초 유입과 판본의 간행은 고려시대에 시작되었다.

1. 소동파 문집의 고려로의 유입 및 고려 판본의 간행

소동파가 42세 때인, 1077년(고려 문종 31년, 宋 神宗 熙寧 10년) 고려의 사신 崔思訓 등이 宋에 들어가 杭州를 경유하면서, 동파가 항주에서 지은 작품집 『錢塘集』을 찾아 항주를 경유하여 귀국했는데, 이는 소식의 작품에 대한 고려 문인의 갈구와 열망이 드러난 일화이다. 이미 소동파의 생존 시기에 그의 시집이 유입된 것이다.[5] 그 후 1236년(高宗 23년) 고려 全州牧 崔君址에 의해 새로 조판된 『東坡文集』이 출판되었는데, 이규보가 발문을 썼다.[6]

이규보는 「全州牧新雕東坡文集跋尾」에서,

> 무릇 문집이 세상에 유행하는 것은 또한 각각 한때의 숭상하는

5 소동파 문집의 국내 최초 유입은 1077년보다 더 앞당길 가능성도 배제할 수는 없다. 왜냐하면 金富軾(1075~1151)과 金富轍(후에 金富儀로 개명)의 이름이 소동파 형제의 이름에서 나왔다는 것은 널리 알려진 사실인데, 김부식의 출생연도는 1075년으로 최사훈이 『錢塘集』을 사가지고 온 시기보다 이르다. 『錢塘集』보다 먼저 출간된 소동파의 책(합본집)으로 『南行集』과 『崎梁唱和詩集』 등이 있으므로 소동파 문집이 좀 더 일찍 들어왔을 가능성을 완전히 배제할 수는 없다.(이는 2011년 12월 10일, 한국중국산문학회의 제17차 학술발표회에서 조규백의 「조선조 문인의 소동파 산문 수용 및 평가」 논문 발표시, 토론자 김보경의 견해이다.)

6 왕수이자오 著, 조규백 역주, 『소동파 평전-중국의 문호 소식의 삶과 문학』, 돌베개, 2013. 「한국어판 서문-소동파와 고려」, 6쪽, 王水照, 『半肖居筆記』, 「蘇軾文集初傳高麗考」, 東方出版中心, 1998.4, 62~63쪽.

바에 따를 뿐이다. 그러나 고금을 통하여 동파처럼 성행하여 사람들의 사랑을 받은 적은 없었다. 어찌 문장이 풍부하고 用事가 해박하여, 영양분이 사람에게 미처 두루 다함이 없기 때문이 아니겠는가? 사대부로부터 신진 후학에 이르기까지 이것을 모름지기 손에서 떼지 아니하고 남은 향기를 되씹어 보는 것이 모두 그러하다.

그 摹本이 전에 尙州에 있었는데, 불행히도 오랑캐(몽고) 군사들에게 불탄 바가 되어서 끝내 아무것도 남지 않게 되었다. 完山太守 禮部郎中 崔君址는 학문을 좋아하고 착한 일을 좋아하는 군자인지라, 이를 듣고 개탄한 나머지 重刻할 뜻을 두었다. 때는 오랑캐의 말이 불의에 왕래하여 사세가 위급하므로 州郡이 소요하여 조금도 편안한 해가 없는지라, 文事에 마음을 둘 겨를이 없을 것 같았는데, 태수는 생각하기를,

'옛사람도 전쟁에 임하여 노래를 부르고, 창을 던지고 문학을 강론한 일이 있었으니, 文을 폐할 수는 없는 것이 이와 같다. 이 고을처럼 큰 지방으로서는 이와 같은 사소한 일쯤이야 창졸간에 이룰 수 있는데, 만일 저 시시한 오랑캐의 일로 해서 우선 미루고 태평한 시기를 기다린다면, 이후 사람도 또 그대로 미루어서 끝내는 나의 뜻을 이루지 못할 것이 아닌가.'

하고, 드디어 단안을 내어 임금께 아뢰자, 임금도 역시 문학을 좋아하는지라 흔연히 윤허하였다. 그래서 오랑캐가 오지 않는 틈을 타고, 농사 때가 아닌 틈을 이용하여 중각하게 하여 얼마 되지 않아 끝내니, 경비가 적게 나고 힘도 여유가 있었다.

夫文集之行乎世，亦各一時所尙而已. 然今古已來，未若東坡之盛行，尤爲人所嗜者也. 豈以屬辭富贍，用事恢博，滋液之及人也，周而不匱故歟. 自士大夫至于新進後學，未嘗斯須離其手，咀嚼餘芳者皆是.

其摹本舊在尙州，不幸爲虜兵所焚滅，了無孑遺矣. 完山守禮部郎中崔君址，好學樂善君子人也，聞之慨然，方有重刻之志. 時胡騎倏來忽往，間不容毫，州郡騷然，略無寧歲，則似若未遑於文事，而太守以爲古之人，尙有臨戎雅歌，投戈講藝者，文之不可廢如此. 以是邑之大也，此一段么麽事，咄嗟可辦，而若以彼區區戎醜之故，將姑息以俟太平，庸詎知後之來者又因循姑息,便不成吾志耶.

遂直斷聞于上，上亦好文，欣然允可. 於是當虜之未來，間農之未作，使之雕鏤，不日迺畢，費不煩而力有餘矣.[7]

여기서 李奎報는 먼저 소동파의 유행도와 유행의 원인을 서술하고, 이어서 동파문집 全州本이 근거로 한 저본은 尙州摹本이라고 하였다. 그렇다면 이 尙州摹本의 摹刻 시기는 1236년 이전임이 분명하다. 고려 문인이 이렇게 심력을 다하여 송나라에 가서 동파의 시문집을 구입하고, 또 몽고의 선봉부대가 이미 全州에 도착한 위급한 상황 하에서 蘇東坡 文集을 간행하였으니, 그 목적은 읽고 수

7 李奎報, 『東國李相國集』, 卷 21, 『影印標點 韓國文集叢刊』, 1, 515쪽. 『東文選』, 卷 102.

용하고 연구하기 위한 것이다. 이는 고려에서 첫 번째로 간행된 宋人別集이다.[8]

2. 蘇東坡 文集의 조선으로의 유입 및 조선 판본의 간행

여기서 소동파 시문집은 편의상 이 항의 소동파 문집에서 다루겠다.

1) 蘇東坡 文集의 조선으로의 流入

중국 판본의 소동파 시문집과 문집의 조선으로의 유입은 국내 도서관에 소장되어 있는 현존 자료를 통해 대략적인 윤곽을 알 수 있다. 또 이를 통해 소동파 산문에 대한 조선시기 유행 정도를 가늠할 수 있다. 대표적인 것으로 『重刊蘇文忠公全集』 111권, 清 蔡士英 刊本 『東坡全集』 115권, 『東坡先生全集』 75권 등이 있다.[9] 그 밖에 茅坤, 『宋大家蘇文忠公文抄』(『唐宋八大家文抄』 本), 選本으로는 『詳說古文眞寶大全』, 『文章軌範』, 『文章正宗』 등이 있고, 蘇軾 『志林』 2권 등이 유입되었다. 이 외에도 『東坡易傳』 9권, 『東坡書傳』 13권이 유입되었으나, 본서에서는 경학 자료는 제외한다.

8 王水照 著, 조규백 譯註, 『중국의 문호 소동파』, 월인, 2001. 4, 저자 서문 2~3쪽.

9 당윤희, 「朝鮮刊 蘇軾 詩文集 及 文集 板本 小考」, 106~113쪽.

2) 蘇東坡 관련 문집 朝鮮版本의 刊行

朝鮮에서 소동파 산문집이 간행된 형태는 크게 네 가지로 나누어진다. 먼저 산문 작품을 포함한 소동파의 작품이 함께 간행된 경우, 소동파의 산문 작품만 단독으로 간행된 경우, 성향이 유사한 몇몇 작가의 산문 작품과 함께 편찬된 경우, 다수 작가의 작품과 함께 選集된 경우이다. 刊本 이외에도 필사본이 있다.

소동파 문집은 상당 부분 각종 翻刻本(한 번 새긴 册版을 본보기로 삼아 다시 새긴 판본)의 형태로 보존되고 전해졌다. 漢籍이 중국으로부터 수입된 후, 官에서나 私的으로 여러 차례 베끼고 刊刻되어 그로부터 더욱 광범위하게 전파되었다. 조선시대에는 더욱이 여러 차례 명령을 내려 금속활자를 주조하여 도서를 刊印하고 유포시켰다.[10]

조선간 蘇軾의 시문집으로는 明刊本 分類合編本과 같은 계통의 판본으로 추정되는 甲辰字本 『蘇文忠公集』의 殘本이 전해지고 있다. 이 판본의 성립 시기는 성종 15~25년(1484~1494)으로 추정된다.

朝鮮刊 소식 문집은 『宋大家蘇文忠公文抄』(『唐宋八大家文抄』本)가 있는데, 이는 明 茅坤(1512~1601)이 편집한 『唐宋八大家文抄』의 일부분으로서 조선에서 매우 성행하여 여러 차례 금속활자본과 목판본으로 간행되었다. 『송대가소문충공문초』는 선별된 소동파의 문장이 독립적으로 1권부터 28권까지 구성되어 있으므로 단행본처

10 鞏本棟, 『宋集傳播考論』, 中華書局, 2009. 4, 83쪽, 144쪽.

럼 유통되고 읽혀지기도 했다. 중국본 『唐宋八大家文抄』와 체례면에서 가장 유사한 판본은 현종실록자본이다. 이에는 무신자본, 낙동계자본, 현종실록자본의 금속활자본, 경영장판 목판본(정조 2년, 1778) 등이 있다.

『蘇東坡文抄(『四大家掇英(四大家文抄)』本)는 한유, 유종원, 구양수, 소식 4인의 문장을 뽑아 각 사람마다 2책씩 묶어 만든 8권 8책의 산문선집이다. 숙종 연간(1674~1720)에 校書館에서 간행한 것으로 추정되는데, 『宋大家蘇文忠公抄』에 실린 소동파의 글을 간추려 간행한 것으로 보인다. 『蘇文抄』(許實 選本)는 許筠의 조카인 許實(1583~1625)이 선집한 것이다. 『東坡文粹』는 총 70편의 동파문장이 수록되어 있으며, 『宋大家蘇文忠公文抄』에 수록된 문장을 다시 간추려 편집 간행한 것이다.[11]

한편 許筠은 구양수와 소식의 산문 각각 68편과 72편을 골라 『歐蘇文略』 8권을 편찬하였다. 이는 당시 宣祖가 唐宋文 閱讀을 강조하고, 秦漢의 古文風에 대한 개혁 의지가 담겨있고, 文弊를 지적하는 상소가 여러 차례 올려지던 시대적 분위기 속에서 나온 것이라 의미가 적지 않다.[12]

『歐蘇手簡』은 구양수와 소동파의 서간문을 모아놓은 책으로, 태

11 以上, 당윤희, 「朝鮮刊 蘇軾 詩文集 및 文集 板本 小考」, 110~118쪽.

12 黃一權, 「한국에서의 歐陽修 산문 전파와 평가에 관한 연구-조선시대를 중심으로」, 200쪽.

종은 이 책만을 옆에 두고서 다 읽었다는 기록이 있다.[13] 또 세종은 지나치게 학문을 부지런히 하여 심신을 손상하게까지 되니 태종이 서책을 거두도록 명하였는데, 우연히 『歐蘇手簡』이 御案에 놓여 있었다. 세종은 이 책을 천 번이나 읽어서 지금껏 미담으로 전해 온다는 기록이 있다.[14]

조선시대에 간행된 소동파 문집은 주로 選本이다. 4,800여 편이나 되는 소동파 문집은 분량이 너무 많다. 그러므로 조선의 입장에서 보아 핵심을 정선한 판본이 오히려 실용적이면서 그 가치가 크다고 여기었던 것으로 사료된다.

성종은 任元濬 등 여러 학자들에게 『蘇文忠公集』의 난해한 곳을

13 『世宗實錄』 22권, 5년(1423) 12월 23일 1번째 기사.

14 "세종은 지나치게 학문을 부지런히 하시어 심신을 손상하게까지 되시니 태종께서 서책을 거두도록 명하셨습니다. 우연히 『구소수간歐蘇手簡』이 어안御案에 놓여 있었는데, 이는 구양수歐陽修와 소식蘇軾의 서찰로 정회情懷를 쓴 것일 뿐 문의文意가 웅장하고 심원한 것은 아니었습니다. 그러나 세종께서는 성심으로 학문을 좋아하셨으므로 천 번이나 읽으시어 지금껏 미담으로 전합니다.(世宗過勤學問, 幾至傷神, 太宗命撤書册, 偶有歐蘇手簡, 在御案之側, 此乃歐公, 蘇公書札, 只寫情懷, 文意不爲雄遠. 而世宗誠於好學, 故讀至千遍, 至今以爲美談.)" 『明宗實錄』 3권, 1년(1546) 6월 9일(갑오) 1번째 기사.

『端宗實錄』 6권, 1년(1453) 6월 13일(무술) 2번째 기사: 세종이 말하기를, "나는 여러 책을 모두 백 번씩 읽었고, 다만 『초사』와 『구소수간』만은 30번 읽었을 뿐이다.(世宗曰: "予於諸書皆百讀, 但 『楚詞』與 『歐蘇手簡』, 三十遍而已.)"

이처럼 『明宗實錄』에서는 세종이 『歐蘇手簡』을 천 번 읽었다고 하였고, 『端宗實錄』에서는 30번 읽었다고 했는데, 이 두 기록에 큰 차이가 있다.

註解하게 명령하였다.[15] 또한 聖節使質正官 李昌臣이 북경에 갈 때 성종은 『蘇文忠公集』을 구입해 오라고 명했으나, 북경에서 구하다가 얻지 못하고, 요동에 이르러 前 知縣 邵奎를 만나 증정받은 기록이 있다.[16] 이로 보면, 당시 북경에서도 소동파집을 구하기가 그다지 쉽지 않았음을 알 수 있다.

조선 후기 朴宗薰은 純祖의 명을 받아 『文史咀英』 8권을 편찬하였는데, 이는 비교적 좋은 歐陽脩와 蘇東坡 문장의 選本이다. 그 序文에, "송나라에 구양수와 소동파가 있음은 唐나라에 韓愈와 柳宗元이 있고, 漢나라에 司馬遷과 班固가 있는 것과 같다. 어찌 漢나라와 唐나라의 작품을 선별하지 않고, 송나라의 구양수와 소동파의 작품만 선별하는가? 이는 또한 그렇게 하지 않을 수 없는 까닭이 있다. 대개 조선은 規橅가 宋나라를 많이 모방하여 선비들의 기풍이 또한 송나라에 가깝다. 그러므로 학문을 논한즉 程子와 朱子를 높이고, 事功(사업과 공적)을 말한즉 韓琦와 富弼을 높이며, 문장을 함에는 반드시 두 분(구양수와 소동파)을 높히어 성품이 가까운 것을 우선하니 사람을 가르치는 도이다.(宋之有歐蘇, 猶唐有韓柳, 漢有遷固. 何不爲漢爲唐, 而必宋之歐蘇乎. 斯亦不得不然也. 槪我朝規橅多倣乎宋, 士夫風氣, 又與之近, 故論學則宗程朱, 語事功則推韓富, 爲

15 『成宗實錄』 140권, 13년(1482) 4월 6일(갑진) 1번째 기사.

16 『成宗實錄』 198권 17년(1486) 12월 28일(기해) 2번째 기사.

文詞必數二家, 就性近處先之, 敎人之道也.)" [17]라 하였다.

이는 正祖가 말한 내용과 부합된다. 정조는 "송나라의 기풍과 인물은 우리나라(조선)와 멀지 않고 가깝다.(有宋之風氣人物, 與我國不遠而近.)" [18]라고 했다. 또 정조는, "우리나라를 세운 규모는 오로지 송나라를 모방하였다. 다스리는 법만 서로 같을 뿐 아니라 文體도 그러하다. 이를테면 歐陽脩와 蘇軾 등의 문장은 모두가 천자의 계획을 보좌할 수 있는 문장으로 치세의 기상을 충분히 징험할 수 있다.(我國立國規模, 專仿有宋, 非但治法之相符, 文體亦然, 如歐蘇等文, 皆可謂黼黻 皇猷之文, 足驗治世氣象矣.)" [19]라고 하였다. 이렇듯 조선왕조가 송나라를 모범으로 삼고 있다는 국가 최고 통치자의 이러한 말은 당송팔대가, 소동파에 대한 관심과 열정을 배가시키는 역할을 했다.

이외에도 佚名, 『蘇文抄』 2권과 金希參의 『蘇文正宗』 등이 있다.[20]

그리고 조선시대에는 소동파의 문장이 포함된 宋代 사륙문의 選本이 여러 권 편찬되었는데, 이는 실용적인 부문에 보탬이 되는 글

17 朴宗薰, 「文史咀英序」, 연세대학교 圖書館藏 乙丑(1829) 活字本. 鞏本棟, 『宋集傳播考論』, 中華書局, 2009. 4, 109쪽, 재인용.

18 徐命膺, 「御定宋史筌序」, 『宋史筌』 卷首, 奎章閣藏本.

19 正祖, 『弘齋全書』 권 161, 日得錄 1, 文學 1, 『影印標點 韓國文集叢刊』 267, 138쪽.

20 鞏本棟 , 『宋集傳播考論』, 中華書局, 2009. 4, 109쪽.

이다. 中宗 28년(1533), 趙仁奎는 『儷文編類』 20권을 編했다. 그는 사륙문의 용도가 지극히 광범하다고 여기어, "무릇 군신상하, 붕우간의 교제, 관혼상제의 문장에 쓰이지 않는 곳이 없다.(凡君臣上下, 朋友之交際, 冠婚喪祭之情文, 莫不用焉.)" 〈趙仁奎, 「儷文編類序」, 『儷文編類』 卷首〉라고 했다. 다만 애석하게 殘本만 남아 있는데, 구체적인 목차로 본다면 북송 작가를 위주로 하였음이 드러난다. 卷 10의 예를 든다면, 蘇軾의 작품이 17수로 가장 많다.

仁祖 9년, 李植은 『儷文編類』의 기초 아래, 『儷文程選』 10권과 『別集』 2권을 編하였는데, 이 또한 실용을 위한 것이었다. 肅宗 때에 金錫冑는 『儷文抄』 2권을, 柳近은 『儷文注釋』 10권을 編했다. 『儷文抄』는 『儷文程選』에 근거하여 그것을 刪削하여 編한 것인데, 그 上卷에는 蘇軾의 작품이 19수 실려 있다. 『여문주석』은 編者가 『여문초』가 지나치게 간략하다고 느끼어 작자와 수량을 증가시키어 2배 이상의 규모로 編한 것이다.

조선조의 사륙문 選本을 집대성한 것은 金鎭圭의 『儷文集成』이다. 김진규는 "송나라의 흥성과 文道의 홍함, 상하간에 필요한 것이 대다수 儷文에 있다. 그래서 歐陽修와 蘇軾을 文苑의 宗師로 삼았다.(宋世之盛, 文道丕興, 而上下所須用, 多在儷文. 故以歐蘇之爲文苑宗師.)" 〈「儷文集成序」, 『儷文集成』 卷首〉라고 했다. 김진규는 조선의 문물제도는 송나라를 모델로 삼은 것이 많은데, 科擧에서의 관리등용이나 일상 실용의 것에 자연히 宋의 사륙문을 모범으로 삼아

야 한다고 인식하고 있다.[21]

『唐宋八子百選』은 당송팔가문 가운데 정조가 직접 100편을 정선하여 편찬한 책으로 국왕이 편찬하였다는 자체만으로도 영향력이 컸을 뿐 아니라, 여러 차례 인쇄되고 과거시험에서 우수한 성적을 거둔 사람에게 하사된 적이 있는,[22] 사실을 통해 볼 때 소동파 산문의 독자층 확대와 이에 대한 다양한 평론의 출현에 큰 몫을 하였다고 판단된다.[23]

특히 茅坤, 『宋大家蘇文忠公文抄』〈『唐宋八大家文抄』본〉는 조선시대에 있어 당송팔대가 산문의 기풍을 일신시켰을 정도로 광범위한 지식층 독자를 가지게 되었다. 이는 4,800여 편의 소동파 산문 가운데 251편을 선별한 책이다.

이외에도 소동파 산문이 포함된 『詳說古文眞寶大全-後集』, 『文章軌範』, 『文章正宗』 등이 중국에서 유입되어 조선시대 문인에게 널리 읽혀졌다. 그 가운데 조선조 문인에게 소동파의 영향이 가장 영향이 광범위하게 퍼지는데 일조했던 전적은 『상설고문진보대전』과 『송대가소문충공문초』〈『당송팔대가문초』본〉라고 여겨진다.

『唐宋八大家文抄, 東坡文抄』에 수록된 251편은 구성상 몇 가지

21 以上, 鞏本棟, 『宋集傳播考論』, 中華書局, 2009. 4, 114~117쪽.

22 『正祖實錄』 29권 14년 3월 6일 1번째 기사.

23 黃一權, 「한국에서의 歐陽修 산문 전파와 평가에 관한 연구-조선시대를 중심으로」, 200쪽.

특징이 있는데, 1. 前期 작품을 많이 채록하여 시기적으로 편중되었다. 2. 내용상 유가사상에 기초하여 작성된 글을 많이 채록하였다. 3. 채록된 문장이 문체상으로 편중되었다. 政論, 策文과 上疏, 表, 啓, 狀 등 公文과 奏議類가 많으며, 일반적으로 문학성이 높다고 평가되는 記, 序, 跋, 편지, 祭文, 碑銘 등은 매우 적은 편수만 실려 있다.[24] 이로 본다면 이 책은 과거시험 준비에도 응용할 수 있도록 구성되었다는 점을 알 수 있다.

南宋 陸游의 "소동파의 문장에 익숙하면 양고기를 먹고, 소동파의 문장에 서툴면 나물국을 먹는다.(蘇文熟, 喫羊肉, 蘇文生, 喫菜羹.)"〈『老學庵筆記』, 권 8〉라는 말과 연계될 정도로 조선의 과거시험에도 소동파 산문은 영향력을 발휘했다.

金昌協은 茅坤의 『당송팔대가문초』를 평해, "鹿門 茅坤이 『唐宋八大家文鈔』를 지은 것은 대개 王世貞과 李攀龍 등 여러 사람들의 표절하는 습성을 바로잡기 위한 것이었다. 그가 古今 문장에 대해 치우치거나 바름, 잘되거나 잘못됨을 논한 말이 또한 법도에 맞는 것이 많았다."(茅鹿門作八大家文鈔, 蓋以矯王李諸人贋勦之習. 其論古今文章偏正得失之際, 亦多中窾.)"[25]라고 하였다.

正祖는 茅坤의 『당송팔대가문초』를 표준으로 삼아 정사에 보충

24 茅坤 編, 성백효 역주, 『역주 당송팔대가문초-蘇軾 1』, 14~15쪽.

25 金昌協, 『農巖集』, 권 34, 「雜識外篇」, 『影印標點 韓國文集叢刊』 162, 373쪽.

하려 하였다. "내(정조)가 지금 정사를 보는 여가에 나머지 일을 섭렵하여 생각건대, 작가의 진정한 體段으로 백 년 동안 쌓아온 병폐의 풍습을 씻어내고자 하는데, 그 요체는 『八家文抄』만큼 표준이 되는 것이 없다. 이끌고 안내하여 모두 배반하지 않게 하여 이 시대의 공적, 사적인 저작으로 하여금 한 번 변하여 훌륭하고 전아한 책이 되게 하려면 장차 무슨 방법으로 여기에 이르게 하리오.(予今萬機之暇, 餘事涉獵, 思欲以作家眞正之體段, 洗百年積痼之習. 而其要莫如八家文抄之表章準的, 則導之誘之, 率由不畔, 使當世之公私述作, 一變爲高文典册者, 將何術而致之.)"[26]라 하였다.

朴齊家는 『八子百選』이 당송팔대가 문장의 핵심을 갖추었다고 주장하였다. "지금의 『百選』은 진실로 그 능히 천지의 비밀스럽고 중요한 것을 찾고 만 리의 지극한 이치를 다룬 것입니다. 그러므로 '물은 그 깊이에 있지 아니하고, 용이 있으면 신령하다.' 고 하니, 臣(박제가)이 『百選』에 대해 역시 이렇게 생각합니다.(今之百選, 信乎其能抉天地之秘要, 御萬理之至賾者矣. 故曰, 水不在深, 有龍則靈, 臣於百選之對, 亦云云.)"[27]

26 朴齊家, 「八子百選策」, 『정유각문집貞蕤閣文集』 권2.
조남권, 이진오 역주, 『한국고전비평론(조선중기, 후기) 권 2』, 495~496쪽. 『影印標點 韓國文集叢刊』, 261册, 631쪽.

27 朴齊家, 「八子百選策」, 『貞蕤閣文集』 권2.
조남권, 이진오 역주, 『한국고전비평론(조선중기, 후기) 권 2』, 501쪽. 『影印標點 韓國文集叢刊』, 261册, 633쪽.

申緯(1769~1845)는 소동파 시문집을 다수 수집하여 조선 후기의 소동파 열풍의 일면을 보여주고 있다. 그는 "「내가 간직한 소동파의 글로서는 『全集』 및 『王註』, 『施註』, 『査註』 등 4종이 전부터 있었고, 또 『覃溪補注』 및 『海外集』 2종을 얻었으니, 동파문집을 모은 것에는 거의 유감이 없다. 기뻐서 440자 시를 짓는다.(余所藏東坡文字, 舊有全集, 王註, 施註, 査註四種, 又得覃溪補注及海外集二種, 玆集之聚, 殆無遺憾, 喜而有述, 凡四百四十首.)」"라는 제목의 시를 지었다.[28]

한편 許實의 다음과 같은 말은 소동파 산문이 과거시험에서의 실용성을 인증하고 있다. "어느 날 저녁 숙부 판서공(許筠)이 소매에서 팔대가 중 蘇子瞻集을 꺼내어 주며 나에게 좋은 문장을 스스로 골라보라고 하셨다. 나는 그 가르침을 받들어 몇 년간 그 문장에 침잠하였는데, 비록 문장이 전보다 크게 달라졌는지 알 수 없었으나 연이어 三科에 급제하였고, 마침내는 大科에 급제하였으니 아마도 그 효험인 듯 싶었다. …… 숙부(許筠)께서 수안 군수로 있을 때 『蘇文抄』를 간행하셨는데, 나는 그 내용이 너무 번다하다고 여겨졌다. 지금 나는 高興을 다스리는 데 서적이 너무 적어서, 소매 중에서 꺼내어 보는 것은 다만 蘇文 한 권뿐이다. 그래서 더 정성 들여 55수를 베끼어 내었지만 물자와 인력이 부족하여 판각할 방법이 없었는

28 申緯, 『警修堂全藁』, 8冊, 蘆舫藁 4, 『影印標點 韓國文集叢刊』, 291冊 , 159쪽.

데, 우연히 활자를 얻게 되었으니 하늘이 편의를 봐주신 것이리라. 후배들 중 문장에 힘쓰는 자들이 이 책을 얻어 숙독하게 되면 땅의 먼지를 줍듯 쉽게 좋은 구절을 얻을 수 있을 뿐 아니라 문장의 높은 경지에도 한 번에 다다를 수 있을 것이다. 萬曆 丙辰(1616) 늦여름 하순 陽川 후학 허실이 삼가 발문을 적다.(一夕季父判書公袖出八大家中蘇子瞻集, 令余讀之, 且令余自擇其所好. 余謹受其敎, 沈潛累年, 雖不知其文之大異於前, 而連中三科, 終至大捷, 此其效也耶. …… 季父公守遂安時, 刊出蘇文抄, 余嘗病其繁多. 今宰高興, 書籍鮮少, 袖中所對惟蘇文一帙而已. 更加精抄揀得五十五首, 物力綿薄, 鋟梓無策, 偶得活字, 豈天與其便耶. 後生之用力於翰墨者, 如得此書而讀之爛熟, 不但取靑紫如拾地芥, 文章閫奧一蹴可到矣. 時萬曆丙辰季夏下浣陽川後學許實謹跋.)"[29] 한편, 필사본 소동파 문집도 있어 독자끼리 서로 돌려보기도 했다.[30]

29 규장각 소장본(청구기호: 古貴 895.115-So1s) 『蘇文抄』 跋文; 당윤희, 「朝鮮刊 蘇軾 詩文集 및 文集 板本 小考」, 116~117쪽.

30 車好益, 『芝山集』 권 5, 雜著, 「題東坡集抄後」, "歲在庚戌, 先君手書以授諸子. 吾兄弟五人, 傳相受讀. 中年, 余去關西, 而在弟讓叔家. 壬辰經亂後, 不知所在. 乙巳春, 偶得之全氏家, 手澤宛然, 而塗汚損傷, 至不忍言者. 兵興家倅, 先君手迹, 一無所存, 而獨此得全."
당윤희, 「朝鮮刊 蘇軾 詩文集 및 文集 板本 小考」, 120~121쪽. 『影印標點韓國文集叢刊』, 55冊, 512쪽.

중국 판본의 소동파 문집이 조선으로 유입되었고, 이어서 다수의 소동파 문집의 판본이 조선에서 간행되었다. 조선에서 간행된 소동파 문집은 대부분 選本이다. 소동파 문집이 유행한 원인은 문학 그 자체의 우수성이 가장 컸다. 그리고 정조가 표방하였듯이, 조선은 송나라를 立國의 모델로 삼았으며, 다스리는 법, 문체도 그러하였다. 그리하여 자연스레 당송팔대가를 중시하여 治世의 氣象을 證驗했다고 하는 점을 간과하면 안 된다. 또한 과거시험에도 소동파의 문장이 유용했다는 점도 과소평가할 수 없다. 이처럼 창조적 자극을 줄 뿐 아니라 실용에도 보탬이 되는 소동파 산문은 조선조 문인에게 매력적으로 보였다.

〖제2절〗 蘇東坡 詩集의 조선으로의 유입 및 조선 판본의 간행

중국 판본의 소동파 시집이 조선으로 유입되었고, 이어서 소동파 시집과 소동파 시 選本이 조선에서 간행되었다. 그중 조선 문인이 편집한 몇 종의 詩選集도 있어 이채를 띤다. 이 절에서는 기존 연구의 성과의 핵심을 정리하는 것을 위주로 하겠다.

1) 소동파 시집의 조선으로의 유입

중국 판본의 소동파 시집의 조선으로의 유입은 국내 도서관에 소장되어 있는 현존 자료를 통해 대략적인 윤곽을 알 수 있다. 또 이를 통해 소동파 시에 대한 조선시기 유행 정도를 가늠할 수 있다.

현재 한국에 소장되어 있는 중국본 시집들을 살펴보면, 施元之 註, 顧嗣立, 邵長衡이 함께 删補한 『施註蘇詩(及)補遺』, 查愼行 補註 『東坡先生編年詩』, 馮應榴 輯訂 『蘇文忠公詩合註』, 王文誥 選, 王霖圻 較 『蘇文忠公詩編註集成總案』, 紀昀 評點 『蘇文忠公詩集』, 王永積(明) 閱 『東坡先生詩集註』, 朱從延 重校 『蘇東坡詩集註』, 袁宏道 閱, 譚元春 編 『東坡詩選』, 趙克宜 輯訂 『角山樓蘇詩評註彙抄』, 溫汝能 纂訂 『東坡和陶合箋』, 『東坡樂府』, 『蘇詩摘律』, 『東坡和陶詩』 등 명대 이후의 유명한 소식 시집의 주석본들 거의 대부분이 한국에 상당량 소장되어 있는 것을 알 수 있다. 명, 청대의 이러한 소식 시집의 주석본들이 조선으로 수입된 구체적인 경위는 현재까지 확인된 것이 많지 않지만, 현존하는 중국본 소식 시집 주석서들이 수량으로 볼 때 청대로부터 소식 시집의 새로운 중국 주석본들이 상당히 많은 양이 수입되었고 문인들 사이에 상당히 널리 유통되며 읽혀졌음을 짐작할 수 있다.[31]

31 당윤희, 「朝鮮刊 蘇軾 詩集 판본 소고–『增刊校正王壯元集註分類東坡先生詩』를 중심으로」, 중어중문학 45집, 한국중어중문학회, 2009. 12, 97~98쪽.

申緯(1769~1845)는 『警修堂全藁』에서, "내가 간직한 소동파의 글로서는 『全集』 및 『王註』, 『施註』, 『査註』 등 4종이 전부터 있었고, 또 『覃溪補註』 및 『海外集』 2종을 얻었으니, 동파문집은 거의 빠짐없이 모아서 유감이 없다.(余所藏東坡文字, 舊有 『全集』, 『王註』, 『施註』, 『査註』 四種, 又得 『覃溪補註』 及 『海外集』 二種, 玆集之聚, 殆無遺憾.)"[32]라고 하였다. 이로부터 명, 청대 이후의 유명한 소식 시문집들인 『東坡全集』, 『增刊校正王壯元集註分類東坡先生詩』, 『施註蘇詩(及)補遺』, 『東坡先生編年詩』 외에 『海外集』, 翁方鋼의 『蘇詩補註』 등을 조선의 문인들이 소장하고 있었음을 알 수 있다.[33]

2) 소동파 시집 조선 판본의 간행

당윤희가 조사한 바에 의하면, 금속활자본이나 목활자본, 혹은 목판본으로 판각된 소식 시집은 『增刊校正王壯元集註分類東坡先生詩』, 『東坡詩選』, 『蘇詩摘律』이 있는데 모두 합하여 71종이 전하고, 그중 『增刊校正王壯元集註分類東坡先生詩』는 68종이며, 『東坡詩選』은 2종, 『蘇詩摘律』은 1종이었다. 이로부터 조선에서는 소식의 여러 판본 중 『增刊校正王壯元集註分類東坡先生詩』가 주로 판각되었고 유행하였음을 알 수 있다. 송대부터 청대까지 수많은 소

32 申緯, 『警修堂全藁』 8冊, 『碧蘆舫藁』 4, 『影印標點 韓國文集叢刊』 291, 159쪽.
33 당윤희, 「조선의 중국본 시문집 유입, 간행 및 수용 양상 略考-당송팔대가를 중심으로」, 중국문학 69집, 한국중국어문학회, 2011, 99~100쪽.

식 시집의 판본이 있었음에도 불구하고 조선에서는 『增刊校正王壯元集註分類東坡先生詩』만을 반복해서 판각한 것은 매우 주목할 만한 점이다.[34]

조선본 소식 시집은 元 劉辰翁 批點 『增刊校正王壯元集註分類東坡先生詩』가 주를 이룬다. 『增刊校正王壯元集註分類東坡先生詩』 밖에 나타나지 않은 것은, 조선 중기 이후 문인들의 소식에 대한 평가와 조선의 출판문화 정책과 어느 정도 관계가 있을 것으로 보인다. 즉 소식이 정치적으로 程伊川과 대립하여 조선조에 정이천의 학통인 朱熹의 영향이 컸던 것과 문장 안에 불교와 노장의 사상이 많아 성리학을 추종하였던 조선의 사상 정책과 어긋나는 점이 소식의 시문이 治術에 적합하지 않다는 평가를 받게 하였던 것이다. 그리고 조선의 출판 정책에 비추어 볼 때 소식의 시문에 대한 이러한 평가는 소식의 시집에 대한 새로운 조판을 어렵게 하였을 수 있다. 조선조 후기에는 소식의 시에 대한 관심과 열기가 다시 높아졌으나 명 · 청대에 『施註蘇詩(及)補遺』, 『東坡先生編年詩』, 『蘇文忠公詩合註』, 『蘇文忠公詩編註集成總案』 등 학술적 성과가 뛰어난 새로운 소식 시집의 주석서들이 출현하면서 이러한 판본들이 개인을 통해 다량으로 수입되었고, 문인들은 중앙정부에서 새로운 소식 시집을

34 당윤희, 「朝鮮刊 蘇軾 詩集 판본 소고-『增刊校正王壯元集註分類東坡先生詩』를 중심으로」, 중어중문학 45집, 한국중어중문학회, 2009. 12, 84쪽.

판각하기를 기다리지 않아도 되게 되었다. 이로써 朝鮮刊 소식 시집은 『增刊校正王壯元集註分類東坡先生詩』가 주류를 이루게 된 것으로 짐작된다.[35]

조선조에 간행된 중국본 소동파 詩選集으로는 『精刊補註東坡和陶詩話』, 『蘇詩摘律』, 『東坡詩選』 등이 있다.

『精刊補註東坡和陶詩話』는 南宋末에서 元初에 활동했던 蔡正孫이 간행한 저작이다. 이 책은 먼저 도연명, 蘇軾, 蘇轍 등 시인의 각 작품을 배치한 뒤 雙行 夾註의 형식으로 주석을 덧붙이고, 다시 그 하단에 해당 시와 관련된 기존의 풍부한 詩話 및 筆記 등을 부기해 편찬자의 비평을 대신하며 연보나 주석을 삽입하기도 하였다. 그리고 이따금 자신의 견해를 '愚謂', '愚按', '按' 이라는 형식으로 피력하고 있다. 이렇게 '總集과 詩話의 중간 형태' 를 보여주고 있다. 이 책의 체례를 구성하는 가장 중요한 뼈대는 '도연명의 시', '소식 및 소철의 화도시', 그리고 '채정손의 평어' 등 세 부분이라고 할 수 있다. 이 가운데 '채정손의 평어' 는 다시 '채정손의 개인적 평론', '주석', '集評' 의 세 부분으로 세분할 수 있다. 특히 '채정손의

35 당윤희, 「朝鮮刊 蘇軾 詩集 판본 소고–『增刊校正王壯元集註分類東坡先生詩』를 중심으로」, 중어중문학 45집, 한국중어중문학회, 2009. 12, 98~99쪽.

평어' 가운데 채정손의 비평적 관점, 혹은 시학 관념을 간접적으로 보여주는 '集評'은 풍부한 '詩話' 및 일실된 송대의 '筆記', 그리고 도연명과 소식의 일부 일실된 '年譜' 등을 포함하고 있어 그 문헌 가치가 높다. 체례의 측면에서 표면적으로 산만해 보이지만, 실제로는 면밀하고도 입체적인 구상 속에서 전개되었음을 알 수 있다.[36]

『精刊補註東坡和陶詩話』에서의 "詩話"는 도연명의 작품을 실은 다음 소동파와 소철의 화답시를 싣고, 이 세 사람의 시에 대해 광범위하게 주석을 단 '시와 이야기(詩話)'로서, '시화'라는 용어 자체도 일반적인 시화와는 뜻이 다르다.[37]

『蘇詩摘律』은 明初에 劉弘이 『王壯元集百家註分類東坡先生詩』를 기초로 300여 편의 소식 칠언율시만을 수록하였다. 간행 시기는 1461년이다. 조선본은 모두 3종이 있다. 이는 조선 전기 소식의 칠언율시의 수용 양상을 일정 부분 반영한다는 점에서 주목된다.[38]

袁宏道 閱, 譚元春 編 『東坡詩選』의 가장 큰 특징은 公安派 袁宏道와 竟陵派 譚元春이 직접 選詩 및 增刪하고 평어, 혹은 주석을 版

36 홍서연, 「朝鮮本 『精刊補註東坡和陶詩話』에 대한 문헌적 고찰」, 중국어문논총 54집, 중국어문연구회, 2012, 229쪽, 247쪽, 254~255쪽.

37 황선주, 楊焄, 「한국본 『精刊補註東坡和陶詩話』 校讀」, 중국어문학논집 71, 중국어문학연구회, 2011. 12, 348쪽.

38 홍서연, 「『蘇詩摘律』에 대한 판본 고찰」, 중국학논총 33집, 고려대 중국학연구소, 2011, 144~145쪽.

框의 윗부분(天眼)에 眉批의 형태로 달았다는 점이다.[39]

이외에도 『詳說古文眞寶大全-前篇』에 소동파 시가 수록되어 있다.

소동파 시선집은 조선 문인들에 의해 編選, 간행되어 나름대로 독특한 가치를 지니기도 했다. 『唐宋八家詩選』, 『蘇詩抄』, 조선본 『東坡詩選』이 그 예이다.

『唐宋八家詩選』은 세종 26년(1446) 안평대군이 당나라의 李白, 杜甫, 韋應物, 柳宗元과 송나라의 歐陽脩, 王安石, 蘇東坡, 黃山谷 등 8인의 시를 엄선하여 10권으로 편찬한 시선집이다. 그 가운데 소동파 시가 131수 수록되었다.[40]

『蘇詩抄』는 중종 25년(1526) 柳希齡이 편찬한 것으로, 앞뒤 일부가 파손되어 서문의 존재 여부나 수록 작품의 전반적인 내용은 파악하기 어렵다. 현존 2권 1책에는 소동파의 각종 한시가 권 1에 42수, 권2에 50수, 도합 92수가 수록되어 있다. 모든 작품을 古迹, 宮殿, 渚宮, 居室 등 핵심 제재별로 분류하였고, 이렇게 함으로써 구체적 제재에 따른 소동파의 작시 방식과 경향을 집약적으로 이해하는

39 김보경, 「한국연구재단 신진연구지원사업 연구계획서」, 2013.

40 황위주, 「한국본 중국시선집의 편찬에 대한 연구」, 동아인문학 3집, 동아인문학회, 2003. 6, 321~322쪽.

데 기여하였다. 전체적으로 배율과 장편 고시가 가장 많은 분량을 차지한다. 따라서 이 시선집은 소동파의 시 중에서도 장편시 수록에 가장 큰 비중을 둔 것이다.[41]

조선본 『東坡詩選』은 조선 명종 시기 문인인 鄭磁가 숙부 鄭百朋이 뽑아놓은 소식의 시에 劉辰翁 批點本 『增刊校正王壯元集註分類東坡先生詩』 25권 본의 주석을 더한 것이다. 이는 조선에서 간행된 劉辰翁 批點本을 저본으로 삼았다. 모두 141수가 수록되었는데, 거의 대부분 소식의 장편 칠언고시이다. 이는 이 책 출판 당시의 과거시험, 특히 진사시에서 7언의 장편 고시로 시험을 본 것과 관련이 있다. 바로 과거시험 대비용으로 만들어진 책으로 기존의 여타 소식시 판본과는 달리 실용적인 측면이 많이 고려되었다. 이는 조선 문인이 독자적인 기준에 따라 소식 시를 選錄하였기 때문에 소식 시 판본의 역사에서도 주목받을 가치가 있다.[42]

이외에도 여러 종의 다양한 소동파 시 필사본들이 있다.

중국 판본의 소동파 시집이 조선으로 유입되었고, 이어서 소동파 시집의 판본이 조선에서 간행되었다. 이어서 몇 종의 중국본 시선

41 황위주, 「한국본 중국시선집의 편찬에 대한 연구」, 동아인문학 3집, 동아인문학회, 2003. 6, 329~330쪽.

42 김보경, 「朝鮮本 『東坡詩選』 初探」, 중국문학 74집, 한국중국어문학회, 2013. 130쪽, 132쪽, 134쪽, 141쪽.

집이 조선에서 간행되는 동시에, 조선 문인이 編定한 시선집도 몇 종 간행되어 가치가 돋보인다. 또한 과거시험에도 소동파의 장편 칠언고시 중심으로 編定한 시선집이 유용하였다. 이러한 것은 모두 한중문화교류의 산물이라고 할 수 있다.

제3장

고려, 조선조 漢詩文의 思潮와 문인의 소동파 숭상의 원인

여기서는 고려, 조선조 한시문의 사조와 문인의 소동파 숭앙의 원인에 대해 파악하고자 한다. 구체적으로 먼저 고려, 조선의 한시문 사조를 고려와 조선의 경우로 나누어 각기 소동파와 연관시켜 검토하고, 이어서 고려, 조선 문인의 소동파 숭앙의 원인을 검토하고자 한다. 조선의 경우는 '拜坡會' 와 관련지어 논하고자 한다. 그리하여 소동파에 대한 우리 사대부 문인들의 열렬한 숭배의 원인은 무엇인지 파악해 보겠다.

〔제1절〕 고려조 漢詩文의 思潮와 麗宋 문화교류

우선 고려시대 漢詩文의 思潮를 살펴보자.

'우리의 문자를 갖지 못한 고려시대에 있어서는 한자를 구사하여 사상과 감정을 표현하여 왔다. 이 시대의 지식계급인 士人은 한자와 한문을 습득하는 것이 학문과 문학을 닦는 데에 있어 유일한 기초작업이었다. 그러므로 한자를 자유자재로 구사할 수 있게 되려면, 또한 많은 漢籍을 섭렵하여야 하는 것이며, 많은 漢籍을 섭렵하는 사이에 중국식인 사상과 文套에 젖어지게 되는 것이다. 그러므로 고려시대의 문학에 있어서는 형식에 있어서는 대개 한문학의 범주에서 벗어나지 못하는 것이 그 실정이었으나, 그 내용은 고려인의 독특한 사상과 정조를 표현한 것이다.[43] 고려조 문인은 國字 이전의 시대에서 이민족의 문학 형태를 받아들여 그 속에서 독창성을 발휘하고 이 민족 고유의 정서를 표출하려고 지난한 고충을 겪었다고 할 수 있다.[44]

李奎報(1168~1241)는 高麗中期의 소동파 열기에 대해 다음과 같이 묘사했다.

고려시대 문인들이 과거 급제 전에는 과거시험 준비 때문에 풍

43 金庠基, 『新編 高麗時代史』, 서울대 출판부, 1985. 4, 703~704쪽.
44 전형대, 정요일, 최웅, 정대림, 『韓國古典詩學史』, 기린원, 1989. 7, 87쪽.

월을 일삼을 겨를이 없다가 과거 합격 후에야 비로소 시 짓기를 배우는데 그 가운데 소동파의 시를 더욱 좋아하게 된다. 그러므로 매년 과거 급제자의 방이 나붙을 때마다, 사람들이 '올해 또 30명의 동파가 나왔구나.' 라고 하였다.

且世之學者, 初習場屋科擧之文, 不暇事風月. 及得科第, 然後方學爲詩, 則又嗜讀東坡詩, 故每歲榜出之後, 人人以爲今年又三十東坡出矣.[45]

이는 고려시대 문인이 소동파를 학문과 문장의 최고 典範으로 삼았음을 반영하고 있다.

고려조를 정치사회사적 변화나 문학의 변화 실상에 따라, 전기, 중기, 후기로 구분하여 본다면 다음과 같다. 고려 전기(918~1146)는 고려조 건국으로부터 귀족사회의 문화가 기울기 시작한 仁宗(1122~1146) 때까지이다. 고려 중기는 毅宗(1146~1170) 시기를 기점으로 하여 무신집권기까지이다. 이 시기는 귀족사회에 동요가 일어나면서 급기야 의종 때에는 무신들의 난으로 문신들이 살육을 당하였는데, 무신집권기 동안 문신들은 竹林高會를 결성하여 자신들의 문학적 재능을 과시하기도 하고 무신들의 막하에서 벼슬하기도 하였다. 그리고 중기에는 중국 宋代의 시 짓는 기법과 詩話書가 들어

45 李奎報, 『東國李相國集』, 卷 26, 「答全履之論文書」.

오게 되어 『破閑集』, 『補閑集』 등 본격적인 시화서가 출현하기도 하였고, 한시에 있어서도 전기와는 다른 새로운 시풍을 형성해 나가기 시작하였다. 고려 후기는 무신집권기가 완전히 몰락하는 문종 11년(1270) 이후의 시기로부터 고려왕조가 멸망하게 되는 시기(1392)까지를 말한다.

고려 중기 때에는 陶淵明, 李白, 杜甫, 白樂天, 蘇東坡, 黃山谷 등의 시집들이 고려 문인들에게 두루 읽혀졌다. 이렇듯 고려 중기쯤에 와서 唐宋의 이름 있는 시인들의 시가 高麗에 전래되어 문인들에게 많이 읽혀졌다는 것을 유추해 볼 수 있고, 아울러 詩作의 이상적인 典範으로 인식되었다는 것을 짐작해 볼 수 있다. 그리고 고려 후기에는 鄭夢周, 李穡, 元天錫 등의 작품에서 성리학적인 시 인식을 바탕으로 한 시작품들이 창작되게 되었고, 특히 송대 濂洛派 시인들이 즐겨 창작하던 사물의 철리적인 면을 탐색하는 시들도 나타나게 되었다.[46]

> 우리나라의 文은 삼국시대와 고려시대에 오로지 六朝文을 배웠는데 변려문을 잘했다. 고려 중기에는 金文烈公(金富軾)이 특히 걸출하였는데 그가 편찬한 삼국사기는 豊厚樸古하여 西漢의 풍이 많고, 말기에는 李益齋(李齊賢)가 처음 韓愈와 歐陽修의 古文

46 이상, 卞鍾鉉, 『高麗朝漢詩研究—唐宋詩 受容樣相과 韓國的 變容』, 太學社, 1994. 97쪽, 43~44쪽, 119쪽.

을 창도했다.

吾邦之文, 三國高麗, 專學六朝文, 長於騈驪, 而高麗中世金文烈公特爲傑出, 其所撰三國史記, 豊厚樸古, 綽有西漢之風, 其末世李益齋, 始唱韓歐古文.[47]

산문의 경우, 고려 초기에는 『文選』 등 六朝文을 배우다가 중기에 김부식이 나와 司馬遷의 『史記』를 모범으로 하여 『三國史記』를 편찬하는 등 西漢의 풍을 따랐고, 말기에 李齊賢이 韓愈, 歐陽修를 모범으로 고문을 일으켰다는 것이다.

고려 말기에 이르러 益齋 李齊賢과 稼亭 李穀, 牧隱 李穡, 圃隱 鄭夢周 등 여러 문인이 잇달아 나와 粹然히 唐宋八家의 고문으로 돌아가, 그 높은 경지는 곧바로 西漢에 이어졌다. 이로부터 『文選』의 체를 비로소 세상에서 귀하게 여기지 않게 되었다.

至于季世, 益齋, 稼亭, 牧隱, 圃隱諸公, 繼出焉, 粹然反之以八家古文, 其高者, 直接西漢, 自是選體不爲世所貴矣.[48]

이렇듯 고려 말기에 李齊賢, 李穀, 李穡, 鄭夢周 등이 나와 당송팔

47 金澤榮, 『韶護堂集』, 8, 雜言.

48 金允植, 「東鑑文鈔序」, 열상고전연구회, 『한국의 序跋』, 바른글방, 1992. 5, 257쪽.

대가의 고문을 숭상하고 西漢의 문풍을 이었다.

고문이 경서에 담겨 있는 내용을 충실하게 반영한 글로써, 인간의 성정과 도덕의 문제가 주된 내용을 형성한다는 측면에서 본다면, 고려 전기 文弱으로 흘러 사회가 혼란했을 때 金富軾이 고문복고를 주장한 것과 고려 후기 元에게 국권을 상실하여 존망의 위기에 처해 있을 당시에 李齊賢, 李穡에 의해서 고문이 강조된 것은 시대 현실과 문체가 얼마나 밀접한 관련을 가지고 있는가를 증명하는 좋은 사례이다.

林椿은 고려 전기에서부터 비롯된 문학의 浮薄함과 형식주의를 배격하고 당대의 문학을 새로 일으키기 위해서는 무엇보다 尙古주의에 바탕을 둔 고문의 부흥과 숭상에 있음을 진지하게 역설하였다.[49]

이처럼 고려시대 한시문의 思潮는 고려 전기까지는 晩唐風과 六朝시대의 모범 문장집인 『文選』이 가장 중요한 한문교과서로 행세하고 있었다가, 중기에 소동파의 詩文이 성행하고, 아울러 漢나라 文과 唐詩를 숭상하였으며, 여말에 이르러 宋詩文을 중시하였다. 또 후기에 성리학을 수용하고, 唐宋八大家를 모범으로 삼았다. 아울러 중 · 후기에 金富軾이 古文復古를 주장하였고, 이어 林椿, 李齊賢, 李穡 등이 상고주의에 바탕을 둔 古文을 숭상하였다.

49 朴性圭, 『고려 후기 사대부 문학 연구』, 고려대 출판부, 2003. 4, 13~18쪽.

이어서 고려와 송의 문화교류에 대해 살펴보자. 高麗와 宋 간의 사신과 상인의 왕래, 고려에 귀화한 宋人과 고려의 入宋 유학생의 활동 등에 의해 양국 간의 문화교류는 확대되었다. 이에 따라 다수의 漢籍이 고려에 유입되었고, 宋에서 逸失된 고려의 漢籍이 宋에 들어가기까지 하였다. 여기서는 정치적 배경과 양국의 문화교류에 대해 간략히 검토해 보겠다.

고려와 북송과의 수교는 光宗 竣豊 3년(宋 建隆 3년, 962) 이후부터 열린다. 993년(고려 成宗 12년) 고려는 거란과의 담판으로 거란의 正朔을 사용하는 반면 江東六州를 얻었다. 이듬해 사신을 송에 보내 거란과의 戰役을 보고하고 宋에 請兵하였더니, 송은 "가벼이 움직여서는 안 된다.(不宜輕動.)"라 하였다. 고려는 송의 청병거절을 이유로 송과 단교하였다. 이후 고려와 송의 국교는 폐절된 지 43년만인 文宗 25년(1071)에 재개가 된다. 1068년(熙寧 원년) 宋은 黃愼을 고려에 보내어 다시 통교할 뜻을 전하였다. 1070년 다시 黃愼이 고려에 와 고려 조정의 동의를 얻어내었다. 송은 神宗 즉위 후, 對遼관계에 있어서 고려와 연합하여 거란을 막는 聯麗制遼策을 수립하고 가능한 한 고려에 대해서 우호적으로 대해 주었다. 고려와 宋의 관계는 종적인 관계보다는 횡적인 관계가 더 내포된다. 麗宋 관계를 962(고려 光宗 13년, 宋 建隆 3년)년부터 1126년(고려 仁宗 4년, 宋 靖康 원년)까지 165년간 使行 및 牒報관계, 通報 등을 합하면 고려가 송에 파견한 것이 53차, 송이 고려에 파견한 것이 32차나 되며 그 중

간에 통교와 단교가 3차나 되었다.[50]

全海宗은 '고려와 송의 관계는 첫째, 간헐적, 단속적이었으며, 둘째, 우호친화적인 관계이며, 셋째, 정치적 관계보다는 경제적 문화적 관계였다. 넷째, 신라와 당나라의 말기 관계의 연장이라고 할 수 있으나, 점차로 문화적, 경제적 관계가 더욱 뚜렷하게 되었다.'[51]고 파악하고 있다.

宋詩風이 우리나라에 도입된 시기는 아직 불분명하며 다만 文宗 25년(1071) 宋과의 國交再開에 따른 빈번한 사신의 왕래로 인하여 전해졌으리라 짐작된다. 특히 "文宗 34년(1080), (朴寅亮은) 戶部尙書 柳洪과 함께 송나라에 사신으로 갔는데, ……. 그때 金覲이란 사람도 일행 가운데 있었는데, 宋人들이 박인량과 김근이 지은 편지, 表文, 狀啓, 題詠 등의 글을 보고 찬양하기를 마지 않았으며, 두 사람이 지은 詩文을 수록하여 『小華集』이란 책까지 간행하게 되었다.(三十四年, 與戶部尙書柳洪奉使如宋, ……. 有金覲者, 亦在是行, 宋人見寅亮及覲所著尺牘表狀題詠, 稱嘆不置, 至刊二人詩文, 號小華集.)"[52]

50 金渭顯, 『高麗時代 對外關係史 研究』, 景仁文化社, 2004. 2, 178~180, 240, 306쪽.

51 全海宗, 『韓中關係史研究』, 一潮閣, 1974, 45쪽.
全海宗, 「高麗와 宋과의 관계」, 『東洋學』, 7집, 단국대학교 동양학연구소, 1997, 258쪽.
金渭顯, 『高麗時代 對外關係史 研究』, 景仁文化社, 2004. 2, 180쪽, 재인용.

52 『高麗史』, 卷 95, 列傳, 8, 朴寅亮 條.

金覲이 入宋한 11세기의 중국은 宋學의 발달과 고문운동 그리고 기타 여러 요인으로 인하여 宋詩風이 극성하던 시기로서 송시의 대가인 歐陽修, 王安石, 蘇軾, 蘇轍 등이 활동하던 시대였다. 이때 그가 송에 들어가 당시 유행하던 宋詩風, 특히 東坡의 시문을 직접 접했으리라 추측할 수 있다.[53]

文宗 말년부터 宋과의 교류가 활발해지지만 소동파의 글에서 보이듯이 고려가 거란과 손을 잡았다는 점에서, 그리고 다시 宋이 金의 침입을 받아 남쪽으로 천도하게 되면서 양국 간의 공식적인 교류에는 여러 가지 문제가 발생한다. 그럼에도 이 시기는 우리 문학사에서 매우 중요한 의미를 지닌 東坡 배우기의 열풍과 '宋風'이 시작된다는 점에서 상세한 고찰이 요구된다.

송 지식인의 시각에서는 고려 사신들의 접대에 요구되는 재정부담에 대한 우려나 고려와 거란과의 관계에 대한 많은 회의가 있었던 것으로 보이지만,[54] 이 시기 고려가 송에 대해 보여준 태도에도

53 金慶洙, 『李奎報 詩文學硏究』, 아세아문화사, 1986. 4, 39~40쪽.

54 柳種睦은 「蘇軾과 高麗」(중국문학, 제38집, 한국중국어문학회, 2002)에서, 소동파의 高麗에 대한 관점을 '미개한 오랑캐, 거란의 앞잡이, 경계해야 할 위협적 존재로 보았다.' 고 했다. 또 그는 동파가 麗宋通交를 반대한 이유를, 송나라 국익의 손실과 백성의 고통, 국가 기밀의 유출, 국제정세에 대한 誤判과 그릇된 高麗觀 때문이라고 요약했다. 申採湜은 「蘇軾의 高麗觀」(중국학보, 제27집, 1987. 5, 29~32쪽)에서, 소동파의 이와 같은 관점은 北宋朝의 反高麗觀을 대표한다고 하였다.

흥미 있는 부분이 많다. 이미 成宗 13년 고려가 거란의 침입을 받고 宋에게 도움을 요청한데 대해 송은 가벼이 움직일 수 없다 하여 거부했는데, 이로부터 두 나라의 관계는 끊어졌다. 그러나 얼마 후 이번에는 宋의 徽宗, 欽宗 부자와 太后 등이 금에 포로로 끌려가게 되면서 고려에 도움을 청하는 일이 벌어진다.

고려가 송의 문화에 대해 지니고 있는 지극한 숭앙에도 불구하고, 정치외교적인 면에서는 상당히 냉정한 자세를 취했음이 金富儀의 表文에서 잘 드러난다.[55] 당시 국제적 역학관계에서 송은 고려에 어떤 힘의 배경이 되지 못했으며, 이를 고려의 君臣들이 잘 인식하고 있었던 것으로 보인다.

이 시기 고려와 송은 경제와 문화적 관계로 맺어져 있고, 이 관계가 상호 긴밀히 연관되어 있었다. 『高麗史』에 기록된 것만 보아도 당시 고려에 왔던 송 상인의 수와 그들이 가지고 온 물품 등은 상당했던 것으로 보인다. 이러한 송으로부터의 문화 수용은 양국 간의 공식 관계의 유지 여부와는 상관없이 끊임없이 지속되어 온 경제교류가 가능하게 하였다. 송의 문화에 대한 경도는 사실상 국교가 재개된 文宗 후반기에서부터 적극적으로 시작된다.[56] 또 중요한 것은 대량의 중국 漢籍이 고려로 유입된 것이다.

55 金富儀, 「入宋告奏表」, 『東文選』, 卷 39.

56 이혜순, 『高麗 前期 漢文學史』, 이화여자대학교 출판부, 2004. 1, 257쪽.

고려는 光宗 9년(958), 정식으로 進士科를 시행하였는데, 시험과목은 詩, 賦, 頌 및 時務策이었다. 이에 四部書 가운데, 蕭統의 『文選』은 더욱 士人들의 중시를 받아 文風이 점점 성해졌다. 中國漢籍의 유입은 자연적으로 더욱 보편화되었고, 서적의 유입수량도 부단히 증가되었다. 宋나라가 건국됨에 이르러, 고려 光宗은 사신을 파견하여 "宋나라에 보내어 토산물을 선사하였고(如宋獻方物)" [57], 景宗 때에는 "金行成을 송나라에 보내어 國子監에 입학하게 하여(遣金行成如宋, 入學國子監)" [58] 양국의 교류가 나날이 증가되었다. 비록 그 후에 遼나라, 金나라가 이어서 양국의 북방을 점거하게 되어 高麗와 宋나라의 교류는 때로 중단되기까지 했다. 그러나 고려와 宋 사이의 公的 私的인 왕래는 여전히 극히 빈번하다고 말할 수 있다. 이러한 교류는 의심할 것 없이 中國漢籍의 유입을 대대적으로 촉진시켰다.

예를 들면, 『高麗史』 고려 成宗 9년에 내린 敎令에 이미 나타나기도 했는데, 成宗이 즉위하여, "내가 왕위에 오른 뒤로부터 더욱 유학을 숭상하여 지난날의 보수사업을 계속하여 當代에 보충하던 일을 계승하여 왔으므로, 沈隱士의 2만여 권은 麟臺에 필사되어 있고, 張司空의 30수레 서적은 虎觀에 보관되어 있다. 그리고 다시 四部

57 『高麗史』 卷 2, 世家 2, 光宗.
58 『高麗史』 卷 2, 世家 2, 景宗.

書籍을 수집하여 兩京의 장서를 풍부히 하려고 한다. 그리함으로써 학생들은 시장에 나가서 책을 사는 수고가 없고, 강단에서는 경서를 듣고 강의를 진행하게 될 것이다. 또한 우리 동방 사람들로 하여금 鄒魯의 옛 풍속을 알게 하며 부자 형제 간의 도리를 알게 할 것이다. 해당 관리들에게 명령하여 西京에 修書院을 설치하여 여러 학생들로 하여금 역사서적들을 발췌 필사하여 보관하도록 하라.(自從嗣位, 益以崇儒, 踵修曩日之所修, 繼補當年之所補, 沈隱士二萬餘卷, 寫在麟臺, 張司空三十車書, 藏在虎觀. 欲收四部之典籍, 以畜兩京之府藏, 青衿無閱市之勞, 絳帳有執經之講, 使秦韓之舊俗, 知鄒魯之遺風, 識父慈子孝之常, 習兄友弟恭之懿. 宜令所司於西京開置修書院, 令諸生抄書史籍而藏之.)"[59]라고 했다. 이로써 당시 중국으로부터 전래되거나 또 필사되거나 刊刻된 서적의 수량의 많음과 崇儒尚文 기풍의 홍성을 볼 수 있다.

또 『高麗史』, 卷 10, 宣宗 8년 6월 丙午의 기록에 따르면, 고려 사신 "李資義 등이 송나라로부터 귀국하여 왕에게 다음과 같이 보고하였다. '宋나라 임금이 우리나라에 있는 서적에는 좋은 판본이 많다는 말을 듣고 館伴(접대 담당관원)에게 지시하여 요구하는 서적 목록을 써 주니, 비록 권수가 부족한 것이 있더라도 꼭 베껴서 보내라.' 고 하였습니다.(李資義等還自宋, 奏云, 帝聞我國書籍多好本,

59 『高麗史』 卷 3, 世家 3, 成宗.

命館伴書所求書目錄授之. 乃曰, 雖有卷第不足者, 亦須傳寫附來.)"[60] 그 책은 모두 129종이다. 이 129종의 서적 가운데 결국 얼마나 宋나라에 전해졌는지 명확한 기록이 없다. 그러한즉, 이는 또한 北宋과 北宋 이전의 中國漢籍이 고려에 보내진 수량의 큼과 당시 중국 본토에서 이미 失傳된 전적을 반대로 고려에게 다시 요구하지 않을 수 없었던 사실을 족히 볼 수 있다.

이처럼 대량의 漢籍의 유입과 교류는 고려와 宋 간의 문학교류에 기반이 되었다.

'고려 한시문의 思潮'는 한시의 사조의 경우, 전기에는 晩唐風이 성행했고, 중기에는 오로지 동파의 시문을 배웠으며, 후기에 이르러 성리학을 수용하였다. 산문의 경우, 전기에는 文選 등 六朝文을 배우다가 중기에 西漢風을 따랐고, 후기에 당송팔대가를 모범으로 고문을 일으켰다.

고려와 宋의 문학교류에 있어 양국은 고려, 宋, 遼 간의 국제정세의 변화에 따라 세 차례의 수교와 단교를 반복하였으나, 고려는 宋의 우수한 문화를 적극적으로 이입하였다. 사신의 왕래, 상인의 왕래, 그리고 고려에 귀화한 宋人과 고려의 入宋 유학생의 활동으로 양국 간의 교류는 활발하였다. 이에 따라 다수의 漢籍이 고려에 유

60 『高麗史』 卷 10, 世家 10, 宣宗 8년.

입되었으며, 고려의 漢籍이 宋에 들어가기까지 하여 상호 간의 문학교류에 기반이 되었다. 특히 문종 2년 양국 간의 국교 재개에 따라 宋詩風, 특히 蘇東坡風이 적극적으로 전래되었다.

〖제2절〗 조선조 漢詩文의 思潮와 문인의 소동파 수용

먼저 조선시대 문학사조와 문인의 중국문학, 특히 소동파 문학과의 관계를 개략적으로 고찰하겠다. 한 · 중 양국은 使節의 교류를 통해서 양국 문인간의 교류를 확대시켰다. 그리고 중국 典籍의 부단한 전래 또한 양국 상호 간의 문화교류를 더욱 빈번하게 했다. 소동파는 고려, 조선시대에 있어 영향이 가장 큰 문인 가운데 한 사람이다.

儒學立國이라는 통치이념, 文學思潮의 변천 및 학문관념의 차이로, 朝鮮시대의 문인은 소동파 문학의 수용 정도에 있어서 다소 정도의 차이가 있긴 하지만, 총체적으로 본다면 소동파 문학은 부단히 유행하고 있다. 소동파 문학 자체의 매력은 국경을 초월하여 조선에 전달되었으며, 동시에 조선에서도 자국 문학의 자양분으로 삼을 정도로 문화적 토양이 구비되어 있었다. 조선시대의 문인은 이미 漢詩文을 읽고 쓰는 능력이 구비되어 있어 소동파의 문학을 수용하는 양호한 기초가 되었다.

조선시대의 유학은 주로 性理學을 통치이념으로 삼았으며, 문학사조도 유학의 모델에 따라 세워지고 발전되었다. 그리하여 前期(儒學建立期 : 太祖－第13代 明宗), 中期(儒學發展期 : 第14代 宣祖－第20代 景宗), 後期(儒學反省期 : 第21代 英祖－27代 純宗) 三個時期[61]로 나뉠 수 있다. 유학은 특히 性理學(朱子學) 體制가 전기에 확립되고, 중기에는 비교적 공고히 되었다. 그리하여 儒學 이외의 사상은 배척을 받았고 심지어는 이단시되기까지 했다. 후기에 이르러서는, 性理學에 대한 반성과 유학의 통치국면이 다소 느슨해졌다. 상이한 시기에 있어 중국문학, 특히 소동파 문학의 수용의 양상은 다소간의 차이가 있다. 이제 조선조 시풍의 변모를 고찰한 대표적인 평론 몇 條를 검토해 보자.

金宗直(1431~1492)은 「青丘風雅序」에서 간단명료하게 新羅末부터 朝鮮 前期까지의 漢詩의 思潮를 총괄하고 있다.

> 우리나라 문인들의 시를 읽어 보면 그 格律이 무려 세 번이나 바뀌었다. 신라 말과 고려 초에는 오로지 晚唐體를 본받았고, 고려 중엽 때에는 오로지 동파만을 배웠다. 고려 말에 이르러 益齊 등 여러 문인이 옛 습관을 조금 바꾸어 雅正한 것으로 재단하여,

61 洪禹欽, 「擬把漢江當赤壁－韓國蘇軾研究述略」, 曾棗莊等著, 『蘇軾研究史』, 江蘇教育出版社, 2001. 3, 588~589쪽. 용어와 分期는 필자가 약간 가감하였다.

聖朝(조선)의 문명에 이르기까지도 오히려 그 규범을 따랐다.

得吾東人詩而讀之, 其格律無慮三變 : 羅季及麗初, 專襲晩唐 : 麗之中葉, 專學東坡 : 適其叔世, 益齊諸公, 稍變舊襲, 裁以雅正, 以迄于盛朝之文明, 猶循其軌轍焉.[62]

한시의 경우, 고려 초에는 晩唐風이 성행하였고, 중기에는 오로지 동파의 시문을 배웠으며, 말기에 이르러 성리학을 수용하였다는 것이다.

李睟光(1563~1628)은 조선 전기에 소동파, 황정견을 숭앙하였다가 中期에 唐風을 중시하였다고 하였다.

우리나라 시인들은 소동파와 黃庭堅을 많이 숭상하여 200년간 한 가지 투식만을 되풀이하였다. 근래에 이르러 崔慶昌과 白光勳이 비로소 唐風을 배워 힘써 淸苦한 시를 지으니 崔白이라 불리었다. 일시의 사람들이 자못 그들을 본받아 종래의 습관을 거의 변화시켰다.

我東詩人, 多尙蘇黃, 二百年間, 皆習一套. 至近世, 崔慶昌白光勳始學唐, 務爲淸苦之詞, 號爲崔白, 一時頗效之, 殆變向來之習.[63]

62 金宗直, 『靑丘風雅 · 序』.

63 李睟光, 『芝峰類說』, 卷 9, 文章部 2, 詩.

金萬重은 『西浦漫筆』 卷下에서 이르길 :

우리나라(조선) 詩體는 네댓 번만 변한 것이 아니다. 우리나라 초기는 고려의 유풍을 이어받아 순전히 소동파만 배웠다. 성종과 중종 때에 이르러 오직 容齋 李荇만 크게 성공했다. 중간에 豫章 사람 黃庭堅을 참고로 하게 되었으니 읍취헌 박은의 재주는 정말로 300년 만에 나올 만한 유일한 사람이다. 또 변하여 강서시파인 황정견과 진사도만 오로지 따르게 되었으니, 호음 정사룡, 소재 노수신, 지천 황정욱 세 사람이 웅건하게 우뚝했다. 또 변하여 唐詩風으로 올바르게 돌이켰으니, 최경창, 백광훈, 이달이 순정한 시인이었다. 그러나 소동파를 배우다 잘못되어서 가끔씩 번잡하고 진부해 사람의 뜻을 만족시키지 못하기도 했다. 강서시파의 폐해는 너무 古拙하고 입에 순하지 않아 염증이 난다.

本朝詩體不啻四五變: 國初承勝國之緖, 純學東坡, 以迄於宣靖, 惟容齋稱大成焉. 中間參以豫章, 則翠實之才, 軒三百年一人, 又變而專攻黃陳, 則湖蘇芝(湖陰鄭士龍, 蘇齋魯守愼, 芝川黃廷彧)鼎足雄峙. 又變而反正於唐, 則崔白李(崔慶昌, 白光勳, 李達), 其粹然者也. 夫學眉山而失之, 往往冗陳, 不滿人意, 江西之弊, 尤拗拙可厭.

김만중은 조선 초에는 고려를 계승하여 순전히 소동파를 배웠고, 이어서 黃庭堅, 陳師道를 배웠으며, 중기에는 唐詩를 배워 소동파 학습의 폐단이 “번잡하고 진부하게 됨(冗陳)” 에 있었으며, 江西詩派

를 배운 폐단이 "古拙하고 입에 순하지 않음(拗拙)"에 있다고 했다.

金澤榮(1850~1927)은 조선 중기에는 "풍성하고 웅장하며 고고하고 화려한 홍취(豐雄高華之趣)"를 위주로 하였으며, 후기에는 "기이하고 괴이함(奇詭)"과 "날카롭고 새로움(尖新)"을 위주로 하였고, 얼마 후 詩書畵 三絶로 이름을 떨친 申緯가 출현하였다고 하였다.

우리나라의 시는 고려의 익재 이제현을 종주로 삼아, 조선조 선조와 인조 사이에 계속해서 작가가 가장 많이 나왔다. 곧 오봉 이호민, 오산 차천로, 옥봉 백광훈, 난설헌 허부인, 석주 권필, 청음 김상헌, 동명 정두경 같은 여러 사람이 있는데, 그들은 대개가 풍성하고 웅장하며 고고하고 화려함의 홍취를 주장하였다. 영조 이후부터는 시풍과 기운이 한결같이 변하여 혜환 이용휴, 금대 이가환 부자와, 형암 이덕무, 영재 유득공, 초정 박제가, 강산 이서구 같은 무리들이 혹은 기이하고 괴이함을 주로 삼기도 하고, 혹은 날카롭고 새로움을 주로 삼기도 하였다. 그리하여 그 당시 문장 성쇠의 자취를 옛날에 비한다면 오히려 만당시대보다 더 훌륭하다고 할 수 있다.

자하 신위 같은 이는 강산 이서구 같은 이들의 바로 뒤에 태어나서 시와 그림과 글씨의 三絶로 천하에 이름을 떨쳤다.

吾東之詩以高麗李益齋爲宗, 而本朝宣仁(宣祖, 仁祖)之間, 繼而作者最盛, 有李五峰, 車五山, 白玉峰, 許夫人, 權石洲, 金淸陰, 鄭東溟諸家. 大抵皆主豐雄高華之趣. 自英廟以下則風氣一變, 如李惠寰, 錦岱父子, 李炯菴, 柳泠齋, 朴楚亭, 李薑山之倫, 或主奇詭, 或主尖新, 其一代升降之迹, 方之古則猶盛晩唐焉. 惟申公之生, 直接薑山諸家之踵, 以詩畵書絶聞於天下.[64]

이상의 네 가지 설을 종합하건대, 新羅 末, 高麗 初에는 晩唐詩를 학습하였고, 고려 중기부터 조선 전기에는 宋詩風을 학습하였는데, 특히 蘇東坡詩風을 주류로 삼았다. 특히 조선 전기에는 소동파와 江西詩派의 영향이 비교적 크다. 조선 중기에는 宋詩에 대한 권태와 "文은 반드시 秦漢이요, 시는 반드시 盛唐이다.(文必秦漢, 詩必盛唐.)"라는 明代 擬古派의 영향을 받아 唐代의 詩風이 숭앙되었다. 조선 후기에는 "實學者"들이 사절로 청나라의 燕京에 가서 청의 문인들과 학술교류를 하면서 當時 淸代의 蘇東坡 硏究 열기의 영향을 받아, 다시금 소동파에 대해 높은 관심을 불러일으키게 되었다.

漢文散文으로 말하면, 기본적으로 한시와 유사하다. 조선시대 한문산문의 창작 모범과 표준은 秦漢 이전의 儒家經典, 諸子文, 唐宋八家文 등의 古文이었다. 그 후 諸家體를 학습하는 것이 一家體를 학습하는 것만 못하다고 여겨, 이 때문에 점차 先秦兩漢(司馬遷, 班

64 金澤榮, 『申紫霞詩集』, 「申紫霞詩集序」, 金滄江重編本, 1~2쪽.

固), 唐宋八大家 등 어느 시대, 어느 작가의 문체를 전공하는 국면을 형성하였다. 이와 동시에 더욱 실용성을 중시하였는데, 예를 들면 中國(明, 淸)의 外交文, 朝廷의 政令文 등이다.[65] 소동파의 산문을 예를 들면 전후 「赤壁賦」 등의 명작은 어느 시대를 막론하고 문인의 애호를 받았다.

조선시대 소동파 열기의 변화와 중국문학사조의 변천은 유사한 파도의 기복을 보이고 있다. 그 시기와 정도로 말하면 약간의 차이가 있다. 이는 중국의 문학사조가 조선에 미친 영향 및 조선시대 자체의 유학(성리학)의 변천과도 연관된다. 당연히 조선시대 자체의 詩文思潮의 변천도 홀시할 수 없는 인소이다. 요컨대 한국의 소동파 열기는 고려 중기에 정점에 도달하였으며, 이러한 양상은 조선 전기까지 지속되었다. 조선 중기에는 唐詩가 점차 유행되자 소동파의 학습은 다소간 느슨해졌다. 후기에 이르러 儒學(性理學) 자체의 반성과 淸代 文學思潮의 영향을 받아 다시금 소동파 열기를 맞게 된다.

65 李丙疇 等著, 『漢文學史』, 새문사, 2003. 2, 336쪽.

〔제3절〕 고려, 조선조 문인의 소동파 숭앙의 원인

1. 고려조 문인의 소동파 숭상의 원인

이제 고려 문인의 소동파 숭상의 이유를 파악, 정리해 보겠다. 허권수는 우리 문인의 소동파 숭상의 이유를 다음과 같이 파악하고 있다.

1. 소동파의 시는 정감을 위주로 한 唐詩와는 달리 시의 氣韻이 호방하고, 雅俗을 가리지 않는 시어가 풍부하여 상당히 독창적인 면모가 있었다. 이점이 당시 사상적으로 자유로웠던 고려인들의 기질에 합치되었던 것이다.
2. 소동파의 시문에는 불교, 노장에 관계된 내용이 많다. 고려시대에는 불교를 숭상하였고, 또 무신란, 거란, 몽고 등의 침입으로 사회가 어수선하여 지식인들이 현실 도피적인 생각을 갖고 있었으므로 자연히 불교나 노장에 관계되는 글이 많은 소동파의 시문이 숭상을 받게 되었다.
3. 유배, 좌천 등으로 점철된 일생을 보내면서도 좌절하지 않고 현실 긍정적인 작품이 많은 소동파의 시문은 당시 때를 만나지 못한 지식인들에게 위안이 되었다.

4. 소동파는 화려한 閥閱 출신이 아니고 한미한 가문의 출신이었으므로 무신란 이후 새로 진출한 新進士類들의 선망의 대상이 되었다.[66]

이혜순은 고려 문인의 소동파 숭상의 원인에 대해, "또, 당시 요와 금을 이적시하는 시각이 깔려 있거니와, 이들에게 침략을 당하고 굴복해야 했던 피해의식이 정통 중화왕조로서의 송대문학에 대한 갈증으로 좀 더 강화되고 확대되었을 가능성이 크다. 소동파의 수용도 적극적으로 이루어져 다음 무신란 시기에는 동파 모의가 절정을 이루는 것으로 기록되고 있거니와, 이러한 동파 수용도 이 시기의 송 문화 경도라는 시대정신에 수반되어 이루어진 것으로 추측된다."[67]라고 하여, 고려의 정통중화 왕조로서의 宋 문화 경도를 그 원인으로 보았다.

이동철은 "고려 중엽에 소동파가 환영받은 까닭은 그가 비록 儒者이지만 불교를 대단히 좋아하여 半儒半佛的 관념 하에 살아서 당시의 숭유존불정책에 적합했던 점에서 찾을 수도 있고, 또 그가 정치가이면서 문장가라는 양면성이 당시의 문인들과 아주 비슷했던 점에서도 찾아볼 수 있다. 또 杜甫보다 李白, 白樂天, 蘇東坡를 숭상

66 以上, 許捲洙, 「소동파 시문의 한국적 수용」, 중국어문학, 제14집, 영남중국어문학회, 1988, 53~54쪽.

67 이혜순, 『고려 전기 한문학사』, 이화여자대학교 출판부, 2004, 264쪽.

한 것은 그들이 종교적으로 고차원적, 인간외적인 것에 관심을 기울이고 심취했던 때문이다."[68]라고 하여, 소동파가 비록 儒者이지만 불교를 좋아하여 당시의 崇儒尊佛정책에 적합했던 점, 그리고 소동파가 정치가이면서 문장가라는 면이 당시의 문인들과 비슷했다는 점 등을 그 이유로 꼽고 있다.

논자들의 위와 같은 견해 이외에도, 고려 문인의 동파 숭상 이유는 동파의 인품과 문장이 매력이 있어 강한 흡인력을 지니고 있기 때문이다. 고려 문인들에 있어 동파는 詩作과 학문, 그리고 문장의 典範을 제공하였고, 문학적 공감, 창작기교, 예술적 성과와 경험을 제시해 주고 있다. 동파의 세력에 영합하지 않고 직언하는 성격, 애국애민의 정신, 활달한 인생관, 난관에도 슬픔을 즐거움으로 전환시킬 수 있는 초연적인 심리 등이 모두 고려 문인들에게 감동을 주고 있다. 동파의 누차 *浮沈*하는 처지가 공명을 일으키게 하였으며, 그의 출사와 은퇴에 대한 관점 역시 문인들에게 깊은 계시를 주었다. 이와 같은 것들은 고려 문인들이 소동파를 이상적인 모델로 삼게 했다.

양국의 문학교류의 측면에서 본다면, 고려 중, 후기는 중국의 소동파 열풍과 상응하는 시대이다. 중국의 소동파 열풍은 소동파 당대인 북송대에 이미 시작되었고, 그의 死後 남송의 高宗(1127~1161),

68 李東喆, 『白雲 李奎報詩의 연구』, 국학자료원, 1994, 38쪽.

孝宗(1162~1188) 시대에 그 열풍이 고조되었다. 고려시대의 소동파 열풍은 중국의 그것과 약간의 시간적 간격을 두어 中期 무신란 시기에 이입되어 재현된 것이다.

무엇보다도, 그것은 소동파 문학 자체의 가치와 매력으로 인해 국경을 초월하여 우리 문학의 자양분으로 삼을 수 있는 문화 풍토가 갖추어져 있기 때문이라고 할 수 있겠다.

2. 조선조 문인의 소동파 숭상의 원인 – '拜坡會' 와 관련하여

조선 후기 시단의 핵심 인물인 申緯(1767~1845), 姜瑋(1820~1884), 李建昌(1852~1898), 金澤榮(1850~1927)은 蘇東坡, 黃庭堅을 극히 숭배하였다. 姜瑋를 우두머리로 하여 蘇東坡 生日 기념 詩會 "拜坡會"를 발기하였다. 매년 음력 12월 19일(소동파의 생일), 일군의 시인들은 모임을 갖고 술을 마시며 시를 지었다. 이 의식은 1945년까지 지속되었다. "小論"의 領袖 鄭萬朝의 집에서 매년 동파의 생일이 되면, 20여 명의 시인이 모임을 갖고 생일 모임을 거행하였는데, 이에 대해 "老論"에서는 완곡히 비평하였다. 1945年년, 83세의 徐蕉園이 拜坡會를 거행하였는데, 이 뒤로는 다시 거행되지 못하였다.[69]

69 洪贊裕先生의 證言인데, 정후수 교수가 申緯의 시를 번역하면서 기록한 원고의 메모에 근거한다. 정후수 역, 『추사 김정희시 전집』, 풀빛, 1999, 155쪽, 註) 4, 참조.

拜坡會에 관련하여 기존 몇 개의 논문에서 언급하고 있는데, 내용이 모두 똑같지는 않으나 상호 관련이 깊다.[70] 이에 근거하면 拜

70 1. "翁方綱은 동파의 초상화를 수집하여 일일이 고증하였으며, 매년 동파의 생일인 12월 19일이 되면 동파의 초상화 앞에 「天際烏雲帖」과 宋槧 『注東坡先生詩』를 진설하고 여러 문인들을 초청하여 拜坡會(혹은 東坡祭라고도 한다)를 가지기도 하였다." 강경희, 416쪽. "신위의 문집에 拜坡會를 언급한 시가 여러 군데 보이는 것, 趙熙龍의 詩 등으로 보아 옹방강이 매년 동파의 생일에 열었던 배파회가 金正喜 일파를 중심으로 하여 조선에서 성행하였음을 알 수 있다. 배파회는 일제 강점기까지 계속되었고 마지막 領袖는 茂亭 鄭萬朝(1859~1936)라고 전해진다. 김상엽 지음, 『소치 허련』, 돌베게, 2008, 81쪽. 강경희, 418쪽. 以上. 강경희, 「조선 후기 崇蘇熱 과 東坡笠屐圖」, 중국어문학논집 65집, 중국어문학연구회, 2010, 416쪽, 418쪽.

2. "추사는 燕行에서 귀국후 옹방강의 소동파 흠모를 본받아서 이를 조선시단에 전하여 새로운 유행을 이끌게 된다. 옹방강이 소동파를 사모하여 서재의 이름을 '寶蘇齋' 라 이름한 것을 본받아 옹방강에 대한 사모의 뜻을 담아 서재의 이름을 '寶覃齋' 라 하였고, 東坡像을 臨模하고 모셔서 東坡祭를 지냈다. 신위 또한 동파제를 통해 소동파를 기렸으며 그의 주변 文士들에게 동파열풍을 전파했고, 동파의 생일에 맞추어 東坡像을 임모하고 시를 지었다. 추사와 신위 이전에도 소동파에 대한 숭상은 꾸준히 이어져 왔지만 이때에 이르러 종전과는 다른 양상이 나타났다. 東坡祭와 東坡像 所藏 등은 새로운 양상이었다. 신위의 제자인 朴永輔도 이러한 새로운 문화에 적극 참여하였고, 추사의 마지막 제자인 姜瑋(1820~1884)를 중심으로 하여 강한 동지적 유대로 연결되어 19세기 후반을 대표하는 시인인 李建昌, 金澤榮, 黃玹 등 韓末四大家도 '東坡生辰會' 를 개최하면서 동파 숭상의 문화를 이어갔다." 以上. 김성기, 「조선조 시인의 소동파 문학에 대한 인식」, 개신어문연구 제35집, 개신어문학회, 2012, 128쪽.

3. "옹방강은 소동파의 생일인 12월 19일에 자신의 동파 관련 소장품을 보소재에 진열해 놓고 마음에 맞는 사람들과 함께 모여 제사를 올렸다. 이른

坡會는 그 명칭이 東坡祭, 東坡生日祭, 拜蘇會 등으로도 불린다. 拜坡會의 거행은 조선 후기 문인의 소동파 숭상의 돌출한 一例이다.

어째서 조선시대 문인들은 이토록 소동파를 좋아했는가는 아래와 같이 개괄할 수 있다.

첫째, 소동파의 인품과 文品이 큰 흡인력을 구비하고 있다. 그들은 소동파의 인품을 흠모하였는데, 그 직언하기를 꺼리지 않고 권세에 아부하지 않는 성격, 애국애민하는 정신, 활달한 인생관, 처지가 어려워도 슬픔을 즐거움으로 전환시키는 초연한 심경은 모두 조선시대 문인에게 감동을 주었다. 소동파의 문학 자체의 탁월한 예술성, 특히 전후 「적벽부」 등의 명작이 구비하고 있는 문학적 매력에 대해서는 조선시대의 문인들이 모두 높이 인식하고 있다.

徐居正은 소동파의 氣節과 문장에 대해 극히 흠모하였다. 더욱이

바 동파제의 출발이다." 정민, 404쪽. "동파제는 점차 확산되어 북경 뿐 아니라 상해의 지식인들이 20세기 초반까지도 소동파의 생일날 자신들이 소장한 소동파 관련 시문과 탁본 등을 가져와 시주를 나누며 즐기는 동파제가 열리고 있음이 확인된다." 정민, 407쪽. "조선의 문인들은 옹방강의 소동파 존숭을 그대로 모방하여 집집마다 소동파의 초상화를 모셔놓고 동파제에 열을 올리는 웃지 못할 상황까지 벌어졌다." 정민, 414쪽. "1830년과 1831년에도 신위는 집안에 보관된 4본의 동파상을 펼쳐놓고, 소동파의 시에 차운하여 시를 남겼다. 당시 신위가 남긴 필적을 보면 1930년 拜蘇會에 제자 朴永輔 (1808~1872)가 참석치 못한 대신 절구 4수를 보내오자, 여기에 차운한 내용이 보인다." 정민, 417쪽. 以上. 정민, 「19세기 동아시아의 慕蘇 열풍」, 한국한문학연구 49, 한국한문학회, 2012, 404쪽, 407쪽, 414쪽, 417쪽.

소동파의 적벽유람을 추모하며,

> 선생의 기절은 우주를 능가할 만하거니와
> 선생의 문장은 별처럼 빛나기만 하여라.
> 사백 년 이전의 선생을 멀리 생각하노라니
> 적벽의 풍월은 지금도 예전 그대로이겠지.
> 나는 지금 적벽의 시를 지어서
> 선생의 넋을 불러 한잔 드리고자 하노라.
> 先生氣節凌宇宙, 先生文章煥星斗.
> 追憶先生四百年, 赤壁風月還依然.
> 我今爲賦赤壁詩, 欲喚先生酹一巵.[71]

라 하였다.

李睟光은 다음과 같이 언급하고 있다.

> 李容齋(李荇)과 鄭湖陰(鄭士龍)의 시는 대체로 소동파와 황정견을 배운 것이다. 湖陰이 묻기를, "사람들은 모두 내가 소동파와 황정견을 배웠다고 하는데, 公에 대해서는 소동파와 황정견을 배웠다고 하지 않는 것은 어째서인가?" 容齋가 대답하기를, "그대

71 徐居正, 『四佳集』 卷 51, 「蘇仙赤壁圖」, 『影印標點 韓國文集叢刊』 11, 106쪽.

는 그 文字를 사용하기 때문에 사람들이 보고 쉽게 안다. 그러나 나는 그 뜻과 격조를 취하기 때문에 사람들이 알지 못하는 것이다." 湖陰은 그 말에 승복했다.

李容齋, 鄭湖陰詩, 大抵學蘇黃也. 湖陰問曰: "人皆謂余學蘇黃, 而不謂公學蘇黃, 何也?" 容齋答曰: "君用其文字, 故人見而易知, 我取其意格, 故人不知之." 湖陰伏其言.[72]

이는 소동파 시에 대한 두 가지 수용 방법을 서술한 것이다. 그 하나는(鄭士龍) 소동파의 문자를 사용한 것이고, 다른 하나는(李荇) 소동파의 뜻과 격조를 취한 것이다. 문자를 사용한 것은 초보적으로 모방한 수용 방법이다. 뜻과 격조를 취한 것은 소동파 시의 理想을 수용하였는데 창조성을 띄고 있다. 어느 수용 방법이든지 모두 조선시대 문인이 소동파를 전형적인 문화모형으로 삼았다는 것을 설명하고 있다. 소동파는 그들의 인생 및 문학의 모범이다. 천재의 작품에서 조선 문인은 자신의 즐거움을 찾아낸 것이다.

둘째, 조선시대에 문장을 중시한 풍토에서 찾을 수 있다. 조선조는 宋代를 立國의 모형으로 삼아 문학상에서도 唐宋八大家文을 중시하고 있다. 소동파의 문학을 통해 조선의 지식인들은 문학적 滋養을 획득하여 자신의 漢詩, 한문 산문의 숙련 정도를 향상시키고

72 『芝峰類說』, 卷 9, 文章部 2, 詩.

있다. 조선시대 문인들은 기본적인 문화적 소양을 구비하고 있어 漢詩文의 독해와 창작을 할 수 있었는데, 이 점이 소동파 수용의 기초가 되었다. 조선은 明, 淸과 使節의 왕래로 쌍방의 교류가 빈번하였다. 중국 판본의 소동파 시문집이 조선에 많이 유입된 것은 소동파 문학 유행의 기초적인 조건이 되었다. 조선에 있어 소동파 시문집과 選集의 간행 역시 조선시대 문인들이 비교적 쉽게 읽을 수 있게 하였다. 소동파와 관련된 詩話도 조선에서 유행하였으며, 아울러 소동파 평론의 표준이 되었다. 한중교류가 밀접하여 南宋, 특히 淸代의 소동파 열기는 한국 문단에 모두 영향을 주었다. 고려시대의 소동파 열기도 어느 정도 조선시대 문인들에게 영향을 주고 있다.

셋째, 소동파의 문장이 과거시험에 유용하기 때문이다.[73]

넷째, 조선시대 지식인들은 소동파와 유사하게 士禍, 黨爭, 그리고 전쟁을 겪어 그 처지가 소동파와 극히 유사했다. 이 때문에 그들

73 규장각 소장본(청구기호: 古貴 895.115-So1s) 『蘇文抄』 跋文. 당윤희, 「朝鮮刊 蘇軾 詩文集 및 文集 板本 小考」, 116~117쪽. 許實의 다음과 같은 말은 소동파 산문이 과거시험에서의 실용성을 인증하고 있다. "어느 날 저녁 숙부 판서공(許筠)이 소매에서 팔대가 중 蘇子瞻集을 꺼내어 주며 나더러 읽게하고, 또 나에게 좋은 문장을 스스로 골라보라고 하셨다. 나는 그 가르침을 받들어 몇 년간 그 문장에 침잠하였는데, 비록 문장이 전보다 크게 달라졌는지 알 수 없었으나 연이어 三科에 급제하였고, 마침내는 大科에 급제하였으니 아마도 그 효험인 듯 싶었다.(一夕季父判書公袖出八大家中蘇子瞻集, 令余讀之, 且令余自擇其所好. 余謹受其教, 沈潛累年, 雖不知其文之大異於前, 而連中三科, 終至大捷, 此其效也耶.)

은 소동파에 공감하여 이로부터 소동파를 理想的인 모형으로 삼았다. 조선조 문인의 상당수가 정치가이면서 문인이기 때문에, 정치가이면서 문인인 소동파에게 끌린 점도 한 요인이 될 수 있겠다. 누차 부침을 겪은 소동파의 처지는 조선시대 문인의 共鳴을 일으켰다. 그의 출사와 은퇴관은 조선시대 문인들에게 깊은 계시를 주었다. 소동파의 작품은 조선조 지식인들에게 정신적 고민을 벗어나 새로운 길을 찾게 해 주었고, 懷才不遇한 문인들에게 共鳴을 불러 일으켰다.

조선시대 국가의 중심 이념은 유학이며, 그 사상적인 제약이 비교적 강렬하였다. 이 때문에 적지 않은 지식인들은 제약에서 벗어나 자유를 갈구하는 사상을 희망하고 있다. 소동파의 문학에는 불교, 老莊사상 같은 것이 있어서 바로 조선의 지식인들이 현실 가운데 정신적 고민을 해소하고 내심 세계를 더욱 확대시키게 하고 있다.

다섯째, 세종, 정조, 헌종 등 국왕의 소동파에 대한 애호와 관심도 한 원인이 된다.

조선시대 문인의 소동파 숭상의 원인은 아래와 같이 개괄할 수 있다. 첫째, 동파의 인품이나 문장의 수준이 큰 흡인력을 지니고 있기 때문이다. 둘째, 조선시대의 문예숭상 思潮, 조선이 宋나라를 立國의 주된 모델로 삼은 점, 그리고 문학적으로 唐宋八家文을 중시한 점이다. 일부 純儒들은 학파나 사상의 차이로 비판적, 선택적으로 수용하기도 하였다. 셋째, 소동파의 문장이 과거시험에 유용하기 때문이다. 넷째, 조선시대 문인들은 동파와 유사하게 士禍, 당쟁, 전쟁 등을 겪어 그 처지의 유사성으로 인해 동파의 위인과 문학에 共鳴할 수 있었다. 다섯째, 국왕의 소동파에 대한 애호와 관심도 한 원인이 된다.

요컨대, 조선시대 문인은 소동파를 인생과 문학에 있어 하나의 전형적이고 이상적인 모델로 삼았다. 또한 소동파는 지식인층의 고민에 대한 해결요소를 제공하고 불우한 지식인에게 共鳴을 주었으며, 그의 출사와 은퇴에 대한 관점은 조선시대 문인들에게 깊은 계시를 주었다. 그 문학의 수용을 통해 문인들은 문학의 수준이 향상될 수 있었으며, 나아가 독자적인 정신세계를 표현할 수 있었다.

제4장

고려, 조선조 문인의 소동파 인물평

여기서는 고려, 조선조 문인의 소동파 인물평을 검토하고자 한다. 아울러 그 배경을 명확히 하기 위해 선행적으로 소동파의 高麗觀 및 洛蜀黨爭을 검토하겠다.

〖제1절〗 연구배경으로서의 소동파의 高麗觀 및 洛蜀黨爭

1. 소동파의 高麗觀

소동파와 관련지어 당시 고려와 북송의 관계를 개략적으로 기술하겠다. 遼나라의 강성으로 인해 북송과 고려는 43년간 거의 외교 단절의 상태로 있었다. 그러다가 이후 熙寧初(소동파 30세 중반 무렵)에 양국의 외교관계가 재개되어 양국 간에 사신이 다시 왕래하기 시작하였으며, 이후 다시 단교 되기도 하였다. 소동파가 항주통판으로 재직 시(36~39세) 고려와 북송 간의 물밑 외교의 결과 고려의 入貢 사신 일행이 북송으로 왔는데, 고려 사신이 관리에게 폐백을 주는데 연호를 甲子로 썼다. 이에 대해 소동파는 마땅히 正朔을 써야 한다고 주장하여 관철시켰다.[74] 이는 고려의 주체의식과 북송의 종주권 의식이 충돌한 것이다.

이후 元豐 8년(1085년, 동파 50세) 고려의 僧統 義天이 朝覲하였다. 宋 哲宗이 즉위하자 고려에서 사신을 보낸 김에 형법서와 『太平御覽』, 『文苑英華』 등의 서적을 구입하기를 요청했다. 이에 북송은 『문원영화』만을 주었을 따름이다. 당시 소동파는 禮部尙書에 재직 중이었는데 고려의 서적구입 요청을 들어주지 말자고 하는 등 고려에 우호적이지 않았다. 어떤 이유가 있더라도 문화대국으로서 쩨쩨한 북송의 면모를 보인 것이다.

소동파가 항주지주로 재직할 때인 54세(元祐 4년) 항주의 승려 淨原이 죽자 의천이 승려 壽介 등 5인으로 하여금 제사를 올리게 하였다. 그리고 수개로 하여금 두 개의 金塔을 가지고 가 宋 황제와 태황

74 蘇轍, 『欒城集』 권 22, 「亡兄子瞻端明墓誌銘」.

태후의 장수를 축원하도록 했다. 이때 소동파는 거절하자고 상주하였는데, 그의 처리방식은 승통 의천의 원의를 곡해하고 의심이 많았으며 감정적 언사가 있었다.

元祐 7년(1092년, 57세)에 고려는 북송이 구하길 원하던 『黃帝鍼經』을 북송에 주고, 북송으로부터 여러 서적을 구입하고자 하였다. 당시 예부상서이던 소동파는 "고려가 조공하는 것은 터럭만큼의 이익은 없고 5가지 손해만 있다.(幷無絲毫之利, 而有五害.)"[75]라고 하여, 요청한 서적과 사가려고 하는 金箔 등은 허락하지 말도록 상주하였다. 조칙이 내려 금박만 사 가도록 하였다. 그렇지만 고려 사신 일행은 끝내 『册府元龜』도 구입하여 귀국하였다.

신법파가 득세하던 北宋 神宗 때에는 '聯麗制遼(고려와 연합하여 요나라를 제어하자는 것)정책을 써서 고려 사신에 대한 예우가 후하였는데, 철종이 등극하자 보수파가 득세하여 신종의 일체 정치활동을 부정하여 이것이 외교에 영향을 주었다. 동파는 麗宋관계에 있어 고려에 대해 시종 반대 입장을 견지하였다.

소동파의 고려에 대한 관점은 그의 상주문 7편에 잘 드러나고 있다. 이에 근거하면, 대체로 동파의 고려관은 인식이 협소하였고 외교역량이 부재하였으며 고려에 대한 큰 오해가 있었다. 그의 풍부한 역사에 대한 지식은 양국관계에 도움이 되지 않는 방향으로 전

75 孔凡禮 點校, 『蘇軾文集』, 권 35, 994쪽, 「論高麗買書利害箚子三首, 其一」.

개되었다. 당시 국제정세에 대한 인식의 부족으로 소동파는 反高麗觀(안티 고려관)의 대표 인물이 되었다. 이에 그는 新舊黨爭의 나쁜 파장의 선례를 남기게 된다.

이에 반해 고려시대 문인은 대체로 소동파에 열광적이고 우호적인 경우가 많고 부정적 관점은 너무 적어 찾아보기조차 쉽지 않다. 이는 소동파의 고려에 대한 편협하고 국수주의적인 관점이 고려 문인들에게 제대로 알려지지 않은 것으로 추측된다. 고려 문인의 일방적인 소동파 애호라고 할 수 있다. 조선 문인의 소동파관은 소동파의 高麗觀과 쌍방향적이어서 부정적 관점도 많이 있다. 이는 북송의 洛蜀黨爭, 소동파의 불교, 도가에 대한 애호적 성향, 그리고 소동파의 협소한 高麗觀 등과 내재적인 관련성을 지니고 있다.

소동파는 杭州知州로 부임한 지 넉 달째인 元祐 4년(1089) 高麗에 관련된 상소문을 올렸다. 이로부터 3~4년 사이에 소동파는 7건의 고려 관련 상소문을 올렸는데, 고려와의 通交를 반대한다는 내용이 중심을 이룬다.

류종목은 소동파의 麗宋통교의 반대 이유는 '국익의 손실과 백성의 고통, 국가기밀의 유출, 국제정세의 오판과 그릇된 高麗觀' 이라고 했다. 이어서, '소동파의 高麗에 대한 관점의 핵심은 고려를 미개한 오랑캐로 보고, 遼나라(거란)의 앞잡이가 될 가능성이 있어 경계해야 할 위협적 존재로 보았다.'[76]고 했다.

76 柳種睦, 「蘇軾과 高麗」, 중국문학 38집, 한국중국어문학회, 2002. 11, 67~90쪽.

김계태는 소식의 고려 관련 奏議文을 검토하고, 소식이 고려와의 교류를 반대한 이유를 과다한 고려 사신 접대, 중국의 지형을 그려 가는 고려의 사신, 고려 사신의 중국 서적 구입, 그리고 고려의 조공은 거란의 사주라고 파악하고 있다. 그리하여 고려에 대한 소식의 태도는 반대에 그치지 않고 비판하고 왜곡시켰으며 심지어 억측까지 늘어놓았음을 밝히고 있다.[77]

사실상 이는 당시의 국제정세와도 관련을 지니고 있다고 보여진다. 遼나라의 강성으로 인해 이전에 이미 北宋과 高麗는 43년간 거의 외교단절의 상태에 돌입하였다. 양국 간 외교단절의 직접적 원인은 거란의 고려침입 때 고려가 북송에게 도움을 요청했는데 북송이 거절했기 때문이었다.[78] 그러다가 이후 熙寧 初(소동파 30세 중반 무렵)에 외교관계가 재개되어 양국 간에 사신이 다시 왕래하게 되었다가 이후 다시 단교되기도 하였다. 후일 소동파는 禮部尙書에 재직 중에 高麗의 서적 구입 요청을 들어주지 말자고 하는 등 高麗에 적대적이었다.[79] 그 원인은 대체로 국익을 추구하는 양국의 利害와 당시의 고려, 북송, 요나라의 삼각관계의 국제정세하에서 순조롭지 못하였던 양국의 외교관계, 그리고 高麗에 대한 소동파의 지나친

77 김계태, 「蘇軾의 高麗觀」, 중국인문과학, 37호, 중국인문학회, 2007.

78 柳種睦, 「蘇軾과 高麗」, 중국문학 38집, 한국중국어문학회, 2002. 11, 78쪽, 84~85쪽. 李燾, 『續資治通鑑長篇』, 권 452, 「元祐五年十一月乙未」.

79 「宋史, 外國列傳, 高麗」, 國史編纂委員會, 『國譯中國正史朝鮮傳』, 278~284쪽.

편견적인 태도 때문일 것이라고 추정할 수 있다.

이렇듯 신법파가 득세하던 神宗 때에는 仁宗 天聖(1029~1031) 연간에 단절되었던 고려와의 국교를 40여 년 만에 재개하고, '고려와 연합하여 遼를 제어하자는 '聯麗制遼' 정책을 써서 고려를 특별히 예우했다. 그 후 나이 어린 哲宗이 등극하자 보수파가 득세하여 神宗의 일체 정치활동을 부정하여 이것이 외교에 영향을 주었다. 1089년부터 1093년까지 7편의 상소문을 올리면서 소동파는 麗宋관계(對高麗 외교)에 있어 시종 고려에 비판적인 입장을 견지하였다. 그만큼 소동파의 고려에 대한 관점에는 고려를 가볍게 보고 멸시한 태도가 나타나 있다.

동시에 이러한 소동파의 高麗觀에는 자신의 "말을 삼갈 줄 모르고"와 "남을 욕하기 좋아하는" 그의 천성과도 관련이 있다. 이에 관련하여 黃庭堅은 "동파의 문장은 천하에 묘하나, 그 단점은 남을 욕하기 좋아함에 있다. 삼가 그 궤를 따르지 않도록 해야 할 것이다.(東坡文章妙天下, 其短處在好罵, 愼勿襲其軌也.)"[80]라고 했고, 소동파 자신도 "나는 본성이 말을 삼갈 줄 모른다. …… 이는 마치 먹은 음식이 내려가지 않으면 반드시 토해내야 그만두는 것과 같다.(余性不愼語言, …… 如茹物不下, 必吐出乃已.)"[81]라고 했다는

80 黃庭堅, 『豫章黃先生文集』, 卷 19, 「答洪駒父書」.

81 孔凡禮 點校, 『蘇軾文集』 권 11, 「密州通判廳題名記」, 中華書局, 北京, 1990, 376쪽.

데서 방증할 수 있다.

또한 이는 소동파와 동시대 인물이며 당송팔대가의 한 사람인 曾鞏이 고려에 대해 비교적 우호적인 입장을 견지하였다는 사실과 명백히 대조를 보이는 것이다.

증공은 「明州에 있을 적에 고려의 사신이 바친 물품을 사양하는데 비기어서 지어본 서장(明州擬辭高麗送遺狀)」에서, "고려는 오랑캐 가운데서는 문장에 통달하여 자못 지식이 있으므로 덕으로 품어주어야지 힘으로 굴복시키기는 어렵다.(高麗於蠻夷中爲通于文學, 頗有知識, 難以力服也.)"[82], '明州의 경우, 知州와 通判에게 그들(고려 사신)이 예물로 바치는 것이 돈 30만관이나 되는데, 詔旨를 내려 받은 것은 돌려줘야 한다.'[83]고 주장하였다.

소동파의 국수주의적인 고려관은 明나라의 茅坤에게도 파급되었다. 모곤은 「論高麗買書利害箚子(고려가 중국에서 서적을 구매하는데 대한 이해를 논한 箚子)」의 冒頭에서 "깊은 염려와 원대한 식견이 있는 말이다.(深憂遠識之言.)"[84]이라고 논평하고 있다. 소동파의 편견적인 견해를 답습한 모곤의 고려에 대한 인식에 한계가 있는 것도 사실이지만, 이러한 논평의 근원이 소동파에게서 왔음을 부인할

82 曾鞏, 『曾鞏集(全二册)』, 권 35, 中華書局, 2004, 500쪽.

83 曾鞏, 『曾鞏集(全二册)』, 권 35, 中華書局, 2004, 501쪽, 요약.

84 (明) 茅坤 編, 성백효 역주, 『唐宋八大家文抄-蘇軾 1』, 전통문화연구회, 2010, 286쪽.

수 없다. 이는 고려의 국익에 피해를 가져올 우려가 있으며, 훗날 중국인의 對韓國觀에도 모종의 영향을 줄 우려가 있다.

소동파의 고려에 대한 관점의 배경은 3가지로 집약될 수 있다.

첫째, 당시 高麗, 北宋, 遼의 정치 외교상 삼각관계에서 초래된 것이다. 소동파는 고려의 북송으로의 사신 파견을 반대하였으며, 사실을 왜곡하고 사신을 무시하였다. 이는 북송의 국세는 미약한데 반해 전통적 중화주의만 답습하는 소동파의 오만함도 한몫을 하고 있음을 알 수 있다.

둘째, 북송의 국가기밀 누설 방지라는 소동파의 관점이다. 소동파는 고려의 서적 구매 요청에 대해 거부하라는 상소를 올렸으며, 고려 사신 일행이 북송 민간의 樂譜를 抄錄하는 것을 의혹의 눈초리로 봄은 물론, 사신 일행이 순수한 목적으로 북송의 山川을 그림으로 그린 것까지도 과도하게 의심을 하고 있다.

강력한 국세를 자랑하는 요나라는 굳이 고려를 통하지 않고도 직접적 경로를 통해 북송의 허실을 파악할 수 있다. 예를 들어, 요나라 사신은 소동파 자신의 시까지도 줄줄 외고 있을 정도로 북송의 서적이 직접 요나라로 많이 유입되고 있었다. 당시 일부 북송 상인이 요나라에 가서 무역을 하고 있을 정도로 오가는 사람들이 있다. 사신이 다니는 大路가의 산천이야 공개된 것이고 민간의 詞도 문학작품인데, 그러한 산천을 그림으로 그리고 민간의 악보를 채록하는 것에 대해 소동파는 그것이 무슨 국가기밀이나 되는 것처럼 과도하게 경계하고 있다. 고려의 북송 서적 구매는 북송의 우세한 문화의 전파로 볼 수도 있는데, 굳이 고려에 유출되게 되면 추후 요나라로 흘러들어 가서 북송 산천의 형세와 변방 방위에 관한 정보가 넘어갈 위험이 존재하고 있다고 보는 소동파의 관점 자체에 문제점이 있다. 고려가 원하는 책은 기본적으로 역대의 史册과 『太平御覽』, 『册府元龜』, 『北史』 등일 뿐, 북송의 허실을 파악할 수 있는 책이 아니다.

셋째, 고려 사신 체류에 관련한 북송의 국가 재정상의 문제 및 북송 백성의 고초에 대한 소동파의 우려이다. 고려 사신이 갈 때 그들을 접대하는 비용 문제로 백성의 고난이 가중된다는 것이다. 예를 들면, 1985년 소동파는 黃州貶謫에서 풀려나 登州知州로 부임하는 도중 海州를 지날 때 고려 사신의 숙소인 高麗亭이 웅장하게 서 있는 것을 보고, 그것을 짓느라 갖은 고통을 다 겪었을 백성들을 생각하며 시를 짓기도 했다.[85] 사실상 고려도 북송으로 사신을 파견함에 북송에 못지않은 많은 비용을 부담하고 있었다.[86] 사실상 양국의 적절한 비용 부담은 전통적으로 국가 간 외교의 관례인 것이다.

85 柳種睦, 「蘇軾과 高麗」, 중국문학, 제38집, 한국중국어문학회, 2002. 11, 74쪽.

86 曾鞏은 '明州의 경우, 知州와 通判에게 고려 사신이 예물로 바치는 것이 돈 30만 관이나 되는데, 詔旨를 내려 받은 것은 돌려줘야 한다.' 고 주장하였다. 曾鞏, 『曾鞏集(全二册)』, 권 35, 中華書局, 1984, 제1판, 2004, 제3차 인쇄, 500~501쪽.

소동파는 7건의 상소문에서 누차 고려에 대해 무례한 언사를 남발하고 있다. 그만큼 그는 자신이 옳다고 여기는 문제에 대해서는 타인과 타협할 줄 모르는 고루하고 고집스러운 성격이 내면에 존재하고 있었다. 북송을 대표하는 정치가이자 지성인으로서 소동파는 정치외교의 능력이 부족함은 물론 덕도 부족하다는 평가를 받을 수밖에 없다. 그가 조정에 재직하고 있을 때 주위에 동조자도 적지 않았지만, 적이 상당히 많았던 이유가 그의 언어나 문장에 절제력이 부족하다는 데 있다. 소동파의 고려에 대한 의심과 오해는 소동파 자신의 정치외교적 자질의 빈곤을 드러내고 있다.

이처럼 고려, 북송, 요의 삼각관계 속에서 고려는 요나라의 견제에도 불구하고 萬難을 무릅쓰고 북송과 通交를 이어가려 하는데, 소동파는 사사건건 거부와 의혹의 관점에서 오만무례한 태도를 보이고 있다.

이러한 소동파의 고려관에 대해, 金允植은 「論高麗買書利害箚子」에 대한 평론에서, "자첨은 마음씀이 명석하고 수완이 좋아 남의 숨겨진 사정을 잘 헤아린다. 유독 고려의 일에 대해서는 시샘이 너무 깊고 방어가 너무 엄격하다. 이는 한갓 오랑캐를 믿기 어려움만 알고 동방에 군자의 나라가 있는 것은 듣지 못했던 것이리라.(子瞻用意精悍, 善揣人隱情. 獨於高麗事, 猜之太深而防之太嚴. 是徒知夷狄之難信, 而不聞東方有君子之國者歟.)"라고 했다. 이어서 그는 또 소동파의 이 상주문에 대해 "덕으로 말한다면 어질지 못하고, 위엄으로 말한다면 용맹스럽지 못하고, 지혜로 말한다면 밝지 못하다.(以德則不仁, 以威則不武, 以知則不明.)"고 하며, 소동파를 '小人' 이라고 비평하고 있다.[87]

류종목은 "소동파가 끝내 고려를 싫어한 것은 文弱한 송나라의 군사적 열세에 대한 복합적 열등의식, 즉 콤플렉스 때문에 고려의 진면목을 제대로 파악하지 못한 데에 그 근본적인 원인이 있다"[88]라고 평하고 있다.

소동파의 고려관은 그가 구법파의 중진으로, 신종시기 신법파의 고려우대 정책에 대한 일종의 반발감과 자신과 그 주위 인물이 본 고려에 대한 제한된 안목에 국한된 것이다. 이를 통해 고려에 관련하여 소동파의 정치, 외교적 안목이 매우 좁았다는 것을 알 수 있다.

2. 洛蜀黨爭

司馬光이 죽은 후에 소동파는 정이程頤와 대립하였다. 정호程顥, 程頤 형제는 洛陽人이고, 蘇軾, 蘇轍 형제는 四川人이었기 때문에 그 대립은 '洛蜀黨爭' 이라고 불리어지고 있다. 당시 정이는 崇政殿說書로서 황제에게 강의하고 있었다. 蘇軾은 翰林侍讀學士로 있었

87 金允植, 『雲養集』, 권15, 雜著, 「八家涉筆下」. 『影印標點 韓國文集叢刊』, 328冊, 502쪽.

88 柳種睦, 「蘇軾과 高麗」, 89쪽.

는데, 이는 황제의 시종관으로 또한 황제에게 강의하는 책임이 있었고, 그 지위는 정이의 관직인 '說書' 보다도 높았다. 당시 정이는 '스승을 높이고 도를 중시하는' 古禮를 중시하여 황제에게 강의할 때도 殿上에 앉아서 강의를 하여 師道의 권위 확립을 자처하고 있었다.

이 무렵 사마광이 죽었을 때의 일이었다. 관리들이 막 明堂의 儀式에 참가한 후에 조문을 가려 하자, 程頤는 노래한 날에 또 哭을 하는 것은, "공자께서 곡을 하신 날에는, 노래를 하지 않으셨다.(子於是日, 哭則不歌.)" 〈『論語 · 述而』〉고 하는 옛 예법에 맞지 않으니 안 된다고 하였다. 소식은 "이것은 바로 시장에서 억울하게 죽어 버릴 漢나라의 叔孫通이 제정한 예법과 같은 것이다.(此乃枉死市叔孫通所制禮也.)"[89]라고 하며 정이를 비웃었다. 이에 "사람들이 모두 크게 웃었으니 원망을 맺은 단서가 대략 여기로부터 시작되었다.(衆皆大笑, 結怨之端, 蓋自此始.)" 이렇게 보면 소식과 정이의 불화는 작은 일에서 기인한 것이지 국가 정사의 문제를 에워싼 논쟁은 아니었다.

89 『太平治跡通類』, 권 23. 叔孫通은 秦末 漢初의 사람이다. 그는 원래 秦의 博士였는데, 후에 劉邦에게 귀순하였다. 漢朝가 수립되자 그는 여러 儒生들과 함께 漢高祖를 위해 조정의 禮制를 제정하였고, 만년에는 太子太傅가 되었다. 여기서 "枉死市"는 宋代 당시의 俗語로서, 남을 욕하는 말이다. 『史記』, 『漢書』, 『漢記』에는 모두 숙손통이 어떻게 죽었다는 기록이 없다. 더욱이 "억울하게 죽었다(枉死)"는 설은 없다.

그러나 그들의 사상 취미가 달랐던 것은 확실하다. 소식은 자신이 "평소 정이의 간사함을 미워하고, 일찍이 거짓으로 얼굴색을 띠거나 말을 거짓되게 하지 않았다.(素疾程頤之奸, 未嘗假以色詞.)"〈「杭州召還乞郡狀」, 「再乞郡札子」〉라고 말하고 있다. 정이는 소식이 縱橫家적인 변설을 구사한다고 비난하였다. 이정二程(程顥와 程頤)을 사모한 朱熹는 소식에 대해 "그가 제멋대로 하기를 좋아하여, 단정한 사람과 바른 선비가 예로서 자제함을 보면 도리어 그가 와서 점검할까 두려워한 까닭으로 상대를 비방한다.(他好放肆, 見端人正士以禮自持, 卻恐他來點檢, 故憑詆訾.)"고 평하고, 그 위에 정이가 받드는 '공경 경敬' 자를 소식이 타파하고자 한다고 말했다.〈『朱子語類』, 권 130〉[90]

이처럼 程頤의 고지식하고 융통성 없는 예의 절차상의 문제에 대해 소동파가 심한 농담을 하였는데, 이로 인해 程頤와의 사이에 갈등이 생겨 점차 양인을 중심으로 '洛蜀黨爭'으로 발전하게 된다.

봉건 관료의 파벌 대립은 그 뿌리가 아주 깊어, 그들 문인들도 서로 상대를 공격하는가 하면 고발하기도 하는 사태가 날로 악화되었다. 51세(元祐 원년) 11월 소동파가 試館職을 맡아 출제한 시험에서 다음 제목의 문제를 내었다.

지금 조정은 仁宗의 忠厚함을 스승 삼고자 하나, 모든 관리들

90 이상, 王水照 著, 曹圭百 譯, 『소동파평전-중국의 문호 소식의 삶과 문학』, 돌베개, 2013, 198~199쪽.

이 그 관직을 충실히 수행하지 않아 혹시 안일에 이를까 걱정이다. 神宗이 정신을 가다듬어 힘쓴 것을 본받으려 하나, 監司守令이 그 의미를 알지 못하여 각박함에 흐르게 됨을 두려워한다.

今朝廷欲師仁祖之忠厚, 而患百官有司不擧其職, 或至於婾, 欲法神考之勵精, 而恐監司守令不識其意, 流入於刻.(「策問 · 師仁祖之忠厚, 法神考之勵精」)

여기서 소동파는 인종과 신종 두 시대의 施政方針의 특색을 정확하게 요약하고 있다. 그러나 洛黨의 左正言(諫官) 朱光庭 등은 이것을 "전대 황제를 비방하였다"고 보고 소동파를 탄핵하였다. 이어서 洛黨인 右司諫(諫官) 賈易 등은 먼저 소동파 등을 '蜀黨'이라 지칭하며 공격하였다.

연이은 탄핵 상주문으로 인해 조정에 있을 수가 없게 된 소동파는 "2년 내에 네 번 구설수를 만났고", "신臣이 만약 일찍 떠나지 않으면 위험해질 가능성이 있다."(「郡職을 맡을 것을 청한 상주문(乞郡札子)」)라고 생각하여 거듭 지방으로의 전출을 요청하였다. 그리하여 항주지주杭州知州로 나가도록 윤허 받았다. 그러나 洛蜀黨의 투쟁은 장장 6~7년이나 끌었는데, 이는 소동파의 생활에도 짙은 어두운 그림자를 드리우게 하였다.[91]

91 이상, 王水照 著, 曹圭百 譯, 『소동파평전–중국의 문호 소식의 삶과 문학』, 돌베개, 2013, 200~201쪽.

사실상 소동파는 자유분방한 성격의 선비이고, 정이는 고지식하고 융통성 없는 유학자이다. 정이의 관점에서는 소동파가 경박하고 철없는 사람으로 여기었다. 그리고 정이의 제자들은 소동파를 비열할 정도로 지나치게 비판하고 모함했다. 소동파는 蜀派의 우두머리이고, 정이는 洛派의 우두머리였으니 이들이 이끄는 촉파와 낙파는 견원지간이 될 수밖에 없었다.[92]

이 일은 표면적으로는 口頭上의 다툼이었고 국가의 大事와는 무관한 것 같았지만, 소동파와 程頤 양인의 사상, 志向, 그리고 성격상의 차이를 반영하고 있다.

첫째, 北宋 이래의 학자들은 보편적으로 개성이 집요하며, 독자적으로 한 파벌을 형성하고 있다. 그리하여 자기를 다스림에도 엄하고 남에게도 엄한 특징이 있다. 자신과 다른 관점에 대해서는 결

92 이른바 洛蜀黨爭인데 그 발단은 아래와 같다. 元祐 원년 9월 6일에 황제가 대신들을 거느리고 明堂에서 祭典을 거행하였다. 이 행사가 끝나자 대신들은 곧바로 司馬光의 집으로 조문을 가려고 했다. 그때 정이(1033~1107)가 대신들의 앞을 가로 막았다. 정이는 『논어 · 술이』편에 "공자께서는 곡을 하신 날은 노래를 부르지 않으셨다.(子於是日哭, 則不歌.)"라고 한 말을 근거로 대신들의 조문을 만류한 것이다. 사마광의 장례를 주관하는 임무를 맡은 정이는 자신의 만류에도 불구하고 대신들이 사마광의 집으로 조문을 가자 (정이는) 사마광의 아들에게 조문을 받지 못하게 했다. 대신들은 화가 났지만 어쩔 수가 없었다. 소동파는 이처럼 고지식하고 융통성 없는 정이의 작태에 불만을 터뜨렸다. 낙촉당쟁은 이 작은 불씨에서 시작되었다. 류종목, 『팔방미인 소동파』, 216~218쪽.

핏하면 비판하였으며 심지어 공격하기까지 하였다. 王安石, 司馬光, 程頤도 다소간에 이러한 특징을 지니고 있다. 소동파는 누차 정이의 이와 같은 표현을 "간사(奸)"하다고 지적하였다. 그러므로 정이에 대한 소동파의 조롱과 풍자는 이러한 학풍, 인격, 그리고 개성의 차이에 근본하고 있다.

둘째, 程頤에 대한 소동파의 조롱과 풍자는 또한 소동파 자체의 개성상의 결점을 반영하고 있다. 소동파는 비록 翰林學士, 經筵侍讀 등 중요한 관직을 맡고 있었지만, 여전히 감정적으로 일을 처리하는 일면이 있었으며, 개인의 好惡에 따라 인물의 장단점을 평하기를 좋아하였다. 이는 소동파가 정치적으로 성숙하지 못한 점이며, 또 바로 이 점으로 인해 그가 정치적으로 大任을 맡기 어렵다는 것을 알 수 있다.

셋째, 정이에 대한 소동파의 이러한 태도가 후에 "낙촉당쟁"으로 발전하였는데, 이는 司馬光의 서거 후 舊黨의 인물이 많긴 하나 지도자가 없는 정치 상황을 반영하고 있다.[93]

특히 강조할 점은 사마광이 서거한 후 각종 모순이 생기고 겉으로는 친한 것 같지만 속으로는 소원한 보수파인 舊黨 진영이 3개의 학술상, 정치상의 파벌로 분열된 점이다. 한 파벌은 程頤를 領袖로 하고 朱光庭, 賈易를 보좌로 삼았는데, 정이의 原籍이 하남성 洛陽

93 康震, 『康震評說蘇東坡』, 中華書局, 2008, 112쪽.

이므로, 이 일파를 '洛黨' 이라고 부른다. 다른 한 파벌은 소동파를 領袖로 하고, 呂陶 등을 보좌로 하는데, 소동파의 原籍이 四川이므로, 이 파벌을 '蜀黨' 이라고 불린다. 또 다른 파벌은 사마광이 발탁한 諫官 劉摯, 劉安世 등을 우두머리로 하는데, 羽翼이 더욱 많다. 劉摯는 하북성 東光人인데, 옛날의 河朔지역에 속하므로, 이 門派는 '朔黨' 이라고 불린다.

원래 낙당의 세력은 가장 약했으나, 그 배후에는 강력한 정치세력인 삭당이 있었다. 예전 소동파는 면역법의 존폐문제로 사마광과 쟁론하였는데, 蘇轍의 회고에 따르면, 사마광은 본래 소동파를 조정에서 내몰려고 하다가 실행하지 못하고 서거하였기 때문에 이 일은 방치되었다.〈蘇轍, 「亡兄子瞻端明墓誌銘」〉 지금 劉摯 등을 대표로 하는 삭당은 낙당의 주광정이 舌戰을 연 기회를 빌어 분분히 무리를 지어 소동파를 공격하여, 그가 붕당을 맺어 면역법을 옹호한다고 하였으며, 심지어는 소동파를 제2의 王安石이라고까지 하였다.[94]

소동파는 司馬光과 政見이 합치되지 못하였고, 또 정이와 古禮의 일로 다투게 되었으니, 이것이 元祐 연간의 낙촉당쟁의 정치문화적인 배경이다. 소동파의 策題의 일로 심화된 낙촉당쟁은 결코 소동파의 策題사건의 종결로서 끝나지 않았다. 趙挺之는 黃庭堅을 논하

94 康震, 『康震評說蘇東坡』, 中華書局, 2008, 113~114쪽.

고, 朱光庭은 秦觀을 탄핵하고, 賈易는 소동파가 竹西寺에 題詩한 것을 탄핵하였으니, 모두 낙촉당쟁의 구체적 표현이다.

지적해야 될 점은 소동파의 策題가 元祐 연간에 비록 큰 재앙을 불러들이진 않았으나, 新黨이 집권한 紹聖 연간에 소동파가 嶺南으로 謫居되는 재앙을 초래했다는 점이다.[95]

錢大昕은 "朱光庭의 마음은 단지 스승(程頤)을 위해 報怨하고자 한 것이었으나, 紹述의 재앙은 이 한 마디로 시작되어 끝내 두 당이 모두 피해를 입게 되었고, 아울러 그의 스승이 黨籍에 들어가게 되어 다시는 떨칠 기회를 얻지 못했다.(其心特欲爲師報怨, 而紹述之禍, 卽此一言啓之, 卒之兩敗俱傷, 幷其師亦入于黨籍而不復振.)" 〈『潛研堂集』, 권 2, 「洛蜀黨爭」〉라고 하였다. 이 말은 元祐黨人의 紹述의 재앙은 주광정의 한 마디로 시작된 것으로 지나침이 있음을 면하지 못했다. 그러나 元祐의 諸賢이 서로 알력하고 서로 공격하여 紹聖 연간에 新黨에게 舊黨을 보복할 수 있는 구실을 제공하였다.[96]

소동파와 정이의 갈등은 洛蜀黨爭의 시작이 되었다. 洛黨은 학술적으로 理學家였으며 古禮의 회복을 주장했고, 소동파는 文章家로서 人情을 강조했다. 낙당이나 촉당은 모두 舊法黨에 속하는데, 후

95 蕭慶偉, 『北宋新舊黨爭與文學』, 人民文學出版社, 2001, 63쪽.
96 蕭慶偉, 『北宋新舊黨爭與文學』, 人民文學出版社, 2001, 63~64쪽.

에 정이와 師承관계를 표방한 朱熹는 소동파를 적대시하였다. 조선의 儒者들은 程朱學을 스승으로 받들어 정주학파와는 學術과 人情의 측면에서 對峙的인 관계에 있는 蜀派의 領袖 소동파를 배척하는 풍조가 강했다. 이렇듯 낙촉당쟁은 南宋에 이르러 朱熹가 程頤의 학문적 후계자가 되어 소동파를 비난하게 되었고, 이는 훗날 程朱學派의 학통을 이은 조선시대 儒者들의 부정적인 소동파관 형성에 큰 영향을 미치게 되었다.

〖제2절〗 고려조 문인의 소동파 인물평

李齊賢(1287-1367)의 소동파에 대한 논평을 보자.

우리 아버지 삼 형제께서는 모두 동방에서 문필로 드날리셨는데, 백부와 계부께서는 잇달아 작고하시고 오직 부친께서만 평안하신데, 지금 연세가 70이 넘으셨다. 만약 이 中原에 오셔서 중국의 이름 있는 사대부 사이에서 문필로 왕래하시게 할 수만 있다면, 비록 소동파 三父子에게 견주기는 어렵다 하더라도 명성이 한 시대를 흔들게 할 수 있었을 것인데, 水陸의 천 리 거리에 난리가 십 년 동안 계속하자, 환경에 따라 분수를 지키면서 외물을 사모하지 않았기 때문에 세상에 아는 자가 없다.

吾大人三昆季, 俱以文筆顯於東方, 伯父季父相次仙去. 唯公無恙, 年今七十有奇. 若使北來, 得與中原賢士大夫, 進退詞林間, 雖不敢自比於蘇家父子, 亦可以名動一時, 顧水陸千里, 干戈十年, 所處而安, 無慕乎外, 故天下莫有知之者.

眉山이 하늘 끝 한 지방에 치우쳐
성에 가득한 초목 가을이라 썰렁
지나는 길손 말 멈춰 꼭 묻게 됨은
길가에 三蘇의 사당 있기 때문이라오.
훌륭한 三蘇가 시운 타서 태어났으니
한 집안 빼어난 기상 활짝 열렸네.
어른은 渥洼의 천리마처럼 독보로 되었고
두 아들은 丹穴에 봉황처럼 쌍으로 날았네.
잇달아 날면서 대궐 문에 들어가니
천하가 감히 문장을 말하기 어려웠네.
지금까지 이백 년을 내려오도록
높은 이름 해와 달과 빛을 다투네.
그대 보지 못하였나. 鷄林의 三李도 인걸이라서
시문의 무리 속에서 모두 으뜸인 것을.
眉山僻在天一方, 滿城草木秋荒涼.
過客停驂必相問, 道傍爲有三蘇堂.

三蘇鬱鬱應時出, 一門秀氣森開張.
渥洼獨步老騏驥, 丹穴雙飛雛鳳凰.
聯翩共入金門下, 四海不敢言文章.
邇來悠悠二百載, 名與日月爭輝光.
君不見鷄林三李亦人傑, 翰墨壇中皆授鉞.[97]

이는 이제현이 소동파의 고향 眉州를 방문하여 소동파 3부자의 사당인 三蘇祠를 방문하고 쓴 시이다. 이제현은 북송대의 三蘇와 고려의 三李를 대비하고 있다. 그는 三蘇에 대해 한 집안의 기상이 활짝 열려서 부친 蘇洵은 천리마처럼 독보적 존재요, 두 아들 蘇軾과 蘇轍은 봉황처럼 쌍으로 난다고 했다. 이어서 그 명성이 해와 달과 빛을 다툰다고 극찬하고 있다. 이러한 三蘇와 대비하여 고려의 三李인 자신의 가족을 높이고 있다.

대궐에 출입하는 것 영광이 아니거니
瘴氣어린 해변인들 무엇이 두려우랴.
야인의 차림새에 누런빛 갓을 쓰고
천고를 굽어보며 긴 휘파람 불고 있네.
金門非榮, 瘴海何懼.
野服黃冠, 長嘯千古.[98]

97 李齊賢, 『益齋亂稿』 卷 一, 「眉州」, 『影印標點 韓國文集叢刊』 2, 508쪽.
98 李齊賢, 『益齋亂稿』 卷 9, 「蘇東坡眞贊」, 『影印標點 韓國文集叢刊』 2, 603쪽.

李齊賢은 소동파 초상화에 덧붙인 글인 眞贊의 副題에 “누런 관 쓰고 지팡이 옆에 끼고, 바위에 앉아 휘파람을 불고 있다.(黃冠橫策, 坐嘯石上.)”라고 적고 있다. 조정에 재직하고 있을 때도 영광이 아니요, 해남도에 유배된 것도 두려울 것 없다. 야인의 차림새에 누런 삿갓을 쓰고 천고를 굽어보며 휘파람을 불고 있는 신선 같은 동파의 풍모가 두드러지고 있다. 이는 해남도 유배 시절의 동파에 대한 총평이다.

내가 마시는 술은 한 그릇도 안되지만
반쯤 취하면 맛이 더욱 좋네.
동파 노인은 뜻이 커서
萬丈이나 되는 불꽃처럼 세차네.
我飮不盡器, 半酣味尤長.
落落東坡翁, 光焰萬丈强.[99]

여기서 李穡(1328~1396)은 소동파의 음주량은 적은데, 이색 자신도 주량이 적지만 절반쯤 취하면 그 참 맛이 난다고 했다. 이어서 동파가 뜻이 커서 萬丈이나 되는 불꽃처럼 세차다고 극찬했다.

99 李穡, 『역주 목은시고』 6, 「廉東亭席上醉歌」. 『牧隱詩藁』 卷 16, 『影印標點韓國文集叢刊』 4, 178쪽.

이제 동파에 대한 부정적 관점 한 條를 살펴보겠다.

> 옛날에 蘇軾은 朱熹의 前輩였지만 朱熹는 소식이 감히 이단의 설을 내세우고 예악에 타격을 가하였으며, 성인의 가르침을 파괴하였으므로 조금도 사정없이 큰소리로 질책하고 극력 비난하면서 말하였다. "나는 함부로 옛사람을 질책 공격하는 것이 아니다. 成湯은 '내가 上帝를 두려워하기 때문에 감히 바로잡지 않을 수 없다.' 라고 하였는데, 내 역시 상제를 두려워하는 까닭에 감히 논란하지 않을 수 없다" 라고 하였다. 그런데 소식의 죄는 기껏해서 이단의 설을 내세우고 예법에 타격을 준 데 불과하였으나 주자의 인자하고 관용스런 덕으로도 그것을 공격하면서 심지어 成湯이 桀을 죽이던 말까지 아울러 말씀하시는 정도에까지 이르렀다.
>
> 昔蘇軾, 於朱文公爲前輩, 文公以軾敢爲異論滅禮樂壞名敎, 深訶力詆無少假借. 乃曰, '非敢攻訶古人. 成湯曰, 予畏上帝不敢不正, 予亦畏上帝故不敢不論.' 夫軾之罪, 至於立異論滅禮法耳, 以朱子之仁恕, 攻之至以成湯誅桀之辭, 並稱之.[100]

鄭道傳(1342~1398)은 소동파를 폄훼하는 朱熹의 평을 재차 확인하며 주희의 설에 찬동하고 있다. 주희는 소동파가 괴이한 논의를 하여 예악과 名敎를 파괴하였다고 했다. 주희는 또 成湯의 말을 인용하여

100 『高麗史』, 卷 119, 列傳 32, 鄭道傳 條; 鄭道傳, 『三峰集』 권 3, 「上都堂書」, 『影印標點 韓國文集叢刊』 5, 민족문화추진회, 1991, 333쪽.

"상제를 두려워하기에 감히 논평을 하지 않을 수 없다."고 했다. 정도전은 주희의 말을 인용, 부연함으로써 자신의 뜻을 표현하였다고 할 수 있다. 그런데 동파는 이단의 설을 내세우고, 예법에 타격을 준데 불과하지, 成湯이 桀을 죽인 것과 동등시한 것은 주희의 평이 너무 지나치다고 했다. 이는 고려 후기에 주자학이 고려에 전래된 후 그 영향을 받은 儒者의 소동파 인물평을 대변한다고 하겠다. 여기서 특이한 점은 바로 그들이 주희의 일부 관점을 비판함으로써 일정 부분 소동파를 옹호하고 있는 분위기까지 보이고 있다는 점이다.

이상에서 보았듯이, 고려 문인의 소동파에 관한 人物評은 거의 긍정적 관점 일색으로, '야인의 차림새에 삿갓 쓰고 천고를 굽어보는 신선의 풍모' 등의 평어가 있다. 부정적 관점으로는 '이단을 세우고, 예법에 타격을 주었다.'는 평이 있는데, 이는 고려 후기에 전래된 주자학의 영향을 받은 것이다. 소동파에 대한 부정적 관점은 너무 적어 찾아보기조차 쉽지 않다. 이는 고려 문인의 소동파 인물평에는 부정적 관점이 농후한 동파의 高麗觀과는 상응하지 않는 일방적인 찬사가 많음을 나타낸다.

이로 볼 때, 소동파의 고려에 대한 편협하고 국수주의적인 관점이 고려 문인들에게 아직 제대로 알려지지 않은 것으로 추측된다. 조선시대 문인의 蘇東坡觀이 소동파의 고려관과 쌍방향적인데 반해, 고려 문인의 소동파관은 일방적인 애호라고 할 수 있다.

〖제3절〗 조선조 문인의 소동파 인물평

1. 긍정적 평가

申欽(1566~1628)은 소동파를 호걸의 선비라고 평가했다.

> 東坡는 호걸의 선비이다. 介甫(王安石)가 정권을 잡고 있을 때 한 패거리가 되려 하지 않은 것은 평소의 행동을 고수함이요, 涑水(司馬光)가 정승이 되었을 때에도 부화뇌동하지 않았으니, 이만하면 '和而不同' 한 자가 아니겠는가. 단지 程門에 죄를 얻은 까닭에 晦庵(朱熹)이 힘을 남기지 않고 공격했던 것인데, 세상의 儒者들이 마침내 남에게 뒤질세라 배척들을 하고 나섰으니, 이는 지나쳤다고 할 것이다. 나는 "옛날 周公은 형제 管叔 · 蔡叔과 초가삼간에서 함께 살지 않았음을 한탄했다지.(周公與管蔡, 恨不茅三間.)"[101]라고 한 동파의 시 구절을 읊을 때마다 언제나 멀리 앞서 가는 그의 모습을 뒤에 처져 쳐다보는 심정이 되곤 하였다.

101 (清) 王文誥 輯注, 孔凡禮 點校, 『蘇軾詩集』 권 39, 「和陶歸園田居六首, 其一」, 中華書局, 1987, 2,104쪽. 이 구는 주공이 형제 관숙, 채숙과 초가삼간에서 함께 살았다면 형제들을 죽이는 재난은 없었을 것이라는 것을 의미하고 있다.

> 東坡豪傑之士也. 介甫當朝而不肯附者, 固素履也. 至於涑水入相, 亦不雷同, 此非和而不同者耶. 只以得罪程門, 晦庵攻之不遺餘力, 而世之儒者遂擯之如不及, 可謂過矣. 每詠其周公與管蔡恨不茅三間之句, 未嘗不瞠乎其後也.[102]

신흠은 왕안석이 정권을 잡아 신법을 추진할 때 소동파가 신법의 폐단에 대해서 반대하였고, 이후 사마광이 정권을 잡아 모든 신법을 폐지하려 했을 때는 신법 가운데 免役法과 같은 좋은 법은 유지해야 한다고 주장한 것을 '和而不同'의 주장이라고 여겼다.

또 程頤가 禮法을 들먹이며 司馬光을 조문하러 가는 행차를 막은 것과 관련하여 소동파가 정이를 조롱한 것이 실마리가 되어 소동파는 程頤와 사이가 벌어졌다. 후에 정이와 師承관계를 표방한 朱熹는 소동파를 적대시하였다. 소동파와 정이의 갈등은 洛蜀黨爭의 시작이 되었다. 洛黨은 학술적으로 理學家였으며 古禮의 회복을 주장했고, 소동파는 文章家로서 人情을 강조했다. 낙당이나 촉당은 모두 舊法黨에 속하는데, 조선의 儒者들은 程朱學을 스승으로 받들어 정주학파와는 學術과 人情의 측면에서 對峙的인 관계에 있는 蜀黨의 領袖 소동파를 배척하는 풍조가 강했다. 신흠은 이러한 풍조는 지나치다고 했다.

102 申欽, 『象村稿』 권 57, 「求正錄上」, 『影印標點 韓國文集叢刊』 72, 민족문화추진회, 1991, 394쪽.

申欽은 군자와 소인의 평은 세월의 씻김을 지나야 분명해진다고 하였다.

옛날 紹聖(宋 哲宗의 연호 1094~1098) · 元符(송 철종의 연호 1098~1100) 연간에 姦黨碑를 세워 邪人과 正人의 명부를 작성하고 등급을 분류하면서 자신들의 진상을 엄폐하고 변호한 것이 어찌 상세하고 치밀한 것이 아니었겠는가. 이로써 말한다면 소성 · 원부의 뒤에 태어난 자들은 章惇과 蔡確을 군자라고 하고 司馬光과 蘇軾을 소인으로 여겨야 할 법도 한데, 지금 보면 그렇지 않아 青天白日처럼 분변하여 말하기를 "사마광과 소식은 군자이고 장돈과 채확은 소인이다."고 하며, 말을 배우는 어린아이들조차 모두들 이 사실을 알고 있다. 하늘은 거짓을 용납하지 않는다는 말은 이를 가리킨 것이라 하겠다.

昔紹聖, 元符之間, 立姦黨碑, 籍邪正分其等, 掩蔽回互豈不詳且密哉. 以此言之, 生乎紹聖, 元符之下者, 似若以章惇蔡確爲君子, 司馬光蘇軾爲小人. 而今不然, 辨之如青天白日曰, 司馬光蘇軾君子也, 章惇蔡確小人也. 學語小兒, 無不知之. 天不容僞者, 指此也.[103]

宋 哲宗이 親政을 시작한 때부터 다시 실권을 잡기 시작한 신법

103 申欽, 『象村稿』 권 55, 「春城錄」, 『影印標點 韓國文集叢刊』 72, 민족문화추진회, 1991, 346쪽.

당은 徽宗이 등극하자 국정을 완전히 장악하고, 崇寧 원년(1102) 蔡京을 재상으로 熙寧新法을 높이는 것을 명목으로 建中 初의 정치를 부정하였다. 사마광, 소동파, 文彦博 등 구법당 120명을 姦黨으로 지목하여, 휘종이 친필로 그 이름과 사실을 기록한 碑를 端禮門 및 각지 관청에 세우니, 이것을 '元祐姦黨碑', '元祐黨人碑'라 하였다. 소동파 서거 직후인 崇寧 2년(1103)에는 소동파의 문집과 서간은 물론 그의 글씨나 그림도 소장하지 못하도록 했다.

崇寧 3년(1004)에는 司馬光 이하 3백 9명을 다시 姦黨으로 정하였는데, 그 가운데에는 신법당의 曾布, 章惇 등도 포함되었다. 휘종이 친히 그 이름과 행적을 써서 이를 비석에 새겨 文德殿의 東壁 밑에 세우고, 蔡京이 글씨를 써서 각 州와 縣의 비석에 새겼는데, 黨人碑에 이름이 들어간 자는 모두 박해를 당하였다.[104] 신흠은 세월이 지나 사실이 명료하게 밝혀졌을 때는 피해자 司馬光과 蘇東坡는 군자이고, 가해자로서 奸黨碑를 만든 章惇, 蔡確이 도리어 소인이라는 정평이 세워졌다고 했다.

다음은 黃玹의 소동파 평이다.

> 동파학사의 신선의 자태
> 기운이 가을하늘에 뻗치니 만 사람이 오가고

104 『中國歷史大辭典, 宋史』, 上海辭書出版社, 1984, 32쪽.

붓 아래 넘치는 나라 경륜의 말
賈誼와 董仲舒를 아이처럼 다루고
韓非子와 상앙을 노비로 삼았네.
벼슬길에 나가서는 늙어 갈수록 꿋꿋하여
큰 문장이나 편지가 모두 충직한 말이었지.
풍자한 시들은 끝내 烏臺詩案을 빚어냈지만
당당하게 웃으며 간당비 속으로 들어갔네.
도사를 다시 불러들여 공신으로 삼으니
규성의 찬란한 빛이 천 길이나 뻗치었고
구슬 같은 많은 문장을 세간에 남겨 놓아
읽는 사람마다 가려운 데 긁는 듯 상쾌해라.
장사가 들에 그물 쳐 무소 표범을 포박한 듯
천둥이 산을 가르매 도깨비가 도망치는 듯
또는 끝도 가도 없는 광활한 벌판에
거센 바람 소낙비가 아득히 몰아친 듯도 하네.
때론 아녀자의 사랑과 원한에 찬 말이 있어
균천광악 아홉 곡 연주로 변화하기도 하니
갖가지 형태가 넘쳐나서 한량이 없는지라
책 덮고 울고 싶어라 한갓 서글플 뿐이로다.
우습도다! 뒷날의 여러 망령된 사람들
간과 신장은 뽑아버리고 겉모양만 본뜨려 하네.
선생은 도리어 문자 밖에 있으니

우뚝한 風節(高風峻節)을 더욱 어찌 받들 것인가!

東坡學士神仙姿, 氣横素秋萬人往.
筆下汪汪經國語, 兒畜賈董奴非鞅.
結發入朝老愈勁, 文章尺牘皆忠讜.
滑稽釀成烏臺案, 大步笑入奸碑黨.
喚取羽士作功臣, 奎星芒角光千丈.
瓊琚萬斛留世間, 讀者人人快爬痒.
壯士籠原縛犀豹, 疾雷劈山逃罔兩.
又如無邊曠墟濱, 急風黑雨吹莽蒼.
有時兒女恩怨語, 變作九奏鈞天廣.
百熊横生不可窮, 掩卷欲哭徒悵惘.
寄笑後來諸妄人, 抽肝擢腎期相仿.
先生却在文字外, 高風峻節又何仰.[105]

황현은 前 10구에서 소동파가 신선의 자태를 지닌 선비로서, 실로 송나라 역사상의 "功臣"이라고 묘사하고 있다. 그리고 소동파의 시문은 모두 나라를 다스리는 말이며, 賈誼, 董仲舒, 韓非, 商鞅 등은 근본적으로 그와 필적할 수 없다고 하였다. 그가 조정에 나아가서부터 노년에 이르도록 모든 문장이 충성된 말이라고 하였다. 결과적으로 소동파는 烏臺詩案으로 감옥에 갔고, 死後에도 元祐黨籍

105 黃玹, 『梅泉集』 권 1, 『影印標點 韓國文集叢刊』 348, 민족문화추진회, 410쪽.

碑에 들었으나, 이것도 그의 빛이 천 길이나 뻗침(千丈光芒)을 가릴 수 없다고 하였다.

"瓊琚" 10구는 각종의 비유를 사용하여 소동파의 문학적 성취를 비유하였는데, 예를 들면, "구슬 같은 많은 문장(瓊琚萬斛)", "장사가 들에 그물을 쳐 무소와 표범을 포박하듯(壯士縛犀豹)", "천둥이 산을 가르매(疾雷劈山)", 또는 "끝도 가도 없는 광활한 벌판에 거센 바람 소낙비가 아득히 몰아친 듯도 하다.(無邊曠墟濱, 急風黑雨吹莽蒼.)" 등인데, 설사 "아녀자의 사랑과 원한에 한 말(呢呢兒女語)"도 "균천광악 아홉 곡 연주(呢天九樂)"로 변화하기도 하니, 진정 "갖가지 형태가 넘쳐나서 한량이 없다.(百態橫生不可窮.)"

황현은 이 시의 마지막 4구에서 소동파를 모방하는 "망령된 사람들(妄人)"을 조소하고 있다. "선생의 장함은 오히려 문자 밖에 있거니, 우뚝한 風節은 더욱 어찌 우러를 수 있으랴.(先生却在文字外, 高風峻節又何仰.)"라고 하여, 소동파의 문자는 바로 그의 "우뚝한 風節(高風峻節)"의 표현인 것이며, 문자상의 모방은 아무런 功이 없는 헛수고일 뿐이라고 평하고 있다.

2. 부정적 평가

고려조 문인은 소동파에 대한 평가에 있어 부정적 평이 거의 없는 반면에, 조선조 문인의 평가에는 부정적 평이 많다.

다음은 宣祖가 동파의 시를 들여오라고 명하였을 때, 이에 대한 柳希春(1513~1577)의 대답이다.

> 유희춘이 아뢰기를, "소식은 도덕을 말할 경우에는 大本을 어지럽히고, 사실을 논할 경우에는 權謀를 숭상하며 通達을 귀하게 여기면서, 名檢(법도)은 천하게 여기고 浮華를 자랑하면서 本實을 잊으므로 전혀 예법과 염치가 무엇인지를 몰랐습니다. 이 때문에 伊川의 規矩, 準繩을 보면 꺼리고 미워하는 것이 심하여 마치 薰猶(향기나는 풀과 악취나는 풀)와 氷炭처럼 상반됩니다. 臣은 전에 宋 高宗이 蘇軾 · 黃庭堅의 시를 즐겨 보는 것에 대해 군자들이 유감스럽게 여겼다는 것을 보았는데, 더구나 전하의 聖明으로 어찌 이러하실 수 있겠습니까?"
>
> 希春曰, "蘇軾語道德, 則迷大本, 論事實, 則尙權謀貴通達而賤名檢; 衒浮華而忘本實, 漠然而不知禮法廉恥之爲何物. 是以見伊川之規矩準繩, 其忌惡之甚, 如薰蕕氷炭之相反也. 臣嘗觀宋高宗好觀蘇黃詩, 君子不能無憾. 況以殿下聖明, 豈可如此乎?"[106]

유희춘은 程頤의 洛黨과 대립된 蜀黨의 領袖인 소동파를 程朱學的 관점에서 공격하였다. 그는 소동파가 도덕을 말할 경우 大本을

106 『宣祖實錄』 선조 7권, 6년(1573) 12월 21일 1번째 기사.

어지럽히고, 사실을 논할 경우 권모를 숭상하며 예법과 염치가 무엇인지 모른다고 하였다. 이는 또한 程朱學派의 소동파에 대한 견해를 이은 관점이다.

이덕무의 평을 보자.

> 伊川程子가 기용되어 講官이 되자 천하를 治平으로 인도하는 것을 자기 임무로 여겨, 정사에 대한 論議와 人事에 대한 褒貶에 주저하거나 피하는 바가 없었다. 蘇軾이 疏章을 올려 아뢰기를, "臣이 평소부터 程某(정이)의 간사함을 미워하여 일찍이 辭色을 좋게 한 적이 없습니다."라고 하였다.
>
> 諫議大夫 孔文仲이 蘇軾의 誘惑과 脅迫에 끌려 정사를 논의하게 되면 모두 蘇軾의 의사를 따랐는데 그가,
>
> "程某는 더럽고 간사하여 본디 鄕大夫의 행실이 없고, 經筵에서 辨說을 아뢰는 것이 모두 외람되어 분수를 모릅니다. 貴臣을 두루 찾아보고 臺諫을 내리 찾아다니며 어지럽게 이간하여 은혜와 원수를 갚습니다. 그리하여 市井에서 五鬼의 괴수로 지목하고 있으니, 田里에 추방해서 典刑을 보이소서." 하였다. 이에 程子(程頤)는 管勾西京國子監으로 좌천되었다.
>
> 伊川程子, 旣起爲講官, 以天下自任, 論議褒貶, 無所顧避. 蘇軾奏狀云, 臣素嫉程某之姦, 未嘗假以辭色. 諫議大夫孔文仲, 爲蘇軾所誘脅, 論事皆用軾意曰, 汚下憸巧, 素無鄕行, 經筵陳說, 僭橫忘分. 遍謁貴臣, 歷造臺諫, 騰口間亂, 以償恩讎. 致市井目爲五鬼之

魁, 請放還田里, 以示典刑, 差管勾西京國子監.[107]

여기서 李德懋(1741~1793)는 程朱學派의 학설을 찬동하여 程頤를 옹호하고 소동파를 일방적으로 배척하는 관점에 서있음을 알 수 있다.

正祖(1777~1800 在位)는 程子, 특히 程頤와 대비하여 소동파의 자세를 부정적으로 평하고 있다.

> 단정하고 엄숙한 자세는 비록 외면의 공부이지만, '持敬(敬의 자세를 유지함)' 을 하려면 이러한 자세를 버리고는 딴 방도가 없다. 그리고 '持敬' 은 무엇보다 먼저 눕지 않는 데서부터 시작된다.
>
> 蘇東坡는 매사를 程子와 반대로 하였다. 그러므로 정자가 靜坐를 한 데 반해 소동파는 드러눕기를 좋아하였으니, 이러한 점에서 소동파의 병통 있는 심술을 알 수 있다.
>
> 整齊嚴肅, 雖是外面工夫, 而欲爲持敬, 舍此難求. 持敬先從不臥始. 東坡每事, 必反程子. 故程子靜坐, 東坡喜臥. 此可見東坡心術之病也.[108]

107 李德懋,『青莊館全書』권 58, 盎葉記五,「晏嬰蘇軾」,『影印標點 韓國文集叢刊』259, 민족문화추진회, 2000, 22쪽.

108 正祖,『弘齋全書』권 178,「日得錄」18, 訓語 5,『影印標點 韓國文集叢刊』267, 민족문화추진회, 2001, 485쪽.

敬을 유지하려면 단정하고 엄숙한 자세가 기본이 된다. 持敬은 눕지 않는데서 시작하는데, 정이는 靜坐를 실천한데 반해 소동파는 드러눕기를 좋아했으니, 이런 점에서 소동파의 병통 있는 심술을 알 수 있다고 했다. 사실상 소동파는 靜坐해야 할 때는 靜坐하였으며, 때로 詩文에 드러눕는 경우도 표현할 정도로 근엄, 그리고 자유사상을 두루 포괄하고 있다. 이는 동파의 부정적 일면만 드러내어 평한 것이다.

이는 丁若鏞(1762~1836)의 「비방을 변명하고 同副承旨를 사양하는 疏(辨謗辭同副承旨疏)」이다.

> 신은 그윽이 생각하건대, 성현이 나오면 재해와 이단도 반드시 함께 일어나서 그로 하여금 환란과 재액을 구제하여 그 功德을 크게 세우도록 하는 것이니, 堯임금 때의 水災와 湯임금 때의 旱魃과 孟子 때의 楊子·墨子와 朱子 때의 蘇軾·陸九淵이 모두 그 증험입니다.
>
> 臣竊伏念聖賢有作, 則災害異端, 必與竝起, 使之救患拯厄, 用茂厥功德, 堯之水湯之旱, 孟子之楊墨, 朱子之蘇陸, 皆其驗也.[109]

정약용은 堯임금이 수재를 극복하고 이상세계를 이룩하였으며,

109 丁若鏞, 『與猶堂全書』 제1집 시문집 권 9, 文集, 「辨謗辭同副承旨疏」, 『影印標點 韓國文集叢刊』 281, 민족문화추진회, 2002, 201쪽.

湯임금이 한발을 극복하고 理想에 가까운 세계를 이룩하였으며, 맹자도 楊朱, 墨翟을 배척하여 정통을 확립하였듯이, 주희가 소동파와 육구연을 이단으로 배척하여 유가의 정통을 확립하였다고 했다. 성현과 이단은 항상 함께 일어나며, 성현이 환란을 구제하면 공덕을 이루어 정통을 확립하게 된다는 것이다. 여기서 주희(1130~1200)는 소동파(1036~1101)와의 시간적 거리가 백 년 가까이 되는 후학이어서 같은 시대에 살지 않았다. 이 점에서 북송시대의 소동파의 학문과 문학이 南宋 朱熹의 시대에도 매우 성행했었으며, 이에 대한 비평의 움직임도 컸었다는 것을 반증할 수 있다.

3. 절충적 평가

소동파의 인물평에 대해 장단점을 포괄하여 평론한 경우도 있다. 송시열의 평을 보자.

> 宋나라의 諸賢 가운데 異端에 빠진 사람이 매우 많은데 朱子가 유독 蘇軾 · 陸九淵에 대하여 매우 공격한 것은, 蘇軾의 문장과 의론이 一世를 傾倒하였고 陸九淵의 存心과 爲己의 工力이 진실하였기 때문이다. 그러므로 주자가 일찍이 소식의 持節을 찬양하고 또 그를 어진 사람이라고 하였으며, 육구연에 대하여서도 매양 그가 절실한 곳에 힘쓴다고 말하고, 심지어는 門人들로 하여금 육구

연의 강론을 듣게 하여 강론을 들은 자가 눈물을 흘리기까지 하였다. 소식과 육구연이 이와 같은 지위와 기세로 異端의 說을 장황하게 늘어놓아 세상에서 농간을 부리자, 이에 온 세상이 風靡되어 그 害가 무궁하였다. 그러므로 朱子가 극력 배척하여 當世를 깨우치지 않을 수 없었던 것이다. 富鄭公(鄭國公에 봉해진 富弼) · 張魏公(魏國公에 봉해진 張浚) 같은 이에게는 대략만 언급하였을 뿐 심히 배척하지는 않았으니, 이것은 그들의 세력은 세상을 미혹시키고 백성을 속일 수 없었기 때문이었다.

宋之諸賢, 溺於異端者甚多. 而朱子獨於蘇陸攻之, 至於苦死者, 以蘇之文章議論傾倒一世, 陸之存心爲己工力眞實. 故朱子嘗贊蘇之持節, 又嘗以爲仁人, 而於陸每說其切實處用力, 至使其門人聽講, 其聽講者至於流涕. 蘇陸以如此地位氣勢, 而張皇異說, 作弄於世, 於是擧世風靡. 爲害無窮. 故朱子不得不極力排斥, 以曉當世. 而如富鄭公, 張魏公諸公則約略說, 而未嘗深斥, 蓋其勢力不足以惑世誣民也.[110]

宋時烈(1607~1689)은 송나라의 諸賢 가운데 이단에 빠진 사람이 매우 많은데, 주희가 유독 소동파와 육구연에 대해서 강하게 공격한 것은 소동파의 문장과 의론이 일세를 경도하였고, 육구연의 存

110 宋時烈, 『宋子大典』 권 131, 「燕居雜錄」, 『影印標點 韓國文集叢刊』 112, 민족문화추진회, 1993, 443쪽.

心과 爲己의 공력이 절실하였기 때문이라고 하였다. 이 글에서 주희는 소동파의 持節을 찬양하고 어진 사람이라고도 하였으며, 또한 소동파와 육구연의 문장과 의론은 그만큼 옳은 점도 많기에 일세에 경도한 것이나, 그 해로움이 남송의 주희(1130~1200) 시대까지 크게 미치었다고 보기 때문에 극력 배척하였다고 하였다. 소동파나 육구연의 수준에 오르지 못하여 세력이 강하지 못한 사람—富弼, 張浚 같은 사람에 대해서는 주희는 대략만 언급하였을 뿐 심히 배척하지 않았으니 그들의 세력은 세상을 경도시키지 못했기 때문이다.

다음은 前大司憲 李翔(1620~1690)이 숙종에게 上疏한 글이다.

> 宋나라 조정에 蘇軾과 같은 무리들은 비록 二程(程顥, 程頤)에 견줄 수는 없지마는, 그의 문장과 節行은 또한 士類라고 이르지 아니할 수가 없었습니다. 그런데도 朋黨을 나누어 斯文에 죄를 얻었고, 집안과 나라를 그릇되게 하여 元符(송 철종의 연호: 1098~1100)의 禍를 불러왔으니, 章惇·蔡京과 비교해 볼 때 서로의 거리가 얼마나 되겠습니까?
>
> 如宋朝蘇軾之輩, 雖非可以比倫於二程, 然文章節行, 亦不可不謂之士類. 而分朋植黨, 得罪斯文, 誤人家國, 馴致元符之禍, 其視章蔡相去幾何.[111]

111 『肅宗實錄』 16권, 11년(1685) 7월 17일 2번째 기사.

소동파와 같은 무리는 조선조 유학자들이 학통을 이은 程顥, 程頤에 견줄 수는 없지만, 그는 소동파의 문장과 節行은 바로 선비라고 높이 평하고 있다. 그러나 소동파는 朋黨을 나누어 儒家에 죄를 얻었고 元符의 禍를 불러왔으니, 신법파로서 무리하게 신법을 추진하여 후대에 좋지 않은 평가를 받은 章惇, 蔡京과 얼마의 거리가 있는가라고 혹평하기도 하였다.

조귀명의 평을 보자.

> 蘇氏는 그 말이 비록 正理에 어긋나지만 바로 자신의 말이고, 고인의 말이 아니지만 바로 흉중에서 홀로 얻은 견식이라 道聽塗說에 견줄 바가 아닙니다.
>
> 蘇氏者, 其言雖違正理, 乃其言, 而非古人之言, 乃胸中獨得之見識, 而非道聽塗說之比也.[112]

趙龜命(1694~1737)은 소동파는 그 말이 바른 이치에 어긋나긴 하지만, 자신의 가슴속에서 터득하여 토로한 말임을 강조하고 있다.

또 洪奭周(1774~1842)의 『洪氏讀書錄』에 의하면, 당시에 전해지던 『東坡全集』 132권에 대해 논하면서 "蘇軾은 충성되고 강직한 마음으로 당대의 名臣이 되었지만 경박하고 기이한 것을 좋아한 것이

112 趙龜命, 『東谿集』 권 1, 「贈羅生沉序」, 『影印標點 韓國文集叢刊』 215, 민족문화추진회, 1998, 12쪽.

또한 폐단이 크므로 논자들은 지금도 그것을 싫어한다. 그러나 그 문장은 천하의 奇才라고 하지 않을 수 없다.(軾以忠淸勁直爲世名臣, 而其輕薄好奇則又流弊無窮, 尙論者至今病之. 至其文章則不能不謂之天下之奇才也.)"라고 하였다.[113] 홍석주는 소동파가 충성되고 강직한 마음으로 當代의 名臣이 되었으며, 그 문장은 천하의 기재이지만 경박하고 기이한 것을 좋아한 것이 큰 병폐가 되었다고 소동파의 장단점을 포괄하여 평론하고 있다.

조선조 문인들의 소동파 인물평은 크게 3가지로 분류된다. 긍정적인 평가로는 소동파를 '호걸의 선비'로 '和而不同'하다고 찬미하는 것이 있다. 부정적인 인물평으로는 '禮樂을 없애고 名敎를 파괴하였다.', '학술이 올바르지 않다.', '大本을 어지럽히고, 權謀를 숭상하며, 예의염치를 모른다.' 등이 있다. 이러한 것은 程朱學派의 관점을 계승하여 程頤를 옹호하고 소동파를 일방적으로 배척하는 것이다. 또 눕기 좋아하는 소동파의 자세를 부정적으로 평하고 있기도 하다. 이외에 소동파의 장단점을 포괄한 평론도 있다. 예를 들면, '문장과 의론이 일세를 경도하였고, 주자가 일찍이 소식의 持節을 찬양하고 또 그를 어진 사람이라고 하였으나, 드디어는 소식의

113 『洪氏讀書錄』 張伯偉 편(2005), 『朝鮮時代書目叢刊』 8책, 북경: 중화서국. 4,327면. 당윤희, 「朝鮮刊 蘇軾 詩文集 및 文集 板本 小考」, 『중국문학』 63, 한국중국어문학회, 2010, 120쪽.

해로움이 남송의 주희시대까지 미치었다,' 고 보았다. 그리고 '문장과 節行은 선비라고 할 수 있으나 朋黨을 나눈' 점에 대해서는 혹평하고 있다. 또한 '바른 이치에 어긋나긴 하지만, 가슴속에서 터득한 것을 토로하였다.' 그리고 '충성되고 강직한 名臣이지만, 경박하고 기이함을 좋아하였으나 문장은 천하의 奇才' 라고 인정하기도 했다.

제5장

고려조 문인의 소동파 詩文 수용 및 그 의의

소동파는 高麗시대에 있어 陶淵明, 李白, 杜甫, 白居易, 黃庭堅 등과 더불어 가장 큰 영향을 준 중국 문인 중의 한 사람이다. 특히 『東人詩話』 卷上에서, 徐居正은 "고려 문인은 오로지 동파를 숭상하여, 과거 급제자의 방이 나붙을 때마다 사람들이 말하길, '33인의 동파가 나왔구나' 라고 하였다.(高麗文士專尙東坡, 每及第榜出, 則人曰 : '三十三東坡出矣!')" 이 말은 고려 문인이 소동파를 학문과 문장의 최고 모범으로 삼았음을 반증하고 있다. 이는 "고려시대 문인들이 과거 급제 전에는 과거시험 준비 때문에 풍월을 일삼을 겨를이 없다가, 과거 합격 후에야 부담 없이 시 짓기를 배우는데 그 가운데 소동파의 시를 더욱 좋아하게 된다."[114]는 것을 단적으로 표현

114 "且世之學者, 初習場屋科擧之文, 不暇事風月, 及得科第, 然後方學爲詩, 則尤嗜讀東坡詩." 李奎報, 『東國李相國集』, 卷 26, 「答全履之論文書」, 『影印標點 韓國文集叢刊』 1,557쪽.

한 말로, 당시 일세를 풍미했던 소동파 문학의 유행도를 상징한 것이기도 하다. 또한 高麗 高宗 23년 몽고 침입의 와중에서 全州에서 『東坡文集』을 重刻했던 사실에서도 당시의 蘇東坡 열기를 짐작하게 해 준다.

소동파 시문은 고려시대 중·후기에 있어 문학사조의 변모와 학문 관점의 차이에 의해 다소 차이를 보이긴 하지만, 전반적으로는 지속적으로 유행을 보이고 있다. 이는 소동파 문학 자체의 가치와 매력으로 인해 국경을 초월하여 우리 문학의 자양분으로 삼을 수 있는 문화 풍토가 갖추어져 있기 때문이라 하겠다.

蘇東坡가 생존했던 北宋朝와 高麗朝 문인의 소동파 수용과는 시기적으로 어느 정도 격차가 있지만, 同質의 정치문화체제가 중심이어서 차이성보다는 동질성이 강하다. 한편 고려시대 문인은 동파를 흠모하고 수용하였지만 개성과 환경의 차이로 인해 문학상의 결과는 그와 다르게 나타날 수밖에 없었다. 고려시대의 문인, 특히 金富軾, 李仁老, 李奎報, 崔滋, 李穡, 李齊賢 등 대표 문인의 蘇東坡 詩文의 受容樣相 및 그 意義를 탐구하는 것은 가치 있는 일이다. 발신자로서의 '蘇東坡 및 그 詩文'과 수신자로서의 '고려시대 문인의 소동파 문학 수용 및 그 의의'에 대해 연구할 필요가 있다.

고려시대 사대부 문인들에게 있어 동파는 인생과 문학의 본보기를 제공하였고, 문학적 영감과 창작기교, 예술적 성과와 경험을 제시하여 주고 있다. 그들은 중국문학 수용에 있어 자신과 自國文化

의 발전을 목표로 출발한다는 정확한 태도를 가지고 있었기 때문에, 模擬的이고 학습적인 데에만 국한하지는 않고 보다 능동적이고 적극적이었다. 그런데 우리 문인이 작품의 절대적인 경지를 중국의 소동파로 설정해 놓고 창작을 하였다고 할지라도, 실제로 창작된 시적 경지는 또 다른 하나의 새로운 세계를 구축하게 마련이다.[115]

여기서 '여러 문인이 각기 소동파를 수용하여 어떠한 "點化"(모방은 하되 창조적 변질을 가져오는 것)나 변용이 있었는가', 그리고 '그것이 우리 문학에 어떤 발전이나 변화를 줄 수 있었는가'를 각기 고찰하고자 한다. 여기서는 이러한 것들을 비교문학적 방법으로 집중적으로 탐구하려고 한다.

이 章에서는 고려조 문인의 소동파 시문 수용 및 그 의의를 파악하고자 한다. 구체적으로 먼저 고려 문인의 소동파 수용과정과 소동파 詩文評을 검토하고, 이어서 소동파 시문 수용 및 그 의의를 파악하고자 한다. 여기서 소동파 시문을 模擬하고 소동파와 같고자 추구하는 '동일화양상'을 諸家의 소동파 시문에 대한 詩文句의 차용과 典故의 활용 등을 통해 고찰하고, 이어서 소동파 시문의 창조적 수용에 초점을 맞추어 논지를 전개하고자 한다.

115 卞鍾鉉, 『高麗朝漢詩硏究－唐宋詩 受容樣相과 韓國的 變容』, 太學社, 1994. 1, 8쪽 참조.

〔제1절〕 소동파 수용과정

동파가 42세 때인, 1077년(高麗 文宗 31년, 宋 神宗 熙寧 10년) 고려의 사신 崔思訓 등이 宋에 입국하여 杭州를 경유하면서 동파가 항주에서 지은 작품집 『錢塘集』을 구입하여 귀국하였는데, 이는 동파의 작품에 대한 고려 문인의 갈구와 열망이 들어난 일화이다. 그리고 1236년(高宗 23년) 고려 全州牧 崔君址에 의해 새로 조판된 『東坡文集』이 출판되었는데, 李奎報가 발문을 썼다.[116]

徐居正은 『東人詩話』, 卷上에서 다음과 같이 말하고 있다.

> 고려의 文士들은 소동파를 숭상하였으니, 과거에 급제한 榜目이 나올 때마다 사람들이 "33명의 동파가 나왔다"하였다. 高宗(1214~1259), 元宗(1260~1274) 연간에, 송나라 사신이 시를 요구하자, 學士 權適이 시를 지어 주었다. 그 시에,
>
> "소동파의 문장은 해외까지 알려졌건만
> 송나라 천자는 그의 글을 불태웠네.
> 문장은 불에 태워 재로 만들 수 있겠지만
> 천고의 꽃다운 이름은 불태울 수 없다네."
>
> 하니, 송나라 사신이 탄복하였다. 이 시를 보면 고려의 문사들이

116 王水照 著, 조규백 옮김, 『소동파 평전-중국의 문호 소식의 삶과 문학』, 돌베개, 2013, 「한국어판 서문-소동파와 고려」, 6쪽.

소동파의 문장을 숭상했다는 것을 알 수 있다.

> 高麗文士, 專尙東坡, 每及第榜出則人曰, 三十三東坡出矣, 高元間, 宋使求詩, 學士權適, 贈詩曰, 蘇子文章海外聞, 宋朝天子火其文, 文章可使爲灰燼, 千古芳名不可焚, 宋使嘆服, 其尙東坡, 可知也已.

소동파의 문장은 고려는 물론 거란에서까지 환영받았다. 그러나 북송대의 新舊黨爭의 소용돌이 속에서 동파는 死後인 宋 徽宗 崇寧 元年(1102) 元祐黨籍에 포함되어 관직이 추탈되었고, 그의 저작도 금서로 되었다. 남송 高宗 建炎(1127~1130) 연간에 이르러 비로소 누명을 벗고 복권되었다. 南宋 孝宗 때에 동파는 '文忠公'이라 追增되었으며, 그의 문집은 여러 종류의 판본으로 출판되어 널리 유전되었다.[117]

權適이 유학생으로 宋나라에 간 것은 睿宗 10년(1115)이고, 급제 후 고려로 돌아온 것은 예종 12년(1117)인데, 바로 동파가 세상을 떠난 지 16년이 지난 후이다.[118] 그가 송나라에 체류할 당시는 동파의 저작이 금서로 되었을 때였다. 이 시는 그가 귀국한 이후에 쓴 것이다.

고려 문인의 소동파 숭상의 돌출한 예로, 당시 정치가 金富軾

117 王水照 著, 조규백 譯註, 『중국의 문호 소동파』, 월인출판사, 2001. 4, 266~267쪽.

118 이혜순, 『고려 전기 한문학사』, 이화여자대학교 출판부, 2004. 1, 368쪽.

(1075~1151) 金富轍 형제의 作名을 들 수 있다. 1080년(文宗 34년)에 송나라로 使行가기 전에 벌써 金覲이 동파를 흠모해 두 아들의 이름을 동파 형제의 이름을 따서 지어준 것으로 추량된다. 기실 양국의 저명한 정치가요 문인인 蘇東坡와 金富軾은 나이가 29년 밖에 차이 나지 않음에서 동파의 명성이 비교적 빨리 고려에 전파되었다는 것을 알 수 있다.

1085년(高麗 宣宗 2년, 宋 神宗 元豐 8년, 동파 50세), 大覺國師 義天(文宗의 넷째 아들)은 송나라를 순례하였는데, 송 조정은 동파의 친구 楊傑에게 詔令을 내려 의천을 수행하여 錢塘으로 놀러 가게 했다.

당시 동파는 기뻐하여 「送楊傑」이라는 시를 지어 양걸에게 주었다. 그 가운데 "三韓의 왕자께서 서쪽으로 佛法을 구하러 오시니, 하늘의 이치를 아는 彌天(釋 道安 : 여기서는 義天을 지칭)과 사해四海가 다 아는 鑿齒(楊傑을 지칭)은 호적수라.(三韓王子西求法, 鑿齒彌天兩勍敵.)"라는 시구가 있는데, "용모가 수려하고 언변도 좋으며 높은 재주가 있는(俊辯有高才)" 동진東晉의 명승 도안道安으로서 義天을 비유하고, 의천이 "불법을 구하러 서쪽으로 온 것"에 대해 열정적인 환영을 표시하였다.

"鑿齒彌天兩勍敵"구는 『晉書 · 習鑿齒傳』에, "(晉나라) 당시 승려에 釋 道安이 있었는데, 준수하고 언변이 좋으며 높은 재주가 있었다. 북쪽으로부터 荊州로 와, 鑿齒와 처음 상견하였다. 道安이 말하길, (나는) '하늘에 꽉 찬(하늘의 이치를 아는 : 彌天) 釋 道安이다(彌天

釋道安).' 鑿齒가 말하길, (나는) '사해가 다 아는 習鑿齒이다(四海習鑿齒).' 라고 하였다. 당시 사람들은 좋은 대구라고 생각했다." 道安은 晉나라의 고승인데, 여기서는 義天을 비유하고, 習鑿齒는 당시 유교와 제자백가에 능통한 인물인데, 여기서는 楊傑을 비유하고 있다.[119]

이 두 구는 楊傑이 義天에게 올린 시에, "나의 수행이 부족하여 彌天을 모시기에 부끄럽고, 재주는 習鑿齒만 못하다.(我愧陪彌天, 才辯非鑿齒.)"라는 것을 활용한 것이다. 동파는 의천을 釋 道安으로, 양걸을 습착치로 비기어 양인이 막상막하임을 추켜세웠다. 이것은 楊傑이 자신이 習鑿齒만 못해서 釋 道安같은 義天을 모시기 부족하다는 겸양에 대해 양걸을 높이기 위한 표현이었다. 그러나 그가 의천을 높이 평가한 양걸의 자세를 그대로 받아들였다는 것만은 틀림없다.[120]

1123년(仁宗 元年) 고려에 사신으로 왔던 徐兢은 고려에서 체류하고 있던 기간 동안의 견문을 적은 『宣和奉使高麗圖經』, 卷 8에서 다음과 같이 말하고 있다.

> 일찍이 그 형제의 이름을 지은 뜻을 몰래 물어보았다. 대개 사

119 王水照 著, 조규백 譯註, 『중국의 문호 소동파』, 월인출판사, 2001. 4, 266쪽, 재인용, 참조.

120 이혜순, 『고려 전기 한문학사』, 이화여자대학교 출판부, 2004. 1, 368쪽.

모하는 바가 있었다고 말했다

嘗密訪其兄弟命名之意, 蓋有所慕云.[121]

王士禛은 『香祖筆記』에서 그가 김부식의 문장을 좋아하고, 그 형제의 이름이 소동파 형제들의 이름과 유사한 것에 대해 의문을 품고 있었다고 했다.

내가 전에 『高麗史』를 읽다가 그 신하인 金富軾의 문장을 좋아하게 되었다. 또 형제의 이름이 한 사람은 金富軾이고, 한 사람은 金富轍이었으므로 宣和시대는 元祐시대와 멀지 않은데 어떻게 眉山 二公의 이름을 넌지시 취할 수 있었을까 하고 의아하게 생각하였다. 『宦遊紀聞』을 읽어보니 徐兢이 宣和 6년에 사신으로 고려에 가서 넌지시 그 형제가 이름을 지은 뜻을 물었더니, 대개 眉山 二公(蘇軾, 蘇轍)을 사모한 바가 있어서라고 했다. 문장이 蠻貊을 감동시켰다는 말이 거짓이 아니라고 하겠다.

余昔閲高麗史, 愛其臣金富軾之文, 又兄弟一名軾一名轍, 疑其當宣和時, 去元祐未遠, 何以已竊取眉山二公之名. 讀宦游紀聞云, 徐兢以宣和六年使高麗, 密訪其兄弟命名之意, 蓋有所慕, 文章動野蠻貊語不虛云.[122]

121 徐兢, 『宣和奉使高麗圖經』, 卷 8. 「人物」 金富軾 條.

122 王士禛, 『香祖筆記』, 『文淵閣四庫全書』, 第 870, 卷 9. 李德懋, 『青莊館全書』 권 56, 盎葉記 3.

그런데 아들들의 作名을 주도했을 金覲이 宋에 간 것은 문종 34년(1080)이었고, 그의 셋째 아들인 김부식이 태어난 해는 문종 29년(1075)이었다. 김부식의 아우인 金富儀는 문종 33년(1079) 生으로, 처음 이름이 金富轍이었다. 김부철이 김부의로 개명한 것이 언제인지는 확실하지 않으나, 부식, 부철 두 아들이 태어난 때가 김근이 송나라에 가기 이전이었기 때문에 그의 이름에 轍을 쓴 것과 김근의 사행 자체와는 무관했을 가능성이 크다. 그는 서긍이 고려에 사신으로 왔던 때까지는 아직 개명 이전의 이름을 사용했던 것으로 보인다. 이로 볼 때, 金覲이 宋에 사신으로 가기 이전에 이미 蘇軾, 蘇轍의 文名에 감동해 그 이름을 본떠서 두 아들 金富軾 형제의 이름을 지어준 것으로 추량된다.

徐兢이 明 王士禎과 달리 "대개 사모하는 바가 있어서이다"라고만 하고 그 대상인 眉山 二公을 명시하지 않은 것은 이때가 宋나라에서 蘇軾과 黃庭堅의 문장과 글씨와 그림의 유통을 금하던 시기였기 때문일 것이다.[123]

이렇게 고려에서 동파가 유행한 것은 동파의 작품 자체의 우수성 때문이었지만, 중국에서 소동파가 유행되었던 동파 생존시기인 北宋는 물론 南宋 高宗, 孝宗 무렵 중국의 蘇東坡熱風이 高麗에 전파

123 이상, 이혜순, 『고려 전기 한문학사』, 이화여자대학교 출판부, 2004. 1, 371~372쪽.

된 것도 한몫을 하고 있다고 사료된다.

서긍이 확인한 대로 김근이 셋째, 넷째 아들의 이름을 蘇軾 형제의 이름에 근거하여 지은 것이라면, 그 시기는 송과의 공식적 교류가 재개되어 그가 柳洪, 朴寅亮과 함께 송나라에 사신으로 다녀온 문종 34(1080) 직전부터일 것으로 추측된다. 이는 소동파의 수용도 이 무렵에 시작되었음을 의미하는 것이며, 이때를 전후하여 북송의 教坊樂이 들어왔으리라는 학계의 추정에 의거하건대 그와 함께 『高麗史』 樂志에 수록된 蘇東坡의 詞가 전래되었을 가능성도 무시할 수 없다.

동파는 1080년에 45세의 나이로 황주로 폄적된다. 그가 황주성 동쪽에 있는 황무지를 개간하여 그곳을 동파라 하고 자신을 동파거사로 부르기 시작한 것이 그 다음 해(1081)였고, 유명한 「전적벽부」와 「후적벽부」를 지은 것은 1082년이었다. 2년 후 동파는 상술한 대로 의천을 陪行하던 송의 관리 楊傑을 통해 대각국사 義天을 알게 된다. 이상의 사실들은 고려의 소동파 수용이 동파 당대부터 이미 시작되고 있었음을 알려준다.

한 가지 주목되는 점은 이 시기 송에서 가져온 음악과 고려 왕들의 詞 창작이다. 동파가 元祐 8년(1093, 고려 宣宗 10년)에 쓴 「論高麗買書利害箚子, 三首, 其一」 중에는 고려 사신들이 곡보를 抄寫하여 가니, "鄭衛의 소리가 해외에 유행함은 덕을 보이게 함이 아닙니다.(鄭衛之聲, 流行海外, 非所以觀德.)"[124]라는 구절이 있어, 최초의

124 孔凡禮 點校, 『蘇軾文集』, 中華書局 : 北京, 1990, 卷 30.

수용 시기는 확실하지 않지만 宣宗연간 또는 그 이전에 宋의 敎坊樂이 고려에 들어왔던 것은 확실해 보인다.[125] 東坡詞의 수용도 거의 같은 시기에 진행되었을 것이다.

『高麗史』, 「樂志」, 卷 71에는, 唐樂條의 踏歌唱으로 제시된 「金殿樂慢」 2수가 수록되어 있는데, 바로 그 제2수가 동파의 작품으로 「行香子(淸夜無塵)」 詞라고 한다.[126]

소동파 수용과정에 있어, 1077년(동파 42세) 고려 사신 崔思訓 등이 동파가 杭州에서 지은 작품집 『錢塘集』을 구입하여 귀국하였다. 그리고 全州牧 崔君址에 의해 『東坡文集』이 출판되었다. 이는 몽고와의 전쟁에서 불타 버린 동파문집의 尙州摹本을 저본으로 한 것이다. 당시 과거에 급제한 榜이 나올 때마다 "33명의 동파가 나왔다(三十三東坡出矣!)"(徐居正, 『東人詩話』 卷上)고 하였으니, 이는 "문인들이 과거 급제 전에는 과거시험 준비 때문에 풍월을 일삼을 겨를이 없다가, 과거 합격 후에 부담 없이 시 짓기를 배우는데 그 가운데 소동파의 시를 더 좋아하게 되었다."는 의미이다. 문인들의 소동파 숭상의 돌출한 예로 金富軾과 金富轍 형제의 作名을 들 수 있다. 1080년(문종 34년) 송나라로 使行가기 전에 金覲이 동파를 흠모해

125 이혜순, 『고려 전기 한문학사』, 이화여자대학교 출판부, 2004. 1, 371~374쪽.
126 차주환, 『中國詞文學論稿』, 서울대학교 출판부, 1982. 10, 46~48쪽.

두 아들의 이름을 동파 형제(蘇軾, 蘇轍)의 이름을 따서 지어준 것으로 추량된다. 蘇東坡와 金富軾은 나이가 29년 밖에 차이 나지 않음에서 동파의 명성이 비교적 빨리 고려에 전파되었다는 것을 알 수 있다.

1085년 大覺國師 義天이 송나라를 순례할 때, 동파의 친구 楊傑이 의천을 수행하게 되자, 동파는 「送楊傑」 시를 지어 의천이 佛法을 구하러 중국에 온 것을 환영하였다. 송의 음악과 詞도 고려에 유입되었는데, '소동파의 詞도 유행되어 「念奴嬌」(大江東去)의 경우, 고려 문인 십여 명이 唱和하였다.'

고려 문인의 소동파 숭상의 이유는 무엇보다도 문학 자체의 가치와 매력으로 국경을 초월하여 우리 문학의 자양분으로 삼을 수 있는 문화풍토가 갖추어져 있기 때문이다. 또 동파 생존 시기인 北宋, 그리고 南宋의 高宗, 孝宗 무렵의 중국의 소동파 열풍이 약간의 시차를 두고 고려에 전파된 것도 한 큰 이유가 된다.

〖제2절〗 소동파 詩文評

소동파 문학은 고려 중, 후기에 최고의 인기를 누렸다. 이제 고려 문인의 소동파 詩文評을 살펴보도록 하자. 먼저 林椿의 평을 보겠다.

최근에 다시 歐陽永叔(歐陽修)은 古文을 숭상하여 諸子를 물리쳐서 오늘날의 韓愈라 불리게 되었으며, 王介甫(王安石)는 墳典을 서술하여 밝혀서 옛 성인의 도를 밝혔으며, 蘇子瞻은 제자백가를 하나로 통합하여 저작의 근원을 궁구했으니, 진실로 名儒인 것이다.

近古又有歐陽永叔, 尙古文以排諸子, 至號今之韓愈, 王介甫祖述墳典, 明先聖之道, 蘇子瞻牢籠百氏, 以窮著作之源, 亦眞名儒也.[127]

林椿은 구양수와 왕안석에 대한 평에 이어, 동파가 百家의 장점을 두루 포괄하였음은 물론 저작의 근원까지 파고들었으니, 이들은 모두 진정한 名儒라고 평했다. 이제 이인로의 논평 2條를 들어보자.

a)

句를 다듬는 법은 오직 杜甫가 홀로 그 묘함을 다하였다. …… 蘇東坡와 黃山谷에 이르러서는 고사를 사용하는 것이 더욱 정밀하게 되어 뛰어난 기운이 멋대로 나오니 구를 다듬는 묘함이 두보와 나란히 할 만하다.

琢句之法, 唯少陵, 獨盡其妙. …… 及至蘇黃, 則使事益精, 逸氣橫出, 琢句之妙, 可以與少陵幷駕.[128]

127 林椿, 『西河先生集』, 卷四, 「答靈師書」, 『影印標點 韓國文集叢刊』 1, 243쪽. 『譯註 西河集』, 卷 4.

128 李仁老, 『破閑集』, 卷上.

b)

시인들이 시를 지을 때에 고사를 많이 사용하는 것을 點鬼簿라 하고, 李商隱은 고사 사용하는 것이 險僻하여 西崑體라 불렀는데, 이러한 것은 모두 문장의 한 병통이다. 최근에 蘇東坡와 黃山谷이 우뚝 일어나 비록 그 법을 숭상하였으나, 말 만드는 것이 더욱 솜씨 있게 되어 끝내 도끼나 끌로 다듬은 흔적이 없으니, 청출어람이라고 할 수 있다.

詩家作詩多使事, 謂之點鬼簿, 李商隱用事險僻, 號西崑體, 此皆文章一病. 近者蘇黃掘起, 雖追尙其法, 已造語益工, 了無斧鑿之痕, 可謂靑於藍矣.[129]

이인로는 a)에서, 시의 句法은 杜甫가 최고인데, 소동파와 황정견은 고사 사용이 더욱 정밀하고 뛰어난 기운이 나오며, 구법이 杜甫와 나란히 한다고 높이 평가했다. b)에서, 소동파와 황정견의 시가 前代에 비해 시어에 고사를 많이 사용했으나 더욱 솜씨 있어 흔적이 없으니 청출어람이라고 평가하고 있다.

이규보의 논평을 들어보자.

동파는 근세 이래로 富贍, 豪邁하여 시의 영웅입니다. 그의 문장은 마치 부잣집에 金玉과 돈과 보배가 창고에 가득하여 한이 없

129 李仁老, 『破閑集』, 卷下.

는 것 같으니, 비록 도둑질하는 자가 훔쳐가더라도 끝내 가난해지지는 않을 것이니, 훔친다 한들 어찌 해가 되리오?

東坡, 近世以來, 富贍豪邁, 詩之雄者也. 其文如富者之家金玉錢貝, 盈帑溢藏, 無有紀極, 雖爲寇盜者所嘗攘取而有之, 終不至於貧也, 盜之何傷耶?[130]

이규보는 동파의 시는 풍부하고 호매하여 시의 영웅(雄)이라 할 수 있으며, 그 작품 자체가 무한한 창작의 보고이기 때문에 남이 훔쳐 가더라도 끝내 고갈되지 않는다고 했다.

崔滋는 이규보의 시를 평하여,

그 호매한 기세와 넉넉한 체모가 동파와 꼭 부합한다.

其豪邁之氣, 富贍之體, 直與東坡吻合.[131]

라고 하였다. 崔滋는 이규보의 시를 동파의 시와 대비하여, 그 시가 동파의 정신과 시적 본질을 체득했다 할 정도로 그 호매한 기세와 풍부한 體가 동파와 부합한다고 하였다.

130 李奎報, 『東國李相國集』, 卷 26, 「答全履之論文書」, 『影印標點 韓國文集叢刊』 1, 557쪽.

131 崔滋, 『補閑集』, 卷中.

이제 李穡의 동파의 詩文評 및 동파와 연명과의 대비에 대한 평을 살펴보자.

a)

큰 소나무 그늘 속에서 동파의 시를 읽었더니
머문 물 같은 高談은 마치 황하를 터뜨린 듯하였네.
長松影裏讀東坡, 定水高談似決河.[132]

b)

심한 더위와 가을바람은 본래 때가 있는데
평소에 즐겨 동파 노인의 시를 읽었네.
누구의 마음이 물과 같이 맑기에
옥을 녹이고 쇠를 녹아내리는 더운 여름을 다 알지 못하는가.
苦熱西風自有時, 平生喜讀老坡詩.
有誰心地清如水, 爍玉流金摠不知.[133]

c)

곡조가 높은 이백과 두보는 법을 따르니 기이하고

132 李穡, 『역주 목은시고』 2, 「過三角山」; 『牧隱詩藁』, 卷 3, 『影印標點 韓國文集叢刊』 3, 543쪽.

133 李穡, 『역주 목은시고』 6, 「卽事」; 『牧隱詩藁』, 卷 7, 『影印標點 韓國文集叢刊』 4, 205쪽.

재주가 큰 曾鞏과 蘇軾은 마름질하지 않아도 빛나네.
달, 이슬, 바람, 꽃을 다 쓸어내고서
사특함 없는 청정함으로 지내며 홀로 누대에 오르네.
論高李杜奇仍法, 材大曾蘇斐不裁.
月露風花俱掃盡, 思無邪處獨登臺.[134]

d)
동파는 "吾生如寄耳" 이라 탄식했고
도연명은 인생길 가다가 쉬는 것을 느꼈네.
東坡嘆如寄, 彭澤感行休.[135]

이색은 a)에서, 동파 시의 高談이 마치 황하를 터뜨린 것처럼 우렁차고 힘 있다고 하였다. b)에서 동파의 「書海南風土」(『蘇軾文集』, 卷 71)에서의 초연하고 허심한 마음으로 무더위에 대처하는 뜻을, "쇠붙이를 녹일 듯한 더위에서도 그 독한 열을 놓을 수 없다.(流金之暑, 無所措其毒.)"라는 전고를 따서 지었는데, 동파의 시가 물과 같이 맑아 옥과 쇠를 녹이는 해남도의 더운 무더위를 잊는다고 평했다.

134 李穡, 『역주 목은시고』 3, 「述古」; 『牧隱詩藁』卷 8, 『影印標點 韓國文集叢刊』 4, 52쪽.
135 李穡, 『牧隱詩藁』, 卷 17, 「吾生」, 『影印標點 韓國文集叢刊』 4, 201쪽.

c)에서, 이백, 두보는 논조가 고상하고 시법을 따르고 있으며, 曾鞏, 蘇軾은 선천적 또는 후천적 재주가 커서 마름질하지 않아도 빛난다고 하여 양자를 대비하고 있다. 또 시어 가운데, "思無邪"는 원래 『詩經』에 나타나는 시어인데, 동파는 일찍이 서재 이름으로 '思無邪齋'를 붙이어 청정한 마음으로 살려고 노력하기도 했다.

이색은 d)에서, 동파는 자기 인생이 이 우주에 부쳐 사는 것 같다고 탄식했고, 연명은 인생길 가다가 쉬게 되는 것을 느꼈다고 하여 두 시인의 시어를 사용하여 양자를 대비시키고 있다.

이제 소동파 시에 대한 부정적인 평가가 어느 정도 담긴 李穡의 「及菴詩集序」를 보자.

> 六義가 이미 폐해지자 성률과 대우가 또다시 일어났으니, 시의 변화가 극에 달했다. 고시가 변질되어 齊梁에 이르러 섬약해졌고, 율시가 변질되어 晩唐에 와서 깨져버렸다. 홀로 杜甫가 여러 체를 겸하여 때맞추어 시를 내놓았는데, 그 高風絶塵함은 古今의 모든 시들을 압도하는 경지에 이르렀다.
>
> 그 사이에 超然하고 妙悟하여 流俗에 빠지지 않은 시인으로는 陶淵明과 孟浩然의 무리가 있었으니, 대대로 어찌 인물이 적었겠는가. 그러나 시집이 전해지는 것이 드물어 애석하다. 지금 도연명과 맹호연 두 분의 시집은 겨우 약간 편만 남아 사람으로 하여금 만족스럽지 못하다는 탄식을 하게 한다. 그러나 이로 인해 천년 이래로 그 인물을 알게 되어 천지간에 오로지 두보만 찬미하게

하지는 않았다. 이것이 시집이 전해진 까닭이니, 그 공이 적다고 하겠는가.

또 하물며 당나라의 韓愈와 송나라의 曾鞏, 蘇軾은 문장으로 천하에 이름난 이들이지만, 詩道에 있어서는 마음에 차지 않는 점이 있었으므로 識者들은 이를 유감으로 여겨왔다. 그런즉 시다운 시에 대해서 또 어찌 공교롭다거나 졸렬하다거나 많다거나 적다거나 함으로써 논할 수 있겠는가.

六義旣廢, 聲律對偶又作, 詩變極矣. 古詩之變, 纖弱於齊梁, 律詩之變, 破碎於晩唐. 獨杜工部兼衆體而時出之, 高風絶塵, 橫蓋古今. 其間超然妙悟, 不陷流俗如陶淵明孟浩然輩, 代豈乏人哉. 然編集罕傳, 可惜也. 今陶孟二集, 僅存若干篇, 令人有不滿之嘆. 然因是以知其人於千載之下, 不使老杜專美天壤間. 是則編集之傳, 其功可小哉. 又況唐之韓子, 宋之曾蘇, 天下之名能文辭者也. 而於詩道有慊, 識者恨之. 則詩之爲詩, 又豈可以巧拙多寡論哉. 予之誦此言久矣.[136]

이 글에서 이색은 중국 시의 변천사를 개괄하고, 韓愈, 曾鞏, 蘇軾이 문장으로 천하에 이름난 이들이지만, 詩道에 있어서는 마음에 차지 않는 점이 있다고 아쉬워했다. 사실 이색은 소동파 시를 평소

136 李穡, 『牧隱文藁』, 권 9, 「及菴詩集序」, 『影印標點 韓國文集叢刊』 5, 68쪽. 최재혁, 「고려 문인들의 소식문예이론 수용 고찰」, 중국어문학논집, 제89호, 중국어문학연구회, 306쪽 참조.

숙독하여 자신의 시에 융해시킬 정도로 소동파 시에 몰입한 시인이다. 그런 만큼 소동파 시의 단점도 잘 파악하고 있다고 보여진다.

이상에서 보았듯이, 고려 문인의 소동파에 관한 詩文評은 거의 긍정적 관점 일색이다. 예를 들어, '百家의 장점을 두루 포괄한 진정한 名儒', '전고를 사용했으나 흔적이 없어 前代에 비해 청출어람임', '詩가 풍부하고 豪邁하여 시의 영웅임', '남이 훔쳐 갈 수 없는 무한한 창작의 보고' 라는 평어가 있다. 부정적 평론의 색채가 약간 담겨있는 것으로는 "詩道의 측면에서 보면 마음에 차지 않는 점이 있었으므로 식자들이 이를 유감으로 여겼다."가 있다.

〖제3절〗 소동파 詩文 수용 및 그 의의

고려시대 문인은 인생행로에서 자신이 접하게 된 典籍에서 본 蘇東坡의 행적과 작품이 자신의 처지나 심리상태와 유사하거나 배울 점이 있으면, 그 대상에 자신을 동일화시켜 귀감으로 삼고자 하였다. 古人이 어느 특정한 상황에서 실행하였던 정신과 행동을 닮으려고 하는 의식이 고려 문인의 작품에서 자주 드러나고 있다. 이렇듯 고려 문인들 중에서 상당수는 소동파를 문학의 모범으로 삼아 그와 비슷한 경지에 도달하려는 동일화의 노력을 시도하였고, 더 나아가 창조적으로 수용하려 했다.

최해崔瀣는 「東人之文序」에서,

> 또 일찍이 말하기를, '말이 입에서 나와서 그 글을 이룬다' 하였는데, 중국사람의 학문은 그 고유한 데서 나아가니 크게 정신을 허비하지 않는다 하더라도 세상에 뛰어난 재주가 됨을 가히 앉아서도 헤아릴 수 있다. 그러나 우리나라 사람은 언어가 이미 중국과 구별이 있으니, 하늘이 준 자질이 밝고도 예리하지 않으면 천백 배를 힘쓰더라도 그 학문을 어찌 이룰 수가 있겠는가.
>
> 오히려 一心의 妙함에 힘입어 천지사방에 통하여 털끝만치도 차이가 없게 한다면, 그 득의한 작품에 이르러서는 어찌 스스로 굽혀서 저들에게 많이 양보할 것이 있겠는가.
>
> 又嘗語之曰, 言出乎口而成其文. 華人之學, 因其固有而進之, 不至多費精神, 而其高世之才,可坐數也. 若吾東人, 言語旣有華夷之別, 天資苟非明銳而致力千百, 其於學也, 胡得有成乎. 尙賴一心之妙, 通乎天地四方, 無毫末之差, 至其得意, 尙何自屈, 而多讓乎彼哉.[137]

이렇듯 우리의 언어가 중국과 달라, 공식적인 표기수단인 한자를

137 『拙藁千百』, 卷 2, 『影印標點 韓國文集叢刊』 3, 27쪽.

빌려 쓴 까닭에 창작하는 데는 중국인보다 천백 배의 노력을 기울여야 한다. 그러나 "一心의 妙함에 힘입어 천지사방에 통하여 털끝만치도 차이가 없게 한다면", 그 득의한 작품에 있어서는 중국에 뒤지지 않는다고 하였다.

又 崔滋는 『補閑集』, 卷中에서,

> 근세에 동파를 숭상하는 것은 그 氣韻이 豪邁하고 뜻이 깊고 말이 풍부하고 고사를 인용하는 것이 恢博하여 거의 그 체를 본받아 얻는 것을 사랑한 것이다. 지금의 후진들이 東坡集을 읽는 것은 그것을 본받아서 그 風骨을 체득하려고 해서가 아니고, 다만 그것을 증거로 하여 고사를 원용하는 도구로 하자는 것이다.
>
> 近世東坡, 蓋愛其氣韻豪邁, 意深言富, 用事恢博, 庶幾效得其體也, 今之後進讀東坡集, 非欲倣效以得其風骨, 但欲證據以爲用事之具.

라 하였다. 먼저 고려 문인이 소동파 시를 숭상하는 이유를 "그 기운이 호매하고 뜻이 깊고 말이 풍부하며 고사를 인용하는 것이 넓은" 것이라고 갈파하고, 東坡 詩文을 수용하는 높은 경지는 그 風骨을 얻는 것인데, 당시 문단의 氣習 가운데 典故 인용의 자료로만 사용하는 말단적 병폐가 있음을 경계하고 있다.

崔滋는 같은 책에서,

학사 李眉叟(李仁老)가 말하기를, '내가 방문을 닫고 黃山谷, 蘇東坡의 두 시문집을 읽고 난 뒤에라야 말이 힘차고 운이 쩌렁쩌렁 울려 시를 짓는 데에 삼매경에 빠질 수 있었다.' 라고 했다. 文順公(李奎報)은 '나는 고인의 말을 답습하지 않고 새로운 뜻을 창조해 냈다.' 고 했다.

李學士眉叟曰, 杜門讀蘇黃兩集, 然後語遒然, 韻鏘然得作詩三昧, 文順公曰, 吾不襲古人語, 創出新語.[138]

라 하였다. 여기서 李仁老는 동파집을 읽은 후에 언어가 힘차고 韻이 울리며 삼매경에 도달하는 효과를 얻었다고 하였고, 李奎報는 새 뜻을 창조하는 경지에 이르렀다고 자임하고 있다. 여기서 고려 문인이 東坡詩文을 수용하는 데 있어 전형적인 두 가지 형태를 예시하고 있다.

이 장에서는 동일화에서 출발하여 창조적 수용을 지향하는 고려시대 문인의 소동파 수용에 대해서 살펴보려 한다.

1. 소동파 시문에의 심취와 동일화 양상

동일화 양상이란 한 인물을 대상으로 설정하여 그 인물의 행적, 문학, 위인 등을 스승으로 삼아 배우고 닮고자 하는 것을 의미한다.

138 『補閑集』, 卷中.

여기서는 소동파 시문에 대한 고려 문인의 전고사용, 시구차용, 赤壁유람의 행적 재연, 유사한 경치에 감발됨, 흥취발현의 매개체, 과도한 모방적 수용의 병폐, 그리고 동파에 대한 유행도에 대한 예 등의 순서로 살펴보겠다.

고려 문인들의 작품에는 동파의 전고를 사용하거나 시구를 차용한 것이 많다. 李仁老의 동파 차운시를 보자.

> 노 저어 가는 나그네의 흥을 아나니
> 외줄 연기 일어나는 곳 山家로다.
> 문 닫고 누었으니 찾아올 사람 없고
> 통(筒) 안에 돈을 두어 畫叉에 맡겨둔다.
> 一棹去時知客興, 孤煙起處認山家.
> 閑門高臥無人到, 留得筒錢任畫叉.[139]

"畫叉"는 긴 자루 끝에 鐵叉를 끼운 것이다. 동파가 黃州에 귀양 가서 살 적에 매달 초하룻날 4천5백 전을 가져다가 30등분하여 대들보 위에 걸어 놓고 아침마다 기호를 표시해 한 덩어리씩 화차로 당겨 취하여 썼으며, 남은 것은 빈객을 대비해 사용했다는 고사[140]

139 『東文選』, 卷 13, 「雪用東坡韻」.

140 "每月朔便取四千五百錢, 斷爲三十塊, 掛屋梁上, 平旦用畫叉挑取一塊, 卽藏去叉, 仍以大竹筒別貯用不盡者, 以待賓客", 『蘇軾文集』, 卷 52, 「答秦太虛」, 其四.

에서 나온 말이다. 李仁老가 그 당시 동파의 궁핍한 유배생활을 그대로 체험하는 경지에서 읊은 것이다. 여기서 작자는 동파가 黃州貶謫 당시 궁핍한 생활을 이겨내기 위해 절약하며 하루하루 생활했던 전고를 사용하고 있다.

이규보의 시를 보자.

> 또 보지 못했는가, 동파거사가 늙어서도 꽂 꽂고 부끄러워 않았음을,
> 취한 걸음 지팡이에 의지하니 사람들이 웃었다오.
> 又不見東坡居士簪花老不羞, 醉行扶路從人笑.[141]

> 소년이여 꽂 꽂은 늙은이 비웃지 마라,
> 눈처럼 센머리 자홍색 비추는데 무엇이 해롭겠나.
> 少年莫笑揷花翁, 雪鬢何妨映紫紅.[142]

위 두 시의 시구에서 李奎報는 동파의 「吉祥寺牧丹」 시의, "늙은이는 머리 위에 꽂 꽂고 부끄러워하지 않건만, 꽂이야 응당 늙은이 머리에 있기 부끄러우리.(人老簪花不自羞, 花應羞上老人頭.)"라는

141 李奎報, 『東國李相國集』, 卷 2, 「醉中走筆, 贈李淸卿」, 『影印標點 韓國文集叢刊』 1, 304쪽.

142 李奎報, 『東國李相國集』, 卷 16, 「酒席答少年」, 『影印標點 韓國文集叢刊』 1, 458쪽.

전고를 사용하고 있다.

> 현명한 아들들은 舊法을 지키니
> 훌륭한 자손이 장차 다시 槐堂에 번창하리라.
> 幹蠱諸郎典刑在, 蘭蓀行復藹槐堂.[143]

여기서 이규보는 동파의 산문 「三槐堂銘」의 전고를 활용하고 있다. 槐堂은 삼공 지위의 높은 관직을 말한다. 동파는 「三槐堂銘」에서 송나라 때에 王祜가 "일찍이 자기 뜰에 세 그루의 느티나무를 심고서, 내 자손 가운데 반드시 三公이 될 자가 있을 것이다.(蓋嘗手植三槐於庭曰, 吾子孫, 必有爲三公者.)"[144]라고 하였다. 뒤에 과연 그 둘째 아들 王旦이 재상에 올랐음은 물론, 그 후손도 높은 관직을 지냈다.

다음에는 이규보의 '百東坡'와 관련된 시를 보자.

> 시내 위에 어정거리며 맑은 물결 희롱하니
> 그림자 춤추고 몸 흔들려 괴상도 하구나.
> 갑자기 蘇郎이 潁水에서 놀던 일 생각나네,
> 수염과 눈썹 흩어져 백 명의 東坡가 되었구나.

143 李奎報, 『東國李相國集』, 卷 16, 「次韻孫吏部哭趙相國冲」, 『影印標點 韓國文集叢刊』 1, 453쪽.

144 孔凡禮 點校, 『蘇軾文集』 卷 19, 北京: 中華書局, 1990.

揭來溪上弄清波, 影舞形搖幻怪多.
忽憶蘇郞臨潁水, 鬢眉散作百東坡.[145]

이는 이규보가 시냇가에서 우연히 지은 시로, 동파의 원시 「泛潁」의 潁水에서 배 띄우고 유람한 것을 읊은 시구를 모방하여 활용하고 있다. 동파의 원시 「泛潁」 시의 관련 시구는 다음과 같다. "갑자기 물결이 비늘처럼 일어, 나의 수염과 눈썹을 산란하게 하네. 동파가(내가) 백 사람으로 분산되었다가, 순식간에 다시 제자리에 있구나.(忽然生鱗甲, 亂我鬚與眉. 散爲百東坡, 頃刻復在茲.)" 〈『蘇軾詩集』, 卷 34〉

문열공(金富軾)의 「菊花」 시에서 이르기를,

하룻밤 가을바람에 일만 나무들 앙상한데,
국화는 겨우 두세 떨기 피어있네.
樊素(백거이의 애첩)는 무정하게 봄을 따라갔지만,
朝雲(동파의 애첩)은 홀로 스스로 蘇公(동파)를 짝하누나.
一夜秋風萬樹空, 菊花纔發兩三叢.
樊素無情逐春去, 朝雲獨自伴蘇公.[146]

145 李奎報, 『東國李相國集』, 卷 8, 「溪上偶作」, 『影印標點 韓國文集叢刊』 1, 372쪽.

146 崔滋, 『補閑集』, 卷中.

이 시에서 金富軾은 白居易와 소동파의 첩의 고사를 인용하고 있다. 백거이의 애첩 樊素는 노래를 잘하였고, 小蠻은 춤을 잘 추었는데, 백거이가 68세 때 병이 들자 이들을 내 보냈다고 한다. 이와 상반되게 동파는 朝雲을 杭州에서 얻어 첩으로 삼았는데, 이후 朝雲은 동파의 惠州 유배지까지 따라가서 동파를 모시다가 거기서 죽었다. 그는 두 문인의 첩을 대비하여, 상대적으로 동파의 첩 朝雲을 찬양하고 있다.

이색의 시를 보자.

> 湖州에서는 刺史의 창자가 다 끊어졌는데
> 우거진 나뭇가지 너머에서 해가 지려 하네.
> 斷盡湖州刺史腸, 綠陰枝外欲殘陽.[147]

湖州刺史는 湖州知州를 지낼 당시의 동파를 말한다. 李穡은 동파가 湖州知州 재임 당시 필화사건 '烏臺詩案'에 연루되어 곤경을 당했다는 이야기를 사용하고 있는데, '창자가 다 끊어질 정도'라 하여 그 고통이 심했음을 알게 한다.

> 扶桑의 큰 고치는 큰 항아리와 같다고 하기에
> 내 젊을 때에 동파의 시를 읽고 통쾌하게 여겼네.

147 李穡, 『牧隱詩藁』, 卷 11, 「又作腸字詩, 其四」, 『影印標點 韓國文集叢刊』 4, 105쪽.

扶桑大繭如甕盎, 我少快讀東坡詩.[148]

이는 동파 시 「趙令晏崔白大圖幅徑三丈」의 "부상의 큰 고치는 큰 항아리와 같아, 천녀가 은하수에서 비단을 짜겠네.(扶桑大繭如甕盎, 天女織綃雲漢上.)" 구를 차용한 것이다. 李穡은 소시적에 이렇게 동파 시를 읽고 통쾌하게 여겼고 했다.

이제현과 이색은 동파의 赤壁유람의 행적을 흠모하여 그 흥취를 재연시키기도 했다.

배에다 술을 싣고 미인도 데리고 가니
예쁜 웃음 맑은 노래에 치아와 볼이 아름답구나.
수홍교 밑에는 백구가 나는데
흰 물결 하늘에 닿고 하늘은 물과 닿았네.
술잔을 멈추고 달뜨기를 기다리면서
배가 가는 대로 밤새도록 즐길 수 있었네.
滿船載酒携佳人, 巧笑淸歌玉齒頰.
垂虹橋下白鷗飛, 白波接天天四垂.
停杯竟待江月上, 新棹自喜風帆遲.[149]

148 李穡, 『譯註 牧隱詩藁』 4, 「扶桑絲吟」. 『牧隱詩藁』, 卷 9, 『影印標點 韓國文集叢刊』 4, 69쪽.

149 李齊賢, 『益齋亂稿』, 卷 1, 「吳江, 又陪一齋, 用東坡韻作」, 『影印標點 韓國文集叢刊』 2, 511쪽.

李齊賢은 여기서 동파 「前赤壁賦」의 "소자蘇子(동파 자신)는 손님과 더불어 배 띄우고, 赤壁의 아래에서 노닐었네. 맑은 바람은 솔솔 불어오고 강 물결은 일지 않는다. 술잔 들어 손님에게 권하며 명월明月의 시를 외고 요조窈窕의 장을 노래했네. 잠시 후 동산에 둥근 달이 떠올라, 북두성과 견우성 사이를 배회하니, 흰 이슬 안개는 강을 가로질러 덮여 있고, 물 위에 비친 달빛은 하늘과 맞닿았네. 일엽편주를 제가는 대로 띄어놓고, 만경창파 망망한 수면에 타고 가니.(蘇子與客泛舟遊於赤壁之下. 淸風徐來, 水波不興. 擧酒屬客, 誦明月之詩, 歌窈窕之章. 少焉, 月出於東山之上, 徘徊於斗牛之間. 白露橫江, 水光接天. 縱一葦之所如, 凌萬頃之茫然.)"의 뜻을 수용하고, 동파의 적벽유람의 흥취를 재현시키고 있다. 동파의 「전적벽부」에서 볼 수 없었던 미인까지 동반하니 더욱 낭만적이다.

> 옛날에 놀던 곳에는 분명히 푸른 이끼가 끼었을 텐데
> 늙은 동파는 신선을 끼고 놀기를 일찍이 부러워했네.
> 歷歷舊遊蒼蘚合, 老坡曾羨挾飛仙.[150]

동파는 「前赤壁賦」에서 "내 삶이 한순간임을 슬퍼하고, 장강이 끝없이 흘러감을 부러워한다. 공중을 나르는 신선을 옆에 끼고 즐

150 李穡, 『譯註 牧隱詩稿』 3, 「遣興」. 『牧隱詩藁』, 卷 8, 『影印標點 韓國文集叢刊』 4, 49쪽.

거이 노닐면서, 밝은 달을 품에 안고 영원히 살고 싶소.(哀吾生之須臾, 羨長江之無窮, 挾飛仙之遨遊, 抱明月而長終.)"라고 했다. 李穡은 東坡의 이러한 유람의 흥취와 자신을 동일화하여 동파의 행적을 본받고자 하였다.

이어서 동파가 언급한 중국 지명과 유사한 경관의 고려 開京 부근의 유사성, 그리고 東坡詩註까지도 창작의 매개체가 된 경우를 살펴보자.

이인로의 글을 보자.

> 서울에서 서쪽으로 십 리쯤 가면 편안하게 느리게 흐르는 물결이 있는데, 맑고 푸르러 밑까지 비치며 멀리 산과 골짜기가 하늘과 맞닿은 듯하여, 실로 蘇東坡와 黃山谷의 시문집에서 이야기하는 西興의 빼어난 기세와 다름이 없다.
>
> 京城西十里許, 有安流慢波, 澄碧澈底, 遙岑遠岫相與際天, 實與蘇黃集中所說, 西興秀氣無異.[151]

이는 이인로가 蘇東坡와 黃山谷이 언급했던 중국 杭州 근처의 지명 西興과 고려 開京 근처의 유사한 경관에 감발되어 지은 것이다. 西興은 절강성 錢塘江의 남쪽, 지금의 杭州市 맞은 편, 蕭山市 소재지 서쪽에 있다.

151 李仁老, 『破閑集』.

東坡의 詞「八聲甘州」(有情風萬里捲潮來)에, "정감 있게도 만 리 밖의 조수潮水를 몰고 왔던 바람이, 무정하게도 조수를 다시 밀어내고 있구나. 묻노니 전당강錢塘江가, 서흥西興의 포구에서 몇 번이나 석양을 바라보았던가? 고금을 생각할 것 없다오. 눈 깜짝할 사이에 옛사람은 묵은 자취된다오. 그 누구라 동파 늙은이처럼, 백발이 성성하여 세상일을 잊으리.(有情風 · 萬里捲潮來, 無情送潮歸. 問錢塘江上, 西興浦口, 幾度斜暉? 不用思量今古, 俯仰昔人非. 誰似東坡老, 白首忘機.)[152]라는 내용이 있다.

> 「東吳八詠」은 沈休文이 지은 것인데, 宋復古가 그것을 그렸다. 그 내용이 동파집에 실려 있다. 나는 젊어서 그것을 읽었으나 잊어버렸는데, 지금 병을 앓은 뒤에 매우 번민하다가 우연히 東坡詩註를 읽고 東吳의 흥취가 일어나서 八詠의 절구를 짓는다.
>
> 東吳八詠, 沈休文之作也. 宋復古畵之, 載於東坡集. 予少也讀之而忘之矣. 今病餘悶甚, 偶閱東坡詩註, 因起東吳之興, 作八詠絶句.[153]

李穡은 東坡詩註에서 흥취가 유발되어「東吳八詠」시를 지었다

152 鄒同慶, 王宗堂,『蘇軾詞編年校注』全三册, 中册, 中華書局: 北京, 2002. 9, 668쪽.

153 李穡,『牧隱詩藁』, 卷 10,『影印標點 韓國文集叢刊』4, 79쪽.

고 했다. 바로 東坡詩註까지 시의 흥취가 일어나는 매개체가 되고 있음을 알 수 있다.

임춘의 편지글을 보자.

> 제(林椿)가 보건대, 근세에 동파의 글이 한 시대에 크게 유행하였으므로, 학자라면 누구나 가슴에 담아 홍얼대지 않는 이가 없으나 한갓 그의 글을 음미하였을 뿐이오. 만약 그를 모방하고 표절함이 있다면, 스스로 그의 風骨을 얻은 자와는 또한 멀지 않겠는가. 그러므로 배우는 사람은 다만 그의 역량에 따라서 그가 편안한 바에 이루면 될 뿐이오. 반드시 억지로 남을 모방하여 그 본바탕을 잃을 필요는 없으니, 또한 하나의 중요한 일이오.
>
> 僕觀近世, 東坡之文大行於時, 學者誰不伏膺呻吟, 然徒翫其文而已. 就令有撏撦竄竊, 自得其風骨者, 不亦遠乎. 然則學者, 但當隨其量, 以就所安而已. 不必牽强橫寫, 失其天質, 亦一要也.[154]

여기서 林椿은 먼저 동파 문장이 고려에서 크게 성행하고 있다는 것을 언급하고, 그러한 세태가 그의 글을 음미하고 모방과 표절하는 데 그친다면 큰 문제가 되니, 억지로 남을 모방하다가 자기 본바탕을 잃지 않아야 한다고 했다. 바로 동파 문학의 핵심을 수용해야

154 『東文選』, 卷 59, 「與眉叟論東坡文書」. 林椿, 『西河先生集』, 卷 4, 『影印標點 韓國文集叢刊』 1, 242쪽.

한다는 것이다.

한편, 동파 시문이 유행하게 되자, 동파 시의 한두 구 韻字를 사용하여 확대하여 연장하는 경우도 있었다.

> 임금께서는 이 말을 들으시고는 더욱 중하게 여겨 정혜사를 주관하도록 하니, 諸學士가 소동파의 시에,
>
> 이 몸은 만 리 길 행하여 천하를 반이나 돌았는데
> 암자에 누운 중의 머리는 희어지기 시작했네.
>
> 한두 구의 운자를 가지고 시 14편을 連章하여 그가 떠나는 선물로 주었는데, 공은 다시 益齋거사에게 그 앞에다 몇 마디 말을 써 줄 것을 청하였다.
>
> 上聞而益重之, 命主定慧之社, 諸學士以東坡身行萬里半天下, 僧臥一菴初白頭, 二均韻其字, 聯詩十四篇, 爲其行之贈. 公又索言於益齋居士, 俾題其端.[155]

이는 李齊賢이 정혜사로 떠나는 대선사 瑚公을 전송한 시의 서문이다. 동파 시의 韻을 활용하여 시 14편을 연장하여 선물로 주었다는데서, 동파 시의 유행도가 동파 시를 확대 재현함에까지 이르렀

155 李齊賢, 『益齋亂稿』, 卷 5, 「送大禪師瑚公之定慧社詩序」, 『影印標點 韓國文集叢刊』 2, 542쪽.

다는 것을 알 수 있다.

이색의 글을 보자.

> 지금 천태종의 懶殘스님이 선비들과 상종하기를 좋아하였으며, 또 동파의 시를 읽기를 좋아했기 때문에 선비들의 무리가 나아가서 그의 말을 들었는데 날마다 자리가 가득히 차 있었다.
>
> 今天台懶殘子, 喜與縫掖游, 又能讀東坡詩, 縫掖群進而聽其說, 日滿座.[156]

이처럼, 당시 일반 선비들은 물론 스님들도 동파 시를 좋아한 것으로 보아, 동파 시의 유행도를 다시 확인할 수 있다.

이외에도 東坡詞를 수용한 것도 있다. 동파의 사 「念奴嬌」(大江東去)는 십여 명의 고려 문인이 앞다투어 唱和하여 일대 문학의 장관을 이루었다.[157] 또 이제현은 동파에 차운한 시도 짓고, 동파의 「念奴嬌」(大江東去)에 차운한 「大江東去」(三峰奇絶) 詞도 지었으니, 이러한 사실도 모두 동파에 대한 그의 흠모를 설명해준다. 더구나, 거의 詞句 중에는 「水調歌頭」(天地賦奇特)의 "我欲乘風歸去"나 「玉漏遲」(一年唯一日)의 "早生華髮"처럼 동파의 詞句를 그대로 사용한 예

156 李穡, 『牧隱文藁』, 「白氏傳」, 『影印標點 韓國文集叢刊』 5, 173쪽. 『東文選』, 卷 100.

157 王水照 著, 曹圭百 譯, 『中國의 文豪 蘇東坡』, 月印, 2001, 3쪽.

도 있고, 약간씩 조절하여 사용함으로써 동파 사의 意境을 재현시킨 경우도 있으니 이런 예들은 그가 동파를 흠모했음에 대한 명백한 증거들이다.[158]

고려 문인의 소동파 시문 수용은 동일화 양상에서 출발하여 창조적 수용을 지향하고 있다. 동일화 양상이란 한 인물을 대상으로 설정하여 그 인물의 행적, 문학, 위인 등을 스승으로 삼아 배우고 닮고자 하는 것을 의미한다. 이는 소동파 시문에 대한 典故 사용, 시구의 차용, 적벽유람의 행적 재연, 흥취발현의 매개체, 그리고 동파에 대한 유행도의 실례 등으로 표현되고 있다.

2. 소동파 시문의 창조적 수용

시 창작의 절대적 경지를 소동파로 설정해 놓고 시 창작을 했다할지라도, 실제 시 창작의 경지는 또 다른 하나의 새로운 세계를 구축하게 되는 경우가 많다. 고려 문인은 소동파와 생활환경, 정치환경, 성격과 기질 등이 동일하지 않기 때문에 아무리 동파를 모의하고 추종, 숭앙하더라도 그 자신의 특징이 구현될 수밖에 없는 것이다.

158 柳種睦, 「고려 및 조선 문단에 있어서의 중국 詞문학의 수용과 전개」, 중국학보, 40집, 200쪽.

소동파를 모방하여 그와 동일화한 것 자체도 의미가 높다. 그 위에 자신의 개성에 따라 창조적으로 발현된 것은 더욱 그 의미가 높다고 여겨진다. 여기서는 고려 문인의 작품에 나타난 의식세계의 독특한 측면, 곧 소동파 시문에 대한 개성적, 창조적 수용의 측면에 주안점을 두겠다. 그리하여 고려 문인이 소동파 시문을 창조적 수용으로 발현된 것을 용례를 통하거나 동파의 원전과 대비를 통해 파악하고자 한다.

여기서 외래의 문학에 대해 창조적 수용을 하게 된 고려 중후기의 문학적 배경을 살펴보자. 1170년 무신란이 일어나고 1258년까지 거의 한 세기 동안 무신정권이 지속되었다. 무신란이 일어난 다음에 문학 활동은 더욱 활기를 띠었다. 이때 등장한 문인들은 전에 볼 수 없었던 왕성한 창작의욕과 날카로운 비평의식을 가지고 문학을 새롭게 했다. 새로운 문학의 창조자는 무신란 파동이 지나간 뒤에 스스로 일어났다. 문벌귀족이 국권을 장악한 동안에는 진출이 억제되었던 지방 향리 또는 중소 지주 출신의 문인들이 중앙정계에 등장해 새로운 문학을 이룩하는 주체가 되었다. 이 시기 문학의 근본문제를 재검토하고 창작방법을 다시 정립하는 과제가 제기되었다.[159] 이는 고려 문인의 自主와 자유를 중시하는 정신과 관련이 있다고 하겠다.

159 조동일, 『제4판 한국문학통사 2』, 지식산업사, 2005. 3, 9~10쪽, 38쪽.

윤호진은 "창조적 수용이란 외래의 문화를 수용하여 자신의 것으로 새롭게 창출해 내는 형태이다. 말하자면, 기존의 문화유산에 새로운 요소를 합성함으로써 다양한 문화를 창조해 가는 과정이다. 따라서 창조적 수용에 의해 이루어진 문학작품은 수용작품의 전이 과정과 변용 정도를 확인할 수 있는 직접적인 자료로서, 중국문화와 밀접한 관련을 맺고 있는 한국 한문학의 경우 중요한 비중을 차지하고 있다."[160]라 정의하고 있다.

이제현의 글을 보자.

> 동파는 韓幹의 十四馬圖에 대하여 다음과 같은 시를 지었다.
>
> 한간의 말 그림은 진짜 같고
> 동파의 시 솜씨는 그림을 보는 것 같네.
> 세상에 伯樂이 없고 한간도 없으니
> 이 시와 이 그림 뉘에게 보여야 하나.
>
> 이 문순공의 鷺鷥圖에 대하여 시를 지었는데 다음과 같다.
>
> 그림은 사람마다 가지기 어렵지만

160 尹浩鎭, 「韓國 漢文學의 東坡受容樣相」, 嶺南中國語文學會, 『中國語文學』, 제12집, 1986. 11, 135~136쪽.

시는 곳곳에 전할 수 있다네.
시를 볼 때 그림을 보는 것과 같다면
그(그림) 또한 만고에 전할 수 있다네.
말은 비록 같지 않으나 用意는 같았다.

東坡題韓幹十四馬, 云, "韓生畵馬眞是馬, 蘇子作詩如見畵. 世無伯樂亦無韓, 此詩此畵誰當看." 李文順公題鷺鶯圖, 云, "畵難人人畜, 詩可處處布. 見詩如見畵, 亦足傳萬古. 語雖不同, 用意同也."[161]

李齊賢은 소동파의 「韓幹馬十四匹」 시와 이규보의 이 시가 시어는 같지 않으나 用意의 유사점이 드러난다고 평했다. 이규보는 그림보다는 시의 전파성이 뛰어나지만, 시를 볼 때 상상을 통해 그림을 보듯이 하면 그림 또한 萬古에 전해질 수 있다고 했다. 이 또한 나름대로 창조적 수용이라고 할 수 있다.

이색의 시를 보자.

산인가 구름인가 멀기만 한데
봄바람이 강과 하늘을 흔드네.

161 李齊賢, 『櫟翁稗說後集』, 卷 2. 洪萬宗 著, 洪贊裕 譯註, 『譯註詩話叢林』(上), 通文館, 1993. 3, 71~72쪽.

큰 나무의 끝이 보일락 말락 하는데
샘물은 백 줄기로 날아오르네.
그대는 어느 곳에서 얻었는가
간 길을 따를 수 없구나.
친구는 응당 나를 초대할 텐데
구름이 흩어지면 산은 의연하리.
山耶雲耶遠, 春風搖江天.
隱見喬木杪, 百道飛來泉.
君從何處得, 去路無由緣.
故人應有招, 雲散山依然.[162]

이는 李穡이 이 작품의 원작인 동파의 시「書王定國所藏烟江疊嶂圖」를 축약해 독창적으로 재현한 것이다. 동파의 원시는 王定國이 소장하고 있는 王晉卿의 산수화에 대해 지은 題畵詩인데, 全詩는 다음과 같다.

수심을 자아내는 강가의 천 겹 산
공중에 뜬 푸른빛 구름 연기 같아라.
산인가 구름인가 아득하여 알 수 없는데

162 李穡,『牧隱詩藁』, 卷 9,「山水圖, 節東坡烟江疊嶂圖詩句」,『影印標點 韓國文集叢刊』4, 76쪽.

안개가 걷히고 구름이 흩어져도 산은 그대로 서 있다.
다만 눈에 보이는 것은
어두컴컴한 양쪽의 벼랑과 깎아내린 듯 가파른 골짜기
그 사이에 폭포수 되어 날아 떨어지는 백 줄기 물줄기.
숲을 감돌고 바위를 감싸며 휘돌아 숨었다가는 다시 드러나
아래에 이르러 골짜기 어귀로 흘러 달리는 냇물 된다.
냇물은 평평히 흐르고 산은 열리어 숲도 끊어졌는데
조그만 다리와 주막집이 산 앞에 붙어 있다.
행인 한두 사람이 큰 나무 저쪽으로 건너가고
한 조각 고깃배가 떠 있는 강물은 하늘을 삼킨다.

使君 王定國은 어디서 이 그림을 얻었을까?
붓끝을 놀리어 이 맑고 아리따운 경치를 그려 놓았구나.
모르겠도다.
인간 세상 어느 곳에 이러한 절경이 있을까?
당장 가서 두 이랑 밭을 사고 싶구나.

그대는 보지 못했던가?
武昌, 樊口의 그윽하고 빼어난 곳에
나 東坡先生은 오 년 세월 거기에 머물렀었지.
봄바람에 강물은 살랑살랑 하늘은 아득 아득
여름엔 저녁 구름이 비를 거두어 산은 선명하고

가을 단풍나무에 까마귀 날다가 나와 함께 물가에 잠들고
겨울 낙락장송에 눈 내리는 소리에 술 취해 든 잠에서 깨노라.

桃花流水는 이곳 인간 세상에 있는 법
武陵桃源이 어찌 반드시 신선세계이리요?
강산은 맑고 텅 비었는데 나는 티끌 세상에 있어
비록 그 세상으로 가는 길 있다 해도 찾을 인연 없구나.
그대에게 이 그림을 돌려주고 세 번을 탄식하니
산중의 친구들은
응당 나를 불러 歸去來 시를 지으리라.

江上愁心千疊山, 浮空積翠如雲烟.
山耶雲耶遠莫知, 烟空雲散山依然.
但見兩崖蒼蒼暗絶谷, 中有百道飛來泉.
縈林絡石隱復見, 下赴谷口爲奔川.
川平山開林麓斷, 小橋野店依山前.
行人稍度喬木外, 漁舟一葉江呑天.

使君何從得此本, 點綴毫末分淸姸.
不知人間何處有此境, 徑欲往買二頃田.

君不見武昌樊口幽絶處, 東坡先生留五年.
春風搖江天漠漠, 暮雲捲雨山娟娟.

丹楓翻鴉伴水宿, 長松落雪驚醉眠.

桃花流水在人世, 武陵豈必皆神仙.
江山淸空我塵土, 雖有去路尋無緣.
還君此畵三歎息, 山中故人應有招我歸來篇.[163]

위 동파 원시는 4단락으로 나뉘는데, 각 단락의 내용은 다음과 같다. 제1단락에서는 그림 속의 맑고 아름다운 경치를 사실적으로 구체화시키고 있어 마치 본래의 그림을 보는 듯하다. 제2단락에서는 현실로 돌아와 인간 세상에서 드문 절경인 그림 속의 이곳에서 은거하여 농사짓고 싶은 작자의 바램을 표출하고 있다. 제3단락에서는 자신이 보고 있는 그림에서 연유되어 아스라한 추억으로 남아 있는 과거 黃州貶謫 시절을 회상하고 있다. 제4단락에서는 다시 현실 세계(현재의 시점)로 돌아와 이러한 아름다운 자연으로 은거를 희망하고 있다. 여기서 동파는 桃花流水, 武陵桃源으로 이름 불리어진 理想鄕이 별도의 세계에 존재하는 것이 아니라 인간세계, 곧 현실세계에 존재한다고 하였다. 전체적으로 그림 속의 절경을 읊었고 그러한 절경을 동경하여 그 속에서 은거하고 싶은 情이 배어나 있으며, 그리고 人間現世를 중시하는 이성적, 이지적인 태도가 유감없이 발

163 (淸)王文誥 輯注, 孔凡禮 點校, 『蘇軾詩集』, 卷 30, 「書王定國所藏烟江疊嶂圖」.

휘되고 있다. 즉 情·景·理가 융합되어 있다고 할 수 있다.

李穡은 여기서 동파의 칠언시를 오언시로 변용시키며, "杪", "由" 두 字를 제외하고는 모두 동파 원시의 시어를 차용하고 있다. 이처럼 장편시의 핵심을 나름대로 터득하여 짧게 압축시켜 하나의 여운 있는 시로 點化시킨 것은 창조적 수용의 한 형태라고 볼 수 있겠다.

다음은 이인로가 일찍 일어나 머리를 빗으면서 동파 시 「謫居三適, 三首, 其一, 旦起理髮」[164]을 본받아 自己化시켜 지은 시이다.

164 편안히 잠자고 나서 氣海(下丹田)가 저절로 움직여
넓고 널리 黃宮(腦頂)에 조회한다.(정수리까지 움직여 간다.)
태양이 떠올라 이슬 아직 촉촉하고
서리 맞은 소나무는 허옇다.
오래 전부터 내가 사용하던 낡은 빗은
빗살이 듬성듬성하여 맑은 바람이 드나들어 시원하다.
한 번 빗으니 귀와 눈이 맑아지고
시원한 솔솔 바람에 몸의 온 구멍이 다 통한다.
젊을 때는 단잠을 매우 좋아했기에
조정에 배알할 때면 항상 바삐 서둘렀다.
근지러운 몸을 긁어대도 좀이 쑤셔 시원하지 않고
갓(冠)과 두건이 너무도 답답하였었지.
어이 다르랴, 수레 맨 말
흙먼지가 말갈기에 배어있는 것과
아로새긴 말안장에 방울소리가 울리나
실은 고랑을 채운 것과 같으니
몸의 자유는 기약할 수 없고
근질근질한 몸 비빌 버드나무는 만나기 어려워라.

꺼져 가는 등불에 심지를 이어주고
바다는 넓어 해가 뜨려 한다.
묵묵히 앉아 오래 숨을 막고
단전을 손으로 어루만진다.
쇠한 귀밑털 일천 실 어지럽고
묵은 빗은 초승달이 비낀 듯하네.
손을 따라 소록소록 떨어지니
산들바람이 눈꽃을 쓸 듯한다.
마치 金을 다루어 더욱 精한 것처럼,
백 번을 다루어도 많다 할 수 없구나.
어찌 몸만 가뜬하고 상쾌하랴
수명도 또한 길게 할 것을.
늙은 닭은 거름 밭에 푸덕이고
지친 말도 모래 위에 뒹군다.
이것도 몸을 수양하는 것이라고

누가 이런 상쾌한 즐거움을 적어
벼슬 높은 관리에게 보낼 수 있을까.
安眠海自運, 浩浩朝黃宮. 日出露未晞, 鬱鬱濛霜松.
老櫛從我久, 齒疎含淸風 一洗耳目明, 習習萬竅通.
少年苦嗜睡, 朝謁常悤悤. 爬搔未云足, 已困冠巾重.
何異服轅馬, 沙塵滿風鬉. 琱鞍響珂月, 實與杻械同.
解放不可期, 枯柳豈易逢. 誰能書此樂, 獻與腰金公.
(蘇東坡, 「謫居三適, 三首, 其一, 旦起理髮」, 『蘇軾詩集』, 卷 41)

동파에게서 들었노라.

燈殘綴玉葩, 海闊涵金鴉.

燈坐久閉息, 丹田手自摩.

衰鬢千絲亂, 舊梳新月斜.

逐手落霏霏, 輕風掃雪華.

如金鍊益精, 百鍊未爲多.

豈唯身得快, 亦使壽無涯.

老鷄浴糞土, 倦馬騾風沙.

此亦能自養, 聞之自東坡.[165]

새벽에 단전호흡을 하고 빗질을 하니, 산들바람이 불어오고 몸이 상쾌하며 수명도 길어짐을 느낀다. 단전호흡과 빗질의 효과가 나타나고 있다. 이인로는 동파 시를 원시를 숙독하여 點化시키고 있다.

동파의 原詩의 내용은 다음과 같다. 아침에 일어나 단전호흡을 하고 머리를 빗으니 귀와 눈이 맑아지고, 솔솔바람에 몸의 온 구멍이 통한다. 옛날 조정에 조회할 때는 항상 서둘렀고 몸도 답답하여 마치 수레에 매인 말 같았다. 지금 자신은 해남도에 유배되어 있지만, 유배의 고통을 잊고 천지자연과 호흡을 같이 하고 있다. 생활문학으로 제재를 확대시켜 과거의 부자유스러운 경험을 회상하고 현재의 자유를 획득한 것과 대비시키고 있다.

165 『東文選』, 卷 4, 「早起梳頭效東坡」.

이인로의 시를 보자.

> 한 해도 이미 저물어서
> 싸늘한 바람 지게문에 분다.
> 죽창의 푸른 등불 빛
> 한 가지 아름다운 풍취는
> 절반 나누어 그대에게 주나니
> 삼가 남에게 주지 마오.
> 주는바 그에 합당한 사람이 아니면
> 부리나케 다시 받아오게.
> 歲律旣云暮, 凄風生戶牖.
> 竹窓燈火靑, 一段有佳趣.
> 與君分一半, 愼勿輕受授.
> 所與苟非人, 火迫當還取.[166]

李仁老는 동파의 "與子分" 구를 "與君分一半"으로 바꾸고, 이에 부가하여 아름다운 풍취를 절반 나누어 그대에게 주니, 아무에게나 주지 말고 혹 주었더라도 적합한 대상이 아니면 다시 받아오라고 했다. 이는 해학적으로 표현한 點化이니, 창조적 수용이라 할 수 있다.

166 『東文選』, 卷 4, 「用東坡語寄貞之上人」.

"與子分" 구는 동파가 자주 사용하는 시구이다. 예를 들면 다음과 같다. "저녁 바람 노을빛은 본래 주인이 없으니, 이 청량함을 그대와 나누는 것도 아깝지 않네.(晚風落日元無主, 不惜淸涼與子分.)" 〈蘇東坡, 「會客有美堂, 周邠長官與數僧同泛湖, 往北山湖中, 聞堂歌笑聲, 以詩見寄, 因和二首, 時周有服, 其一」〉을 위시하여, 다음과 같은 시구가 있다. "뇌주별가는 응당 꼿꼿이 앉아, 바다를 걸터앉고 맑은 빛을 그대와 나누리.(雷州別駕應危坐, 跨海淸光與子分.)" (蘇東坡, 「十二月十七日, 夜坐達曉, 寄子由」), "좋구나, 이 아름다운 절기, 그대와 나누어도 아깝지 않아라.(佳哉此令節, 不惜與子分.)" 〈蘇東坡, 「丙子重九, 二首, 其二」〉

이규보의 시를 보자.

산 스님이 달빛을 탐내어
한 병 속에 함께 길었네.
절에 이르러 바야흐로 깨닫게 되리
병을 기울이면 달 또한 비게 되는 것을.
山僧貪月色, 幷汲一甁中.
到寺方應覺, 甁傾月亦空.[167]

167 李奎報, 『東國李相國後集』 권 1, 古律詩, 「山夕詠井中月」, 2수, 其二, 『影印標點 韓國文集叢刊』 2, 134쪽.

이규보의 이 시는 스님이 밤에 우물 속 달빛을 받은 물을 병에 길러 절로 돌아와 병을 기울이니 달빛 또한 사라지게 된다는 것을 해학적으로 표현하고 있다. 여기에는 소동파의 흔적이 스며있는 것이 추측 가능하지만, 구체적으로 그 자취를 찾기는 그다지 쉽지 않다. 이는 그만큼 그가 고인의 시를 숙독하여 자기화시켜 창조적으로 수용하기를 즐겼다는 것을 대변한다.

이는 강물을 길어다 차를 다린다는 소동파의 「汲江煎茶」 시와 관련을 지니고 있다.

> (차를 다리는 데는) 펑펑 솟는 살아있는 물을 떠다가 센 불로 다려야겠기에
> 손수 낚시터 바위에 나가 물 깊은 곳에서 맑은 물 떠온다.
> 큰 표주박에다 달을 담아(달빛 받은 물 길어) 봄 물 단지에 넣고
> 작은 표주박으로 떠온 강물을 떠서 밤중에 병에 붓는다.
> 活水還須活火烹, 自臨釣石取深淸.
> 大瓢貯月歸春甕, 小杓分江入夜甁.[168]

李齊賢의 아래 시구는 버들 꽃을 묘사한 것이다.

168 (淸) 王文誥 輯注, 孔凡禮 點校, 『蘇軾詩集』, 卷 43, 「汲江煎茶」.

꽃 같기도 하고 눈도 아닌 것이 미친 듯 휘날리어
솔솔 부는 바람에 점점 아득하구나.
似花非雪最顚狂, 空闊風微轉渺茫.[169]

앞 구는 東坡詞 「水龍吟」(似花還似非花)에서 버들 꽃을 묘사하며, "꽃인 듯한데 다시 보면 꽃 아닌 듯, 아까워하는 사람 없어 땅에 떨어지게 내버려두니.(似花還似非花, 也無人惜從教墜.)"를 변용하여 點化시킨 것이다.

이처럼 고려 문인은 소동파를 생활과 문학의 모범으로 삼아 전고를 수용하고 행적을 자기화하려고 무진 노력하였다. 그들이 詩作의 모범을 소동파로 설정해 놓고 시 창작을 했다고 할지라도, 실제로 창작된 시적 경지는 또 하나의 새로운 세계를 구축하게 된다.

고려 문인은 자주 중국 고사를 원용하여 우리의 감정이나 사상을 표현해 냈다. 즉 자신의 전달하고자 하는 意境을 짧은 서정양식인 한시를 통해 표현해내는 데에는 자연 함축적이고 근거가 확실한 중국의 잘 알려진 고사를 원용하는 것이 보다 효과적이며, 그렇게 함으로써 자신이 드러내고자 하는 의경을 새롭게 창출해 낼 수 있었다. 고려시대는 중국 한시를 수용하여 우리 문학으로 정착시키기

169 李齊賢, 『益齋亂稿』, 卷 1, 「楊花」, 『影印標點 韓國文集叢刊』 2, 505쪽.

위해 노력했던 한시의 숙련, 확장기라고 할 수 있다.[170]

고려 문인은 동일화에 대한 노력을 뛰어넘어 자기화시킴은 물론 동파의 정신적 본질을 체득해 창조적으로 수용하여 우리 문학을 풍성하게 했다. 고려시대 문인이 동파의 뜻과 시풍을 모방하여 동일화 의지가 담긴 작품 자체도 높이 평가할 수 있다. 나아가 동파를 창조적으로 수용, 자아의 형상을 뚜렷이 반영시켜 자아를 발견하고 표현한 작품은 더욱 높이 평가된다. 언어와 문자가 다른 환경에서 창작했기 때문에 더욱 그렇다.

이상을 요약해 보겠다. 소동파를 시문을 모방하여 그와 동일화한 것 자체도 의미가 높다. 그보다는 자신의 개성에 따라 창조적으로 발현된 것은 더 의미가 깊다. 이는 장편시인 동파의 원시를 나름대로 터득하게 짧게 압축시켜 여운 있는 시로 點化시킨 것이 있고, 또 동파의 "그대와 나누세(與子分)" 구를 "그대와 절반을 나누세.(與君分一半.)"로 활용하면서, "아름다운 풍취를 절반 나누어 그대에게 주니, 남에게 주지 말고 주더라도 적합한 대상이 아니면 다시 받아 오라"라고 해학적으로 點化하기도 했다.

李仁老는 '東坡集을 읽은 후 언어가 힘차고 韻이 울리며 삼매경

170 卞鍾鉉, 『高麗朝漢詩研究－唐宋詩 受容樣相과 韓國的 變容』, 太學社, 1994, 302, 320쪽 참조.

에 도달하는 효과를 얻었다.' 고 하였고, 이규보는 '새 뜻을 창조하는 경지에 이르렀다' 고 자임하였는데, 이는 동파 시문에 대한 고려 문인의 수용의 전형적 두 지향점이다.

고려 문인들에 있어 동파는 인생과 문학의 모범을 제공하였고, 문학적 공감, 창작 기교, 예술적 성과와 경험을 제시해 주고 있다. 그들은 자신과 자국문화의 발전을 위한 목표를 가졌기 때문에 동일화에만 머무르지 않고 창조적 수용을 지향하였다. 이렇듯 동파의 시문에 대해 모방은 하되 창조적 변질을 가져오는 "點化" 나 변용이 있었으며, 그것이 우리 문학에 지속적인 생명력을 주고 있다.

제6장

조선조 문인의 소동파 산문 수용과 평가

조선시대 문인이 동파를 흠모하고 수용하였지만 그 개성과 환경의 차이로 인해 문학상의 결과는 다르게 나타날 수밖에 없었다. 한국 한문학에서의 소동파 인물평 및 산문에 대한 평가는 시공을 달리한 한중고대문인 간의 정신적, 문화적 교류의 산물이라는 점에서 매우 가치 있는 연구과제이다.

조선시대의 소동파 열기의 변모 양상은 南宋前期, 淸代, 그리고 當代(1980년 이후)에 있어서의 중국에서의 소동파 열기의 頂點과 어느 정도의 시차를 두고 유사한 파도의 起伏을 보이고 있다. 한국에서의 소동파 열기는 高麗中期에 최고조를 보이고 있고, 조선 전기에도 이러한 경향은 어느 정도 지속되고 있다. 조선 중기에는 唐詩에 대한 유행의 高潮와 性理學(程朱學, 朱子學)의 홍성으로 소동파의 열기는 상대적으로 약해지고 있으며, 소동파에 대한 비판의 목소리가 높아지고 있다. 조선 후기에 이르러 성리학 자체에 대한 반성과 淸代 문예사조의 영향으로 소동파 열기가 다시 고조되고 있다.[171] 소동파의 인물평 및 산문 평가의 검토에서도 이러한 사조는 유효하게 활용될 수 있다.

기존 연구에서 아직 언급되지 않았던 문인을 발굴하고, 또 보다 풍부한 자료의 인용으로, 발신자로서의 '소동파 및 그 산문' 과 수신자로서의 '조선시대 한문학' 을 염두에 두고 연구할 필요가 있다.

그리하여 '구체적인 산문에 대한 평가는 무엇인가' , '고려조의 문인과 조선조의 문인은 소동파 산문 수용상 어떤 차이가 있는가' 등을 각기 검토하려고 한다. 구체적으로 먼저 조선조 문인의 소동파에의 심취와 동일화 양상을 검토하고, 이어서 조선조 문인의 소동파 산문에 대한 평가를 긍정적 평가, 부정적 평가로 2分하여 논지를 전개하겠다.

본 章은 발신자로서의 '소동파의 산문' 과 수신자, 재창조자로서의 '조선시대 문인들의 全集과 유관 選集, 그리고 각종 雜錄類' 를 연구 범위로 삼는다.

171 조규백, 「朝鮮時代文人對蘇東坡詩文的"受容"及其蘇東坡觀」, 『퇴계학과 한국문화』 38, 경북대 퇴계연구소, 2006, 259쪽.

〔제1절〕 소동파 산문에의 심취와 동일화 양상

古人은 인생행로에서 자신이 접하게 된 典籍과 유적에서 본 古人의 행적과 작품이 자신의 처지나 심리상태와 유사하거나 배울 점이 있으면, 그 대상에 자신을 同一化시켜 귀감으로 삼고자 하였다. 소동파가 어느 특정한 상황에서 실행하였던 정신과 행동을 배우고 닮으려고 하는 의식이 조선조 문인의 작품에서 자주 드러나고 있다. 여기서 同一化 樣相이란 한 인물을 대상으로 설정하여 그 인물의 행적, 문학, 위인 등을 스승으로 삼아 배우고 닮고자 하는 것을 의미한다.[172]

申欽(1566~1628)의 「示翊聖翊亮」(『象村集』, 卷 6) 시에서,

> 내 노쇠함이 동파와 같은 시기로
> 늘그막에 험난한 길 만났고
> 문자의 사이에 부침하는 것도
> 동파와 내가 서로 똑같나니
> 쇠퇴함을 어찌 한탄할 게 있으랴
> 이 즐거움으로 일생을 보내기에 족하도다.
> 吾衰似老坡, 晩途坐迍邅.
> 浮沉文字間, 坡與吾同然.

172 조규백, 『蘇東坡 詩 硏究』, 역락출판사, 2012, 391~392쪽.

淪落何足嘆, 此樂足窮年.

申欽은 만년에 재난을 만나게 되자, 소동파처럼 자신의 인생부침을 시문으로 녹여내었으며, 처지가 열악하게 되었다고 탄식하지 않았으며 도리어 그것을 즐거움으로 삼고 있다. 이는 모두 소동파와 유사하다.

다음은 許筠(1569~1618)이 韓愈와 소동파의 출생한 때가 모두 자신과 같은 磨蝎宮에 해당되므로, 이에 동일화시켜 쓴 글이다.

나는 己巳年(1569, 선조 2) 丙子月 壬申日 癸卯時에 태어났다. 星命家(四柱를 보고 운명을 점치는 사람)가 하는 말이, "申金이 命木을 해치고 身數가 또 비었으니, 액이 많고 가난하고 병이 잦고 꾀하는 일들이 이루어지지 않겠다. 그러나 子水가 중간에 있기 때문에 수명이 짧지 않겠으며, 강물이 맑고 깨끗하여 재주가 대단하겠고, 卯金이 또 울리므로 이름이 천하 후세에 전할 것이다."라고 하였다. 나는 늘 그전부터 이 말을 의심하여 왔으나, 벼슬길에 나온 지 17~8년 이래 顚沛(엎드러지고 자빠짐)와 寵辱의 갖가지 양상이 은연중 그 말과 부합되고 보니 이상하기도 하다.

일찍이 보건대, 韓退之는 磨蝎로 身宮을 하였고, 蘇子瞻 또한 마갈로 命宮을 하였는데, 蝎은 곧 卯이다. 아, 나 역시 卯時에 출생한 사람으로 그 문장과 氣節은 진실로 두 분에 미치지 못하나, 참소와 시기를 당하여 시대에 현달하지 못하고 억눌리며 버림받은 자취는 천 년이 지난 오늘날에 있어 符節을 맞추듯이 다름이 없으니, 아, 괴이한 일이다. 마침내 운명을 해명하는 글을 지어 스스로 풀어 보았다.

不佞生於己巳年丙子月壬申日癸卯時. 星命家言, 申金害命木, 而身數又空, 厄困貧病, 謀計不成. 賴子水居中, 故年得不促, 而東流澄淸, 才以之汗漫, 卯金又響, 故名播天下後世. 余每嘗疑之, 及出仕途十七八年來, 其顚沛寵辱之狀, 闇與之合, 可異焉. 嘗觀韓退之以磨蝎爲身宮, 而子瞻亦以磨蝎爲命宮, 蝎卽卯也. 噫. 余亦卯時生人, 其文章氣節, 固不敢企於二公, 而其抵讒見忌, 不得顯於時, 困斥擯棄之跡, 千載之下, 若契之符. 吁其怪哉. 遂作解命文以自釋云.

저 昌黎의 儒老와
眉山의 蘇仙은
출생한 때가 모두 磨蝎宮을 만나
다 같이 고상한 문장 전파하였네.
두 사람은 늘 고단한 운명을 원망했지만
후세에 이름 전하는 데는 거리낌 없었다네.
(한퇴지가) 潮陽으로 쫓겨나고
(소동파가) 武昌으로 좌천된 것은
출생한 時가 좋지 않아서일 뿐
운명이 험난한 건 아니라오.

이제 그대의 이름은
이 두 분과 비견되나니
원망하여 허물하지 말게나
평탄하면 가고 패인 구덩이를 만나면 멈춘다오.
유유자적하게 인간 세월 보내고
나중에 仙界로 날 찾아오소.
푸른 난새 타고
붉은 규룡 몰고서
오색구름 찬란한 누각
나와 함께 올라보세.
이 말 마치고 사라지니
나는 잠이 깨어 일어났네.

唯昌黎之儒老兮, 與眉山之蘇仙,
時並丁乎磨蝎兮, 總高文之播傳.
蓋二子常怨其命隻兮, 終不害夫千年.
潮陽之貶兮, 武昌之遷,
適妨之辰兮, 非命之邅.
今君之名兮, 肩於二子,
莫怨以咎兮, 流行坎止.
優哉游哉卒歲兮, 終妨我於丹丘.
駕青鸞兮, 驂赤虯,
吾與躋兮, 五城之樓.

言訖不見兮, 我寤以起.[173]

앞부분은 서문이고 뒷부분은 「운명을 풀이하는 글(解命文)」의 한 부분이다.

운명을 점치는 이는 마갈궁에 속하는 경우, 운명에 액이 많고, 가난하고, 병이 잦고, 꾀하는 일이 이루어지지 않겠으나 이름이 천하 후세에 전할 것이라고 했다. 허균은 이 말을 의심했으나 벼슬길에 나온 후 좌절, 그리고 총애와 욕됨의 양상이 부합되니 이상하게 여기었다. 그래서 "그 문장과 기질은 자신이 한유와 소동파에 미치지 못하나 참소와 시기를 당하여 시대에 현달하지 못하고, 억눌리며 버림받은 자취는 천 년이 지난 오늘날에 있어 符節을 맞추듯이 다름이 없다."고 하면서 「解命文」을 지었다.

허균의 꿈에 한 도인이 나타나 말하길, 유배까지 당한 고단한 운명이지만 후세에 이름이 난다고 하였는데, 한유와 소동파, 그리고 허균의 행적으로 보면 이 말이 상당 부분 현실로 이루어지고 있다.

또 許筠(1569~1618)은 도연명, 이백, 소동파를 인생의 세 스승으로 삼아 「三先生贊幷引」을 지었다.

나는 일찍이, 彭澤令(도연명)이 80일 만에 그 자리를 그만두고

173 許筠, 『惺所覆瓿藁』 권 12, 文部 9, 雜文, 「解命文 幷引」. 『影印標點 韓國文集叢刊』 74, 242쪽.

다시는 벼슬하지 않은 것과, 謫仙(李白)이 총애받는 귀족도 우습게 여겨 발을 뻗쳐 그 신을 벗기게 한 것과, 長公(蘇軾)이 너그러운 마음으로 만물을 사랑하여 貴賤을 가릴 것 없이 다 제멋에 살 수 있게 함에 대하여 천 년 뒤에도 오히려 그 생명력이 있음을 사모해 왔다. ……

余嘗慕彭澤令八十日去官, 遂不仕, 而謫仙不嚴寵貴, 以足伸之, 令脫其靴, 長公坦懷愛物, 無貴賤皆得其驩, 千載之下, 尙有生氣. ……

峻論은 하늘을 멍에 지른 듯
곧은 그 기상은 땅 위에 우뚝하다.
재주가 워낙 크니 용납되기 어려워
몇 차례 일어섰다 또 쓰러졌네.
적벽강에 소요하였고
金蓮燭 아래서 치밀하게 국사를 논했지.
총애와 욕됨은 뜻밖에 오는 법
그 이름 천년만년 불후하리.
竑論駕天, 直氣軒地.
才大難容, 屢起而蹪.
逍遙赤壁, 密勿金蓮.
寵辱倘來, 不朽千年.[174]

174 許筠, 『惺所覆瓿藁』 권 14, 文部11, 「三先生贊幷引」. 『影印標點 韓國文集叢刊』 74, 258쪽.

앞부분은 서문의 앞부분이고, 뒷부분은 '蘇東坡贊' 이다. 소동파는 기상이 우뚝하고 재주가 커서 용납되기 어려웠다. 그는 몇 차례 크게 등용되었다가 다시 유배되기도 했다. 조정에 있을 때는 金蓮燭(金蓮의 형태로 어전에서 쓰이는 燭臺)을 하사받기도 하였으나, 또 황주로 유배되어 적벽에서 노닐기도 하였다. 그러나 그 이름은 천 년이 가도 썩지 않고 여전히 생명력을 지니고 있으리라고 했다. 전체 글에서 허균이 소동파를 흠모하여 同一化한 情이 물씬 배어나고 있다.

金甯漢(1878~?)은 다음 글에서 소동파와 金正喜의 공통점을 네 가지로 요약하고 있다.

> 내가 어렸을 적에 덕이 있는 선배들이 國朝(조선조)의 인물을 논하면서 阮堂 金先生을 宋나라 때의 蘇文忠(蘇軾)에 비유하는 말을 들었었다. 조금 자라서는 더욱 전에 듣지 못했던 것을 들었고, 겸하여 그의 遺集을 얻어 읽어보았다. 그제야 비로소 그의 세상에 뛰어난 재주와 나라를 빛낼 만한 솜씨가 소문충과 똑같고, 해박한 견문과 많은 학식으로 명성이 천하에 가득한 것도 소문충과 똑같으며, 신묘한 경지에 들어간 書法과 畫法도 소문충과 똑같고, 임금의 돌보심을 일찍 입어 화려한 관직을 역임하다가 중간에 禍故를 만나 머나먼 변방에 유배되었으나 榮枯得失을 마음에 개의치 않고 物象 밖에 초연히 우뚝 선 것도 한결같이 소문충과 다름이 없음을 알게 되었다.

不侫於丱角也, 聞先輩長德論國朝人物, 而以金阮堂先生, 方諸宋之蘇文忠云. 稍長益聞所不聞, 兼得其遺集而讀之, 然後始知其軼世之才華國之手與文忠同焉, 博聞多識, 名滿天下者, 與文忠同焉, 書法之入神, 畫境之造妙者, 與文忠同焉, 蚤蒙天眷, 歷敭華貫, 中罹禍故, 流竄荒裔, 而不以榮枯得喪介其靈臺, 超然獨立於物象之表者, 一與文忠無异.[175]

1. 세상에 뛰어난 재주와 나라를 빛낼만한 솜씨, 2. 해박한 견문과 풍부한 학식으로 명성이 천하에 가득함, 3. 신묘한 경지에 들어간 書法과 畫法, 4. 임금의 은덕을 입어 화려한 관직을 역임하다가 중간에 정치적 禍를 만나 머나먼 변방에 유배되었으나 榮枯得失을 마음에 개의치 않고 물상 밖에 초연히 우뚝 선 점 등이다. 김영한은 그만큼 김정희가 소동파의 인생과 행적, 그리고 문학성취를 염두에 두고 스승으로 삼아 동일화하며 살았음을 증명하고 있다.

175 金甯漢, 「阮堂先生全集序」, 『국역완당전집』, 1쪽, 『阮堂全集』, 卷首; 『影印標點 韓國文集叢刊』 301, 4쪽.

제2절 소동파 산문에 대한 긍정적 평가

다음에서 正祖(1777~1800 在位)는 당송팔대가의 문장을 총평하고 있다.

> 唐宋의 문장은 八家보다 더 훌륭한 것은 없으니, 韓愈의 독특하고 비범한 문장, 柳宗元의 銳利한 문장, 歐陽修의 치렁치렁 뻗어 내리는 문장, 蘇軾의 雄壯하고 豪放한 문장, 王安石의 엄숙하고 전범을 이루는 문장, 曾鞏의 근엄한 문장 중 어느 한 가지만 배워도 세상에 이름을 날리기에 충분하다.
>
> 문장을 힘 있게 펴나가는 것은 반드시 한유와 소식의 글을 바탕으로 삼고, 법도를 지키는 것은 반드시 구양수와 왕안석의 문장을 상고하며, 유종원의 문장을 참고하여 문장을 다지고, 증공의 문장으로 의논을 바로 세워야 하니, 그 가운데 하나만 빠져도 大家를 꼽는 데는 들지 못할 것이다. 따라서 나는 '一家를 보태도 안 되고, 一家를 빼서도 안 된다.' 고 생각한다
>
> 唐宋之文, 莫京於八家. 韓之奇崛, 柳之峭刻, 歐之演迤, 蘇之雄放, 王之矜則, 曾之謹嚴, 得其一, 皆足以名世. 舒氣者必資乎韓蘇, 按法者必稽乎歐王, 參之柳州, 以盡其鍛鍊, 參之南豐, 以正其議論, 去其一, 不成大家數. 予故曰加一家不得, 減一家不得.[176]

176 正祖, 『弘齋全書』 권 179, 羣書標記 1, 御定 1, 「八子百選」 6권, 『影印標點韓國文集叢刊』 267, 민족문화추진회, 2001, 498쪽.

정조는 그 가운데 소동파의 문장을 웅장하고 호방하다고 평하면서, 문장을 힘있게 펴나가는 것은 한유와 소동파의 문장을 바탕으로 삼아야 한다고 강조하고 있다. 아울러 그는 八家 가운데 一家를 보태도 안되고 一家를 빼서도 안 된다고 했다.

성대중의 글을 보자.

> 六朝의 문장이 화려하거늘 韓愈가 그것을 바로잡아 기이하고 웅장하게 하였다. 五代 말엽의 문장이 허약하자 소동파가 그것을 변화시켜 웅건하고 호방하게 하였다. 지금의 문장이 천박하고 분잡하니 어떻게 그것을 진작시켜야 하는가? 육경에 근본을 두고서 그 근원을 바로잡으며, 제자백가를 참고하여서 그 흐름을 창달시키며, 秦나라와 漢나라의 문장을 취하여 그 氣를 세우며, 한유와 소동파의 문장을 밑천으로 삼아서 그 적용을 넓히며, 程子와 朱子의 문장에 질정하여서 그 취지를 높여야 한다.
>
> 六朝之文靡矣, 昌黎矯之以奇崛. 五季之文萎矣, 子瞻變之以雄肆. 今之文膚而冗矣, 若之何其振之. 本之六經, 以正其源, 參之諸子, 以達其流, 取之秦漢, 以立其氣, 資之韓蘇, 以博其用, 質之程朱, 以尊其趣.[177]

여기서 成大中(1732~1812)은 "六朝의 문장이 화려하니 韓愈가 그

177 成大中, 『靑城集』 권 5, 「古文軌範序」, 『影印標點 韓國文集叢刊』 248, 민족문화추진회, 2000, 433쪽.

것을 바로잡아 기이하고 웅장하게 하였듯이, 오대 말엽의 문장이 허약하자 소동파가 그것을 변화시켜 웅건하고 호방하게 하였다." 고 하여, 당송 고문 운동의 핵심을 터득하고 있다. 아울러 한유와 소동파의 문장을 바탕으로 삼아 그 쓰임을 넓히어야 한다고 했다. 그만큼 그는 소동파의 문장이 퇴폐한 것을 진작시켜 웅장하게 변화시킨 공적을 서술하고 아울러 그것을 바탕으로 적용을 넓혀야 한다는 것을 강조하고 있다.

다음은 申欽(1566~1628)이 소동파의 글을 읽고 쓴 시이다.

전세의 몸은 戒和尙이었고
당세에는 소동파였다오.
지금까지 수백 년이 지났건만
그 豪氣 아직도 없어지지 않았네.
진퇴의 사이에 초월하였으니
뜬구름이 나에게 무슨 상관있으랴.
남쪽 변경이건 신선 사는 곳이건
차등 없이 한가지로 보았네.
한밤중 적벽 아래서 노닐 적엔
뛰어난 운치가 푸른 노을을 능가했고
문자 하나라도 인간에 남은 건
만고에 정화로 전해지네.
만년엔 禪學에 참여하여

수많은 불법을 다 깨치어
마음에 옳고 그름 다 떠나버리고
수많은 세월을 순간처럼 여기었네.
슬픈 것은 운수가 불길하여
평지에 풍파가 일어났던 거지.
곧고 굽음을 누가 다시 분간하랴
賢과 邪가 끝내 차등이 없었네.
운명은 어찌할 수 없는 것이라
아 내 그를 위해 슬피 노래하노라.
前身戒和尙, 當世蘇東坡.
如今幾百年, 豪氣猶不磨.
脫落進退間, 浮雲於我何.
南荒與紫淸, 一視無等差.
半夜赤壁遊, 逸韻凌靑霞.
隻字落人間, 萬古傳菁華.
晩參曹洞禪, 了盡恒河沙.
是非俱兩空, 歷劫如擲梭.
所嗟天地閉, 平陸生矛戈.
枉直誰更分, 賢邪竟同科.
時命不可謀, 謇余爲悲歌.[178]

178 申欽, 『象村稿』 권 5, 「讀東坡偶書」, 『影印標點 韓國文集叢刊』 71, 민족문화추진회, 1991, 343쪽.

소동파의 전생은 戒和尙이었으며, 태어나 활동한 후 수백 년이 지났건만 豪氣는 아직도 없어지지 않았다. 戒和尙은 佛門에 들어간 사람들에게 戒法을 수여하는 師僧을 말한다. 동파는 나아감과 물러남의 사이에 초월하여 뜬구름처럼 여겨서, 남쪽의 해남도나 혜주의 유배지이건, 북쪽의 조정이든 상관없이 한 가지로 보았다. 황주 유배 시절 적벽 아래에서 노닐 때 지은 전후 「적벽부」는 그 운치가 푸른 노을을 능가했고 만고에 정화로 전해졌다. 만년에 禪宗을 독실히 믿어 수많은 佛法을 다 깨치면서 是와 非를 텅 비우고 수많은 세월을 순간처럼 여기었다. 신흠은 소동파의 정치 생애에서 운수가 불길하여 평지에 풍파가 일어난 것이며, 아울러 곧고 굳음, 어질고 사악함이 차등이 없다고 하며 그의 운명을 슬퍼하고 있다.

또 신흠의 논평을 보자.

> 歐陽修의 산문은 바르고 蘇軾의 산문은 기이하며, 구양수의 산문은 常道에 입각해 있고, 소식의 산문은 權道를 위주로 하고 있으니, 두 분의 글을 통해 그들의 취향을 충분히 알 수가 있다
>
> 歐之文正, 蘇之文奇, 歐之文經, 蘇之文權. 兩公之文足見其所造.[179]

179 申欽, 『象村稿』 권 57, 「求正錄上」, 『影印標點 韓國文集叢刊』 72, 민족문화추진회, 1991, 394쪽.

申欽은 또 '올바름'과 '常道'에 입각해 있는 구양수에 비해, 소동파의 산문은 기이하며 權道를 위주로 하고 있다고 하여 兩人의 취향이 다름을 표현하고 있다.

許筠(1569~1618)은 『歐蘇文略』의 跋文에서 宋의 大家 구양수와 소동파를 대비하여 평론하고 있다.

> 歐陽子(歐陽修)와 蘇長公(蘇軾)의 산문은 宋에 있어서 大家이다. 구양수의 風神이 힘차고 아름다움과 情思가 감동적이고 순하며 간절한 것은 古人도 그런 사람이 없었으며, 소식의 베를 짜내듯 자유자재로 만들어 내어 변화가 무궁함으로써 사람들이 그 신묘함을 측량하지 못하게 되는 산문 또한 천 년 이래 絶唱이다. 그런데도 근세에 先秦과 西京(前漢)을 으뜸으로 여기는 이들은 가볍게 생각하여 배우지 아니하니, 이것은 심히 말이 되지 않는다.
>
> 歐陽子, 蘇長公之文, 宋爲大家. 歐之風神遒麗情思感慨婉切者, 前無古人. 長公之弄出機抒, 變化無窮, 人不測其妙者, 亦千年以來絶調. 而近世宗先秦西京者, 乃薄不爲之, 此甚無謂也.[180]

구양수의 산문은 風神이 힘차고 아름다우며 情思가 감동적이며 순하고 간절하여 고래로 없던 인물이었으며, 소동파의 산문은 '베

180 許筠, 『惺所覆瓿藁』 권 13, 文部 10, 題跋, 「歐蘇文略跋」, 『影印標點 韓國文集叢刊』 74, 민족문화추진회, 1991, 247.

를 짜내듯 자유자재로 변화가 무궁하여 남들이 그 신묘함을 헤아리지 못하는 천 년 이래의 絶唱' 이라고 극찬하고 있다. 이어서 허균은 당시 조선 중기의 일부 고문가들이 구양수와 소동파의 문장을 경시하여 배우지 않는 풍조를 비평하고 있다.

이식의 글을 보자.

> 三蘇는 비록 『莊子』와 『國語』를 배웠어도 한유의 법도 밖으로 벗어나지 않았다고 하겠다. 大蘇(蘇軾)의 산문이 비록 詭奇하다 하더라도, 文氣는 한유보다 못하지 않다. 그리고 어디까지나 뜻을 위주로 하여 붓끝에 입이 붙어 있는 것과 같으니, 이 글을 목표로 해서 70~80수 정도를 抄讀하며 일상적으로 계속 반복해서 익힌다면, 꼭 많이 읽지 않고도 힘을 얻을 수 있게 될 것이다.
>
> 三蘇雖學莊國, 亦不出韓之模範. 大蘇雖詭, 文氣不下於韓. 以意爲主, 筆端有口, 以此爲歸宿地, 抄讀七八十首, 尋常熟覆, 不必多讀而得力也.[181]

李植(1584~1647)은 三蘇(소순, 소식, 소철)가 『莊子』와 『國語』를 배웠건만 한유의 법도 밖으로 벗어나지 않았다는 것을 전제로 하여 소동파의 산문은 詭奇하나 文氣가 한유에 못지않으며, 뜻을 위주로

181 李植, 『澤堂集』, 澤堂先生別集 권 14, 雜著, 「作文模範」, 『影印標點 韓國文集叢刊』 88, 민족문화추진회, 1992, 519쪽.

하여 붓끝에 입이 있듯이 말이 나오는 대로 표현하였다는 것을 압축해 말하고 있다. 그리고 소동파의 문장 70~80편을 베끼고 읽기를 반복하여 익힌다면 문장에 큰 힘을 얻을 것이라고 그 효용성을 토로하고 있다.

金萬重(1637~1692)은,

> 동파의 산문은 가을 조수가 일어나니 모든 하천이 거꾸로 흐르고 사나운 바람이 일어나니, 온갖 구멍에서 怒號하는 소리가 나오는 것과 같다. 또 韓信이 하루아침도 마치기 전에 조나라 20만 대군을 격파한 것과 같다.
>
> 東坡如秋潮生而百川倒流, 厲風作而萬竅怒號. 又如淮陰侯不崇朝而破趙二十萬衆.[182]

라 하여, 소동파 산문의 호방하고 웅장한 기세를 표현하고 있다.

金昌協(1651~1708)은 소동파의 산문을 曾鞏과 비교하고 있다.

> 曾鞏의 문장은 荀卿의 문장과 비슷하고, 蘇軾의 문장은 孟子의 문장과 비슷하니, 순경의 문장은 풍부하여 자상하고, 맹자의 문장은 간명하여 예봉이 있는데 두 사람도 문장을 그렇게 지은 것이다. 蘇軾은 일찍이 맹자의 문장을 배운 것이 사실이나 南豊(증공)

182 金萬重, 『西浦集, 西浦漫筆』, 「西浦漫筆下」, 通文館, 1971, 616쪽.

은 순경의 문장을 배웠다는 말을 듣지 못하였으니, 요컨대 모두 재주가 비슷하여 그렇게 된 것이다.

曾文似荀卿, 蘇文似孟子. 蓋荀文豐博有委致, 孟文簡直有鋒銳. 二子之於文, 亦然. 坡固嘗學孟子, 而南豐不聞其學荀卿, 要之皆才相近耳.[183]

그는 曾鞏의 문장은 荀卿과 비슷해서 풍부하며 자상하고, 소동파의 문장은 孟子와 비슷해서 간명하고 예봉이 날카로운데, 이것은 재주가 비슷해서 그런 것이라고 평하고 있다.

임상정의 「八大家贊」에서 '蘇東坡' 부분을 보자.

샘의 근원에 萬斛이 가리지 않고 솟아나니 비유하건대, 저 떠가는 구름이 애당초 정해진 바탕이 없는 것과 같다. 이는 오로지 공의 산문으로 공이 실로 스스로 이름을 냈도다. 오로지 하늘이 뜻이 있어서 이 사람에게 精華를 빌려주니 가슴속의 조화가 붓 아래에 바람 불고 천둥 친다.

泉源萬斛, 不擇而發. 譬彼行雲, 初無定質. 是惟公文, 公實自名. 惟天有意, 假此精英. 胸中造化, 筆下風霆.[184]

183 金昌協, 『農巖集』 권 34, 「雜識, 外篇」, 『影印標點 韓國文集叢刊』 162, 민족문화추진회, 1996, 393쪽.

184 林象鼎, 『自娛錄』, 「八大家贊」; 강민구, 『조선 후기 문학비평의 이론』, 도서출판 보고사, 2010, 110쪽.

林象鼎(1681~?)은 '하늘이 뜻이 있어 동파에게 정화를 빌려주어 가슴속의 조화가 붓 아래에서 바람 불고 천둥이 친다.' 라고 하여, 동파를 문학적으로 높이 평가하고 있다. 동파의 파도처럼 출렁거리는 가슴을 파악한 자의 평이라고 할 만하다. 그는 소동파 산문을 인용하여[185] 贊을 구성하였다.

다음 글은 趙龜命(1693~1737)이 趙載浩에게 보낸 답장이다.

> 아! 경황이 없는 순간에도 깊고 묘한 이치를 드러내고, 평범한 가운데에 신령한 깨달음을 담아서, 뜻이 기이할수록 體裁는 더욱 바르게 되고, 의론이 험벽할수록 글은 더욱 쉬워지는 것, 이것은 내가 꿈에서도 소동파를 보며 생각하는 것인데, 아직도 그에 이르

185 孔凡禮 點校, 『蘇軾文集』 卷 49, 「與謝民師推官書」, 北京 : 中華書局, 1990, 1,418쪽, "대략 흘러가는 구름과 흐르는 물과 같아서, 처음에는 일정한 바탕이 없지만, 항상 가야 될 때 가고, 항상 멈추지 않을 수 없을 때 멈춰서, 文理가 자연스러우며 자태가 끊임없이 나타난다.(大略如行雲流水, 初無定質, 但常行於所當行, 常止於所不可不止, 文理自然, 姿態橫生.)"
孔凡禮 點校, 『蘇軾文集』 卷 66, 「自評文」, 北京: 中華書局, 1990, 2069쪽, "나의 문장은 만섬萬斛(1斛은 10斗)이나 되는 샘의 원천과 같아서 땅을 가리지 않고 용솟음쳐 나온다. 평지에서는 도도하게 콸콸 흘러 하루에 천리를 가기에도 어렵지 않다. 그것은 산의 돌멩이들과 어울려 꾸불꾸불 흐를 때에는 사물에 따라 모양을 바꿔나가지만 (그 원리는) 알 수 없다. 알 수 있는 것은 항상 마땅히 가야 할 곳으로 가고 항상 멈추지 않으면 안 될 곳에서 멈춘다는 것이니, 이와 같을 따름이다.(吾文如萬斛泉源, 不擇地而出. 在平地滔滔汩汩, 雖一日千里無難, 及其與山石曲折, 隨物賦形而不可知也. 所可知者, 常行於所當行, 常至於不可不止, 如是而已矣.)"

는 길을 찾지 못하고 있다.

> 嗚呼! 發深眇之理於造次之間, 藏靈悟之解於尋常之中, 意愈奇而體愈正, 論愈險而文愈易, 此吾所夢想於坡公者, 而未尋其蹊逕也.[186]

조귀명은 소동파 문장의 특성을 1. 경황이 없는 순간에 깊고 묘한 이치를 드러냄, 2. 평범한 가운데에 신령한 깨달음을 담아냄, 3. 뜻이 기이할수록 體裁는 더욱 바르게 됨, 4. 의론이 험벽할수록 글은 쉬워지는 것, 이 네 가지로 파악하고 있다. 그는 이러한 특징을 지닌 소동파의 문학적 경지를 이상으로 삼아 흠모하며 추구하고 있다. 그러나 그는 그와 같은 경지로 이르는 길을 아직 찾지 못했다고 안타까워하고 있다.

정조의 「八家百選引」을 보자.

> 韓愈의 정직함(正)과 柳宗元의 기발함(奇), 歐陽修의 온화하고 아담함(溫雅)과 王安石의 준엄하고 각박함(峭刻), 曾鞏의 切實함과 蘇洵 · 蘇軾 · 蘇轍 三父子의 광대하고 종횡무진한 기상들이 한번 책을 펴기만 하면 일목요연하게 되었으니, 讀者들이 이것으

186 趙龜命, 『東谿集』 卷 10, 「答敬大書」, 『影印標點 韓國文集叢刊』 215, 민족문화추진회, 1998, 209쪽.
송혁기, 『조선 후기 한문산문의 이론과 비평』, 월인, 2006, 183~184쪽.

로 말미암아 그 門路를 얻는다면, 깊숙한 堂奧와 질서 정연한 庭戺가 남김없이 다 갖추어 있어서 번잡한 全書를 일삼을 필요가 없게 될 것이다.

韓之正, 柳之奇, 歐之溫雅, 王之峭刻, 曾之切實, 蘇氏父子之汪洋而縱橫者, 一開卷瞭然在目. 使讀者, 由是而得其門, 則堂奧之窈如者, 庭戺之秩然者, 靡不畢具, 而無所事於全書之繁也.[187]

正祖(1777~1800 在位)는 당송팔대가 각각을 한마디로 표현함에 있어 소순, 소식, 소철 삼부자를 "광대하고 종횡무진한 기상이 책을 펴기만 하면 일목요연하다."고 평하였다. 방대한 분량의 당송팔대가 문장의 전집은 전문학자가 아니면 다 읽어 소화해 내는 데 무리가 있다. 그는 조선에 있어 정치가나 일반 사대부는 당송팔대가 전집을 읽지 않고 핵심이 갖추어진 『八家百選』만 읽어도 일목요연하게 그 깊이와 질서를 파악할 수 있다고 주장하고 있다.

아래에서 正祖는 소동파의 문장이 병기를 번쩍여 위엄을 과시하여 왼쪽에는 絳侯와 灌嬰을, 오른쪽에는 樊噲와 彭越을 배치하고 호령하는 韓信장군처럼 변화무쌍하다고 하였다.

長蘇(소동파)의 글은 兵器를 번쩍여 위엄을 보이면서 왼쪽에는

187 正祖, 『弘齋全書』 권 4, 春邸錄 4, 「八家百選引」, 『影印標點 韓國文集叢刊』 262, 민족문화추진회, 2001, 57쪽.

絳侯와 灌嬰을, 오른쪽에는 樊噲와 彭越을 배치하고 호령하는 韓信처럼 변화무쌍하다.

長如韓信耀兵, 左絳灌而右樊彭, 發號出令, 變化不窮.[188]

여기서 絳侯는 漢 高祖의 신하 周勃(?~B.C.169)이다. 그는 灌嬰과 합심하여 呂氏 일족을 몰아내고 文帝를 옹립하여 한나라 왕실을 튼튼하게 했다. 灌嬰(?~B.C.176)은 한 고조의 장군으로서 齊나라를 정벌하고 項羽를 죽였다. 樊噲는 한 고조의 武將으로 鴻門의 회합에서 고조를 구출하여 통일 후 左丞相에 이르고 舞陽侯가 되었다. 彭越(?~B.C.196)은 한 고조 유방을 도와 西漢을 세운 장군으로, 楚漢전쟁 때 垓下에서 항우를 격파하는데 큰 공을 세웠다. 韓信(?~B.C.196)은 한 고조 유방을 도와 西漢을 세운 명장이다. 垓下에서 항우의 군사를 격파하는 등 혁혁한 공을 세웠다. 한신은 군대를 지휘함에 군사가 많으면 많을수록 더 잘 지휘할 수 있다고 공언하기도 했다.

김윤식의 글을 보자.

朱文公(朱熹)은 동파의 산문이 끝내 자유분방하게 내달리는 습관을 벗어나지 못했다고 하였다. 나는 오직 諸公에게 올리는 글

188 正祖, 『弘齋全書』 권 56, 雜著 3, 「示手圈校正諸學士」 5首, 「八家手圈」, 『影印標點 韓國文集叢刊』 263, 민족문화추진회, 2001, 365쪽.
正祖, 『弘齋全書』, 권181, 羣書標記, 八家手圈 8권, 『影印標點 韓國文集叢刊』 267, 민족문화추진회, 2001, 529쪽.

및 策·論에만 해당되는 얘기라고 생각한다. 아마도 그 젊은 시절 부친 蘇洵에게 배우던 때의 말투 때문이리라. 비록 그렇더라도 자유분방하게 내달리는 습관을 미워한다는 것은 실제가 없음을 말한 것이다. 동파의 문장은 자유분방하게 내달리는 가운데 도리어 한 조각 精深하고 성실하여 배울 수 없는 점이 있고 戰國시대와 西漢 문장의 장점을 겸하였다. 이해를 따지는 부분은 마치 庖丁解牛[189] 같아서 일에 어렵고 쉬움이 없이 손에 맡겨 깨뜨려나간다. 諫言을 올리기를 더욱 잘해 임금을 감동시킨다. 그의 필봉이 주입되는 곳은 楚山 원숭이로 하여금 바라보고 울부짖게 하니 천고 문단에서 짝할 자가 없는 선비이다.

朱文公謂東坡之文, 終不脫縱橫之習. 愚謂此惟上諸公書及策論爲然. 蓋其少年學父時口氣也. 雖然所惡縱橫者, 謂其無實也. 東坡之文, 縱橫中却有一段精實不可學處, 兼戰國西漢之長. 其見利害處, 如庖丁解牛, 事無難易, 隨手打破. 尤善納諫, 感動人主. 其筆鋒所注, 將使楚猿望之而啼, 是千古藝林中無雙士也.[190]

189 庖丁解牛 : 포정庖丁(요리사)가 소의 뼈와 살을 발라낸다는 뜻으로, '기술이 묘함'을 칭찬하는 말. 『莊子·養生主』의 포정이 文惠君을 위해 소를 잡을 때 신묘하게 고기를 잘라내는 故事에서 연유한 말이다.

190 金允植, 『雲養集』 권 15, 雜著, 「八家涉筆下」, 『影印標點 韓國文集叢刊』 328, 민족문화추진회, 2004, 503쪽.
김윤식 저, 이지양, 구지현 역, 『운양집 7』, 제15권, 혜안, 2014, 61쪽.

朱熹가 동파의 문장을 평함에 "자유분방하게 내달리는 습관을 벗어나지 못하였다."고 평가함에, 金允植(1835~1922)은 소동파의 '편지글과 論策만이 그러한 면이 있다.'고 인정하고 있다. 그러나 김윤식은 또 동파의 산문이 자유분방하게 내달리는 가운데 한 조각 精深하여 남들이 배울 수 없는 점이 있어 戰國시대와 西漢 문장의 장점을 겸비하고 있다고 하였다. 그리고 이해를 따지는 부분은 庖丁이 소를 가르는 것 같아서 어렵고 쉬운 일이 없이 손에 맡겨 전개해 나가 간언을 잘 올리니 임금을 감동시킨다고 했다. 아울러 소동파를 필봉이 쏟아지는 곳은 楚山의 원숭이를 울부짖게 할 정도로 千古의 문단에서 비할 자가 없는 선비라고 극찬하고 있다.

〖제3절〗 소동파 산문에 대한 부정적 평가

조선조 문인의 소동파 인물평과 상응하게 소동파 산문에 대한 부정적 평가도 적지 않다.

아래에서 申光漢(1484~1555, 호는 駱峯)은 三蘇文(소순, 소식, 소철의 글)을 읽고, 그 학술이 올바르지 않다고 비판적인 평가를 하고 있다.

(駱峯은) 읽지 않은 글이 없었으나 오직 三蘇文은 좋아하지 않

아 말하기를, "소년 시절 이 책을 읽고 나서 지금까지도 오히려 잊으려 하여도 할 수 없다."라고 하니, 대개 그 학술이 올바르지 않은 것을 싫어하는 것이었다.

於書無所不讀, 而獨不喜三蘇文曰, 少年曾讀是書, 今却欲忘而不得. 蓋惡其學術之不正耳.[191]

소동파의 학술이 바르지 않다는 것은 朱熹의 관점을 계승한 것으로 조선 중기 문예사조의 일단을 반영하고 있다. 하지만 신광한이 소년시절 三蘇의 산문을 읽고 나서 잊으려 해도 잊을 수 없다고 한 것을 보면, 소동파의 문장이 독자에게 깊은 각인을 주는 예술적 효과가 있다는 것을 반면적으로 증명한 셈이다.

다음에서 丁若鏞(1762~1836)은 한유, 유종원, 구양수, 소동파의 序文, 記文의 글은 화려하긴 해도 알맹이가 없고 기이하긴 해도 올바르지가 않다고 주장하고 있다.

한유 · 유종원 · 歐陽脩 · 蘇軾이 지은 이른바 序文 · 記文 등의 글은 거개 모두가 화려하긴 해도 알맹이가 없고 기이하긴 해도 올바르지가 못하였다. 어려서 이 글들을 읽을 적엔 흔연히 기쁨을 느끼지 않은 적이 없었다.

191 申光漢, 『企齋集』 권 14, 「附錄」, 『影印標點 韓國文集叢刊』 22, 민족문화추진회, 1989, 388쪽.

그러나 이것으로는 안으로 몸을 수양하고 어버이를 섬길 수가 없으며, 밖으로 임금을 옳은 길로 輔導하고 백성을 잘 다스릴 수가 없다. 그래서 일생토록 읽어보아도 零落된 채 실의에 빠지기만 할 뿐 끝내 이것으로 천하와 국가를 다스릴 수는 없으니, 이야말로 吾道(儒教)를 좀먹는 좀벌레인 것이다. 이 문장의 해독은 楊朱·墨翟·老子·佛教보다도 더 심한 것이다. 왜 이렇게 말할 수 있는가. 양주·묵적·노자·불교는 각기 論旨의 차이점은 있지만, 궁극적인 요점은 모두가 자신을 억제하여 사욕을 끊음으로써 善을 행하고 惡을 버리자는 것이기 때문이다.

저 한유·유종원·구양수·소식은 자신의 사명으로 여긴 것이 문장뿐이다. 문장이 어떻게 天性을 보전하여 자신의 몸을 편안하게 만들 수 있겠는가. 온 천하의 사람들로 하여금 노래하고 춤추고 향기로운 술이 몸속에 스며들 듯한 짙은 悅樂에 빠져 함께 동화됨으로써 性命의 근본과 나라와 백성의 일을 까마득히 잊게 만드는 것이 文章學이다. 이것을 聖人이 어찌 취하겠는가.

韓柳歐蘇, 其所謂序記諸文, 率皆華而無實, 奇而不正. 幼而讀之, 非不欣然善矣. 內之不可以修身而事親. 外之不可以致君而牧民. 終身誦慕而落魄牢騷, 卒之不可以爲天下國家, 此其爲吾道之蟊蠹也. 將有甚乎楊墨老佛, 何也. 楊墨老佛, 雖其所秉有差, 要之皆欲以克己斷慾, 爲善去惡. 彼韓柳歐蘇, 其所自命者, 文章已矣. 文章豈足以安身立命哉. 使天下之人, 詠歌蹈舞, 浸淫悅樂, 醲薰膚奏, 與之俱化, 而邈然忘其性命之本, 民國之務者, 文章之學也. 豈

聖人之所取哉.[192]

정약용은 어려서 이러한 글들을 읽을 때에는 기쁨을 느끼지 않은 적이 없었으니, 그만큼 소동파의 문장이 흥미진진했던 모양이다. 그러나 그는 당송팔대가의 문장학으로는 修身하거나 부모를 봉양할 수 없으며, 임금을 옳은 길로 인도하고 백성들을 잘 다스릴 수가 없다고 했다. 아울러 그것은 성인의 학문이 아닌 "유교를 좀먹는 좀벌레"라고 악평하고 있다. 정약용은 당송팔대가 문장학의 단점을 매도하고 있으며, 성인은 문장학을 취하지 않는다고 했다. 이에는 經學을 중시하고 문장학을 경시하는 정약용의 관점이 깔려 있는데, 이는 지나친 견해이다.

또 정약용의 글을 보자.

소동파는 禪學에 물이 들어 그 나쁜 버릇이 이따금 그의 문장에 나타난다. 그가 지은 「潮州韓文公廟碑」에서, 孟子가 말한 '浩然之氣'를 가지고 河嶽과 星辰의 氣라고 하였으니, 그 말이 이미 합당하지 못하다. 그런데 더구나, "저승에서는 귀신이 되고, 이승에서는 다시 사람이 된다."고 하였으니, 이는 은밀히 輪回說을 쓴 것이다. 高明한 이로써 異端에 빠져 끝내 깨닫지 못함이 어쩌면

192 丁若鏞, 『與猶堂全書』 제1집 詩文集 권 11, 「五學論」 3, 『影印標點韓國文集叢刊』 281, 민족문화추진회, 2002, 242쪽.

이와 같단 말인가.

> 蘇東坡染於禪學, 其病根往往見於其文. 潮州韓文公廟碑, 以孟子浩然之氣, 爲河嶽星辰之氣, 其言已不倫. 況云幽則爲鬼神, 明則復爲人. 此陰用輪回之說也. 高明之陷於異端, 而終不回悟, 何如是哉.[193]

丁若鏞은 소동파가 불교의 禪學에 물이 들어 그 문장에 윤회설이 나타난다고 하여 배격하고 있다. 여기서 정약용은 유가 사상과 유교의 입장에서 불교를 異端이라고 본 것이다.

다음은 金允植이 소동파의 「論高麗買書利害箚子」에 대해 논평한 가치 있고 기개가 있는 글이다. 이는 『蘇軾文集』 권 35의 「論高麗買書利害箚子三首」를 가리킨다.

> 자첨은 마음씀이 명석하고 수완이 좋아 남의 숨겨진 사정을 잘 헤아린다. 유독 고려의 일에 대해서는 시샘이 너무 깊고 방어가 너무 엄격하다. 이는 한갓 오랑캐를 믿기 어려움만 알고 동방에 군자의 나라가 있는 것은 듣지 못했기 때문이리라. 우리나라 사람은 천성이 중화를 사모한다. 비록 세력상 거란에 핍박당했으나 끝내 송나라를 잊지 못해 험하고 험한 만 리에 간곡하게 정성스러움을 보냈다. 이제 (소동파는 고려가) '의를 사모한 것이 아니라

193 丁若鏞, 『與猶堂全書』 제1집 詩文集 권 14, 「跋潮州碑」, 『影印標點 韓國文集叢刊』 281, 민족문화추진회, 2002, 305쪽.

상을 내리는 이익을 바란 것이다.' 라고 한다.

曾南豐(曾鞏)은 "고려 사신이 이르는 州마다 그 知州에게 주는 것이 대략 삼십만 관이나 되니 중국의 義를 상할까 걱정이다."라고 하였다. 이로 말하면 이익을 바란다고 이를 수 있겠는가? 우리나라 사람은 文雅를 자부하고 성품이 유람하는 것을 좋아한다. 지금 (소동파는) "고려는 거란의 동맹국이다. 사신이 이르는 곳마다 산천의 형승을 그리는 것은 虛實을 몰래 헤아리는 것이지 선의가 아니다. 이는 천하에 뜻을 둔 자가 하는 것이다."라고 한다. 勝朝(전 왕조인 고려)가 스스로 지키기에도 여유가 없었는데 이 계책을 힘쓸 수 있었겠는가?

내가 우리나라 사람이 명예를 아끼고 옛것을 좋아하는 것을 감히 안다고 못 하겠으나 멀리 서적을 구하는 것은 文詞를 돕는 한 가지에 불과할 따름이다. 지금 (소동파가) "戰國의 속임수와 謀臣의 기이한 계책을 해외 오랑캐에 내려주어서는 안 된다."라고 하니, 어찌 그리 염려가 지나친가? (고려는 송나라에) 충성하였으나 의심을 받고 仁하였으나 절교를 당하니 이런 때에 누가 송나라를 위해 도모하랴. 송은 천하의 십분의 팔을 소유하였으나 천하의 금과 비단을 거두어 두 오랑캐 나라(遼와 西夏를 지칭)에 바쳤으니 욕되다 이를 만하다. 자첨은 몸을 떨쳐 밧줄을 청하지 못했으면서[194], 유

194 이 구 "몸을 떨쳐 밧줄을 청하다"는 용기를 내어 '적을 죽일 기회를 달라'고 말하는 것이다. 漢 武帝가 화친을 위해 終軍을 南越에 사신으로 파견하려 하자, 그는 조정에 들어가 긴 밧줄을 준다면 南越王을 묶어 대궐 아래에 이르도록 하겠다고 말한 데서 유래한다. 『漢書』 권 64, 「終軍傳」.

독 소국의 사신에 대해서만 구구한 관사의 양식 비용에 인색하게 굴고 아까워하며 배척하고 물리쳐 대국을 섬기는 정성을 막고 먼 나라 사람의 바램을 외롭게 만든다. 덕으로 말한다면 어질지 못하고, 위엄으로 말한다면 용맹스럽지 못하고, 지혜로 말한다면 밝지 못하다. 論者(明나라의 茅坤을 가리킴)가 오히려 깊이 염려하고 요체를 분별하는 말이라 이르니 진실로 가소롭다.

옛날 한무제는 흉노를 제어하고자 통역을 거듭하고 군대를 수고롭게 하여 서역과 통교하였다. 당시 고려는 거란의 매우 가까운 이웃나라이다. 송나라가 만약 저들(거란)에게 뜻을 두었다면 마땅히 먼저 이쪽(고려)에 통하기를 구하여야 한다. 자첨은 반대로 스스로 찾아온 사신을 거절하고자 했으니, 어찌 나라를 위해 깊이 헤아리는 자이랴. 심하구나! 우리나라 사람이 중화를 사랑함이여. 이처럼 거절을 당하고도 오히려 다시 그 사람의 시를 외우고 그 사람을 사모하여 원망하고 노여워하는 마음이 없었다. …… 아! 자첨은 小人이로다. 내가 曾南豐(증공)의 〈擬辭高麗送遺狀〉을 살펴보니 소자첨은 증남풍에 훨씬 못미친다.

子瞻用意精悍, 善揣人隱情. 獨於高麗事, 猜之太深而防之太嚴. 是徒知夷狄之難信, 而不聞東方有君子之國者歟. 東人天性慕華. 雖勢逼契丹, 終不忘宋, 崎嶇萬里, 曲輸款誠. 今曰非慕義也, 幸賞賜之利. 曾南豐云高麗使所至州, 遺其知州率爲三十萬, 恐傷中國之義. 以此言之, 可謂幸其利乎. 東人自附文雅, 性好遊觀. 今曰高麗契丹之與國也. 其使者所至, 圖畵山川形勝, 窺測虛實, 非善意也. 此有志於天下者之所爲也. 勝朝自守不給, 能辨此謀乎.

余不敢知東人愛名而好古, 遠求書籍, 不過爲文詞之一助耳. 今曰戰國權譎, 謀臣奇策, 不可賜海外之夷. 何其過慮也. 忠而見疑, 仁而見絶, 當此之時, 誰能爲宋謀乎. 宋有天下十分之八, 而斂天下之金繒, 以奉二虜, 可謂辱矣. 子瞻曾不能奮身請纓, 獨於小國之使, 區區館餼之費, 是靳是惜, 是斥是却, 阻事大之誠, 孤遠人之望. 以德則不仁, 以威則不武, 以知則不明, 論者猶謂深慮識體之言, 誠可笑也.

昔漢武帝欲制匈奴, 重譯勞師, 以通西域. 今高麗者, 契丹之狎隣也. 宋若有志於彼, 宜先求通于此. 子瞻反欲絶其自來之使, 豈爲國深籌者耶. 甚矣東人之愛華也. 見絶如此, 猶復誦其詩, 慕其人而無怨怒之心. …… 噫, 子瞻小人哉. 余觀曾南豐擬辭高麗送遺狀, 蘇之不及曾亦遠矣.[195]

김윤식은 '소동파는 명석하여 남의 숨겨진 사정을 잘 헤아린다. 그러나 동방에 군자의 나라가 있다는 것을 모른다.' 라고 하며, 고려에 대한 소동파의 오해에 대해 우리의 국가적 입장에서 강하게 반박하고 있다. 이어서 김윤식은 "비록 세력상 거란에 핍박당했으나 끝내 송나라를 잊지 못해 험하고 험한 만 리에 간곡하게 정성스

195 金允植, 『雲養集』, 권 15, 雜著, 「八家涉筆下」. 『影印標點 韓國文集叢刊』, 328册, 502쪽.
김윤식 저, 이지양, 구지현 역, 『운양집 7』, 제15권, 혜안, 2014, 55~57쪽.

러움을 보냈다. 이제 (소동파는 고려가) '의를 사모한 것이 아니라 상을 내리는 이익을 바란 것이다.' 라고 한다."고 하였다. 또 "지금 (소동파는) '고려는 거란의 동맹국이다. 사신이 이르는 곳마다 산천의 형승을 그리는 것은 虛實을 몰래 헤아리는 것이지 선의가 아니다. 이는 천하에 뜻을 둔 자가 하는 것이다.' 라고 한다."고 하여, 고려에 대한 소동파의 오해를 직시하였다.

김윤식은 또 "지금 (소동파가) '戰國의 속임수와 謀臣의 기이한 계책을 해외 오랑캐에 내려주어서는 안 된다.' 라고 하니, 어찌 그리 염려가 지나친가? (고려는 송나라에) 충성하였으나 의심을 받고 仁하였으나 절교를 당하니 이런 때에 누가 송나라를 위해 도모하랴." 라 하여, 이러한 고려를 믿지 못하고 의심하는 소동파의 계책은 고려를 위해서도 북송을 위해서도 좋지 않다고 하였다. 또 그는 소동파의 이 상주문에 대해 "덕으로 말한다면 어질지 못하고, 위엄으로 말한다면 용맹스럽지 못하고, 지혜로 말한다면 밝지 못하다."고 비평하면서, 소동파를 '小人' 이라고 폄하했다.

또한 이는 소동파와 동시대 인물이며 당송팔대가의 한 사람인 曾鞏이 고려에 대해 비교적 객관적이고 우호적인 입장을 견지하였다는 사실과 명백히 대조를 보이는 것이다. 그 증거로 김윤식은 『曾鞏集』 권 35에 실려 있는 증공의 글 〈明州擬辭高麗送遺狀〉을 인용해, 소동파가 고려를 욕한 점에 착안해서 소동파의 고려관이 증공에 크게 미치지 못하였다고 평하였다. 증공은 이 글 「明州에 있을 적에 고려의 사신이 바친 물품을 사양하는데 비기어서 지어본 서장」에서, "고려는 오랑캐 가운데서는 문장에 통달하여 자못 지식이 있으므로 덕으로 품어주어야지 힘으로 굴복시키기는 어렵다.(高麗於蠻夷中爲通于文學, 頗有知識, 難以力服也.)", '明州의 경우만 하더라도, 知州와 通判에게 그들(고려 사신)이 예물로 바치는 것이 돈 30만 관이나 되는데, 그들이 지나는 10여 고을을 헤아린다면 고려의 물력을 헤아려볼 때 여유롭지 못하다. 詔旨를 내려받은 것은 돌려줘야 한다.'[196]고 주장하였다.

이렇듯 조선조 문인의 소동파에 대한 부정적 평가는 소동파의 고려에 대한 부정적 인식과 밀접한 관계를 지닌다. 이는 또한 북송의 낙촉당쟁, 소동파의 불교, 도가에 대한 애호적 성향 등과도 내재적인 관련성을 지니고 있다. 소동파가 고려를 욕했고, 소동파가 程頤를 욕했다는 점이 조선의 일반 문인들과 정주학파를 계승한 조선 성리학자들의 분노를 사고 있다. 이러한 소동파 산문에 대한 부정적 평가는 조선 중기에 더욱 분명하게 드러난다. 이에는 물론 조선조의 상당수 문인들이 정주학파와 師承관계에 있는 순유학자라는 점이 반영되어 있다. 그래도 대체적으로 보면 조선조 중기에도 소동파의 산문을 긍정적으로 보는 평가가 부정적 평가보다 더 많다.

196 曾鞏, 『曾鞏集』, 권 35, 中華書局, 2004, 500~501쪽.

이외에 다음과 같이 소동파 산문에 대해 장점과 단점을 아울러 평한 글도 있다. 송시열의 평을 보자.

> 옛날 眉山의 三公은
> 혁혁하고 휘황했으나
> 正學이 아니었으므로
> 朱夫子의 질책받았다.
> 昔眉三公, 爀爀煌煌.
> 而非正學, 得罪紫陽.[197]

東方의 朱子라고 일컬어질 정도로 주희를 흠모했던 宋時烈(1607~1689)은 三蘇(소순, 소식, 소철 삼부자)의 문장이 혁혁했음을 인정하나, 正學이 아니었기 때문에 주희의 질책을 받았다고 하였다. 이 역시 주희의 소동파 평가에 영향을 크게 받은 평론이다.

정약용의 평을 보자.

> 詞章은 唐나라 때보다 더 성행된 적이 없었는데도 昌黎(韓愈)는 德 있는 친구가 없었고, 道學은 程子・邵子(邵雍의 존칭)에게 와서 지극히 융성하였으나 東坡는 따로 학파를 만들었으니, 儒學과 文章은 그 길이 같지 않은 때문인가.

197 宋時烈, 『宋子大全』 권 167, 「玄洲李公神道碑銘」, 『影印標點 韓國文集叢刊』 113, 민족문화추진회, 1993, 528쪽.

詞章莫盛於李唐, 而昌黎未有德鄰, 道學極隆於程邵, 而東坡別立門戶, 儒之與文, 其道不同歟.[198]

丁若鏞(1762~1836)의 문장은 당나라 때 가장 성행하였는데도 한유는 덕이 있는 친구가 없었고, 道學은 程子(程顥와 程頤의 존칭), 邵雍에 의해 융성하였으나 동파가 따로 문장으로 학파를 만들었으니, 유학과 문장은 그 길이 같지 않다는 것을 넌지시 피력하고 있다. 여기서 정약용은 기본적으로 道學을 중시한 程子를 숭앙하는 기조에 있으면서도 유학과 문장은 분립되었다고 했다. 또한 문장에 있어서는 소동파를 높이 보아 그가 문장으로 門戶를 세웠다고 하였다.

동일화 양상이란 한 인물을 대상으로 선정하여 그 인물의 행적, 문학, 위인 등을 스승으로 삼아 배우고자 하는 것을 의미한다. 일단의 조선조 문인들은 소동파를 동일화 양상의 대상으로 삼고 있다. 申欽은 만년에 재난을 만나자, 소동파처럼 인생의 부침을 시문으로 녹여내고, 자신의 처지가 열악할 때도 그것을 즐거움으로 전환시키고 있다. 許筠은 출생할 때가 소동파와 같은 磨蝎宮에 해당되므로 '문장과 기질은 소동파에 미치지 못하나, 참소와 시기를 당하여 시대에 현달하지 못하고 버림받은 자취는 천 년이 지난 오늘날에도

198 丁若鏞, 『與猶堂全書』 제1집 詩文集 권9, 策問, 「問儒」, 『影印標點 韓國文集叢刊』 281, 민족문화추진회, 2002, 190쪽.

부절을 맞춘 듯이 다름이 없다.' 고 동일화하였다. 金正喜는 인생과 행적이 소동파와 공통점이 많아 소동파의 인생과 행적을 염두에 두고 그를 스승으로 삼아 동일화하고 있다.

조선조 문인의 소동파의 산문에 대한 평가는 크게 2가지로 분류할 수 있다. 긍정적 평가로는 '웅장, 호방' 하며, '문장을 힘 있게 펴 나가는 것은 그를 바탕으로 삼아야 한다.', 또한 '천 년 이래의 絶唱' 이라는 평이 있었으며, '文氣가 뛰어나다.' 는 평도 있다. "가을 조수가 일어나면 모든 하천이 거꾸로 흐르고, 사나운 바람이 일어나면 온갖 구멍에서 소리가 나오는" 것처럼 기세가 호방하다고도 하였다. 그리고 '자유분방한 가운데 한 조각 精深하여 남이 배울 수 없는 것이 있어 千古에 짝할 자가 없다.' 고도 하였다.

조선조 문인들의 소동파 산문에 대한 부정적 평가로는 '불교의 輪回說이 문장에 나타난다' 라는 평이 있다. 극단적인 부정적 평으로는 소동파를 "異端"이고 '吾道(儒教)를 좀먹는 좀벌레' 라고 하였으며, 고려에 관련해서는 소동파를 '고려에 관련해서는 시샘이 너무 깊고 방어가 너무 엄격하여 어질지 못하고, 용맹스럽지 못하고, 지혜는 밝지 못한 小人' 으로 매도하고 있기까지 하다. 부정적 평도 만만치 않은 것은, '말을 삼갈 줄 모르고, 마음속에 있는 것을 토해내지 않으면 안 되는' 소동파의 天性, 편협된 高麗에 대한 관점으로 누차 고려를 배척한 점, 程頤와 소동파를 중심으로 대립한 洛蜀黨爭, 그리고 소동파의 불교 · 노장사상 애호 등과 내재적 연계성이 있기 때문이다. 조선조의 유학은 주로 程朱學派를 계승한 관계로 소동파와는 학파 · 사상 · 학문 관점에 있어 대립되는 관계에 있었다. 특히 조선 중기 정주학이 유행할 때 소동파에 대한 부정적 평가가 많이 대두하게 된다.

이외에 소동파 산문에 대한 장단점을 포괄한 평가도 있는데, 예를 들면, '문장은 혁혁하나 正學이 아니므로 朱熹의 질책을 받았다.' , 그리고 '유학과 문장이 분립되어 소동파는 문장으로 門戶를 세웠다.' 등이다.

동파는 인격 · 위인 · 산문 세계에 있어 조선조 문인들의 마음속의 숭앙의 대상이며, 문인들은 그의 문학을 통해 대리만족을 얻었다. 그것은 조선조 문인에게 '충격' 과 '자극' 이 되었으며, 더 나아가 문화적 모델의 이상적 대상으로 설정되었다.

요컨대 소동파의 산문은 고금을 꿰뚫는 방대한 학문과 깊은 사유, 호방한 풍격, 풍부한 인생철리, 그리고 儒佛道사상을 넘나들며 그것을 융합한 복잡하고 깊은 사유를 지니고 있는데, 조선조 문인은 이를 통해 啓示를 받았을 뿐만 아니라 사유세계를 보다 폭넓게 하였고 文學地平을 확대하였다.

조선조의 소동파 산문 평은 고려조에 비하면 내용이 다채롭고 생동적이며 풍부하다. 소동파의 장점을 위주로 평가하였던 고려시대와 달리, 조선시대 문인의 평가는 장점과 단점을 한 몸에 지닌 인물로서의 소동파에 대한 것이 그 핵심이다.

제7장

조선조 문인의 소동파 시 수용과 평가

〖제1절〗 문인의 소동파 시에 대한 수용 양상

소동파는 거의 모든 조선조 문인들에게 다소간에 영향을 끼쳤다. 조선조에 있어 시기에 따라 정도의 차이는 있지만 소동파 시는 상당수의 문인에게 관심과 애호의 대상이었다. 상당수의 문인들은 소동파에 심취되었으며, 소동파와 같고자 하였다. 나아가 자신들의 시에서 창조적으로 수용하기도 했다.

조선조 문단의 사조로 보면 고려조의 전례에 이어 전기에는 여전히 소동파를 숭상하는 풍조가 이어졌고, 중기에는 두보를 위시한 당시를 숭상하였으며, 후기에는 다시 소동파를 재조명하는 열풍이 불었다. 그러나 전반적으로 볼 때 조선조의 어느 시기나 동파를 애호하는 문인이 상당수 있었다.

1. 소동파 시에의 심취와 동일화 양상

조선 문인들은 누차 소동파의 "百東坡"라는 시구를 활용하여 시의 신선도를 높이고 있다. "百東坡"의 본래의 의미는 자신의 얼굴이 물결에 흔들려 동파가 백 사람으로(여럿으로) 보인다는 것이다. 이 구의 출처는 소동파蘇東坡의 「범영泛潁」 시에 나타난다.

> 채색 유람선을 타고 거울같이 맑은 물을 내려다보면서
> 웃으며 '너는 누구냐?' 고 물었다.
> 갑자기 비늘 껍질 같은 파문이 일어
> 물에 비친 나의 수염과 눈썹이 일렁거린다.
> 흩어져 백 사람의 東坡가 되었다가
> 금방 다시 본 모습으로 돌아온다.
> 畫船俯明鏡, 笑問汝爲誰.
> 忽然生鱗甲, 亂我鬚與眉.
> 散爲百東坡, 頃刻復在茲.[199]

소동파가 거울같이 잔잔한 潁水에서 배를 타고 유람하다가 물에

199 (清) 王文誥 輯注, 孔凡禮 點校, 『蘇軾詩集』, 권 34, 「泛潁」.

비친 자신의 변화하는 모습을 기묘하게 묘사한 시이다. 그는 潁州知州로 부임한 지 열흘 동안 아흐레는 물가에 갈 정도로 물을 좋아하였다. 여기서 갑자기 잔잔하던 물 위에 물결이 일자, 물에 비친 자신의 얼굴이 백 사람의 東坡로 변화되었다가 다시 금방 원래 모습으로 돌아온 정경을 탁월한 필치로 묘사하고 있다.

이 동파의 시구는 한국의 경우 고려조의 이규보가 「溪上偶作」 시에서 먼저 사용하였다.[200] 조선조에서도 "百東坡"라는 시구는 여러 문인에게서 누차 활용되고 있다. 權應仁의 『松溪漫錄』 上을 보자.

> 조송강趙松岡이 영남 절도사嶺南節度使로 있을 때 나에게 말하기를,
>
> "여러 고을의 제영題詠을 두루 보니, 徐居正 공의 울산蔚山 동헌東軒 시에,
>
> 누각은 악양루와 겨루어 천하에 제일이요,
> 땅은 봉래도와 인접하여 바다 가운데 셋이로다.
> 樓敵岳陽天下一, 地隣蓬島海中三.
>
> 한 것이 가장 기특하고 장하였다."

200 제5장 '고려조 문인의 소동파 시문 수용 및 그 의의'에 인용됨.

하기에, 내가 말하기를,

"상공 안침安琛의 창녕昌寧 추월헌秋月軒 시에,

물결에 흔들려 동파가 백 개로 흩어졌고
그림자 대하니 정말 세 개의 이태백이 되었다.
搖波散作東坡百, 對影眞成李白三.

라고 한 것과 어느 것이 나은지 모르겠습니다."
하니, 공이,
"저것은 웅장하고 이것은 공교로우니, 서로 막상막하이다."
하였다.

趙松岡按節嶺南, 語僕曰, 遍觀列邑題詠, 徐四佳公之蔚山東軒詩曰, 樓敵岳陽天下一, 地隣蓬島海中三, 最爲奇壯. 僕曰, 安相公琛之昌寧秋月軒詩, 搖波散作東坡百, 對影眞成李白三, 未知孰勝. 公曰彼壯而此工, 相上下也.[201]

安琛의 시구에는 "東坡百"과 "李白三"의 구가 활용되었다. "동파백"의 시구는 기발하여 독자에게 신선한 느낌을 준다. "李白三"

201 權應仁, 『松溪漫錄』 上. 홍찬유 역주, 『역주시화총림』 상, 통문관, 1993, 442~443쪽.

의 시구는 李白의 「月下獨酌」 시에서 "술잔을 들고 밝은 달을 맞이하니, 그림자를 대하자 세 사람이 되었구나.(擧杯邀明月, 對影成三人.)"에 근거한다. 여기서 세 사람은 이백 자신, 달, 그리고 자신의 그림자를 가리킨다.

다음은 朴趾源(1737~1805)이 「澹園八詠」에서 감영지鑑影池를 읊은 시이다.

「담원 팔영澹園八詠」, 其二

남녘 둑의 못에 종일토록 그림자 한들한들
저 그림자 나를 부를 듯하고 나도 저를 부를 수 있을 듯한데
갑자기 산들바람 그치고 오리 백로 지나가니
내 그림자 어지러이 백 명의 모습으로 나눠지고 말았네.
南陀竟日影婆娑, 耐可呼吾亦喚他.
乍綴微風鳧鷺去, 不禁撩亂百東坡.[202]

그는 소동파의 시어 "百東坡"를 잘 활용하여 시의 묘미를 높이고 있다.

아래에서 徐居正(1422~1488)은 동파의 시 「薄薄酒」를 염두에 두고 나름대로 활용하고 있다.

202 朴趾源, 『燕巖集』 권 4 映帶亭雜咏, 『影印標點 韓國文集叢刊』 252, 91쪽.

싱거운 술로 취함도 괜찮은 일이거니와
해진 갖옷으로 추위 막음은 참 좋은 꾀일세.
……
싱거운 술 해진 갖옷으로 소원을 이뤘거니
이 밖에 자잘하게 그 무엇을 구할쏜가.
멀리 늙은 동파거사의 뜻을 이어서
박박주로 그럭저럭 근심을 풀어보련다.
薄酒取醉是得計, 破裘禦寒眞良謀.
……
薄酒破裘志願畢, 此外屑屑餘何求.
擬續東坡老居士, 薄薄薄酒聊消憂.[203]

동파 시 「박박주」의 내용은 다음과 같다. 이른 새벽부터 바쁜 벼슬살이는 실컷 자고 나서 시원한 바람을 쏘이는 야인의 생활만 못하며, 호화롭게 차려입고 무덤에 드는 것은 남루한 옷을 입고 아침 햇볕을 쬐는 것만 못하다. 부자연스러운 부귀한 생활보다는 자유롭고 한적하게 사는 인생의 소소한 기쁨을 중시하는 소동파의 면모를 살필 수 있다. 더 나아가 소동파는 인생이란 순간적인 것이니 눈앞에서 술 마시고 한 번 취하여 일체의 시비是非, 우락憂樂을 망각하는 상태에 이르고 있다. 곧 술은 근심을 해소하는 데 그치지 않고 초탈

203 徐居正, 『四佳詩集』, 권 50, 「薄酒」, 『影印標點 韓國文集叢刊』 11, 100쪽.

의 상태로 전환시키는 매개체가 되고 있다. 소동파는 장자莊子적인 발상과 해학적인 어투로 음주를 통해 인간의 본원적 자유를 추구하는 초탈적인 인생 태도를 보여주고 있다.

인용시에서 서거정은 싱거운 술도 괜찮고, 해진 갖옷으로 추위를 막는 것도 괜찮다고 하면서, 薄薄酒를 마시며 그럭저럭 근심을 풀어보려고 했다.

동일화 양상이란 한 인물을 대상으로 설정하여 그를 배우고 닮고자 하는 것을 의미한다.

申欽(1566~1629)은 소동파의 和陶詩(도연명 시에 운을 맞추어 지은 시)를 읽고서, 이를 본받아 자신도 102수의 화도시를 지었다.

> 내 조정에서 죄를 얻고 한 번은 쫓겨나서 田里로 돌아왔으나 두 번째 축출되어서는 심심산골에 갇혀 있게 되어 세상에서는 이미 더부살이 존재가 되었다. 원래 일삼을 것이 없기 때문에 때로 책이나 펴들고 꿈속을 헤매듯이 지내다가 그것마저도 그만두었었는데, 어느 날 소장공蘇長公(소동파)이 도잠陶潛의 시에 화답한 시를 보고 내 마음에 깊이 와 닿는 것이 있었다. 이유는 소동파가 세상을 내려 보는 자세로서 혜주惠州 · 담주儋州에서 굴욕을 당했던 처지가 바로 지금의 나와 비슷한 데다가 도연명의 그 고고한 인품, 티 없이 굳은 지조에 대하여는 내가 존경하고 사모하기 소동파보다 못지않기 때문이다. 그리하여 소동파가 했던 것처럼 나

도 그 뒤를 이어 화답한 것인데, 모두 일백두 수首에 달한다. 아! 그들이 다시 살아 이 세상에 올 수 있다면 내 소동파는 서로 도움을 주는 친구로 삼을 것이고, 도연명은 스승으로 모실 것이다.

余獲戾于朝, 一逐而歸于田, 再逐而纍于窮峽, 於世已贅疣矣. 旣無所事事, 間取簡策閱之如夢境已復置之, 一日, 見蘇長公和陶詩, 深有契於衷. 蓋蘇翁之偃蹇折困于惠于儋, 髣髴於余, 而乃若陶翁之高標淸節, 余之景慕又不啻蘇翁. 玆故踵其和而繼和之, 凡一百二首. 噫. 九原可作, 吾其麗澤於蘇, 而函丈於陶乎.[204]

그는 소동파가 혜주와 담주(해남도)에서 유배당한 처지가 자신과 부합된다고 여겼다. 그는 도연명의 인품과 지조에 대해서도 사모하고 있다. 그리하여 도연명은 스승으로 모시고, 소동파를 친구로 삼겠다라고 다짐하고 있다.

또 申櫶(1810~1884)의 경우, 김정희에게서 學蘇의 정신을 이어받기 전부터 소동파의 '적벽부'를 사모하여 늙어서까지 7월 16일 적벽부 행사를 기념하는 시를 지었다. 유배지에서는 소동파의 초상화를 걸어놓고 동파제를 지내었다. 또한 자신의 호를 西坡라고 고칠 정도로 동파의 시에 매료되어 많은 화도시를 지었다. 그의 「西坡八首」는 동파의 「東坡八首」를 차운하여 농사의 즐거움과 한적한 심사

204 申欽, 『象村稿』, 권 56, 「和陶詩序」, 『影印標點 韓國文集叢刊』 69, 370쪽.

를 담은 시이다.[205]

2. 소동파 시의 창조적 수용

조선조 문인이 소동파를 모방하여 그에게 심취된 것도 나름대로 의미가 있다. 그 위에 자신의 개성에 따라 창조적으로 발현된 것은 더욱 의미가 높다고 여겨진다.

서거정의 시를 보자.

괴나무 버들 짙은 그늘이 지붕을 덮어주니
갈포 적삼에 오사모가 갑자기 서늘하구나.
검은 구름 끊어진 곳엔 푸른 산이 드러나고
소나기 내리는 곳엔 붉은 연꽃이 향기롭네.
깊은 정원 낙화 위엔 꾀꼬리 소리 느릿하고
작은 못 둑 방초 위엔 제비가 바삐 나는구나.
한가로운 가운데 절로 마음을 편하게 하는 약이 있거니
이 밖에 어찌 늙지 않는 처방을 기다릴 것 있으랴.
槐柳濃陰羃小堂, 葛衫烏帽斗凄涼.
黑雲斷處碧山露, 白雨來時紅藕香.

205 이승재, 「威堂 申櫶 漢詩 研究」, 성균관대 한문학과 석사논문, 2010. 8, 93~99쪽, 101쪽.

深院落花鶯語懶, 小塘芳草燕飛忙.

閑中自有安心藥, 此外何須却老方.[206]

서거정 시의 7~8구는 소동파의 「病中遊祖塔院」 시의 5~6구에 근원 한다. 소동파의 전체 시를 살펴보자.

붉은 오얏 노란 참외 시골길 향긋한데

검은 깁 흰 갈옷 도포가 시원하다.

문 닫은 시골 절엔 소나무 그늘 (시간에 따라) 옮겨가고

바람 부는 난간을 베개 하고 누운 손님은 잠이 깊어라.

병 핑계로 한가로운 시간을 얻어 자못 기분 싫지 않으니

마음 편한 것이 약이라 다른 처방 따로 없네.

스님은 섬돌 앞 샘물 아끼지 않고

바가지 빌려주니 내 마음껏 마셔본다.

紫李黃瓜村路香, 烏紗白葛道衣涼.

閉門野寺松陰轉, 欹枕風軒客夢長.

因病得閑殊不惡, 安心是藥更無方.

道人不惜階前水, 借與匏樽自在嘗.[207]

206 徐居正, 『四佳集』, 권 42, 「漫興」.

207 (淸) 王文誥 輯注, 孔凡禮 點校, 『蘇軾詩集』, 권 10.

서거정(1422~1488)의 "閑中自有安心藥" 구와 소동파의 "安心是藥更無方" 구는 『景德傳燈錄』, 권 3, 「第二十八祖菩提達磨」에서, 僧神光(慧可)이 달마에게 佛法을 구했다는 사실에 근거한다. "신광이 말하길, '나는 마음이 편안하지 않습니다. 스님에게 구하노니, 편안하게 해 주시길 청합니다.' 달마가 말하길, '마음을 내게 가져오거라, 너를 편안하게 해 주겠다.' 신광이 말하길, '마음을 찾아도 끝내 얻을 수 없습니다.' 달마가 말하길, '내가 너에게 마음이 편안한 경지를 주었다.'(光曰, 我心未寧, 乞師與安. 師曰, 將心來與汝安. 曰, 覓心了不可得. 師曰, 我與汝安心竟.)"

동파의 이 시는 禪語로 시를 지었는데, 한적함과 심리의 평안함을 추구하고 있는 내용이다. 이와 유사하게 東坡詞에도 "이내 마음 편안한 곳이 나의 고향이라.(此心安處是吾鄕.)"[208]란 詞句가 있다.

서거정 시에서의 "却老方"은 늙음을 물리치는 처방이다. 바로 늙지 않고 長生不死할 수 있는 처방전이다.

李瀷의 「졸박함을 써서 도를 보존한다(用拙存道)」라는 글을 보자.

> 요堯임금이 순舜에게 명하여, "진실로 그 중中을 잡으라." 하였는데, 급기야 순舜이 우禹에게 명하면서, 세 말을 더 보탰으니, 그

208 鄒同慶, 王宗棠, 『蘇軾詞編年校註』, 「定風波(誰羨人間琢玉郎)」, 中華書局, 2002, 578쪽.

이치가 더욱 밝아졌다. 시가詩家도 역시 이와 같은 구법句法이 있으니 두보杜甫는,

拙朴함을 써서 우리 도를 보존한다.

用拙存吾道.

하였는데, 소식蘇軾은 덧붙여서,

가난한 집에서는 마당이나 깨끗이 쓸고
가난한 계집은 머리를 곱게 빗는다네.
하급 선비 느지막에 도를 들었기로
애오라지 拙朴함으로서 스스로 수양하노라.
貧家淨掃地, 貧女好梳頭.
下士晩聞道, 聊以拙自修.

하였다. 이것은 흥체興體인데 역시 시인이 느끼어 발설하는 묘법이라 하겠다. 어느 날 나는 풍영諷詠해보니 매우 맛이 있으므로, 그를 본받아 몇 구절을 만들어 바로 그 사실을 서술하여,

참된 마음은 가리고 묻혀지기 쉬운데
세상 풍습은 하도나 얽히고 얽히네.
가난에 편안하니 저절로 일이 없고
拙朴함을 써서 나의 도를 보존하네.

眞心易揜晦, 世俗多纏繞.

安貧自無事, 用拙存余道.

하였는데, 두보 시의 주각注脚이 되는 데에 해가 되지 않겠다.

堯命舜曰允執厥中, 及舜之命禹, 益之以三言, 則其理愈明, 詩家亦有此句法, 杜甫云, 用拙存吾道, 蘇軾附益之云, 貧家淨掃地, 貧女好梳頭, 下士晩聞道, 聊以拙自修, 此興體也, 亦詩人感發之妙詮, 一日余諷詠有味, 因效爲數句, 直賦其事云, 眞心易揜晦, 世俗多纏繞, 安貧自無事, 用拙存余道, 不害爲杜詩之註脚.[209]

요임금이 순임금에게 전한 "진실로 그 중中을 잡으라.(允執厥中.)"라고 한 말에 근거하여, 순임금은 禹에게 "인심은 위태롭고 도심은 은미하니, 精하게 하고 한결같이 하여야 진실로 그 중을 잡을 것이다.(人心惟危, 道心惟微, 惟精惟一, 允執厥中.)" 〈『書經』, 「大禹謨」〉라고 하였다. 이로써 이치가 더욱 밝아졌다.

시인도 이와 같은 예가 있는데, 두보 시의 한 구를 소동파는 「貧家淨掃地」 시에서 자신의 뜻을 덧붙여 4구로 확대하여 창조적으로 수용하고 있다. 동파의 시구는 일상생활에 도가 있다는 의미를 지니고 있다. 가난하더라도 억지로 꾸미지 않고 자기에게 있는 그대로 기본을 지키며 졸박하게 사는 태도를 읊고 있다.

209 李瀷, 『星湖僿說』, 권 28.

소동파를 이어받아 李瀷(1681~1763)은 또 자신의 뜻을 4구로 신선하게 표현하고 있다. 참된 마음은 남들이 잘 알아주지 않을 수도 있다. 그래도 내적 함양이 있으면 가난해도 소박한 맛이 있다. 졸박함으로써 가난을 편안히 여기는 모습이 드러난다.

다음에는 소동파의 원시와 申緯의 화답시를 각 1수를 통해 그 창조적 수용의 면모를 살펴보겠다.

(1) 소동파의 「병중인지라 여러 날 동안 큰 눈이 내려도 일어나서 구경한 적이 없었는데 괵현 현령 조천이 시를 지어 보내오며 나에게도 짓기를 요구하므로 장난삼아 그의 운을 써서 화답하다.(病中, 大雪數日, 未嘗起觀, 虢令趙薦以詩相屬, 戲用其韻答之.)」 시

열흘이 지나도록 서재에 드러누워
온종일 탕약이나 가까이하다 보니
눈이 이미 깊어진 건 알지 못하고
어떻게 할 수 없을 만큼 추운 것만 알았네.
찬 바람에 솨솨 하며 창호지는 울어대고
쌓인 눈에 눌려서 처마는 축 처졌네.
회오리바람은 천지가 얼어붙기를 돕고
휘장은 펄럭펄럭 지치도록 휘날리네.
맛 나는 술이나 가까이하고 싶을 뿐
맑고 고운 옥빛은 엿볼 수가 없었나니

언제나 뜨거운 계절로 되돌아가나?
차라리 몸소 절구질이라도 하고 싶네.
자리에 담요 없다고 누가 말했나?
아직도 돈 될 만한 갖옷이 남아 있는데.
서쪽 이웃에서 음악 소리가 일어나니
바짝 붙어 앉아서 추위의 위세가 꺾였겠지.
넘어지며 밟아서 오솔길을 이루고
빙빙 돌며 날아서 자리로 들어가겠지.
남들은 기쁨의 열기로 지붕 기와의 눈이 먼저 녹고
빼어난 술 실력으로 빈 병이 자주 누울 텐데
아아 나는 홀로 근심스럽고 적적하여
빈방에서 스스로 고통을 당하는구나.
뒷날의 구경거리로 삼고 싶건만
오가는 이에게 밟혀서 더럽혀지고 말겠지.
차가운 밤의 更鼓소리는 날이 갬을 알리고
밝은 달은 반쪽이 난 채 하늘에 걸렸구나.
한 나그네 혼자 앉아 애써 시를 읊조리며
맑은 밤에 묵묵히 자신을 독려하네.
시인이란 으레 가난하고 힘든 법
멋진 구절은 춥고 배고픔에서 나온다고 했으니
차가운 저 눈서리에 이 몸을 드러내어
孟郊와 李賀의 뒤를 잇길 바라보면 어떠리?

經旬臥齋閣, 終日親劑和.
不知雪已深, 但覺寒無那.
飄蕭窓紙鳴, 堆壓簷板墮.
風飇助凝冽, 幃幔困掀簸.
惟思近醇醲, 未敢窺璨瑳.
何時反炎赫, 却欲躬臼磨.
誰云坐無氈, 尙有裘充貨.
西鄰歌吹發, 促席寒威挫.
崩騰踏成逕, 歆繞飛入座.
人歡瓦先融, 飮雋鉼屢臥.
嗟予獨愁寂, 空室自困坷.
欲爲後日賞, 恐被遊塵涴.
寒更報新霽, 皎月懸半破.
有客獨苦吟, 淸夜默自課.
詩人例窮蹇, 秀句出寒餓.
何當暴霜雪, 庶以躡郊賀.[210]

아래는 위의 동파 시에 대한 申緯의 화답시이다.

210 (淸) 王文誥 輯注, 孔凡禮 點校, 『蘇軾詩集』, 권 4, 소동파 저, 류종목 역주, 『완역소식시집』 1권, 서울대학교 출판부, 2005, 273~274쪽.

(2) 申緯의「이른 봄에 눈을 녹인 물을 끓여 차를 끓이다가 우연히 동파가 병중에 큰 눈이 내려 (출입하지 못하고) 조천에게 화답한 시를 읽고 마침내 그 운에 따라 짓는다(早春煮雪點茶, 偶讀東坡病中大雪答趙薦詩, 遂次其韻.)」시

눈 녹인 물은 그 맛이 담박하여
일부러 간을 맞출 필요는 없네.
기와에 쌓인 눈 한 줌도 못되니
봄볕에 녹는 것을 어쩔 수 있나.
숯 탄도 오히려 사치스러워
동자는 땔감을 주워 모으네.
돌솥을 향해 불을 키우니
솔바람 소리 내며 물이 끓네.
좋은 차는 좋은 사람과 같아
나에게 한바탕 웃음을 주네.
밝은 빛이 종이 밖으로 비쳐 나더니
어느새 맷돌에서 푸른 가루로 나오네.
한가할 때 직접 가려 넣은 것이라
잘못 섞여든 것과는 같지 않다네.
끓는 물에 오래 두면 좋지 않으니
조금만 늦어도 향과 색이 변한다네.
고드름은 詩興을 움직이고

톱밥은 관청의 일 잘 마치게 하네.
한 번 읊조리고 차 한 잔 마시니
여운이 적이 만족스럽네.
육우는 역시 고매한 선비라서
차를 좋아하여 속세를 떠났네.
사물에 집착하면 뜻을 쉽게 잃는 법
적당히 즐기면 명예는 지키리라.
옥삼국은 얼마 가지 못할 듯하고
월단차는 애석히도 반이나 줄었지만
차와 눈, 모두 맑고도 뛰어난 것
어쩌다 만나지 늘 보긴 어렵다네.
부끄러워라, 병처럼 좋아하여
끼니는 그저 굶주림만 면할 뿐
가벼운 연기가 귀밑머리 날리는데
오래도록 조정에 참여하지 못했었네.
雪水味澹泊, 鹽梅謝調和.
埽瓦不盈掬, 春動融無那.
獸炭却嫌侈, 僮指拾樵墮.
吹火向石銚, 松風洶掀簸.
佳茗似佳人, 與我一笑瑳.
炯炯光透紙, 瑟瑟塵出磨.
燕肆手揀選, 非同悖入貨.

投湯怕湯老, 小遲香色挫.
氷柱動詩興, 木屑罷衙座.
一哦引一甌, 餘味慰孤臥.
鴻漸亦高士, 嗜茶而坎坷.
翫物志易喪, 寓意名無涴.
玉糝恐一瞥, 月團憐半破.
茶雪兩淸絶, 適値難常課.
自懺嗜痂病, 坐作饞守餓.
輕烟颺鬢絲, 久未參朝賀.[211]

소동파의 원시는 雪景묘사를 위주로 하였고, 신위의 차운시는 차를 다리고 品評하는 것을 위주로 하였다. 동파는 술을 그리워하였지만 얻지 못해 맑은 밤 괴로이 시를 읊어 고독감을 드러낸다. 신위는 좋은 차와 雪水를 가지고 차를 다리며, 사물에 집착하면 뜻을 쉽게 잃게 된다고 하였다. 두 시는 모두 한 번 전환이 있는데, 전자는 괴로운 가운데 즐거움을 찾고, 후자는 즐거운 가운데 스스로 경계하고 있다. 두 시 모두 抑揚의 妙를 얻고 있다. 소동파의 원시가 눈(雪)에 관련된 시인데 반해, 신위는 茶詩로 전환시켜 창조적인 면모로 승화시키고 있다.

211 申緯, 『警修堂全藁』 册二, 『影印標點 韓國文集叢刊』 291, 32쪽.
申緯 著, 권경렬 편역, 『다옥에 손님 오니 연기가 피어나네』, 너럭바위, 1998, 64~65쪽, 183~190쪽.

〖제2절〗 소동파 시에 대한 긍정적 평가

조선조에도 고려조에 이어 소동파 시에 대한 긍정적 평가가 많다. 서거정은 소동파에 대해 다음과 같이 읊고 있다.

> 천 년에 도연명의 후신이요
> 일생은 백거이의 始終이로다.
> 적벽의 밝은 달에 풍류 즐기고
> 황주의 산수 또한 희롱하였네
> 千載淵明後身, 一生白傅終始.
> 風流赤壁明月, 戱弄黃州山水.[212]

서거정은 동파의 시가 천 년 전 도연명의 後身이요, 소동파의 일생은 백거이의 始終이라고 평하고 있다. 이어서 동파가 유배지 황주에서 적벽의 밝은 달 아래 풍류를 노래하고 그 산수를 노닐었다고 하였다.

權應仁의 『松溪漫錄』 下를 보자.

> 지금 세상에 시를 배우는 사람들은 오로지 만당晩唐을 숭상하고 소동파蘇東坡 시를 버려두고 있다. 湖陰(鄭士龍)이 듣고 웃으며

212 徐居正, 『四佳詩集』 권 3, 「題東坡詩集後」, 『影印標點 韓國文集叢刊』 10, 272쪽.

말하기를,

"소동파의 시가 수준이 낮아서 그런 것이 아니라, 배우지 못해서 그러는 것이다."

하고, 퇴계退溪 역시 말하기를,

"소동파의 시가 과연 만당에 미치지 못하는가?"

하였다. 나 역시 생각하기를, 소동파의 시에 이른바,

어찌 청주 종사 여섯 사람이
하나의 오유 선생이 될 줄 알았으랴.
豈意青州六從事, 化爲烏有一先生.

한 것이라든지,

옥루(어깨)가 얼어 추워서 소름이 돋고
빛은 은해(눈)를 흔들어 眼花가 피는구나.
凍合玉樓寒起粟, 光搖銀海眩生花.

라고 한 것,

바람에 불린 꽃 장춘원인 줄 알고 날아들고
구름 달은 길이길이 불야성에 다다랐네.
風花誤入長春苑, 雲月長臨不夜城.

한 것들이, 만당시 가운데 이 시처럼 빼어난 것과 겨룰 만한 것이 있는지 모르겠다. 고려 시대에 과거의 방榜이 붙을 때마다 '33인의 소동파가 나왔다.' 고 하였다. 고려의 문장은 본조本朝(조선조)보다 우수한데, 그때 온 세상이 소동파를 스승으로 높였은 즉, 소동파의 시를 수준이 낮은 것이라 할 수 없는 것이다. 만약 그의 인격이 변변치 못해서 그렇다고 한다면, 만당대晩唐代의 시인으로 소동파보다 나은 사람이 몇이나 되겠는가? 오직 퇴계는 소동파 시를 즐겨 읽어 언제나,

구름이 흩어지고 달이 밝은 것은 그 누가 장식하였는가
하늘색 바다 빛은 본디 맑은 것.
雲散月明誰點綴, 天容海色本澄淸.

이라는 구를 외우곤 했다. 퇴계가 지은 시에도 소동파의 시를 끌어 쓴 것이 많다.

今世詩學, 專尙晩唐, 閣東蘇詩. 湖陰聞之笑曰,非卑也不能也. 退溪亦曰, 蘇詩果不逮晩唐耶. 愚亦以爲如坡詩所謂, 豈意靑州六從事, 化爲烏有一先生, 凍合玉樓寒起粟, 光搖銀海眩生花, 風花誤入長春苑, 雲月長臨不夜城. 不知晩唐詩中, 有敵此奇絶者乎. 高麗時每榜云, 三十三東坡出矣. 麗代文章優於我朝, 而擧世師宗, 則坡詩不可謂之卑也. 若薄其爲人, 則晩唐詩人賢於蘇者幾何人耶. 唯退溪相公好讀坡詩, 常誦雲散月明誰點綴, 天容海色本澄淸之句. 其所著詩使坡語者多矣.[213]

權應仁(조선 중기의 문인, 생몰 미상)의 시대에는 만당시를 중시하고 소동파 시를 경시하는 풍조가 있었다. 湖陰(鄭士龍)은 소동파 시의 수준이 낮은 것이 아니라, 소동파의 경지를 배우지 못해 그렇다고 했다. 권응인은 3條의 例詩 시구를 통해 동파의 시가 만당시보다 뛰어남을 실증하고 있다. 이어서 퇴계 이황도 동파의 시를 좋아하여 동파의 해남도에 관련된 시구를 즐겨 외웠다고 하였다.

권응인이 제시한 3條의 시구에서, 첫째는 소동파의 「章質夫送酒六壺, 書至而酒不達, 戲作小詩問之.」에 나오는 것이다. "어찌 청주종사 여섯이 하나의 오유선생으로 화할 줄 생각했으랴.(豈意靑州六從事, 化爲烏有一先生.)" 에서 청주종사는 맛있는 술 이름이다. 『世說新語』, 「術解」에서 환공의 주부(관명)가 있었는데, 술맛을 잘 알아서, 술만 생기면 당장 먼저 맛을 보게 하곤 했다. 그리하여 술의 좋은 것은 청주 종사라 하고, 나쁜 것은 평원 독우라고 했다. 청주 종

213 權應仁, 『松溪漫錄』 下. 홍찬유 역주, 『역주 시화총림』 상, 통문관, 1993, 453~455쪽, 참조.

사는 옛날에 술을 잘 만들던 사람이다. 오유선생은 가설적으로 만든 인명이다. 烏有는 何有와 같으며 그런 사람이 없음을 말한 것이다.[214]

'어느 스님이 소동파蘇東坡에게 술 여섯 병을 선사하였는데, 소동파가 떼어보니 빈 병뿐이었으므로 소동파는 이 시를 지어 보내었다. 청주 종사青州從事는 좋은 술을 가리키는 은어隱語이며, 오유 선생烏有先生은 실지의 인물이 아니라 사마상여司馬相如가 지은 「자허부子虛賦」에 나오는 가공架空의 인물이다'[215] 이 두 구의 의미는 기대하던 맛있는 술이 하나도 도착하지 않았음을 해학적으로 표현하고 있다.

둘째 시는 소동파의 「雪後書北臺壁二首, 其二」의 시구이다. "옥루가 얼어 몸에 좁쌀 같은 소름이 돋치고, 은해가 얼렁거려 아물아물 꽃이 번쩍인다.(凍合玉樓寒起粟, 光搖銀海眩生花.)" 여기서 玉樓와 銀海는 도가어로서, 옥루는 어깨를 가리키고 은해는 눈(眼)을 가리킨다.

셋째 시는 소동파의 「雪後到乾明寺遂宿」의 두 구이다. "바람에 불린 꽃, 장춘원인 줄 알고 들어오고, 눈에 비친 달, 항상 불야성을 이룬다.(風花誤入長春苑, 雪月長臨不夜城.)" 여기서 長春苑은 月季

214 홍찬유 역주, 『역주 시화총림』 상, 통문관, 1993, 453~454쪽, 주) 1~2.
215 이익성 역주, 주) 5, 한국고전번역원 DB.

花가 四時로 피는 정원이다. 不夜城은 중국 東萊郡 不夜城에 있다. 옛날에 해가 밤에 떠서 이 城을 불야성이라 이름했다.[216]

마지막 인용시는 퇴계 이황이 즐겨 외운 시로, 詩題는 소동파의 「六月二十日夜渡海」이다. 이 시의 전체를 인용해 보자.

> 삼태성이 비끼고 북두칠성 돌아 깊은 밤 삼경이 되려 하는데
> 지루하게 종일토록 불던 비바람도 멎자 날씨 화창하게 개었다.
> 구름 흩어지고 휘영청 밝은 달빛 누가 장식한 것일까?
> 맑은 하늘과 푸른 바다는 본래 맑은 것.
> 부질없이 옛날 공자가 뗏목 타고 떠나려 한 그 느낌도 남아있고
> 파도 소리는 황제의 음악 연주 소리와 같음을 조금 알겠다.
> 남쪽 끝에서 구사일생 겪은 유배 살이 내 원망하지 않으리
> 이번 놀이 기이한 절경 평생에 으뜸이어라.
> 參橫斗轉欲三更, 苦雨終風也解晴.
> 雲散月明誰點綴, 天容海色本澄淸.
> 空餘魯叟乘桴意, 粗識軒轅奏樂聲.
> 九死南荒吾不恨, 玆遊奇絶冠平生.[217]

65세 동파가 경주해협瓊州海峽을 건널 때 지었다. 그는 자신의 유

216 홍찬유 역주, 『역주 시화총림(상)』, 통문관, 1993, 454쪽, 주) 4~5

217 (淸) 王文誥 輯注, 孔凡禮 點校, 『蘇軾詩集』, 권 43, 「六月二十日夜渡海」.

배 인생에 대한 애착과 북쪽 중원中原으로 복귀하는 기쁨을 묘사하고 있다. 해남도 유배생활을 평생 최고의 기이한 절경 유람이라고 총평하고 있다. 그는 자신을 유배지로 내몰아버린 정적政敵을 원망하지 않았다. 그리고 열악한 환경에도 아랑곳없이 자신의 기개를 마음껏 표현하고 있다. 이처럼 그는 해남도 유배에 대해 어떠한 유감도 나타내지 않았으며, 도리어 그의 시에는 호방한 정서도 드러나고 있다.

申欽의 평론을 보자.

> 동파東坡는 시詩나 문文이나 모두 神의 경지에 들어갔다고 해야 할 것이다. 세상에서 당대唐代의 작품을 높이 평가하는 자들은 늘 동파를 헐뜯는데, 만약 아름답고 고운 작품을 추려내어 대략 몇 권의 책으로 만든 다음 세상에 유행시킨다면, 동파가 어찌 당대의 시인들이 그 시대에 화려하게 꾸몄던 것보다 못할 리가 있겠는가. 단지 시인이 너무 많이 보니 우물 안 개구리의 소견으로 가없는 바다를 바라보는 탄식이 있음을 금할 수 없게 되는 것일 따름이다.
>
> 東坡詩文俱神境也. 世之學唐者常訾之, 若簡摘其艶麗, 略爲數卷書行于世, 何渠不若唐家時世粧耶. 只以家數甚大, 埳井之見, 有望洋之歎爾.[218]

218 申欽, 『象村稿』, 권 51, 「晴窓軟談」 中, 『影印標點 韓國文集叢刊』 72, 335쪽.

申欽(1566~1629)은 동파는 시와 문이 모두 신의 경지에 도달하였다고 파악하고 있다. 신흠의 시대에는 唐代의 작품이 중시되고 있다. 唐代의 작품을 높이 평가하는 자들 가운데 동파를 헐뜯는 경우가 많았다. 그리고 동파의 작품을 추려내어 몇 권의 책으로 만들면 唐代의 작품보다 뛰어나지 못할 리 있겠느냐고 주장하고 있다. 또한 그는 동파의 시 세계가 워낙 크다 보니 우물 안 개구리의 소견으로 바다를 보고 탄식하는 것과 같다고 토로하고 있다.

허균의 평론을 보자.

> 좌씨는 스스로 좌씨이고, 장자는 스스로 장자이며, 사마천, 반고는 스스로 사마천, 반고이고, 한유, 유종원, 구양수, 소식 역시 스스로 한유, 유종원, 구양수, 소식이어서 서로 답습하지 않고 각자 일가를 이루었습니다. 내가 원하는 것은 이러한 것을 배우고 싶은 것입니다. 남들에게서 지붕 아래에 지붕을 덧대듯 답습하고 표절하여 글을 읽었다는 질책을 듣는 것을 부끄러워할 따름입니다.
>
> 左氏自爲左氏, 莊子自爲莊子, 遷固自爲遷固, 愈宗元脩軾亦自爲愈宗元脩軾, 不相蹈襲, 各成一家. 僕之所願, 願學此焉. 恥向人屋下架屋, 蹈竊鉤之誚也.[219]

219 許筠, 『惺所覆瓿藁』, 권 12, 文部 9, 『影印標點 韓國文集叢刊』 74, 238쪽.

소동파를 포함한 중국 고전의 대가들은 서로 답습하지 않고 개성을 표현하여 각기 일가를 이루고 있다. 허균(1563~1618) 자신도 이러한 뛰어난 개성을 이루어 일가가 될 수 있기를 희망하고 있다.

金昌協의 글을 보자.

> 비유하자면 수염 긴 사람이
> 수염 긴 것을 고통으로 여기지 않았네.
> 어느 날 아침 어떤 사람이 물었다.
> "잘 때마다 수염을 어디다 두는지요?"
> 돌아와 이불 안에 놓았다가 이불 밖에 놓았다가
> 밤새 한곳에 둘 곳이 없네.
> 이리저리 뒤척거리다 드디어 새벽에 이르니
> 마음으론 다 뽑아버리고 싶네.
> 譬如長鬚人, 不以長爲苦.
> 一朝或人問, 每睡安所措.
> 歸來被上下, 一夜著無處.
> 展轉遂達晨, 意欲盡鑷去.

위의 시는 소동파가 焦山 綸長老의 벽에 쓴 시이다. 일찍이 소설을 보건대, "송나라의 어떤 사람이 수염이 길었다. 仁宗이 우연히 묻기를 '卿은 잠을 잘 때에 수염을 이불 위에 놓는가, 이불 속에 놓는가' 라고 하자, 그 사람이 대답을 할 수가 없었더니 집으로 그리고 全州牧 崔君址에 의해 『東坡文集』이 출판되었다. 이는 몽고와의 전쟁에서 불타 버린 동파문집의 尙州摹本을 저본으로 한 것이다. 당시 과거에 급제한 榜이 나올 때마다 "33명의 동파가 나왔다(三十三東坡出矣!)" 〈徐居正, 『東人詩話』 卷上〉고 하였으니, 이는 "문인들이 과거 급제 전에는 과거시험 준비 때문에 풍월을 일삼을 겨를이 없다가, 과거 합격 후에 부담 없이 시 짓기를 배우는데 그 가운데 소동파의 시를 더 좋아하게 되었다."는 의미이다. 문인들의 소동파 숭상의 돌출한 예로 金富軾과 金富轍 형제의 作名을 들 수 있다. 1080년(문종 34년) 송나라로 使行가기 전에 金覲이 동파를 흠모해 두 아들의 이름을 동파 형제(蘇軾, 蘇轍)의 이름을 따서 지어준 것으로 추량된다.

고려 문인의 소동파 숭상의 이유는 다음과 같다.

첫째, 소동파의 시는 정감을 위주로 한 唐詩와는 달리 시의 氣韻이 호방하고, 雅俗을 가리지 않는 시어가 풍부하여 상당히 독창적인 면모가 있었다. 이점이 당시 사상적으로 자유로웠던 고려인들의 기질에 합치되었던 것이다. 둘째, 소동파의 시문에는 불교, 노장에 관계된 내용이 많다. 고려시대에는 불교를 숭상하였고, 또 무신란, 거란, 몽고 등의 침입으로 사회가 어수선하여 지식인들이 현실 도피적인 생각을 갖고 있었으므로 자연히 불교나 노장에 관계되는 글이 많은 소동파의 시문이 숭상을 받게 되었다. 셋째, 유배, 좌천 등으로 점철된 일생을 보내면서도 좌절하지 않고 현실 긍정적인 작품이 많

李瀷의 평론을 보자.

동파東坡 시에 아래와 같은 것이 있다.

문 앞을 나서니 한길이 파릇파릇 걷고
걸어 푸른 빛 짙은 속을 뚫었노라.
당 위에 문득 와서 앉았노라니
바위 골짜기 무궁한 뜻을 지녔구려.
濛蒨門前路, 行穿翠密中.
却來堂上坐, 巖谷意無窮.

이 시는 도道에 비유할 만하다. 모름지기 높고 밝은 지역을 실지로 밟아 보아야만 한 바위, 한 골짝의 생김생김이라던가 그 의태를 바야흐로 보고 얻는 것이 유별나는 동시에 지난날에 탐험探險과 어려움을 말했던 것이 다 진실이 아니라는 것을 알게 된다. 그러나 이는 단지 산중으로 나아가서 마음과 눈이 이르러간 바를 들어 말한 것이다. 당堂이 비록 높은데 자리 잡았더라도 위에 여러 봉우리들이 첩첩으로 에워싸고 있으니, 또한 한쪽에서는 다 볼 수가 없는 것이다.그의 시에,

가로 빗겨 보면 산줄기(능선) 되고 측면에서 보면 봉우리 되니
멀고 가깝고 높고 낮게 바라본 시점에 따라 그 모습 각기 달라

지네.

여산의 참모습을 알지 못하는 것은
다만 이 몸이 이 산 가운데 있기 때문.
橫看成嶺側成峯, 遠近高低無一同.
不識廬山眞面目, 只緣身在此山中.

이라고 하였다. 이는 의리義理가 무궁무진하니, 한때의 소견에만 의거하여 통쾌하게 여기며 더 이상 없다고 해서는 안 된다는 것을 깨달은 증거다. 그래서 정자程子는, "학문은 이르지 못했으나 말은 경지에 이른 것이 있다. 동파東坡가 이 경지에 이르르지 못했지만, 가져다 비유한 것은 유감이 없으니, 마땅히 학자로서 살펴볼 일이다." 하였다. 내가 살펴보면, 근세 사론士論이 분열되어 각기 붕당朋黨을 이루어, 저쪽에서 옳다 하면 이쪽에서 그르다는 식으로 서로 다투고 겨루며, 그 붕당의 와중에 있는 자는 자손에게 전하여 시비를 혼동하지 않는 일이 없는데, 그 마음이 실제 그렇게 여긴다고 힘써 말하는 것이 아니다. 굴원이,

백성들은 좋아하고 미워함이 서로 같지만
오직 이 黨人은 홀로 다르도다.
民好惡其不同兮, 惟此黨人其獨異.

하였거니와, 인심이 같지 아니함이 각기 그 얼굴과 같으니, 의당

천만 사람이 같지 아니할 터인데, 유독 당인黨人들만은 이와 다르다. 한 사람이 외치면 만 사람이 부화附和하니, 괴이한 동시 한탄스러운 일이다. 동파의 이 두 시를 어찌 취해서 스스로 경계로 삼지 않는 걸까?

東坡詩云, 濛蒨門前路, 行穿翠密中, 却來堂上坐, 巖谷意無窮, 此可喩道. 須脚踏高明之地, 一巖一谷儀刑意態, 方可以見得自別, 向之探討艱難, 皆非眞實也. 然只就山中, 擧心目所到而言也. 堂雖處高, 上有群巒疊擁簇臨, 右非一方之可盡也. 其詩曰, 橫看成嶺側成峯, 遠近高低無一同. 不識廬山眞面目, 只緣身在此山中, 是則覺得義理無窮, 不可據其一時之見, 以爲痛快, 無餘蘊也. 程子曰, 有學未到而言至者. 東坡未到此地位, 而取比無憾, 宜學者之省覽. 余見近世士論分裂, 各成黨類, 彼是而此非, 相爭互角, 其在黨中者, 傳子傳孫, 莫不混同, 非强言其心實然也. 屈原謂, 民好惡其不同兮, 惟此黨人其獨異. 人心不同, 有如其面, 宜千萬之不同, 而惟黨人, 則獨異於是. 一人倡之, 萬口和附, 可怪亦可歎也. 東坡兩詩, 胡不取以自箴.[221]

동파의 첫째 시는 「留題石經院三首, 其一」이다. 여기서 '문을 나서서 푸른빛 깊이 감도는 길을 뚫고 지내왔다. 산 위의 누대에 앉으니 지내왔던 하나의 바위와 하나의 골짜기가 무궁한 뜻을 지녔다.'

221 李瀷, 『星湖僿說』, 권 28, 「東坡詩」.

고 하였는데, 철리를 느끼게 해준다.

동파의 둘째 시는 「題西林壁」이다. 소동파가 49세 4월, 여산廬山을 유람하면서 서림사 벽에다 쓴 제시題詩이다. 황주 유배지를 떠나 여주로 가는 도중 열흘간 여산을 유람한 후 통찰을 표현한 칠언절구이다. 그는 유배생활에서 여러 고통과 번뇌를 겪으면서 인생의 심오한 이치를 통찰하고 그것을 승화시키고 있다. 표면적으로는 여산만을 읊고 있으나, 음미해 볼수록 내재된 의미가 확대되어 보편적인 철리를 띠고 있음을 알 수 있다. 짧은 시폭에서 작자는 동적 체험을 통해, 가로로, 측면에서, 멀리서, 가까이서, 높이서, 낮은 데서 등 시점을 이동하여 여산을 관찰하고 있다. 그리하여 각기 상이한 모습으로 나타나는 여산 유람의 정수를 함축적으로 개괄하고 있다.

이는 기존 인식의 한계를 극복한 뒤 얻게 된 보편타당성을 지닌 인식이다. 전체 시는 한 자, 한 구의 평이한 시어가 작자의 체험과 독창적 인식태도로 밑받침되면서 긴밀한 내적 연계 하에 응축된 언어로 표현되어 울림을 주고 있다.

이러한 대상에 대한 다각도의 시점을 통해 터득, 응축된 철리는 고통스런 인생역정과 대상에 대한 세밀한 관찰을 거친 후 우러나온 참을 추구하는 시적 생명추구의 결실이자 인생을 통찰한 결정체라 할 수 있다.

이익은 또 마지막 부분에서 근래에 조선이 붕당을 이루어 士論이 분열되어 그 피해가 많다고 언급하고 있다. 아울러 여기서 인용한 소동파의 이 두 수의 시를 통해 붕당으로 인한 士論分裂에 대해 경계를 삼을 만하다고 했다.

李德懋(1741~1793)는 소동파의 시가 기상이 드넓고 순탄하고 원활하여, 두보 이후 최고의 시인이라고 평했다. “소동파의 시는 기상이 드넓고 시상을 펼침이 宛轉(순탄하고 원활함)하여 두보 이후로 단 한 사람일 뿐이다. 한때에 황정견, 조보지, 진관, 장뢰, 진사도 같은 이들이 시문으로 우뚝이 당시 세상에 이름났던 것은 모두 소동파가 추켜세워 끌어올린 공에 힘입은 것이었다.(軾詩氣像洪濶, 鋪敍宛轉, 杜甫以後一人而已. 一時如黃庭堅, 晁補之, 秦觀, 張耒, 陳師道, 以詩文確鳴當世, 皆資軾吹噓引進之功云.)[222] 세칭 ‘소문사학사’ 나 ‘소문육군자’ 도 동파가 추켜서 올린 공에 의지한다.

〖제3절〗 소동파 시에 대한 부정적 평가

소동파 시에 대한 부정적 평가는 조선 중기에 비교적 많이 나타나고 있다.

222 李德懋, 『青莊館全書』 권 24, 編書雜稿 4, 詩觀小傳, 『影印標點 韓國文集叢刊』 257, 367쪽.

崔笠(1539~1612)은 十家의 근체시집를 만들 때에 이상은과 소동파를 제외했다.

> 지금 십가十家에 뽑히지 않은 이들 중에서 조금 유감스럽게 생각될 수 있는 이로는 李商隱과 蘇東坡의 이가二家를 들 수 있겠다. 이들에 대해서는 나 역시 미상불 좋아하기는 하나, 다만 혹시라도 후대의 사람들이 이들을 잘못 배울 경우에는 괜히 어렵게 짓는 폐단에 빠지거나 아니면 너무 쉽게 짓는 잘못을 범하는 폐단이 없겠는가. 그러나 이것은 어디까지나 나 혼자만의 지나친 생각이 될 수도 있는 것으로서, 꼭 通論이라고 내세울 수는 없을 것이다. 十家之外, 似可恨少者, 李商隱蘇東坡二家. 余亦未嘗不喜, 然或不善學焉, 則其流得無失之艱與傷於易者乎. 此余過爲慮, 未必通論也.[223]

이 시집에서 十家는 이백李白, 두보杜甫, 한유韓愈, 유종원柳宗元, 맹호연孟浩然, 위응물韋應物, 두목杜牧, 황정견黃庭堅, 진사도陳師道, 진자앙陳子昂을 말한다. 최립은 이상은과 소동파를 좋아하기는 하나, 후대 문인이 잘못 배울 경우 괜히 어렵게 짓는 폐단이나, 너무 쉽게 짓는 폐단을 초래할 수 있다고 수록하지 않은 이유를 제시하고 있다. 그러나 그가 언급했듯이 근체시에서 소동파 시를 제외한

223 崔笠, 『簡易集』 권 3, 「十家近體詩跋」, 『影印標點 韓國文集叢刊』 49, 304쪽.

것은 일반적 통론이 아니고 개인적 기호로 보아야 할 것이다.

아래에서는 선조(1567~1608 재위)의 동파 시에 대한 관심과 柳希春의 소동파 시에 대한 부정적 평가를 드러내고 있다.

> 강독이 끝나고서 대간 · 승지가 아뢴 뒤에 유희춘이 나아가 아뢰기를, "지난번에 전하에서 東坡의 시詩를 들여오라고 명하셨는데, 신은 전하께서 한두 곳을 살펴보려 하시는 것인지 두고 보려 하시는 것인지 모르겠습니다마는, 蘇軾은 사람됨이 잘난 체하고 궤사스러워 심술이 바르지 않기 때문에 문사文詞에 나타난 것도 다 평탄하지 않습니다. 이 때문에 예엽芮曄이 학교의 정사를 맡았을 때에 주자朱子가 글을 보내어 논하기를, '소씨蘇氏는 웅장하고 깊고 변화하고 신묘한 문장으로 기울고 위태롭고 변환하는 습관을 선동하므로 그 해독을 입는 사람들이 살에 젖고 뼛속에 스미게 되어도 스스로 깨닫지 못한다.' 하였으니, 이제 바로 뿌리를 뽑고 근원을 막아야만 세찬 물결이 동방으로 밀려오는 것을 막을 수 있습니다.
>
> 전하께서 시에서 감흥을 일으키려 하신다면, 주자의 감흥시 20수首가 있습니다. 이는 다 오언五言으로 모두 1천2백 60자字인데, 그 가운데에 천지 만물의 이치와 만고 성현의 마음과 고금 만사의 변천이 모두 다 들어 있으며, 음운音韻이 잘 조화되고 홍취가 유원悠遠하여 읊는 동안에 의미가 심장하니, 이 시로 그것에 대체하시면 다행이겠습니다."

講畢, 臺諫承旨進言, 希春進於其後曰: "頃日, 上命入東坡詩, 臣未知上欲者一二處耶? 欲留覽耶? 蘇軾爲人, 矜豪詭譎, 心術不正, 發於文詞, 亦皆不平. 是故芮曄掌學校之政, 朱子遺書論曰: '蘇氏以雄深繁妙之文, 扇其傾危變幻之習, 以故人之被其毒者, 淪肌浹髓, 而不自知.' 今正當拔本塞源, 庶乎可以障狂瀾, 而東之. 自上若欲興於詩, 則有朱子感興詩二十首在, 蓋皆五言, 凡一千二百六十字之中, 天地萬物之理, 聖賢萬古之心, 古今萬事之變, 無不在焉. 音韻鏗鏘, 興致悠遠, 吟詠之間, 意味深長. 以此詩, 易在彼幸甚."[224]

유희춘(1513~1577)은 소동파의 시를 들여오라는 선조 앞에 소동파의 인물과 文詞에 대해 "소식은 잘난 체하고 궤사스러워 심술이 바르지 않기 때문에 문사文詞에 나타난 것도 다 평탄하지 않다."라고 하여, 부정적인 평가를 내리고 있다. 그리고 소동파 대신 朱熹의 감흥시 20수를 선조께서 읽으시도록 추천하고 있다. 이는 주희의 소동파에 대한 부정적 관점을 계승한 평론이다.

허균의 논평을 보자.

本朝의 詩學은 蘇軾과 黃庭堅을 위주로 하여 비록 주자학을 숭상하는 대유大儒로도 역시 그 테두리에서 벗어나지 못하고, 그 나머지 세상에 이름 날리는 사람은 대개 그 찌꺼기를 빨아 풍속을

224 『朝鮮王朝實錄』, 선조 6년 계유(1573), 12월 21일(정묘).

해치는 말을 만들 따름이니, 읽으면 염증이 날 정도이다. 성당盛唐의 소리는 다 없어져 들을 수가 없다.

本朝詩學, 以蘇黃爲主, 雖景濂大儒, 亦墮其窠臼, 其餘鳴于世者, 率啜其糟粕, 以遺腐牌坊語, 讀之可厭, 盛唐之音, 泯泯無聞.[225]

허균(1563~1618)은 當時 시학의 풍조가 소동파와 황정견을 위주로 하여, 주자학을 숭상하는 大儒조차도 그 테두리에서 벗어나지 못한다고 했다. 당시 소동파와 황정견을 수용함에 있어 그 폐단은 찌꺼기를 빨아 풍속을 해치는 시어를 만들 따름이라고 했다. "盛唐의 소리는 다 없어져 들을 수가 없다."고 평론함에서 허균이 성당시를 모범으로 삼고 있음을 알 수 있다.

이수광(1563~1629)은 송시의 폐단을 전고사용이 과다하며, 意興이 적다고 하였다.

당나라 사람들이 시를 지을 때에는 오로지 意興을 주로 하는 까닭에 用事(전고사용)가 많지 않다. 송나라 사람이 시를 지을 때는 오로지 용사를 숭상하여 의흥이 적다. 소동파와 황정견에 이르러서는 또 불가의 용어를 많이 사용하여 새롭고 기이함에 힘썼으나 詩格에는 어떠한지 알지 못하겠다. 근세에는 이런 폐단이 더욱 심하여, 한 편 가운데 용사가 반을 넘으니 옛사람의 글귀를 표절한 것과 차이가 별로 없다.

225 許筠, 『惺所覆瓿藁』, 권 26, 부록 1, 「鶴山樵談」.

唐人作詩, 專主意興, 故用事不多. 宋人作詩, 專尙用事, 而意興則少. 至於蘇黃, 又多用佛語, 務爲新奇, 未知於詩格如何. 近世此弊益甚, 一篇之中, 用事過半, 與剽竊古人句語者, 相去無幾矣.[226]

기실 소동파와 황정견 시의 경우 전고인용이 과다하다. 그들이 또 불교의 용어를 많이 써서 새롭고 기이함을 추구한 것은 조선 중기의 純儒들에게 배척을 받고 있다. 그리고 이수광은 자신의 시대에 있어 소동파 시에 대한 수용상의 폐단을 "한 편 가운데 전고사용이 반을 넘으니, 옛사람의 글귀를 표절한 것과 차이가 별로 없다."고 표명하고 있다.

양경우의 『제호시화』에, 소동파의 시 「遊金山寺」에 "지금 강의 달이 비로소 生魄한데, 이경에 달 지자 하늘은 칠흑 같구나."라는 구절이 있는데, 二更에 달이 졌다면 生明이지 生魄이 아니다. 경솔하여 잘못된 것이다. 두보의 시에는 이와 같은 실수를 한 곳이 없다.

梁慶遇, 霽湖詩話, "東坡金山寺詩曰, 是時江月初生魄, 二更月落天深黑, 二更而落, 則生明, 非生魄也. 盖率而誤矣. 杜陵無此等失處."[227]

226 李睟光, 『芝峯類說』 권 9, 文章部 2, 詩

227 鄺健行, 陳永明, 吳淑鈿 選編, 『韓國詩話中論中國詩資料選粹』, 中華書局, 2002, 100쪽.

梁慶遇는 「遊金山寺」의 시어 사용에 있어 소동파의 실수를 지적하고 있다. 二更에 달이 졌다면 初生明이니, 바로 이때의 달은 음력 초사흘의 초승달이 옳다. 그는 두보의 경우에는 이런 실수가 없다고 강조했다. 이는 종래로 중국 학자들도 지적하지 못한 부분이다.

정조의 소동파 시 1수에 대한 평론을 보자.

> "일없이 여기에 한가하게 앉았으니 하루가 이틀 같도다. 이처럼 70년을 산다면 문득 140년이 되리.(無事此閒坐, 一日是兩日, 若活七十年, 便是百四十.)"라는 시는 곧 소동파蘇東坡의 말이니, 세상 사람들이 매우 그럴듯한 理趣가 있다고 칭송하나 나는 도리어 매우 그렇지 않다고 여긴다. 하늘이 사람을 낳은 것은 일을 하도록 한 것이지, 아무런 일도 없이 편안히 지내도록 한 것은 아니다. 우禹임금이 짧은 시간을 아꼈으니 어찌 한가하게 앉아서 일없이 지낸 것이겠는가. 그러나 동파의 이 말도 가슴속에 삭힐 수 없는 일이 있었던 것이리라.
>
> 無事此閒坐, 一日是兩日, 若活七十年, 便是百四十, 卽東坡語也. 世稱深有理趣, 予謂却大不然. 天之生人, 是要做事, 不是要無事. 禹惜寸陰, 豈是閒坐無事. 然東坡此語, 亦是胸中有箇消磨不得底事.[228]

228 正祖, 『弘齋全書』, 176권, 日得錄 16, 訓語 3, 『影印標點 韓國文集叢刊』 267, 426쪽.

소동파의 시 「司命宮楊道士息軒」에서, “일없이 한가하게 앉았으니 하루가 이틀 같도다. 이처럼 70년을 산다면 140년이 되리.(無事此靜坐, 一日似兩日. 若活七十年, 便是百四十.)”[229]라고 한 것은 발상의 전환이라고 할 만하다. 그러기에 세상 사람들이 이 시구에 대해 理趣가 있다고 칭송한다. 그러나 정조(1776~1800 재위)는 하늘이 사람을 낳은 것은 촌음을 아끼어 일을 해야 한다고 하면서 이 시구에 대해 어느 정도 불만을 표명하고 있다. 그러면서도 그는 이 시구에 대해, “가슴속에 삭힐 수 없는 일이 있었던 것”이라고 동파를 이해하려고 하는 가능성의 여지를 남겨두고 있다.

〖제4절〗 소동파 시에 대한 절충적 평가

소동파 시에 대해 그 장점과 단점을 아우르는 평가도 있다.
신흠의 논평을 보자.

> 동파의 흠을 잡는 사람들은 그가 고사古事를 너무 많이 쓴 것을 들어 먹지도 않는 음식을 죽 늘어놓은 것에 비유하는데 이 주장

229 (淸) 王文誥 輯注, 孔凡禮 點校, 『蘇軾詩集』, 권 43, 2,352쪽에는 “是”가 “似”로 되어 있다.

또한 타당한 면이 있긴 하다. 그러나 동파가 고사를 활용한 것과 관련하여, 그가 너무도 재주가 많은 나머지 자기도 모르는 사이에 자연적으로 그러한 표현을 하게 된 것을 안타깝게 여기기만 하면 됐지, 어찌 이것을 가지고 그를 흠잡을 트집거리로 삼아서야 되겠는가.

病東坡者, 以其用古事太多. 比之飣餖, 此論亦宜矣. 東坡之用古事, 只患才之太多, 出語天成而不自覺爾, 奚可以此而尤之耶.[230]

신흠은 당시 동파 시의 단점을 흠잡는 이들은 동파 시가 고사를 너무 많이 사용함을, 먹지도 않는 음식을 죽 늘어놓은 것에 비유하고 있다. 그는 이러한 동파 시의 단점을 인정하고 있다. 그러나 그는 소동파가 재주가 많아 자연적으로 그렇게 표현한 것일 뿐이므로, 흠을 잡는 트집거리로 삼아서는 안 된다고 하여 동파 시를 옹호하고 있다.

정조의 평어를 보자.

蘇軾은 기상이 광활하고 서술이 다채로워 子美(杜甫)의 법도를 체득했다. 그러나 典故의 인용이 너무 많아 지나치게 화려하게 되는 잘못을 면치 못했으니, 이는 넘치는 그의 재주와 학식 때문이었다.

230 申欽, 『象村稿』, 권 51, 漫稿中, 「晴窓軟談」中, 『影印標點 韓國文集叢刊』 72, 335쪽.

蘇軾氣象洪闊, 鋪敍宛轉, 深得子美之法. 而然用事太多, 不免失之豐縟, 卽其才學之所溢也.[231]

정조는 소동파는 기상이 광활하고 격조가 다채로워 두보의 법도를 체득하였다고 하였다. 다만 전고의 인용이 너무 많아 지나치게 화려한 것이 단점인데, 이는 소동파의 재주와 학식 때문이라 하였다. 그는 소동파에 대한 평가에서 소동파 시의 장점과 단점의 핵심을 잘 파악하고 있다.

정약용이 淵兒에게 준 편지글을 보자.

杜詩는 용사用事(고사를 인용함)에 있어 흔적이 없어서 읽어보면 自作한 것 같지만, 자세히 살펴보면 모두 근본이 있고 출처가 있으니, 이 점이 바로 杜工部(杜甫)가 詩聖이 되는 이유이다. 韓退之(韓愈)의 시는 字法은 모두 근본이 있고 출처가 있으나 句語는 자작이 많으니, 이 점이 시의 大賢이 되는 이유이다.

蘇子瞻(蘇軾)의 시는 구절마다 전고를 사용하여 곳곳에 그 흔적이 남아 있다. 얼핏 보면 그 의미를 깨닫지 못하고, 반드시 이리저리 찾아보아 그 근거를 알아낸 뒤에야 겨우 그 뜻을 통할 수 있으니, 이 점이 바로 시의 박사博士가 되는 이유이다. 이러한 소자

231 正祖, 『弘齋全書』 권 180, 羣書標記 2, 御定 2, 詩觀. 560권, 『影印標點 韓國文集叢刊』 267, 509쪽.

첨의 시도 우리 3부자의 재주로서는 죽을 때까지 전공하여야 겨우 비슷해질 수 있을 것이다. 그러나 사람이 이 세상에 살면서 할 만한 일이 많은데, 어찌 그 짓을 할 수 있겠느냐. 그러나 시를 지음에 있어서 전연 사실을 인용하지 않고 風月이나 읊으며 바둑 이야기나 술타령만 하면서 겨우 押韻을 하는 것은 서너 집 모여 사는 시골 마을의 촌선생의 시에 불과하다. 앞으로 시를 지을 때에는 모름지기 사실을 인용하는 것을 위주로 하여야 할 것이다.

杜詩用事無跡, 看來如自作, 細察皆有本, 有出處, 所以爲聖. 韓退之詩, 字法皆有所本, 有出處, 句語多其自作, 所以爲大賢也. 蘇子瞻詩, 句句用事, 而有痕有跡. 瞥看不曉意味, 必也左考右檢, 採其根本, 然後僅通其義, 所以爲博士也. 乃此蘇詩, 以吾三父子之才, 須終身專工, 方得刻鵠. 人生此世, 可爲者多, 何可爲此乎. 然全不用事, 吟風詠月, 譚棋說酒, 苟能押韻者, 此三家村裏村夫子之詩也. 此後所作, 須以用事爲主.[232]

여기서 정약용(1762~1836)은 두보는 고사를 인용함에 흔적이 없어서 읽어보면 자작한 것 같지만 모두 근본 출처가 있어 시의 聖人이요, 한퇴지는 자법은 모두 근본 출처가 있으나 句語는 자작이 많으니 시의 大賢이며, 소동파는 구절마다 전고를 사용하여 곳곳에

232 丁若鏞, 『與猶堂全書』, 시문집 권 21, 「寄淵兒」, 『影印標點 韓國文集叢刊』 281, 452쪽.

그 흔적이 남아 있어 시의 博士(박학한 선비)라 하여 3인의 특징을 개괄하고 있다. 그는 소동파가 전고 사용이 많아 그들 3부자의 재주로는 모름지기 죽을 때까지 전공해야 미칠 수 있다는 것을 통해 소동파 시의 난해성을 지적하고 있다. 그래도 정약용은 시 창작에 있어 전고 인용을 위주로 해야 한다는 것으로 마무리 짓고 있다.

소동파 시에의 심취와 동일화 양상의 경우, 안침과 박지원은 "百東坡"의 선선한 비유가 있었으며, 서거정은 "薄薄酒"로 근심을 풀기 등 소동파 시에의 심취가 있었다. 소동파 시에의 동일화 양상에 있어서는 신흠은 자신의 인생 경력이 소동파의 생애와 부합된다고 인식하여 소동파를 친구로 삼고자 하는 것으로 나타나고 있다. 소동파 시에 대한 창조적 수용의 경우, 서거정은 "한가한 가운데 마음 편한 것이 藥"이라고 하여 소동파 시구의 詩意를 채택하였으며, 이익은 拙朴함으로 도를 수양하자는, 두보의 시에서의 한 구를 네 구로 확장하고 있다. 신위의 소동파 차운시의 경우, 소동파의 원시가 雪景 묘사를 위주로 하였다면, 신위의 차운시는 차를 다리고 品評하는 것을 위주로 하였다. 소동파의 원시가 눈(雪)에 관련된 시인데 반해, 신위는 茶詩로 전환시켜 창조적인 면모로 승화시키고 있다.

긍정적 평가의 경우, 서거정은 소동파를 도연명의 후신이요, 백거이의 始終으로 평가하였다. 또 권응인은 소동파의 3수의 시구를 예시하여 그의 시가 만당시보다 우수함을 예증하고 있다. 신흠은 소동파 시문이 "神의 경지"에 들어갔음을, 허균은 소동파의 시가 선인을 답습하지 않고 개성을 표현하여 일가를 이루었음을 표현하고 있다. 또한 김창협은 소동파 시가 시로써 禪을 담론하여 禪法을 깨우쳤다고 하였다. 이익은 동파의 철리시는 도에 비유하여 의리가 무궁무진하였으며, 겸하여 두 수의 동파의 철리시가 조선의 朋黨으로 인한 士論分裂에 경계로 삼을 만하다고 하였다. 그리고 이덕무는 소동파를 두보 이후의 최고의 시인으로 평가하고 있다.

부정적 평가의 경우, 최립은 소동파 시가 『십가근체시』에서 제외된 이유는 잘못 배울 경우 너무 쉽게 짓는 폐단 초래의 가능성을 방지하는 데 있다고 하였다. 소동파 시를 들여오라는 宣祖 앞에서 유희춘은 소동파의 인물됨이 잘난 체하고 궤사스러워 심술이 바르지 않고, 文詞에 나타난 것도 다 평탄하지 않다고 하였다. 허균은 소동파에 대한 當時의 수용상의 폐단을 일러 찌꺼기를 빨아 풍속을 해치는 시어를 만들 따름이라고 하였다. 이수광은 소동파 시에는 전고사용이 과다하며, 佛家용어를 많이 사용하여 새롭고 기이함을 추구하였다고 하였다. 이외에도 양경우는 시어 사용에 있어 소동파의 착오를 지적하기도 하였다.

소동파 시에 대한 부정적 평가는 조선 중기에 비교적 많이 나타나고 있다. 주자학이 전래되어 조선 중기에 극성하게 됨에 주희의 소동파 배격에 대한 영향과 "詩必盛唐"을 표방한 明代 문학사조의 영향을 받았다. 또 소동파가 불교의 용어를 많이 사용한 것을 조선의 純儒들은 좋아하지 않았다. 그리고 조선 중기에 唐詩가 많이 숭상된 것도 한 이유가 된다.

절충적 평가의 경우, 신흠은 소동파 시가 故事를 많이 사용하는 것을 먹지도 않는 음식을 죽 늘어놓은 것으로 폄하하는 것을 인정하지만, 소동파가 재주가 많아 자연적으로 그렇게 표현한 것일 뿐 트집을 잡아서는 안 된다고 했다. 정조는 소동파 시가 기상이 광활하고 격조가 다채로워 두보의 법도를 체득하였으나 전고 인용이 너무 많아 지나치게 화려한 단점이 있다고 하였다. 정약용은 소동파는 시의 博士(박학한 선비)로 칭할 수 있다고 했다. 소동파 시는 전고 사용이 많아 정약용 삼부자의 재주로는 죽을 때까지 전공해야 미칠 정도로 난해하지만, 그래도 정약용은 전고 인용은 필요하다고 인식하고 있다.

제8장

조선조 한문학에 나타난 소동파 전후 「赤壁賦」의 수용과 ‘赤壁船遊’의 재연

소동파(1036~1101)의 전후 「적벽부」는 천고의 명작이다. 고려시대에는 金富軾, 李奎報, 李穡, 李齊賢 등 당대 일류 문인들은 물론 신진 과거 합격자까지 포함한 다수의 지식인층에 있어 “소동파 배우기(學蘇)”의 경향이 일세를 풍미하였다. 또 조선시대에도 소동파의 명성은 널리 알려져 그를 흠모하는 문인 사대부들이 이어졌다. 그만큼 우리 문단에서는 동파 문학에서 자양분을 섭취하는 데에 주의를 기울이고 있다는 증거이겠다. 그중에서도 전후 「적벽부」는 문인 사대부들이 愛唱하였고 또 본받고자 한 전형적인 모범이 되었다.

“소동파의 ‘赤壁船遊’를 본떠 우리나라의 文人學士들은 7월 既望이 되면 강에서 船遊하는 풍속이 있었고, 강가에 있는 벼랑을 赤壁이라고 命名한 곳을 도처에서 볼 수 있다. 또 ‘적벽선유’를 주제로 한 그림이 많이 그려져 있고, 심지어 "赤壁器"라는 그릇까지도 생겨났다. 「水宮歌」 등의 판소리에서 '적벽선유'가 인용되었고, 「赤壁賦」를 원문과 번역을 엇섞어 가면서 부르는 唱도 있고, 두메의 學童이 『古文眞寶』에 실린 전후 「적벽부」를 밤에 「前赤壁賦」, 「後赤壁賦」이라 聲讀하여 침입한 도적을 절로 물리쳤다는 민담이 생겨나기도 했다."[233]

본 章에 관련된 기존 연구로는 다음 3편의 논문이 있다. 김주순은 "조선조 문인들이 소동파의 호방한 문체와 풍모에 영향을 받아 소동파의 적벽 뱃놀이를 모방해 읊은 한시가 다수 전해 오고 있다. 그중 徐居正, 朴仁老, 尹善道, 洪世泰, 李荇, 金錫胄 등 6인을 예로 들었다. 이들 문인들은 벼슬길에 나아가 소기의 목적을 달성한 후에 (짓기도 했고)[234] 향리로 돌아오거나 폄적되어 전원에서 은거하며 지낼 때 소동파 「적벽부」의 영향을 받아 뱃놀이를 하는 등 소동파의 「적벽부」에 대한 흠모가 대단했다."[235]라고 했다. 김주순의 논

233 許捲洙, 「蘇東坡詩文의 韓國的 受容」, 嶺南中國語文學會, 『中國語文學』, 제14집, 1988. 7, 49쪽.

234 괄호 안의 "짓기도 했고"는 김주순의 논문에 없는 내용을 필자가 보충한 것이다. 金周淳, 「蘇東坡「赤壁賦」對朝鮮漢詩的影響」, 중국문화연구 16집, 중국문화연구학회, 2010, 147쪽. 이렇게 보충하지 않으면 오류가 된다. 실제로 많은 조선조 문인들이 벼슬길에 나아가서도 '적벽선유'를 재연한 사례가 많기 때문이다.

235 金周淳, 「蘇東坡「赤壁賦」對朝鮮漢詩的影響」, 중국문화연구 16집, 중국문화연구학회, 2010, 147쪽.

문은 극히 일부분의 영향관계만 조명하고 있는 한계가 있다. 강경희는 "동파의 「적벽부」를 원텍스트로 하여 창작된 조선 문인의 「적벽부」 倣作 세 편, 곧 申維翰의 「擬赤壁賦」, 趙纘韓의 「赤壁賦」, 「反赤壁賦」를 통해 이들이 원텍스트를 어떻게 변용하여 자기화하였는지 파악하고 있다. 그리하여 조선조 문인들이 船遊풍속이라는 배경 아래 각기 다른 내용을 노래하면서 원텍스트와 차별성을 지니며 자기화하였다. 더불어 이러한 과정에서 조선 문인들의 문화적 자부심도 엿볼 수 있었다."[236]고 했다. 손유진은 『壬戌泛月錄』을 범주로 삼아 소동파의 적벽선유 계승은 물론, 낙동강에서의 伊洛(程朱學派) 연원을 발견하고 있다고 하였다.[237] 『壬戌泛月錄』은 조선조 중기~후기(1607~1778년) 171년간 8차례의 詩會에서의 시문 모음집으로서, 尙州 선비들의 낙동강 관련 洛江詩會의 시회집의 하나이다.

이상에서 보면 조선조 적벽부 수용과 '적벽선유' 재연에 대한 연구는 6인을 대상으로 했거나, 3편의 적벽부 倣作을 대상으로 했거나, 또는 『壬戌泛月錄』을 대상으로 한정하는 등 극히 부분적으로만 연구되었으며, 보다 전면적인 연구가 필요함을 알 수 있다.

중국의 경우, 전후 「적벽부」는 중국의 문학예술사에 큰 영향을

236 姜慶熙, 「조선시대 東坡 「赤壁賦」의 수용-赤壁船遊와 「赤壁賦」 倣作을 중심으로」, 중국어문학논집 61집, 2010. 4.

237 孫有珍, 「壬戌泛月錄에 나타난 공간인식의 양상과 의미」, 경북대 국문과 석사논문, 2011.

끼쳤다.[238] 그러나 중국에서의 적벽선유의 재연의 실례는 필자가 다각도로 찾아보았건만 소동파 비판자였던 朱熹가 彭蠡(鄱陽湖)에서 船遊하며 「적벽부」의 韻을 나누어 시를 지은 한 가지 예[239]만을 찾을 수 있었을 따름이다. 다만 소동파가 前後 「赤壁賦」를 읊었던 장소인 황주에서의 적벽선유 재연 기록이 없었던 것은 현재 長江의 물 흐름이 바뀌어 강물이 흐르지 않는 육지가 된 것과 약간의 관련이 있을 것으로 보인다.

일본의 경우, '壬戌 旣望을 기념한 모임의 사례를 통해 '慕蘇' 의 풍조가 성행했음을 알 수 있다.' [240]

238 중국에서의 「적벽부」에 관련된 구체적인 영향에 대해서는, 왕수이자오 저, 조규백 역, 『소동파 평전』, 돌베개, 2013, 180~181쪽 참조.

239 正祖, 『弘齋全書』 권 56, 「求諸圈跋語於四閣相及文衡五首, 附賜連山判府別幅二」, 『影印標點 韓國文集叢刊』 263, 365쪽, "나는 생각하기를, 주자는 韓愈와 柳宗元의 글만 즐겨 읽었을 뿐만이 아니니, 그가 南康軍에 있으면서 팽려〔彭蠡: 파양호(鄱陽湖)를 가리킴〕에 배를 띄우고 蘇軾이 지은 赤壁賦의 '계수나무 삿대와 목란 상앗대로 물속에 비친 달 그림자를 치고 수면에 흐르는 달빛을 거슬러 올라간다.(桂棹蘭槳擊空明溯流光.)' 는 것으로 韻을 나누어 詩를 읊었으니, 소식의 사람 됨됨이를 취한 것이 아니고 그의 문장을 취한 것이다.(予以爲朱子不但喜讀韓柳, 其在南康軍也, 汎舟彭蠡, 以桂棹蘭槳, 擊空明溯流光, 分韻賦詩. 非取其人也, 取其文也.)"

240 나가오 우잔(長尾雨山 : 1864~1942)은 壽蘇會를 주도하였다. 1922년 소동파 이후 열 네 번째를 맞는 임술 旣望을 기념하여 그해 9월 7일에 赤壁會를 개최하였다. 이 모임에서 「적벽부」와 관련 있는 그림과 각종 물품이 총망라되어 진열되었다." , 정민,「19세기 동아시아의 慕蘇 열풍」, 한국한문학연구 49, 한국한문학회, 2012, 420쪽. 한편 정민은 이 논문 408쪽에서 "19세

여기서는 먼저 조선조 한문학에 나타난 소동파 전후 「적벽부」의 수용과 평가에 대해 검토하고, 이어서 소동파 '적벽선유' 의 재연에 대해 보다 전면적으로 고찰하겠다. 특히 미발표된 자료를 가급적 많이 발굴하고자 한다.

〖제1절〗 소동파 전후 「赤壁賦」의 수용과 평가

조선조 문인들은 소동파의 前後 「赤壁賦」를 수용하면서 기개와 절조, 그리고 문장을 우선으로 삼았다. 또한 소동파의 「赤壁賦」를 대비의 대상으로 삼기도 했다. 권근의 글을 보자.

> 나는 일찍이 "산수를 유람하는 데에는 오직 마음에 사사로움이 없은 뒤에야 그 즐거움을 즐길 수 있다."고 말하였다. 나의 벗 이공 주도(李周道)가 平海에 살면서, 매양 달밤이면 술을 가지고

■

기 들어 갑작스레 고조되는 慕蘇熱은 고려시대 이래의 소동파 애호와는 무관하게 翁方剛에 의해 전파된 경향이다."라고 했다. 그러나 사실상 고려시대 이래의 소동파 애호와 무관하지는 않다. 고려시대 이래 조선시대 중, 후기에 걸쳐 면면히 내려오는 소동파 숭앙의 바탕하에, 옹방강 등 청대의 소동파 열풍에 영향을 받아 조선조 후기 申緯, 金正喜로 대표되는 소동파 열풍이 재연되고 있다고 해야 할 것이다.

소를 타고서 산수 사이에 놀았다. 평해는 명승지로 일컫는 곳이라, 이군(名 李行)은 옛사람이 채 알지 못한 묘한 유람의 즐거움을 다 알았을 것이다.

……

소동파의 赤壁의 놀이가 거의 근사할 것이다. 그러나 동파가 배를 탄 위태로움은 소 등의 안전함만 같지 못하고, 술도 안주도 없어 집에 돌아가 아내에게 의논함보다는 스스로 휴대함의 편리함만 같지 못하며, 계수나무 돛대와 목란 노는 이미 번거로운 일이고, 배를 버리고 산으로 오르는 것은 이미 수고로운 일이 아닌가. 소를 타는 즐거움을 그 누가 알랴.[241]

權近(1352~1409)은 벗의 예를 들어, 소를 타는 즐거움을 전후「적벽부」와 대비하고 있다. 여기서「적벽부」가 대비의 대상으로 꼽힌 경우임을 알 수 있다.

다음은 蘇仙(소동파)의 적벽유람을 그린 그림에 대한 서거정의 題畵詩이다.

241 權近,『陽村先生文集』, 권 2,「騎牛說」, "'吾嘗謂山水遊觀, 惟心無私累, 然後可以樂其樂也.' 友人李公周道家居平海, 每月夜携酒騎牛, 遊於山水之間. 平海號稱形勝, 其遊觀之樂. 李君能盡得古人所不知之妙也. …… 坡公赤壁之遊殆庶幾矣. 然乘舟危, 則不若牛背之安也. 無酒無肴, 故而謀婦, 則不若自携之易也. 桂棹蘭槳, 不旣煩矣乎. 捨舟而山, 不旣勞矣乎. 騎牛之樂, 人孰知之."『影印標點 韓國文集叢刊』7, 민족문화추진회, 1991, 209쪽.

한림학사 동파 신선은
풍류와 인물이 천하에 으뜸이었는데
적벽의 뛰어난 경치 또한 황주의 으뜸이라
하늘이 한번 그를 유배시켜 노닐게 하였네.
목란 상앗대 계수의 노로 강물 가로지를 제
달은 작고 산은 높아 천지가 가을이었고
손으로 견우성과 북두성을 부여잡고 서로 배회하는데
물에 숨은 용은 춤을 추고 검은 학도 날아왔네.
당시의 행락은 어디에도 견줄 데가 없는데
전후의 두 적벽부 또한 천지와 함께 유전하네.
선생의 기절은 우주를 능가할 만하거니와
선생의 문장은 별처럼 빛나기만 하여라.
사백 년 이전의 선생을 멀리 생각하노라니
적벽의 풍월은 지금도 예전 그대로이겠지.
나는 지금 적벽의 시를 지어서
선생의 넋을 불러 한잔 드리고자 하노라.
玉堂學士東坡仙, 風流人物天下先.
赤壁形勝擅黃州, 天敎一謫逍遙遊.
蘭槳桂棹截江流, 月小山高天地秋.
手攀牛斗相徘徊, 潛鮫已舞玄鶴來.
當時行樂絶代無, 二賦流傳天壤俱.
先生氣節凌宇宙, 先生文章煥星斗.

追憶先生四百年, 赤壁風月還依然.

我今爲賦赤壁詩, 欲喚先生酹一巵.[242]

徐居正(1420~1488)은 坡仙(소동파)의 풍류와 인물이 천하에 으뜸인데, 하늘의 뜻으로 유배되어 노닐게 한 것이라 하였다. 그리고 동파의 기개와 절조는 우주를 능가하였고 문장은 별처럼 빛난다고 추앙하면서 그를 추모하고 있다.

『寒岡言行錄』을 보자.

선생(鄭逑)은 일찍이 東坡의 「赤壁賦」를 좋아하였는데, 우리들에게 이르기를, "이 문장의 품격은 실로 인간이 지어냈다고 할 수 없을 정도이다." 하고, 이어 이르기를, "옛날 내가(정구가) 남명선생을 모시고 있을 때 선생이 말씀하기를, '정부자程夫子(程頤)께서 子瞻(蘇軾)을 매우 강하게 공격하였으나 만일 정 선생이 지금 살아계신다면 내가 이 賦를 정밀하게 잘 써서 무릎을 꿇고 한 번 읽어드리고 싶다. 그러면 정 선생께서도 필시 이 문장을 인정해 주실 것이다.' 하였다."[243]

242 徐居正, 『四佳詩集』, 권 51, 「蘇軾赤壁圖」, 『影印標點 韓國文集叢刊』 11, 민족문화추진회, 1989, 106쪽.

243 鄭逑, 『寒岡集』, 『寒岡言行錄』권 3, 類編, 「雜記」, "先生嘗愛東坡赤壁賦, 謂余等曰, 此詞品格, 實非世間人所做作. 因言昔時南冥先生, 先生曰, 程夫子攻子瞻雖甚力, 若先生在, 則吾當精寫此賦, 跪讀一番, 程先生亦必頷可云, 孫處訥."

鄭逑(1543~1620)는 南冥 曺植(1501~1572)의 말을 인용하여, '옛날 程伊川 선생이 소동파를 강력하게 공격하였는데, 그분이 살아계셨다면 내가 「적벽부」를 잘 써서 무릎 꿇고 읽어 드리겠다. 그러면 정이천 선생도 이 문장을 인정해 줄 것이다.' 라고 하였다. 그리하여 소동파의 「적벽부」라는 문장의 힘을 통해 정이천이 소동파와는 洛蜀黨爭의 라이벌 사이일지라도 상대의(소동파의) 문장의 우월함을 알게 하고, 상대의 문필력을 인정하게 할 것이라는 견해를 표명하고 있다. 이는 그만큼 程伊川과 그의 학통을 이은 朱熹 등이 소동파를 인정하지 않았음을 반증한 것이다.

윤두수의 시를 보자.

> 만 리 밖 황강의 임술년 가을
> 서풍에 한 잎 목란주를 띄웠었지.
> 꿈에서는 외로운 학이 공중에서 울고
> 취해서는 신선을 끼고 물외物外에서 노닐었네.
> 전후의 적벽부 세상에 얼마나 전해졌나
> 고금의 시름은 길이 煙波에 잠겼도다.
> 聖明께서 우연히 당시의 감회를 떠올리사
> 먼 고을에서 늙어간 奇才를 애석해 하시네.
> 萬里黃岡壬戌秋, 西風一葉木蘭舟.
> 夢驚孤鶴空中語, 醉挾飛仙物外遊.
> 宇宙幾傳前後賦, 煙波長鎖古今愁.

聖明偶起當時感, 爲惜奇才老遠州."[244]

尹斗壽(1533~1601)는 이 시의 주석에서 "科次에서 으뜸을 차지하여 임금으로부터 廐馬를 하사받았다.(科次居首, 有廐馬之賜.)"고 하였다. 시에서 작자는 전후 「적벽부」의 낭만적인 풍모를 회상하였으며, 고금의 시름이 煙波에 잠겼다고 묘사하였다. 아울러 임금이 당시의 감회를 떠올려 먼 고을에서 늙어간 '奇才'를 애석해 했다는 데서의 奇才는 윤두수 자신을 가리킨다.

李埈(1560~1635)의 다음 시는 1622년(광해군 14년) 임술년 7월 상주 낙동강에서 적벽선유를 재연하면서 當代의 현실을 직시한 것이다.

술 취해 큰소리로 노래하니 비통하고 괴로워
함께 모인 이들 듣고는 다 흐느껴 우네.
한 번 큰 뱀이 독기를 뿜으니
妖氣가 하늘을 가리고 살별이 생기네.
나라는 군비 탓에 가렴주구에 괴로우니
도탄에 빠진 백성 누가 건지랴.
酒酣高歌酸且苦, 四座聞之皆掩涕.
一自長蛇噴毒氣, 妖祲迷空稳成彗.

244 尹斗壽, 『梧陰遺稿』, 권 1, 「蘇子赤壁遊」, 『影印標點 韓國文集叢刊』 41, 민족문화추진회, 1990, 507쪽.

國用軍費困誅求, 哀此泥塗誰拯濟.[245]

살별은 긴 꼬리가 달린 혜성이다. '이 별이 출현하면 큰 재난이 일어난다고 하였는데, 이는 後金의 발호를 의미한다. 재난은 당시 조정의 외교정책의 실책으로 명 · 청 교체기에 조선이 고통을 당했던 국난을 의미한다.'[246] 여기서 시인의 예리한 감각으로 국내에 휘몰아칠 국가적 변란을 예지하고 있다. 이 글을 지은 지 얼마 후 정묘호란(1627)과 병자호란(1936)이 일어나게 된다.

김광철의 글을 보자.

蘇仙의 적벽에 이르러서는 그 빚이 또한 너무 많았는데, 7월에 놀이에서 한 편의 「적벽부」를 지은 것도 천금의 가치가 있을 뿐 아니라 족히 累劫의 빚을 갚은 것이다. 오히려 또 일엽편주를 타고 10월의 찬 강에 배를 띄워 보석 같은 시를 이어서 지어 더욱 남은 빚을 보상했으니, 이 노인의 가슴은 실로 욕심이 없었다고 이를 만하다.[247]

245 李埈, 「七月之會, 更結十月之約, 蓋欲續東坡古事也. 至是, 至者十五人, 各分韻賦詩, 得桂字」, 권태을 역주, 『역주 낙강범월시』, 아세아문화사, 2007, 원문 『壬戌泛月錄』, 44~46쪽.

246 권태을 역, 『낙강범월시』, 아세아문화사, 125쪽, 주) 67 참조.

247 金光澈, 「詩債訟」, 『龍岡集』 권 2, "至若蘇仙之於赤壁, 其負債亦已多矣. 七月之遊, 一篇之賦, 不趍千金之直, 足償累劫之債, 而猶且駕一葉之扁舟, 泛十月之寒江, 續成寶什優報餘債, 此老胸次, 眞可謂寡慾矣."

金光澈은 위대한 자연이 있으면 그것을 위대한 문인이 읊어 자연에 대한 빚을 갚는다는 전제하에, 蘇仙이 지은 「적벽부」가 천금의 가치가 있음은 물론, 자연에 대한 累劫의 빚을 갚은 것이라고 했다. 더불어 소동파의 욕심 없음에 대해 높이 평가하고 있다.

이승연의 글을 보자.

> 문장 역시 하찮은 기예이니, 비록 坡翁의 걸출한 구절이 천고에 빛난다 하더라도 통달한 사람이 본다면 새소리가 귀를 스치고 풀잎과 꽃이 눈을 즐겁게 하는 것과 무엇이 다르랴.[248]

李承延(1720~1806)은 소동파의 문장을 인정하는 관점에서 출발하고 있다. 다만 그는 문장을 하찮은 기예로 보고 있기에 천고의 명작 「적벽부」도 통달한 자가 보기에는 새소리나 꽃과 같이 귀와 눈을 즐겁게 하는 것에 다름이 없다고 평가절하하고 있다.

이화국의 글을 보자.

> 대개 蘇子가 두 손님과 더불어 문답한 것은 물과 달의 이치에 불과하였고, 끝내 신선을 부러워하고 禪門을 그리워하였다는 비

248 李承延, 「合江亭賦」, 권태을 역주, 『역주 낙강범월시』, 아세아문화사, 2007, 원문 『壬戌泛月錄』, 104~105쪽. "文章亦一小技, 雖坡翁傑句, 炳烺乎千古, 以達者觀之, 何以異於鳥音之過耳草華之悅目."

난을 면할 수 없게 되어 지금도 식자들의 웃음을 사고 있다.[249]

李華國은 소동파가 읊은 전후 「적벽부」에 대해 강물과 달의 이치에 불과하며, 신선을 부러워하고 불교를 그리워했다는 것으로 평가절하하고 있다. 이는 「적벽부」의 한계성에 대한 조선 중기 일부 純儒의 관점을 대변하고 있다 하겠다. 이는 조선 중기 유학에서의 정주학파의 학통계승, 소동파의 불교와 노장사상에의 몰입과 상호 내적 연계를 지닌다. 조선시대는 유학을 숭상하고, 불교와 노장사상을 배격했기에 불교와 노장을 좋아하는 소동파는 조선 중기 일부 純儒 문인에 의해 배척을 당하기도 했기 때문이다.

이외에도 소동파를 숭배하는 문인인 申緯(1767~1845)는 "오직 黃泥 언덕의 달만이, 지금까지 소동파를 꿈꾸는 사람을 비춰주네.(惟有黃泥坂上月, 至今留照夢蘇人.)"[250]라 하였는데, 이 시구에서는 「후적벽부」의 자취가 그득히 남아있다. 또한 서거정은 조맹부趙孟頫가 서예로 쓴 「적벽부」 필체를 사용하여 절구 16수를 짓고, 작은

249 李華國, 「敬次合江亭泛月韻, 幷小序」, 권태을 역주, 『역주 낙강범월시』, 아세아문화사, 2007, 원문 『壬戌泛月錄』, 116~119쪽. "槩蘇子之與二客問答, 不過水月之理, 而卒未免羨仙◯禪之譏, 至今爲識者之笑." 1字 판독 불능.

250 申緯, 『申緯全集』 2, 879쪽, 「往在甲申夏四月, …, 次韻東坡寄鶴山承旨追補夢境, 九首, 其五」.

병풍 2개를 만들었다고 하였다.[251] 또 南孝溫(1454~1492)은 「屛風十詠」 가운데 「赤壁乘舟」라는 시를 읊어 소동파를 기리고 있다.[252]

〖제2절〗 소동파 '赤壁船遊'의 再演

1. 소동파의 後身 自處

조선조 문인에게는 소동파의 인생과 문학을 흠모하며 전후 「적벽부」를 모범으로 삼아 적벽선유를 再演하고 쓴 작품들이 상당히 많이 있다. '赤壁船遊'의 경우, 조선 문인은 '赤壁舟遊', '赤壁遊'라고도 칭한다.

서거정의 시를 보자.

251 徐居正, 『四佳詩集』, 권 46, 「嘗用趙學士孟頫所書赤壁賦, 作絶句十六首, 爲二短屛, 刊于晉州, 中間或得或失, 又重刊于原州, 淸州, 平壤, 咸興者, 頗有換句錯誤處. 今幸得元本, 錄於家藁. 然亦一二可疑處, 姑存之.」, 『影印標點 韓國文集叢刊』 11, 68쪽.

252 南孝溫, 『秋江集』 권 2, 「屛風十詠」, 「赤壁乘舟」, 『影印標點 韓國文集叢刊』 16, 민족문화추진회, 1989, 36쪽.

임오년 7월 16일에 蔡子休, 金子固, 辛敬叔과 함께 廣津에 나가 노는데, 楊半刺 子淳도 와서 참여하였다. 5수, 其一(壬午七月旣望, 與蔡子休, 金子固, 辛敬叔, 出遊廣津, 楊半刺亦來會五首, 其一)

임오년 가을 칠월 십육일 광나루 머리서
전현을 이어 적벽의 놀이를 하려 하노니
달빛은 정이 많아서 오늘 밤이 하 좋은데
강물은 끝없이 흘러 어느 때나 그칠는지.
높은 노래 젓대 소리엔 교룡이 응당 춤추고
묘한 시구 호쾌한 담화엔 귀신이 시름하네.
천고의 영웅들은 아 아득하기만 하여라
蘇仙만 유독 풍류를 독차지하지 못하리.
壬秋七望廣津頭, 擬續前賢赤壁遊.
月色有情今夜好, 江流無盡幾時休.
高謌長笛蛟應舞, 妙句豪談鬼自愁.
俯仰英雄嗟渺渺, 蘇仙不獨擅風流.[253]

徐居正은 前賢의 적벽선유를 한강의 廣津에서 계승하며, 蘇仙(소동파)만이 이러한 풍류를 독차지한 것은 아니라고 하여 船遊에 대한

253 徐居正, 『四佳詩集』 권 10, 「壬午七月旣望, 與蔡子休, 金子固, 辛敬叔, 出遊廣津, 楊半刺亦來會五首, 其一」, 『影印標點 韓國文集叢刊』 10, 민족문화추진회, 1989, 363쪽.

자신의 자부심을 토로하고 있다.

서거정의 다른 시를 보자.

> 지난 임오년(1462, 세조 8) 7월 16일에 김자고金子固, 채자휴蔡子休, 양질부楊質夫를 초대하여 나의 광진廣津 촌서村墅로 나가 놀면서 중류中流에 배를 띄우고 술을 마시며 실컷 즐겼던바, 이때 광릉廣陵의 가희謌姬 두 사람이 술 시중을 들었는데, 그것이 지금 벌써 23년 전의 일이다. 자고가 이 일을 사용하여 시를 지어 부쳤으므로 나 또한 이 내용으로 수답하는 바이다. 4수, 其一(壬午秋七月旣望, 邀金子固,蔡子休, 楊質夫, 出遊僕廣津村墅, 泛舟中流, 飮酒樂甚, 時廣陵謌姬二人來佐歡, 計今二十三年矣. 子固用此事寄詩, 予亦以此答之, 四首, 其一)
>
> 광진의 파란 물결이 새로이 불어나니
> 만이랑 물결에 일위를 띄움이 어떻겠나.
> 더구나 壬年 칠월 십육 일을 만났으니
> 우리가 동파의 후신인 줄도 혹 알겠는가.
> 廣津新漲鴨頭波, 萬頃蒼茫縱葦何.
> 况値壬秋七月望, 寧知我輩後身坡.[254]

254 徐居正, 『四佳詩集』, 권 46, 「子固見和, 復次, 四首, 其一」, 『影印標點 韓國文集叢刊』 11, 민족문화추진회, 1989, 73쪽.

徐居正은 자신들을 '동파의 後身'으로 자처하고 있으며, 지난날 한강 廣津에서의 선유를 추억하고 있다.

박은의 시를 보자.

펄렁 펄렁 강물 위로 내려가는 돛은
삽시간에 지체없이 잘도 가는데
아, 나는 저 돛만 못하여
몸을 움츠리며 기를 못 펴고 반 세상을 지냈구나.
그러나 금년은 조그마한 恨도 없이
좋은 일은 모두 다 성취했고
날씨가 흐리거나 개거나
절승은 모두 한 가지
곰곰 생각하니, 赤壁仙(동파) 그 분은
우주를 사뭇 두리번 거렸네.
그 호기를 그대로 누설했으니
두 賦가 자연 걸작일 밖에
취하여 다시 한 번 높이 읊으니
밝은 달이 음침함을 쓸어버리네.
飄飄下水帆, 一瞥杳無蔕.
嗟我不比渠, 局促過半世.
今年無小恨, 好事靡不濟.
或陰而或晴, 勝絶俱一例.

緬懷赤壁仙, 宇宙了睥睨.
豪氣之所洩, 二賦自凌厲.
醉去更高吟, 皎月掃蒙翳.[255]

朴誾(1479~1504)은 임술년 7월 기망에 한강의 잠두봉 아래에서 「전적벽부」의 船遊를 재연하고, 이어서 10월 보름에 또 蠶頭峰 아래에서 「후적벽부」의 선유를 재연하고 있다. 그리고 강물 위를 잘도 흘러내려 가는 돛만 못해 자신은 기를 못 펴고 몸을 움츠리며 반세상을 지났다고 토로하였다. 아울러 그는 동파가 우주의 豪氣를 누설하여 걸작을 만들었다고 표명하고 있다.

다음은 朴誾(1479~1504)이 두 번, 그리고 客 두 사람 모두 다섯 명이 한강 蠶頭峰에서 소동파의 赤壁船遊를 再演하는 장면을 유려한 필치로 기록한 시이다.

사해의 탁월한 문장이라 소자첨이여
그 기상 드높아 우주가 좁을 정도였지.
알겠구나, 높은 명성이 화의 빌미 되는 줄
시구를 주워 모아 모두 烏臺詩案에다 넣었어라.
삼 년 동안 동파에서 기왓장과 자갈 주웠나니

255 朴誾, 『挹翠軒遺稿』 권 1, 「十月之望, 與擇之復遊蠶頭下, 占霽韻各賦」, 『影印標點 韓國文集叢刊』 21, 민족문화추진회, 1989, 21쪽.

홀로 외로운 신세라 누가 보살펴 주었으랴.
시골 노파가 웃으며 말을 건네기를
옛날의 부귀는 일장춘몽이라 하였으나
선생은 그 말을 조금도 괘념치 않은 채
한가로이 누워 그저 文辭를 즐길 뿐이었고
때때로 산수 구경하고픈 흥이 일어나면
말을 타고 유람한 것이 헤아릴 수 없었지.
적벽의 아래에서 칠월이라 가을에
달빛도 旣望이라 유난히 맑고 환할 때
일엽편주 타고 놀 제 흰 이슬은 강을 가로 덮었으니
하늘을 나는 신선을 끼고 노는 듯 둥실 떠서
뱃전 두드리며 크게 노래해 曹公에 화답하니
퉁소 소리 애절하여 가락 못 이루는데
술잔을 들어 객에게 누차 권하여 마시고
서로 몸 베고 누워 동방이 밝는 줄도 몰랐지.
당시에 강의 신이 호탕한 글 짓게 도운 듯
한 글자가 우연히 인간 세상에 흩어져서
지금도 그 표표한 기상이 구름을 찌르누나
내가 예전에 이 글을 보고 재삼 감탄했네.
……
술잔을 들어 달에게 묻고 蘇仙을 부르니
날개가 돋아 광활한 허공을 나는 듯하여라.

동방이 밝아 오려 할 즈음 물기운 불어나니
그야말로 천지가 나뉘기 전 혼돈의 때와 같구나.
삐걱삐걱 노 저어 물안개 속으로 들어가니
긴 풀숲 백사장엔 거위와 황새 어지럽네.

四海文章蘇子瞻, 宇宙不能容氣岸.
乃知名高禍爲祟, 捃摭詩句皆入案.
三年東坡拾瓦礫, 獨行顧影誰我館.
村婆野媼笑相語, 昔日富貴春夢斷.
先生一介不掛懷, 高臥只以文辭翫.
時時偶發山水興, 駕言出遊亦無算.
赤壁之下七月秋, 月色旣望愈淸煥.
扁舟一葉白露橫, 擬挾飛仙跨汗漫.
扣舷浩歌和曺公, 洞簫哀怨不成亂.
匏尊與客累相屬, 枕藉不知東方缺.
當時江神助豪詞, 隻字偶與人間散.
至今飄飄尙凌雲, 我昔寓目更三歎.
……
擧觴問月喚蘇仙, 浩浩憑虛生羽翰.
東方欲曉水氣漲, 正如混沌初未判.
嗚櫓又侵煙霧去, 草遠沙長亂鵝鸛.[256]

256 朴誾, 『挹翠軒遺稿』, 권 2, 「題蠶頭錄後」, 『影印標點 韓國文集叢刊』 21, 민족문화추진회, 1989, 29쪽.

잠두봉은 서울시 마포구 양화도 동쪽 한강 가에 돌출된 봉우리이다. 마포로부터 노를 저어가니, 물결은 일지 않고 미풍만 분다. 벗 士華가 술 한 말에 소동파의 「적벽부」를 붓으로 썼다. 날씨는 엷은 구름이 은하수를 가렸다가 이윽고 시원한 빗줄기가 내린다.

천하의 문장 소동파는 기상이 높아 우주도 그의 기개를 용납할 수 없었다. 소동파는 명성이 높은 것이 오히려 재앙의 빌미가 되어 烏臺詩案이라는 필화사건에 걸려 黃州에 유배되어 東坡에서 몸소 농경에 종사했다. 훗날 해남도에서는 시골 노파가 부귀는 일장춘몽이라 하였는데, 동파는 괘념치 않고 文辭를 즐기었다. 동파는 흥이 일면 산수를 유람하고 적벽에서 船遊를 하며 전후 「적벽부」를 남겼으니 그 표표한 기상은 구름까지 치솟는다. 이처럼 박은은 소동파의 기상과 행적을 흠모하여 그에게 동일화하며 적벽선유의 재연을 기록하고 있다.

이식의 「楊江泛月唱和詩錄後序」를 보자.

> 내가 蘇長公의 「赤壁賦」를 읽어 보고는, 자연의 변화를 超克하면서 눈앞에 벌어진 현상을 어루만지고 있는 것에 탄복을 하였는데, 飄飄히 구름을 타고서 세상 밖에서 노니는 듯한 그 분위기에 압도되어 상쾌하게 자기 자신을 잃지 않은 적이 한 번도 없었다. 그러다가 우리 집안의 容齋先生(李荇)과 翠軒公(挹翠軒 朴誾) 등 여러분이 蠶嶺(한강 蠶頭峯)에서 노닐며 지은 시들을 읽어 보건대,

그것은 바로 先哲(蘇東坡)의 풍류에 감흥을 일으켜서 그해 그날의 일을 模倣해 본 것으로서, 그 遺事를 바다 동쪽 까마득히 떨어진 곳에서 재연한 것이었으니, 中州(중국)의 인사들도 어쩌면 이런 일을 먼저 해 보지는 못했으리라는 생각이 든다. 그리하여 쟁쟁하게 울리는 風雅의 시편들이 지금까지 전해지면서 愛誦 되고 있으니, 이 일 역시 기이하다고 해야 하겠다. 그런데 그때의 날씨가 마침 음산하게 안개로 뒤덮여 이틀 밤이나 계속 달구경을 하지 못했으니 진정한 풍류를 마음껏 누리지는 못했다고 하겠다. 그 뒤에 退陶先正(李滉)께서 鄕人門弟들과 함께 風月潭에서 이런 풍류를 즐기기로 약속을 했었는데, 그날 또 비가 오는 바람에 실행에 옮기지를 못하고 그때의 시들만 전해오고 있는 실정이다. 금년이 바로 天啓(1621~1627) 임술년(1622, 광해군 14)으로, 7월 旣望이 되면서 天曆이 또 한 바퀴 돌아오자, 玄谷(鄭百昌의 호임) 鄭學士가 疎庵(任叔英의 호임) 任子를 초빙하여 楊江에서 노닐기로 계획하였으므로, 나도 曺子實(자실은 曺文秀의 字임)과 함께 驪江에서 배를 끌고 가서 會同을 하였으며, 呂子久(자구는 呂爾徵의 字임)와 李而晦 父子도 앞서거니 뒤서거니 서로들 도착하였다. 그리하여 마침내 浦口를 떠나 大灘의 萬頃蒼波를 헤치면서 聯句로 시를 읊고 권커니 잣커니 술을 마셨다. 사방을 둘러봄에 마냥 즐겁기만 할 뿐, 淸曠하고 超洒한 운치를 한껏 맛보면서 사흘 밤을 계속 노닐다가 그만두었다. 酉日부터 寅日까지 하늘에 한 점 티도 없이 낭랑한 달빛이 쏟아져 내렸으니, 아, 이 얼마나 행운인가.

……

이번에 우리가 노닌 것을 가령 성대한 풍류나 文雅의 측면에서 살펴본다면, 前輩의 경지를 감히 조금이라도 엿볼 수 없다고 해야 할지 몰라도, 江山과 光景의 아름다움으로 말하면 (소동파의) 黃岡의 달밤에 비교해도 전혀 손색이 없다 할 것이니, 이는 그야말로 때를 만나지 못했다고 말할 수가 없을 것이다.[257]

李植(1584~1647)은 1622년(광해군 14) 임술년 칠월 旣望에 鄭百昌, 任叔英, 曺文秀, 呂爾徵, 그리고 李而晦 父子와 함께 楊江을 선유하는 모습을 묘사하고 있다. 楊江은 경기도 양평의 남한강을 가리킨다. 이식은 평소 「전적벽부」의 "자연의 변화를 초극하면서 눈앞에 벌어진 현상을 어루만지고 있는" 분위기에 탄복하였다고 했다.

257 李植, 『澤堂集』 卷 9, 「楊江泛月唱和詩錄後序」, "余讀蘇長公赤壁賦, 歎其超物化撫光景, 飄飄然有凌雲之氣, 未嘗不爽然自失. 及讀吾家容齋先生與翠軒諸公遊蠶嶺諸詩, 乃能興思先哲倣依歲月, 接其遺事於海東窮邈之外, 而中州之士曾莫之或先. 鏘鏘乎風雅之什, 傳誦至今, 斯又奇矣. 顧其時遇陰霧連兩, 夜不見月, 猶未暢也. 于後退陶先正與鄉人門弟, 約是遊於風月潭上又以雨不果行, 獨其詩傳耳. 今年天啓壬戌七月旣望, 天曆又周, 玄谷鄭學士, 邀疏菴任子, 作楊江之遊. 余與曺子實, 挐舟自驪江往會焉. 呂君子久, 李公而晦父子, 亦後先至. 遂航前浦, 凌大灘之波, 聯詩命爵. 四顧而樂, 極淸曠超洒之致, 連三夜而止. 蓋自酉至寅, 天無一點氛翳, 朗然也. 噫. 何其幸也. …… 卽風流文雅之盛, 雖未敢覰前輩一斑, 乃其江山光景之美, 自不減黃岡之夕, 斯固不可謂不遭也." 『影印標點 韓國文集叢刊』, 88, 민족문화추진회, 1992, 145쪽.

이보다 앞선 시대에 이행과 박은이 먼저 소동파의 풍류에 감흥을 일으켜 한강 잠두봉의 선유를 재연했으니, 이는 중국에서도 듣지 못한 쾌사였다. 다만 당시에는 날씨가 안개로 뒤덮여 이틀 밤이나 계속 달구경을 하지 못했으니 진정한 풍류를 마음껏 누리지는 못했을 것이다. 그 뒤에 李滉도 풍월담에서 적벽선유의 풍류를 즐기기로 약속했는데 그날 또 비가 와서 실행에 옮기지 못하고 그때의 시들만 전해오는 실정이었다.

이번에 이식이 벗들과 적벽선유를 재연한 날은 사흘 밤을 계속 노닐어도 날씨가 한 점 티가 없이 맑아 낭랑한 달빛이 쏟아져 내렸다. 이식은 소동파의 적벽선유가 있은 이래로 임술년이 일곱 번 지나는 사이에 오직 잠두봉의 船遊가 있었고, 그 후 임술년이 두 번 지나갔는데 楊江의 선유 하나만이 있게 되었다는 것을 자부심과 감동의 필치로 기록하고 있다.

박사호의 글을 보자.

> 내가 임술년(1802, 순조 2) 가을 7월 16일에 金士集과 赤壁에서 뱃놀이를 할 제, 배에 술병 하나, 퉁소 하나, 거문고 하나와 시축詩軸(시를 적는 두루마리) 하나를 싣고, 배를 몽치정夢鴟亭 아래에 띄우고 밤에 화석정 사이를 강을 따라 오르내리며 질탕하게 놀면서 밤을 새웠다. 김사집은 취흥에 겨워 거문고를 뜯으면서 목 놓아 노래 부르고, 퉁소를 불며 시를 읊었는데, 백발이 바람에 휘날리

는 품이 완연히 풍류객이었다. 이제 다시 이 고장을 지나니, 한번 죽은 사람은 다시 살아날 수 없고 뽕밭이 변하여 푸른 바다가 되듯이 변하였구나.[258]

朴思浩는 純祖 28년(1828년) 10월 27일, 예전 임진강 長湍의 赤壁에서 풍류 넘치는 적벽선유를 하며 밤을 지새는 광경을 절실하게 추억하며 묘사하고 있다.

한편 낙동강에서의 洛江詩會는 동아시아에서 가장 장구한 기간 동안 이어온 시회이다. 洛江詩會는 상주의 낙동강 일대에서 1196년 白雲 李奎報의 詩會(白雲洛江泛舟遊)로부터 1862년 시회에 이르기까지 거의 7백 년 동안 총 51회가 열렸다.[259] 그 공간은 상주의 擎天臺-道南書院-竹岩-合江亭-觀水樓의 30여 리 구간이다.[260]

다음은 李埈의 「洛江泛月詩序」이다.

258 朴思浩, 『心田稿』, 권 1, 戊子十月 二十七日, 「燕薊紀程」(국역연행록선집 08), "余於壬戌秋七月旣望, 與金士集續赤壁之游, 舟中載酒壺一, 洞簫一, 琴一, 詩軸一, 放舟於夢鷗亭下, 夜泊花石之間, 沿江上下, 跌宕終宵. 士集乘醉鼓琴放歌, 弄簫賦詩, 白髮蕭颯, 宛是風騷人也. 于今復過此地, 泉台難作, 滄桑易地."

259 李九儀, 「해제」, 권태을 역, 『洛江泛月詩』, 아세아문화사, 2007, 21쪽.

260 권태을 역, 『洛江泛月詩』, 아세아문화사, 2007, 4쪽, 「머리말」.

> 소동파가 적벽에서 논 일이 고금에 부러운 일이어서 아름다운 경치가 있는 곳이면 이를 상상하게 되었다. 이로 인하여 동파의 호방한 문장과 걸출한 구절은 江神의 도운 바에 힘입어 무지개 같은 광채와 신기루 같은 색채가 되어 사람의 이목을 비추기에(눈을 현혹하기에) 족하였다.[261]

李埈은 동파의 「적벽부」는 호방한 문장, 걸출한 구절로 쓴 것이며, 그것은 江神의 도움을 받아 무지개와 신기루 같은 광채를 보인다고 칭찬했다.

낙강시회에 관련된 3인의 시구를 보자.

> 천 년의 절벽 기이한 경치도 으뜸인데,
> 황홀하게도 하늘 끝에 옮겨 놓은 듯하네.
> 千年赤壁擅奇絶, 恍惚移來天一隅.[262]

> 천 년 만에 만난 즐거운 유람 고금에 으뜸인데,
> 앞은 赤壁遊요, 뒤에는 洛東江遊이라네.

261 李埈, 「洛江泛月詩序」, 권태을 역주, 『역주 낙강범월시』, 아세아문화사, 2007, 원문 『壬戌泛月錄』, 4쪽. "蘇老赤壁之遊, 爲古今所欽羨, 至有丹青而想像者. 是因此老豪詞傑句, 爲江神所助, 虹光蜃彩, 有足以照人耳目也."

262 柳袗, 「得蘇字」, 권태을 역주, 『역주 낙강범월시』, 아세아문화사, 2007, 원문 『壬戌泛月錄』, 22쪽.

千載勝遊今古擅, 前焉赤壁後東江.[263]

蘇仙의 적벽놀이 잇기를 원하여
일엽편주 다시 낙동강에 띄우네.
願續蘇仙遊赤壁, 扁舟再泛洛東江.[264]

위 3條에서 柳袗, 李在寬, 鄭泰巖은 각기 소동파의 적벽선유를 자신들이 낙동강에서 洛江船遊로 계승하였다는 것을 자부심어린 필치로 표명하고 있다.

김이상의 글을 보자.

坡老의 한가한 흥취는 물과 달에 부치고, 醉翁의 맑은 취미는 마음으로 얻었다. 넓고 도도하여 광대한 우주를 초탈하기도 하고, 텅 비고 고요한데 혼합되기도 하였으니, 진실로 뜬세상의 즐거운 유람이다.[265]

263 李在寬, 「四友堂趙丈, 壬戌七月旣望, 追東坡赤壁古事, 泛月洛江. 仍以一律紀勝, 未幾公下世, 其孤季昌甫孝思无窮, 請步其韻, 遂次以謝之」, 권태을 역주, 『역주 낙강범월시』, 아세아문화사, 2007, 원문 『壬戌泛月錄』, 53~54쪽.

264 鄭泰巖, 「敬次」, 其二, 권태을 역주, 『역주 낙강범월시』, 아세아문화사, 2007, 원문 『壬戌泛月錄』, 127쪽.

265 金履常, 「洛江賦小序」, 권태을 역주, 『역주 낙강범월시』, 아세아문화사, 2007, 원문 『壬戌泛月錄』, 91쪽. "坡老之閒興, 寓之於水月, 醉翁之淸趣, 得之於方寸. 浩浩乎洋洋乎, 超鴻濛, 混希夷, 眞浮世之一勝遊也."

金履常은 강물과 달에 부친 소동파의 흥취와 취옹 구양수의 맑은 취미를 모범으로 삼아 광대한 우주를 초탈하고 있다.

동파가 적벽부를 읊은 중국 호북성 黃州의 赤壁은 이제 장강의 물 흐름이 바뀌어 육지가 되었다. 그만큼 적벽선유의 전승 유래를 찾기 힘들다. 그만큼 적벽선유의 재연은 우리나라의 독특한 면모를 보여주고 있다.

이제 조선 후기 제주에서의 旣望泛舟 행사의 예를 들어보겠다. "金允植(1835~1922)은 제주로 유배 온 이후 다른 유배객과 제주 지역의 상류층 인사들과 귤림시회를 결성하고, 기망에 모여 시를 지었다."[266] 그는 제주시 龍淵에서 배를 띄우고 선유를 재연하고 있다.

> 오늘은 바로 旣望이다. 여러 謫客과 함께 龍淵에 배를 띄웠다. 바다의 파도가 크게 밀려와 용연과 서로 통하여 성난 밀물이 언덕 벽을 때리니 소리 나는 위세가 용맹하여 참으로 장관이었다.
>
> 검은 구름이 모였다간 흩어지기를 無常히 하는데, 때로는 달빛이 새어 나오기도 하고 혹은 가랑비가 내려 쓸쓸했다. 밤이 깊어 가니 달빛도 자못 아름다웠다. 멀리서 뱃노래가 들리더니 山底浦에서 배가 흔들리며 용연으로 들어왔다. 읍내 젊은이들이 역시 旣望놀이를 하고 있다. 내가 탄 배 가운데 피리 부는 사람이 있어

266 김순이, 표성준, 『제주 유배인과 여인들』, 여름언덕, 2012, 178쪽.

> 서 노래와 피리가 서로 어우러졌다. 새벽 두 시가 되어 배에서 내려 돌아왔다.[267]

金允植 일행은 제주시 龍淵에 배를 띄워 영주 13경의 하나인 龍淵夜泛을 즐기었다. 또 다른 旣望에는 제주목사 이상규의 旣望놀이를 하는 광경을 목격하기도 했다. 마침 온 성의 남녀들이 그 광경을 구경나와 그 홍취를 묘사하고 있다.[268]

김윤식의 다음 글을 보자.

> 오늘은 기망이다. 저녁밥을 먹은 후에, ……과 함께 술과 안주를 가지고 拱辰亭에 올랐다. 달을 감상하며 潮水가 들고 나는 것을 보고 있는데, 濟州牧使가 (산지천에서) 旣望 놀이를 하느라고 배를 띄워 등을 켰는데 피리와 북소리가 요란하고 어지러웠다. 온 성의 남녀들이 나와서 보았다.[269]

267 金允植 著, 金益洙 譯, 『續陰晴史』, 제주문화원, 2011, 128쪽. 金允植, 『續陰晴史』(原文), 46쪽. 1898년 9월 1일 條, "今日卽旣望也, 與諸謫客汎舟龍淵, 海濤大漲, 與淵相連, 怒潮擊岸, 聲勢雄猛, 誠壯觀也. 陰雲聚散無常, 時漏月光, 或微雨蕭蕭, 夜深月色頗佳, 遙聞歌船, 自山底浦迤來入淵, 邑中少年輩亦作旣望游也. 我船中有吹笛者, 歌笛相和, 至丑初, 下舟而還.".

268 김순이, 표성준, 『제주 유배인과 여인들』, 여름언덕, 2012. 11, 182쪽.

269 金允植 著, 金益洙 譯, 『續陰晴史』, 제주문화원, 2011, 245~246쪽. 金允植, 『續陰晴史』(原文), 92쪽. 1900년 8월 9일 條, "今日旣望也. 夕飯後, …… 持酒肴, 登拱辰亭, 賞月望潮, 州牧爲旣望之遊, 汎舟張燈, 簫鼓轟沸, 士女傾城往觀."

이외에도 朴泳孝(1861~1939)는 2년 동안 제주에서 유배생활을 하였는데, 제주시 외도동의 月臺에서 기망놀이(旣望遊)를 하며 詩會를 열어 제주의 명사들과 어울리며 시를 짓고 은어회도 즐겼다.[270]

한편 李廷龜(1564~1635)는 중국의 사신을 전송하면서 돌아오는 길에 고을의 관리들과 7월 기망의 적벽선유를 재연하고 있다. 달빛이 대낮같이 밝은데 주흥이 무르익는 광경을 묘사하고 있다.[271] 이외에도 金誠一(1538~1593)은 和順 同福의 적벽에서 스승 퇴계 선생이 20년 전, 임술년 가을에 쓴 적벽 관련 시를 추억하면서 스승이

270 김순이, 표성준, 『제주 유배인과 여인들』, 여름언덕, 2012. 11, 159쪽.

271 李廷龜, 『月沙集』 권 18, 「倦應錄下」, "임술년(1622, 광해군14) 가을에 내가 양 칙사(梁勅使)를 빈접儐接하면서 전송차 청천강淸川江까지 갔다가 돌아올 때는 무산巫山 쪽으로 길을 잡았다. 원외員外 최대용崔大容이 마침 공무로 왔는데 막내 아이 소한昭漢이 괴원槐院의 자문咨文을 가지고 함께 따라와 있었다. 고을의 관원들이 간소한 술자리를 차리고 적벽赤壁 아래 배를 띄우고 놀았으니, 바로 7월 기망旣望이었다. 가을 하늘이 언뜻 개자 맑은 달빛이 대낮같이 밝았으며, 밤은 깊고 주흥酒興은 무르익어 바람과 이슬이 사람을 엄습하는 줄도 깨닫지 못하였다. 이에 배에서 내려 누각에 올라 난간에 기대어 시를 읊노라니 또 하나의 좋은 흥취를 보탤 수 있었다. 입으로 한 수 읊어서 그 좋은 모임을 기록해 둔다.(壬戌秋, 余儐梁勅使, 送至淸川江, 還途, 取路于巫山. 崔員外大容適以公幹來, 季兒昭漢齎槐院咨, 仍隨在行. 州官具小酌, 泛舟於赤壁之下, 卽七月旣望也. 秋天乍褰, 霽月如晝, 夜深酒闌, 不覺風露襲人. 卸舟上樓, 倚欄嘯詠, 添一佳興. 口占一律, 以紀其勝云.)" 『影印標點 韓國文集叢刊』 69, 413쪽.

남긴 시를 외며 탄식하고 있다.[272]

2. '赤壁船遊'의 變容

조선조 문인들은 적벽 뱃놀이의 재연을 통해 나름대로 적벽선유를 변용하기도 하였다.

李荇(1478~1534)은 7월 旣望에 한강에 배를 띄우고 놀며 달을 구경하면서 그 신나는 홍취를 묘사하고 있다.

초가을 물색이 절로 맑고 새로우니
기망 외로운 달빛에 더욱 심란하여라.
한강으로 적벽을 삼아볼까 하노니
임술로 경진을 삼은들 무슨 상관이랴.
술잔 들고 권하매 손이 아닌 이 없고
노 두들기며 높이 노래하니 신이 나누나.
그저 해마다 이와 같을 수만 있다면
구태여 애써서 신선술 배울 필요 없으리.
初秋物色自淸新, 旣望孤光愈惱人.

272 金誠一, 『鶴峯集』, 『鶴峯先生文集續集』, 卷 1, 「赤壁夜, 福川(金富倫)書示老先生兩詩, 感歎之餘, 仍次其韻」, "二十年前壬戌秋, 狂流何事阻仙舟. 如今白首門生在, 共唱遺詞歎不休.", 『影印標點 韓國文集叢刊』 48, 174쪽.

擬把漢江當赤壁, 何妨壬戌作庚辰.
擧尊相屬非無客, 擊楫高吟覺有神.
但使年年能辨此, 不須辛苦學仙眞.[273]

"한강으로 적벽을 삼고, 임술년으로 경진년을 삼은 들 무슨 상관이랴."며 船遊의 장소와 선유의 해를 자신들의 처지에 맞게 변용한 것을 강조하고 있다. 위의 시를 지을 때가 경진년이므로 이렇게 표현하였다.

李滉(1501~1570)은 아들, 손자, 그리고 제자 李德弘과 안동 탁영담에서 역탄까지 船遊를 하며, 소동파의 적벽선유를 계승하고 있다.

> 선생(퇴계 선생)은 辛酉年(1561, 명종16) 4월 16일에 그 형의 아들 교齋와 손자 안도와 덕홍과 더불어 달밤에 濯纓潭에 배를 띄워 강물을 거슬러 올라가다가, 盤陀石에 배를 정박했다가 櫟灘에서 닻줄을 풀고 배에서 내렸다. 술이 세 순배가 돌자 선생이 옷깃을 바루고 단정히 앉아 마음을 안정시키고는 기운을 움직이지 않고 한참 후, 前後「赤壁賦」를 읊고는 말씀하셨다.

273 李荇, 『容齋集』, 권 3, 「七月旣望之夜, 泛舟漢江, 翫月有作」, 『影印標點 韓國文集叢刊』 20, 민족문화추진회, 1989, 380쪽.

"蘇公이 비록 病痛은 없지 않지만, 그 마음에 욕심이 적었던 것은, '진실로 나의 가진 바가 아니면 비록 털끝만 한 것도 취하지 않는다.' 라고 한 (이하 몇 구절) 등에서 볼 수 있다. 그리고 또 그는 일찍이 (해남도로) 귀양 갈 때에 棺을 싣고 갔으니, 그가 속세에 초연하여 구속받지 않는 모습이 이러했다."

하고는, 淸 · 風 · 明 · 月로 分韻하여 明 자를 운으로 얻어 시를 짓기를,

달빛 어린 물 위는 희부옇고 밤기운 맑은데
바람이 쪽배 불어 달빛 환한 강물 거슬러 오르네.
표주박에 담긴 백주는 은잔을 기울여 마시고
달빛 어린 물결에 노 저어 별빛을 끌고 가노라.
采石江에서 광태 부렸던 건[274] 잘한 일 아니요,
낙성호에서 뱃놀이한 일이[275] 가장 생각나누나.
알지 못하겠다. 백 년 뒤 통천에서

274 唐 李白이 采石江에서 뱃놀이를 하다가 술이 취해 물속의 달을 잡으려다 익사했다는 전설을 인용하였다.

275 朱子가 落星湖에서 뱃놀이하면서 「和彭蠡月夜泛舟落星湖」란 시를 읊었는데 첫머리에 송나라 蘇庠의 「淸江曲」의 "長占烟波弄明月"이란 구절을 그대로 인용, "내 낀 강물 늘 차지하고 밝은 달 구경하려는, 생각을 가진 지 오래지만 누구에게 말할거나(長占烟波弄明月 此心久矣從誰說)"라고 하였다.

주자의 시 이은 사람 또 누가[276] 있는지.

水月蒼蒼夜氣淸, 風吹一葉泝空明.

匏樽白酒飜銀酌, 桂棹流光掣玉橫.

采石顚狂非得意, 落星占弄最關情.

不知百歲通泉後, 更有何人續正聲.[277]

이 글은 李德弘이 기록한 것이다. 이황은 소동파에게도 단점이 있음을 인정했지만, "진실로 나의 가진 바가 아니면 비록 털끝만 한

276 通泉은 중국의 사천성 梓州에 있는 지명이다. 杜甫의 「觀薛稷少保書畫壁」에 "알지 못하겠다, 백 년 뒤에 누가 다시 통천에 올런지.(不知百歲後 誰復來通泉.)"이라고 하였는데, 朱子가 武夷九曲에서 뱃놀이를 하고 읊은 시에 "백 년 뒤에 누가 다시 통천에 올거나.(百歲誰復來通泉)"라는 구절이 있다.
퇴계의 이 구절을 주자의 뱃놀이를 생각하면서 주자의 시구를 인용하여, '주자가 세상을 떠난 뒤에 누가 주자의 시를 이어 시를 지은 사람이 있는가.' 라고 한 것이다. 직전의 2개의 주)와 이 시의 해석은 이상하, 2012. 5. 7,「적벽부와 소동파의 마음」, 한국고전번역원, 홈피「고전의 향기」에 의거하였다.

277 李德弘, 『艮齋集』, 권 6, 「溪山記善錄(下)」, "先生四月既望, 與姪甯孫安道及德弘泛月濯纓潭泝流泊盤陀石, 至櫟灘, 解纜而下, 酒三行, 正襟端坐, 凝定心神, 不動聲氣, 良久而後, 詠前後赤壁賦, 曰, 蘇公雖不無病痛, 其心之寡欲處, 於苟非吾之所有, 雖一毫而莫取等句見之矣, 又嘗謫去, 載棺而行, 其脫然不拘如此, 因以淸風明月分韻, 得明字, 詩曰 水月蒼蒼夜氣淸, 風吹一葉泝空明. 匏樽白酒飜銀酌, 桂棹流光掣玉橫. 采石顚狂非得意, 落星占弄最關情. 不知百歲通泉後, 更有何人續正聲." 『影印標點 韓國文集叢刊』 51, 민족문화추진회, 1991, 91쪽.

것도 취하지 않는다." 이하의 몇 구에서, 그 마음에 욕심이 없음을 높이 평가했다. 또한 소동파가 해남도로 귀양 갈 때 棺을 싣고 갔던 데에서 속세에 구속받지 않음을 칭송했다.

아래는 丁若鏞(1762~1836)이 錦江 夫餘의 고란사에서부터 자온대까지 선유하며 배 안에서 지은 시이다.

> 강물이라 한복판에 풍악 소리 맑은데
> 당나라의 군함이 (백제와) 교전하던 옛 전쟁터이로다.
> 만약에 자온대가 적벽과 같았다면
> 정 선생(나 정약용)은 능히 소동파를 비웃고도 남았으리.[278]

「부여 현감 한원례 백원과 함께 고란사 밑에서부터 배를 타고 자온대까지 갔는데 배 안에서 장난삼아 지어 원례에게 보이다.」라는 제목이다. 그는 自溫臺가 동파적벽과 같은 경관이었다면, 자신이 소동파를 비웃을 만한 명작을 남겼을 것이라고 자부했다.

박사호의 기행문을 보자.

278 丁若鏞, 『與猶堂全書』, 第一集, 詩文集, 권 2, 詩集, 「同扶餘縣監韓元禮 百源 自皐蘭寺下汎舟至自溫臺 舟中戲吟示元禮」, "歌簫淸絶水中央, 唐代龍驤舊戰場. 若把溫臺當赤壁, 會教丁子笑蘇郎." 『影印標點 韓國文集叢刊』 281, 민족문화추진회, 2002, 41쪽.

맑음. 검수劍水 30리를 가서 점심 먹고, 서흥瑞興 40리를 가서 잤다.

서흥 관아의 북쪽에 새로 지은 한 작은 정자가 있다. 여섯 모로 널찍하고 탁 트였는데 달빛을 타서 올라가 거문고와 노래를 들었다. 한 어린 기생이 나이는 겨우 15세인데 황계사黃雞詞, 백구사白鷗詞, 죽지사竹枝詞, 권주가勸酒歌, 노군악路軍樂, 귀거래사歸去來辭, 양양가襄陽歌, 악양루기岳陽樓記, 적벽부赤壁賦, 관동별곡關東別曲, 춘면곡春眠曲, 오동추야가梧桐秋夜歌들을 부르는데, 처음에는 앵무새가 지저귀는 것 같더니 갑자기 학이 맑은소리로 우는 듯, 앵두 같은 입술에서 속삭이듯 줄줄 흘러나오니 소녀 중의 박식博識이라 하겠다.[279]

朴思浩는 순조 29년 3월 28일, 황해도 西興 관아의 북쪽 새로 지은 정자에서 15세의 어린 기생이 唱하는 여러 명문장과 노래, 그리고 「적벽부」 노래를 듣고는 찬탄을 금하지 못하고 있다.

이외에도 申緯는 "어느 곳 강산인들 적벽이 아니랴.(何處江山非

279 朴思浩, 『心田稿』, 권 1, 三月 二十八日, 「燕薊紀程」, 『燕行錄選集』, "晴. 釰水三十里午炊, 瑞興四十里宿. 瑞興衙軒之北, 有新搆一小亭. 六稜軒廠, 乘月而上, 聽琴歌. 有眇然一小妓, 年纔十五, 唱黃雞詞, 白鷗詞, 竹枝詞, 勸酒歌, 路軍樂, 歸去來辭, 襄陽歌, 岳陽樓記, 赤壁賦, 關東別曲, 春眠曲, 梧桐秋夜歌. 初若鸎語之間關, 忽作鶴唳之寥亮, 櫻唇呫囁, 津津流出, 可謂女娘中博識也."

赤壁.)"[280]라 하였다. 이는 申緯가 헌종 9년(1843) 7월 기망에 지은 작품이다. 그는 어느 강산에서든 적벽선유를 할 수 있다고 하면서 적벽선유를 자기화하고 있다.

이상에서 보듯이 조선시대 문인의 '赤壁船遊' 재연의 대표적인 장소로는 한강의 蠶頭峰, 廣津, 楊江(양평의 남한강) 등이 있으며, 낙동강의 예로는 안동의 濯纓潭, 상주의 擎天臺 일대가 있고, 또한 和順 同福의 赤壁, 임진강의 赤壁, 금강의 夫餘, 제주의 龍淵, 산지천 등이 있다. 이외에도 안동의 河回, 대구의 花園, 영덕의 小赤壁 등이 있다.

조선조 문인들은 소동파의 행적, 문학 등이 자신의 개인적인 처지와 유사함을 느끼고 그를 스승으로 삼아 배우고자 하였다. 그들은 소동파의 전후 「적벽부」를 나름대로 수용하며 변용하고 있다. 조선조 많은 문인들이 음력 7월 기망이나 10월 보름이 되면 각지에서 소동파의 '적벽선유'를 재연하였다. 유학을 숭상했던 조선조의 경우, 시기별로 동파에 대한 관점이 다소 달라지고 있기는 하나, 이루 헤아릴 수 없는 많은 문인들이 소동파의 전후 「적벽부」를 동경

280 申緯, 『申緯全集』, 4集, 2036쪽, 「秋七月既望, 從孫杭與客, 遊於東湖之奉恩寺, 記昔余聞七月既望, 東湖之遊, 有感」
申緯, 『警修堂全藁』 29, 『影印標點 韓國文集叢刊』 291, 640쪽.

하였고 그 영향을 받았다.

조선조 문인들은 소동파의 前後「赤壁賦」에서 '기개와 절조는 우주를 능가하고, 문장은 별처럼 빛난다.' 는 것을 발견하였다. 또한 「赤壁賦」를 통해 소동파의 洛蜀黨爭에 있어서의 라이벌 程伊川으로 하여금, 소동파의 문필력을 인정받게 하고 싶다고 할 만큼 소동파 「적벽부」의 품격을 높이 평가하고 있다. 또한 『壬戌泛月錄』에는 광해군 당대의 어려운 국가 현실을 직시하고 다가오는 국난인 정묘호란과 병자호란을 예지하고 있는 내용이 포함되어 있다. 또 문장은 小技일 뿐이라고 평가절하하고 있기도 하고, 「赤壁賦」는 강물과 달의 이치를 설파한 데 불과하다고 하며, 儒學의 관점에서 소동파가 신선이나 불교를 숭상한다는 한계성도 지적하고 있다.

조선조 문인의 적벽부 수용 및 적벽선유에서의 소동파에 대한 관점은 두 가지 범주로 나뉘고 있다. 첫째, 소동파의 시문, 인물 등을 전반적으로 흠모하고 찬양하며 기리고 있다. 이는 전시기에 있어서 나타나는 가장 주조적인 정서이다. 둘째, 사람됨에 대해서는 배척하나 시문은 사랑하고 있다. 이는 조선 중기 이후의 程朱學派의 학통 계승, 소동파의 불교와 노장사상에의 몰입, 그리고 소동파의 高麗에 대해 비우호적 관점과 상호 내적 관련을 지닌다.

조선조 문인은 소동파의 표표한 기상과 행적을 흠모하며, 속세에 구속받지 않음을 흠모하고 있다. 아울러 동파가 우주의 호기를 누설하여 걸작을 만들었다고도 하며, '동파의 後身' 으로 자처하기도 하였다. 또한 "한강으로 적벽을 삼아볼까 하노니, 임술로 경진을 삼은들 무슨 상관이랴."라고 하여, 자신들의 처지에 맞게 적벽선유를 변용하고 있기도 하다.

적벽선유는 조선의 전기, 중기, 후기 등 전시기를 걸쳐 지속적으로 재연되고 있다. 특히 尙州 洛江船遊에서는 고려 중기(1196) 李奎報로부터 조선 후기(1862)까지 근 700년 동안 51회의 詩會가 열렸으며, 『壬戌泛月錄』과 같은 관련 시문집을 남겼다는 사실은 동아시아 初有의 일이다. 상주 낙동강 선유에서의 시문집 기록의 하나인 『壬戌泛月錄』(1602~1728)에서의 일부 시문은 소동파의 전후 「적벽부」를 극찬하고 있다. 또 일부 시문은 純儒들의 입장에 서서 조선 중기 程朱學派의 소동파 비평과 그 궤를 같이하고 있다.

요컨대 학통의 차이를 막론하고 인간의 보편적 정서에 공감을 주고 있는 동파의 전후 「적벽부」는 문학과 인생의 측면에서 조선 문인의 이상적 모델이었다고 할 수 있겠다. 그만큼 수준 높은 문학은 국경을 초월하여 대다수의 독자가 그에 공명하고 있다는 방증이겠다. 여기서 문인들의 우리 경관문화에 대한 자부심도 녹아있음을 파악할 수 있다. 적벽선유의 재연은 중국에서 유래를 찾기 힘든 우리나라의 독특한 면모이다. 여기서 조선에서의 '적벽선유' 재연은 오랜 세월 활성화된 문화현상으로 자리매김 되었다는 것을 알 수 있었다.

제9장

申緯의 소동파 수용 및 그 의의

東坡 蘇軾(1036~1001)은 중국 北宋의 걸출한 문인이자 정치가이며 예술가이다. 그의 詩나 文에는 長江大河같은 호방한 기세와 삼라만상이 다 들어가 있는 풍부한 내용, 독특한 예술풍격, 그리고 여러 문학 장르를 소화해 내어 자신의 말로 표현해 낸 특징이 융해되어 있다. 또한 독자로 하여금 한 번 집중하게 되면 빨려 들어가지 않을 수 없는 흥미요소까지 골고루 내재되어 있다.

紫霞 申緯(1769~1845)는 朝鮮朝 후기의 걸출한 문인이자 예술가이며 정치가로서, 소동파의 인생과 문학을 흠모하고 그와 닮으려고 시도하였던 문인이다.

동파가 생존했던 북송조와 申緯가 생존했던 조선조는 700년 이상의 격차가 있지만 왕조시대라는 동질의 정치문화체제가 중심이어서 차이성보다는 동질성이 강하다. 申緯는 淸의 燕京에 가서, 金正喜(1786~1856)의 소개로 翁方綱(1733~1818) 등 당시 중국의 大碩學을 만나 東坡風의 문인 취미에 경도하게 된다. 이후 조선 후기 蘇東坡熱風에 있어 신위는 김정희와 쌍벽을 이루는 역할을 하게 된다.

신위는 동파를 흠모하고 수용하였지만 개성과 환경의 차이로 인해 문학상의 결과는 다르게 개성적으로 나타날 수밖에 없었다. 조선시대의 문인, 특히 신위와 같이 비중이 높은 문인의 소동파 시문의 수용 양상과 그 의의를 탐구한다는 것은 가치 있는 일이다. 발신자로서의 '소동파 및 그 詩文'과 수신자로서의 '조선시대 문인, 특히 신위의 소동파 수용 및 그 의의'에 대해 연구할 필요가 있다.

조선조의 문예사조의 변모 하에 한중 문화교류를 통해 중국 문학의 풍부한 경험을 능동적이고 적극적으로 수용한 사례는 상당히 보편적이다. 특히 소동파와 그 작품이 어떻게 사대부 문인의 모범이 되었으며 우리 식으로 승화되어 우리 문학의 내용을 풍부하게 하고 자주적인 문화의식을 지니게 되었는지, 그 정신세계까지 검토할 가치가 있다. 더불어 조선조의 문인이 중국 시인 소동파를 문화의 모형, 문화모델의 이상적 대상으로 설정하여 어떻게 그와 닮고 또 그와 같은 경지에 오르고자 하였으며, 특히 自己化, 個性化하여 독자적인 정신세계를 표현했는가를 가늠하는 것은 의미 있는 작업이다. 이 장에서는 이러한 것들을 비교문학적 견지에서 집중적으로 고찰하려고 한다. 소동파와 신위를 통하여 한중문화의 연관성을 하나의 시야에서 조망하고 그 문학사적인 의미를 넓히고자 한다.

먼저 기존 연구를 살펴보자. 손팔주는 『韓中漢詩研究』, 「申緯와 蘇軾」[281]에서 동국의 學蘇와 詩學思潮, 신위의 學蘇와 註釋, 차운시, 적벽부의 영향, 생일시, 그리고 시구 및 기타의 영향 등에 대해 연구하였는데, 이는 최초로 申緯와 蘇東坡 간의 관계를 조명한 가치 있는 글이다. 금지아는 「朝鮮 申緯의 『奏請行卷』 研究-燕行과 옹방강과의 文墨緣을 중심으로」[282]에서 신위의 燕行詩 89수를 통해 옹방강과의 文墨緣 및 그 속에 드러난 한중 문학 교류의 역사적 궤적을 파악하면서 옹방강의 '由蘇入杜'의 영향과 學蘇風의 영향을 받았음을 피력하고 있다. 이는 신위의 한 시기의 연구에 국한된다.

이 章에서는 기존 연구의 바탕 하에 그 장점을 계승 발전시키고 단점을 보완하며, 보다 풍부한 典據를 통해 신위의 전체 시기 시를 대상으로 소동파 시에 대한 창조적 수용까지 연구하겠다. 보다 구체적으로 본 연구의 내용을 살펴보면 다음과 같다.

'申緯의 蘇東坡 受容樣相'을 고찰함에 있어, 그의 '소동파 배우기(學蘇)' 과정-당시 清代의 석학 翁方綱의 매개를 통한 '學蘇'와

281 孫八洲, 『韓中漢詩研究』, 빛남, 1992, 49~95쪽.

282 금지아, 「朝鮮 申緯의 『奏請行卷』 연구-燕行과 翁方綱과의 文墨緣을 중심으로」, 『열상고전연구』 21, 열상고전연구회, 2005.

韓中學術交流 과정, '由蘇入杜(소동파를 경유하여 杜甫의 경지에 들어감)' 를 주목하고자 한다. 이어서 신위의 소동파에 대한 동경 및 그와 닮고자 하는 모습을 '소동파에의 심취와 그 동일화 양상' 으로 題하여 소동파의 생일에 관한 시, 소동파의 초상화에 관한 시, '赤壁船遊', '淸風五百間' 등을 통해 검토해보려 한다. 기실 이는 동파에 대한 흠모의 과정이며, 그와 닮아가려고 하고 그와 같은 경지에 오르려고 하는 노력의 일환이기도 하다. 이어서 '소동파 시문에 대한 申緯의 창조적 수용' 에 초점을 맞추어 논의를 전개하려고 한다.

본 章에서는 기준점이자 발신자로서의 '소동파 및 그의 詩文' 과 그리고 수신자, 재창조자로서의 '申緯의 작품' 을 연구 범위로 삼는다. 그리고 내용이 두 개 이상의 항목에 연계될 경우에는 그 가운데 중점이 쏠리는 곳으로 분류하겠다.

이상의 연구를 위해 蘇東坡의 경우, 『蘇軾詩集』〔(淸)王文誥 輯注, 孔凡禮 點校, 中華書局, 北京, 1990〕과 『蘇軾文集』(孔凡禮 點校, 中華書局, 北京, 1990)을, 申紫霞의 경우 『警修堂全藁』를 저본으로 삼겠다. 그리고 이와 관련된 자료, 기존의 연구성과를 바탕으로 나름대로의 논의를 진행하고자 한다.

〖제1절〗 '소동파 배우기(學蘇)' 과정 — 翁方剛의 매개 역할

젊은 시절 唐詩 공부에 주력했던 신위는 奏請使 書狀官으로 燕京(北京)에 가 옹방강을 만나고부터는 소동파의 시를 더욱 중시했다. 金澤榮의 申緯「年譜」에,

> 12년 임신(44세) 7월에 주청사의 서장관으로 청나라 수도에 다녀왔다. 이보다 먼저 완당 김정희가 布衣로 연경에 들어갔다가 담계 옹방강에게 서법을 묻고 곧이어 그 아들 翁樹崑과 같이 지내면서 자하의 재주를 칭송하였다. 이에 공이 옹방강 부자를 보니 부자가 모두 공에게 경도되고서 말하기를, "보는 것이 듣는 것보다 더 낫다"고 하였다. 돌아와서는 병조참지에 제수되었다.[283]

신위는 奏請使 書狀官으로 燕京에 다녀왔다. 이전에 김정희가 먼저 옹방강에게 자하를 소개해 주었는데, 옹방강 父子가 "보는 것이 듣는 것보다 낫다"고 하였다.

283 金澤榮,『申紫霞詩集』,「年譜」, 金滄江重編本, 350쪽, "十二年 壬申(公年四十四歲)七月, 以奏請使書狀官, 赴清都. 先是, 阮堂金公正喜 以布衣入燕, 問書法于翁覃溪方綱, 因與其子樹崑游, 盛稱公之才藝. 至是, 公見翁父子, 父子皆爲傾倒, 謂所見勝所聞, 竣事回, 除兵曹參知."

紫霞 선배가 만 리를 지나 중국에 들어가게 되었다. 나는 훌륭한 경치와 구경거리가 천만억도 더 될 줄 알지만, 그 모든 것이 蘇齋老人 한 분을 뵙는 것만 못하다고 여겨진다. 옛날에 어떤 사람이 偈를 說하기를, '세계에 있는 것을 나는 모두 보았으나 그 모두가 부처님 한 분보다 못하다' 고 하였는데, 나 또한 선배의 이번 燕行에 대해 이와 같이 말하고 싶다.[284]

김정희는 신위에게 준 시의 서문에서, 이번 신위의 연행에서 훌륭한 경치와 구경거리가 천만억도 더 되겠지만, 모든 것이 翁方綱 한 분을 뵙는 것만 못하다고 하여 꼭 옹방강을 만날 것을 권유하고 있다.

金澤榮은 申緯의 「年譜」에서,

공은 시에는 처음으로는 盛唐을 배웠고, 뒤에는 소동파를 배웠다. 전에 지은 작품은 모두 버렸으니 이 문집에 실린 것은 43세 신미년에서부터 시작하여 옹담계가 써준 堂號를 취하여 문집의 이름으로 삼아 『경수당고』라고 하였다.

공이 죽자, 命衍과 문인들이 신미년 이전의 시 약간을 수집하

284 金正喜, 『阮堂先生全集』 卷十, 「送紫霞入燕十首, 並序」, 『影印標點 韓國文集叢刊』 301, 182쪽, "紫霞前輩, 涉萬里入中國. 瑰景偉觀, 吾不如其千萬億, 而不如見一蘇齋老人也. 古有說偈者曰, 世界所有我盡見, 一切無有如佛者, 余於此行亦云."

여 붙이고 합하여 10여 책으로 만들었다. 문은 또한 두어 책이 된다. 그림은 시보다 다음 차례이지만 더욱이 墨竹 솜씨는 매우 뛰어나서 중국인이 다투어 보배로 삼았다. 글씨는 또 그림의 다음 간다. 세상에서는 三絶이라고 일컫는다.[285]

신위는 처음에는 盛唐의 시를 배웠고, 뒤에는 소동파의 시를 배웠다. 그 계기는 옹방강을 만난 인연에 의한 것이다. 옹방강은 소동파를 매우 좋아하여 소동파의 후신으로 일컬어지는 當代의 걸출한 학자였다. 그리고 申緯의 학풍은 姜瑋, 黃玹, 李建昌, 金澤榮으로 이어지고 있다.

蘇米齋, 寶蘇室, 蘇齋는 다 청나라 覃溪 翁方綱 노인의 거처이다. 담계는 申紫霞의 墨竹 그림을 보고 거기에,

푸른 대숲은 깊숙한데 물이 한 굽이 흐르고
海東의 산에는 연기 자욱한데 달 솟았다.
묽은 먹과 난새 꼬리 같은 붓을 가지고

285 金澤榮, 『申紫霞詩集』, 「年譜」, 金滄江重編本, 355, “公於詩, 始學盛唐, 後改學蘇東坡, 悉棄前作, 編詩自四十三歲辛未, 始取翁覃溪所書贈堂, 扁之名, 題爲警修堂集, 及公沒, 命衍及門人, 搜辛未以前詩若干卷以附之, 合十餘冊, 文亦爲數冊. 其畫次於詩, 而尤妙於墨竹, 中國人爭寶之, 書又居畫之次, 世稱爲三絶.”

맑은 바람 오백 칸을 깨끗이 쓸었도다.
碧玉林深水一灣, 烟横月出海東山.
却憑淡墨青鸞尾, 淨掃清風五百間.

라는 시를 쓰고, '계유년 10월에 쓰다' 라고 적었다.

옛날에 蘇東坡는 周邠에게 화답해 준 시의 말을 가지고 서재에 이름을 붙이기를, '맑은 바람 오백 간(清風五百間)' 이라 하였는데, 담계가 또 그 뜻을 취하여 申紫霞 學士에게 써준 것이다. (이는) 申緯가 소동파와 인연을 맺는 시초가 되었다. 申緯도 자신의 거처를 이름하기를 蘇齋라 하고, 또 寶覃이라 하였다.[286]

위에서 보듯이, 옹방강은 신위의 墨竹 그림을 보고 시를 한 수 지어 주었는데, 그 시구에 "맑은 바람 오백 칸을 깨끗이 쓸었다.(淨掃清風五百間.)"는 구절이 있다. '清風五百間' 은 본래 소동파의 시구이다. 이것이 신위가 소동파와 인연을 맺은 시초가 된다. 이후 신위는 자신의 거처를 蘇齋라 하고, 또 寶覃이라 하였으니, 이후 소동파

286 李裕元, 『林下筆記』 제34권, 華東玉糝編, 「寶覃」, 성균관대학교 대동문화연구원, 1661, 844쪽, "蘇米齋, 寶蘇室, 蘇齋, 皆覃溪老人居也. 覃溪見紫霞墨竹, 曰, 碧玉林深水一灣, 烟横月出海東山, 却憑淡墨青鸞尾, 淨掃清風五百間, 癸酉十月題, 昔坡公答周邠語, 名齋曰, 清風五百間, 覃又取義題霞士, 申公結緣於蘇之始也, 公亦名其居曰蘇齋, 又曰寶覃."

와 옹방강을 아울러 존중하는 모습을 보여주고 있다.

신위는 자신의 墨竹 그림을 보고 翁方綱이 지어준 이 시에 次韻하여, 「追和覃溪題紫霞學士墨竹」라는 네 수의 絶句를 짓기도 했다.[287]

「천제오운첩」은 하나밖에 없어
만 리의 墨緣으로 옹방강과 소동파를 보배로 삼는다.
옹성원과 김정희, 신위, 유최관 네 사람은 별처럼 흩어져
옹방강이 그린 소식의 「笠屐圖」을 보니 창자가 끊어질 듯하다.
天際烏雲第二無, 墨緣萬里寶覃蘇.
星秋霞碧如星散, 腸斷蘇齋笠屐圖.[288]

이 시의 申緯의 注에, "東坡笠屐像은 秋史가 옹방강에게서 얻은 것으로, 지금 추사에게 있다."[289]라고 하였다.

이에 대해 李裕元은 다음과 같이 부연 설명하고 있다.

세상에서 覃溪 옹방강을 東坡 蘇軾의 후신이라고 칭한다. 옹방강은 일찍이 「天際烏雲帖」의 眞迹을 얻은 다음 그 서실의 편액을

287 申緯, 『警修堂全藁』, 册三, 『影印標點 韓國文集叢刊』 291, 53쪽.
288 申緯, 『警修堂全藁』, 册二, 鳴琴采藥之軒存藁, 「十二月十九日, 重摹趙松雪畵東坡遺像. 仍以星原舊贈蜀石二十三枚, 新溪紗羅江石四十枚, 沉水銅盆. 作東坡生日有詩, 其三」, 『影印標點 韓國文集叢刊』 291, 36쪽.
289 "東坡笠屐像, 秋史得於覃溪, 今在秋史處."

'蘇齋' 로 써서 달았고, '蘇齋墨緣' 이란 印章도 새겨서 가졌다.

翁星原(옹방강의 아들인 翁樹崑)에게는 '半生痴處是多情' 이란 小印이 있고, 또 '나는 원래 한이 많은 사람 『僕本恨人』' 이란 말을 한 바도 있다. 옹성원은 그 거처에 '星秋霞碧之齋' 라는 이름을 써 붙여 항상 잊지 않겠다는 뜻을 표시하였으니, 유익한 세 벗의 도움을 자기 한 몸에 겸하고자 한 것이다. 또 이것으로 인장까지 새겼다. 星은 星原이고, 秋는 秋史이고, 霞는 紫霞이고, 碧은 貞碧으로 柳最寬인데 역시 글씨를 잘 쓰는 사람이다.[290]

覃溪는 「東坡笠屐圖」를 모각하고, 12월 19일 동파의 생일날 아침에 怪石을 제공하였다. 申紫霞가 다시 모사하였는데, 이는 나의 서재에 있다. 그 원본은 우리나라에 떠돌아다니는데, 나는 洪芍玉의 서재에서 한 번 본 적이 있으나 지금은 어디에 있는지 모르겠는데, 위에 옹방강의 詩語가 있으니 절대적인 보물이다. 석각 본도 역시 나의 서재에 있다. 동파는 "마음은 이미 재가 된 나무요, 몸은 매이지 않은 배와 같다. 나의 평생 功業을 묻는다면 黃州, 惠州, 儋

290 李裕元, 『林下筆記』 제33권, 華東玉糝編, 「翁氏蘇齋之稱」, 성균관대학교 대동문화연구원, 1961, 814쪽, "世稱覃溪, 爲東坡後身. 嘗得天際烏雲帖眞迹, 額其室曰蘇齋, 有蘇齋墨緣印. 星原有半生痴處是多情之小印, 又有僕本恨人之語. 星原自榜其居曰, 星秋霞碧之齋, 行住坐臥, 用表不忘, 欲兼三友之益於一身. 又刻印章. 星星原也, 秋秋史也, 霞紫霞也, 碧貞碧柳最寬, 善書者也."

州에서 시행한 일로 답할 것이다."라고 自贊하였는데, 글씨는 董其昌이 썼다.[291]

신위는 옹방강을 만난 후부터 '由蘇入杜'를 표방하고 있는데, 그 의미는 '소동파를 통해 두보의 경지에 들어간다'는 뜻이다. 이러한 詩學研鑽의 길은 옹방강에게서 받은 영향이 크다. 이처럼 신위는 옹방강을 매개로 하여 소동파에게 심취하고 있다.

내 동파집 모으는 괴벽 있어
大小 종류 서넛이 있다.
……
두보가 蜀에 들어간 뒤나
동파가 海外에 있을 무렵엔
필묵이 한 번 번뜩이면
洞天의 깊고 푸른 것을 열었다.
전집 안에서 끄집어 내어
후학에게 표시해 보이자

291 李裕元, 『林下筆記』, 제33권, 華東玉糝編, 「東坡像」, 대동문화연구원, 1961, 815~816쪽, "覃溪模東坡笠屐圖, 臘十九, 東坡生朝, 以怪石供, 紫霞又移模, 在余書樓. 原本流落東國, 余一見於洪芎玉書齋, 今不知下落, 而上有翁詩語, 絶寶也. 石刻本, 亦在余處. 東坡自贊曰, 心是已灰之木, 身如不繫之舟, 問我平生功業, 黃州儋州惠州, 蓋其昌書也."

한 봉우리와 한 섬에도
산과 바다의 깊음을 끌어내었다.
문장의 재미를 터득해서
한 번 씹으면 등심 고기 맛보다 낫다.
마치 대장경을 읽는 자가
아함경으로부터 시작함과 같다.
공의 신령이 모든 책에 흩어져
바로 물이 땅에 있는 것 같다.
크고 작음 없이 잔질 하여
내게 빠진 게 있으면 모두 거두어 줍겠다.
新舊의 시가 층층이 쌓였고
紅白간에 아리따움이 있다.
이를 안으면 호탕함에 족하며
어느 물건도 볼 수 있을 것이다.
내 문자의 인연이 있음이 경사로와
杜詩에 들어가 精義를 들으리라.
我有蘇集癖, 大小種三四.
……
老杜入蜀餘, 長公海外次.
筆墨一翻跌, 洞天闢深翠.
拈出全集內, 後學表以示.
於一峯一島, 提絜山海邃.

文章得滋味, 一嘬勝臠胾.

猶讀佛藏者, 阿含小品始.

公靈散諸集, 譬如水在地.

酌之無大小, 吾所皆拾墜.

層疊新舊籤, 紅白間嫵媚.

擁此足以豪, 何物可希覬.

慶我文字緣, 入杜聞精義.[292]

이 시의 제목에서 그는 자신이 소장한 소동파 시집 4종에다가 또 담계의 補注, 海外集 2종 등을 수집하였다고 하여 동파집 蒐集癖이 있음을 밝히고 있다. 아울러 이 시에서 소동파 시 여러 주석서의 특징에 대해 논하고 있다. 신위는 두보 시와 소동파 시의 주석서를 구해서 읽었는데, 단순히 여러 학자들의 주석을 무비판적으로 수용한 것이 아니라, 하나하나 검증하고 관찰하여 취사선택하면서 정독하였다. 學詩에 대한 그의 치밀하고도 진지한 탐구정신을 이에서도 엿볼 수 있다. 청나라 고증학의 영향 때문이다.[293]

292 申緯, 『警修堂全藁』 册八, 碧蘆舫藁四, 「余所藏東坡文字, 舊有全集, 王註, 施註, 査註四種, 又得覃溪補注及海外集二種, 玆集之聚, 殆無遺憾. 喜而有述, 凡四百四十首」, 『影印標點 韓國文集叢刊』 291, 159쪽.
孫八洲, 孫八洲, 『韓中漢詩硏究』, 빛남, 1992, 55~58쪽.

293 허경진 엮음, 『紫霞 申緯 詩選』, 손팔주, 「신위의 시와 인생에 대하여」, 평민사, 1994, 138~139쪽.

신위는 杜甫가 蜀에 들어간 이후와 동파가 해남도에 유배되었을 때의 작품을 평해, "필묵이 한 번 번뜩이면, 洞天의 깊고 푸른 것을 열었다."고 하여 그때의 시가 뛰어났다고 했다. 그리고 "문장이 재미가 있어 한 번 씹으면 등심 고기 맛보다 낫다."고 하였다. 마지막으로 "두보의 시에 들어가 精義를 들으리라."라고 하여, '소동파를 통해 두보의 경지에 들어가겠다.(由蘇入杜.)'는 열망을 표현하고 있다.

'由蘇入杜'가 詩髓임을 증명하여
서재에 이름하니 후세에 자랑하기 족하다.
由蘇入杜證詩髓, 足以名齋後世誇.[294]

여기서도 신위는 '소동파로부터 두보의 경지에 이르름(由蘇入杜)'이 詩의 眞髓임을 증명하여 신위 자신의 서재에 이름 짓는다고 하였다.

천하에 몇 사람이 두보를 배웠나
문장가의 집집마다 동방에서 최고라 떠받든다.
때때로 『杜詩批解』로부터 좋은 것을 볼 수 있다면
먼저 功臣인 澤堂 李植을 손꼽을 수 있겠지.

294 申緯, 『警修堂全藁』 册六, 崧緣錄, 「再題松緣錄」, 其九, 『影印標點 韓國文集叢刊』 291, 132쪽.

天下幾人學杜甫, 家家尸祝最東方.

時從批解窺斑得, 先數功臣李澤堂.[295]

이 시에 대한 申緯의 注에, "우리나라 사람으로 두보를 배우는 자는 그 정수를 얻지 못하였을 뿐만 아니라, 아울러 皮貌를 얻은 자도 적다. 澤堂 李植의 『杜詩批解』는 간혹 어긋나는 것이 있긴 하지만, 初學에게 보탬이 됨이 많다. 나도 젊은 시절, 일찍이 이 책에서 길을 찾았다."[296]라 하였다.

신위는 杜甫를 우리나라 사람이 최고라 떠받드는 시인으로 여기지만, 두보의 정수를 얻지 못하고 있을 뿐 아니라 겉모습을 얻은 자도 적다고 했다. 그리고 자신은 젊은 날, 택당 이식의 『杜詩批解』를 통해 두보를 배우는 올바른 길을 알았다고 했다.

가섭의 염화미소는 以心傳心의 새로운 경지

소동파를 통해 두보의 경지에 들어가는 것이 (詩學의) 길을 아는 것.

295 申緯, 『警修堂全藁』, 册十七, 北禪院續藁二, 「東人論詩絶句三十五首, 其三十四」, 『影印標點 韓國文集叢刊』 291, 370쪽.

296 申緯, 『警修堂全藁』, 370쪽, "東人之學杜者, 不但不得其髓, 幷與皮貌而得之者鮮矣. 澤堂杜詩批解, 或時有掛拄. 然有裨於初學則多矣. 余亦少日, 嘗問津於是書耳."

迦葉拈花一笑新, 由蘇入杜是知津.[297]

"由蘇入杜"의 기치를 들고 시학을 연찬하면서도, 자하는 두보와 소동파만을 배움의 대상으로 삼지는 않았다. 중국의 역대 시인 가운데 두보와 소동파를 공부한 시인들을 두루 學詩의 대상으로 삼았다. 아름다운 구절을 찾기 위해서 마음을 쓴 것이다. 그 가운데서도 시의 최고봉인 두보와 소동파를 목표로 하되, 金, 元, 清의 대가인 元好問, 虞集, 王士禎을 익히고, 옹방강과는 직접 酬酌까지 하면서 시의 上乘을 모두 알기에 힘썼다.[298] 이 시에서 나루터를 알았다는 것은 이미 시의 핵심을 익히고 시의 길을 투철하게 이해했다는 것을 의미한다.

내 일생의 詩盟은 '由蘇入杜' 에 있다.
余一生詩盟, 在由蘇入杜.[299]

297 申緯, 『警修堂全藁』, 冊十二, 紅蠶集三, 「南雨村進士, 從溪院判入燕. 話別之次, 雜題絶句, 多至十三首, 太半是懷人感舊之語. 雨村此次, 與諸名士遊. 到酣暢, 共出而讀之, 方領我此時心事, 其四」, 『影印標點 韓國文集叢刊』 291, 268쪽.

298 허경진 엮음, 『紫霞 申緯 詩選』, 손팔주, 「신위의 시와 인생에 대하여」, 평민사, 1994, 138쪽.

299 申緯, 『警修堂全藁』 冊二十八, 覆瓿集七, 「余一生詩盟, 在由蘇入杜. 而尹竹史旣望無月之什, 與余詩韻不謀而同. 可喜其詩盟之又與我敎也. 爲用原韻答之」, 『影印標點 韓國文集叢刊』 291, 613쪽.

詩盟은 시인의 盟會로, 여기서는 고인과의 結盟, 즉 고인과의 정신적 교류를 의미한다. 신위는 평생 소동파와 두보와 정신적으로 교류하겠다고 다짐하며, 그 관건은 '由蘇入杜'에 있다고 하고 있다.

신위의 '由蘇入杜'는 동악 李安訥의 '한유를 기반으로 하고 두보를 모범으로 삼는다.(基韓範杜.)'와 正祖의 '陸游를 통해서 두보의 경지로 들어가겠다.(由陸入杜.)'와는 길은 달라도 귀착점을 두보로 삼은 것은 마찬가지였다.

남영진은 "由陸入杜論이 사물에 매이지 않은 시의 진정성 추구와 관련하여 正祖를 위시한 治者의 입장에서 옹호되었다면, 由蘇入杜論은 法古創新의 추구, 그리고 京華世族의 취미와 관련한 자유로운 분위기 속에서 등장하였다."[300]고 했다.

그러나 이건창은 다음과 같이 피력했다.

> 자하의 시는 처음에 대개 우리 집 參奉君에게서 나왔다. 그 후에 중국에 들어가 옹방강을 섬기게 되어 비로소 '由蘇入杜'로 자임하게 되었다. 그러나 두보와의 거리는 더욱 멀어졌다.[301]

300 남영진, 「19세기 시학상의 由陸入杜와 由蘇入杜論」, 『한국한문학연구』 43, 한국한문학연구회, 2009, 410쪽.

301 李建昌, 『明美堂集』 卷十二, 「紫霞詩鈔跋」, 『影印標點 韓國文集叢刊』 349, 173쪽, "紫霞之詩, 其始盖出於吾家參奉君. 其後入中國, 服事翁覃溪, 始自命由蘇入杜. 然去杜益遠矣."

李建昌의 표현대로, 參奉君 李匡呂에게 배우던 신위는, 청나라에 가서 옹방강과 교류하면서부터 소동파를 통해 두보의 경지에 이르겠다고 다짐하였다. 그러나 역설적으로 실제적인 詩學 경력상으로는 그 이후에 신위는 소동파와는 가까워졌으나 두보와의 거리는 멀어졌다. 이에 대해 금지아는 '杜甫는 신위가 性情이란 시의 본질적 요소를 강조하여 궁극적으로 추구한 시인이었지만 다만 추앙이었고, 그는 항상 蘇軾의 울타리에서 맴돌았다.'[302]고 했다.

결국 후반기에 있어 신위는 소동파에 머물고 두보에 별로 많이 나아가지 않았다. 이렇듯 杜甫는 신위의 이상적 모델이었고, 소동파는 그가 다가갈 수 있는 현실적 모델이었다.

〖제2절〗 소동파 시에의 심취와 동일화 양상

同一化 樣相이란 한 인물을 대상으로 설정하여 그 인물의 행적, 문학, 위인 등을 스승으로 삼아 배우고 닮고자 하는 것을 의미한다. 신위는 소동파에 심취하였고 나아가 그에게 동일화한 경향이 있다.

302 금지아, 「朝鮮 申緯의 『奏請行卷』 연구-燕行과 翁方綱과의 文墨緣을 중심으로」, 『열상고전연구』 21, 열상고전연구회, 2005, 27쪽.

오므렸다 펴고 열었다 닫는 갖가지 모습
기백은 韓愈 뒤에 오직 한 사람.
칠언율시는 더욱 뛰어났으니
王維의 禪悟에다 杜甫의 神韻이라네.
翕張開闔萬千態, 氣魄昌黎後一人.
七律當家超上乘, 輞川禪悟少陵神.[303]

이는 소동파 시에 대한 申緯의 총평이다. 신위는 宋 10家 시 가운데 소동파 시를 이처럼 높이 평가하며 소동파에 심취하고 있다.

신위는 옹방강에게서 본 대로 해마다 12월 19일 소동파의 생일날이면 소장하고 있던 4本의 소동파 초상화와 汪汝翰이 그려준 자신의 작은 초상화를 걸어놓고, 冷金箋에 松雪堂이 刻한 '天際烏雲' 병풍을 뒤에 꾸미고, 拜禮를 올리고 시를 지어 기념하였다.[304]

玉局의 신선은 法乳를 전하고
碧蘆舫 서재의 나는 心香을 사른다.

303 申緯, 『警修堂全藁』 册十八, 北禪院續藁五, 「讀宋十家詩, 各題一絶, 蘇長公」, 『影印標點 韓國文集叢刊』 291, 397쪽. 孫八洲, 『韓中漢詩硏究』, 빛남, 1992, 95쪽.

304 금지아, 「朝鮮 申緯의 『奏請行卷』 연구–燕行과 翁方綱과의 文墨緣을 중심으로」, 『열상고전연구』 21, 열상고전연구회, 2005, 24쪽.

음력 12월 19일 인연의 증거
칠백 년 지난 뒤에 문자가 상서롭다.
玉局仙翁傳法乳, 碧蘆舫子炷心香.
臘十九日因緣證, 後七百年文字祥.[305]

'法乳' 는 正法으로 제자의 法身을 기르는 것이 모유로 갓난아이를 기르는 것과 같다는 의미이다. 소동파는 法乳, 곧 詩法의 근본을 以心傳心으로 전하고, 碧蘆舫 서재에서 신위는 心香을 사르며 동파에 심취하고 있다. 신위는 소동파보다 700여 년 이후에 살고 있는 자신의 문자가 상서롭다고 자부하고 있다.

「戲題男彭石畵東坡像」 시를 보자. 이는 아들 팽석『命準』이 그린 소동파 초상화에 희롱삼아 짓는다는 뜻이다.

「**其一**」

바다 밖의 아이라서 중국에 어두울 텐데

305 申緯, 『警修堂全藁』 册二十三, 祝聖初藁, 「陶山來請別字, 久未有以命之. 臘初吉夜, 夢晤陶山. 手書蘆因蘇果之室六字扁以贈之. 且語曰, 以蘆因爲君之別字可乎. 覺而思之, 蘆碕蘆窓, 俱無不可. 此在陶山自擇之如何. 是夢也又必在乎坡公生辰之月, 大關涉於蘆舫寶蘇之義, 陶山文字之祥也. 遂書扁以實夢境, 且記以詩, 並贈陶山」, 『影印標點 韓國文集叢刊』 291, 502쪽. 孫八洲, 『韓中漢詩硏究』, 빛남, 1992, 83쪽 참조.

소동파를 사모할 줄 알다니
선생의 초상화에서 광대뼈와 뺨을 일찍이 나는 보았네.
임술년 가을 강물과 달빛 바람 속에서.
海外兒童昧九州, 也能解慕老坡不.
先生顴頰吾曾見, 水月風中壬戌秋.[306]

바다 밖의 조선에서는 중국에 어두울 텐데, 아들 명준이 소동파의 초상화를 그릴 줄 안다는 것을 기특하게 여기고 있다. 3구는 소동파의 산문 「傳神記」에서 유래된다. “내가 일찍이 등불 아래에서 고개를 돌려 나의 뺨 그림자를 보고 사람으로 하여금 그것을 벽에 본뜨도록 하였는데, 눈과 눈썹을 그리지 않았지만 보는 사람들이 모두 웃으며 그것이 나임을 알았다. 눈이나 광대뼈, 뺨이 닮으면 나머지는 닮지 않음이 없으니, 눈썹이나 코, 입과 같은 것은 더하기도 하고 덜기도 하여 닮게 할 수 있는 것이다.”[307]

306 申緯, 『警修堂全藁』, 册二, 鳴琴采藥之軒存藁, 『影印標點 韓國文集叢刊』 291, 36쪽.
허경진 엮음, 『紫霞 申緯 詩選』, 평민사, 1994, 28~29쪽.

307 孔凡禮 點校, 『蘇軾文集』 권 12, 「傳神記」, 中華書局, 1990, 401쪽, “吾嘗於燈下顧自見頰影, 使人就壁模之, 不作眉目, 見者皆失笑, 知其爲吾也. 目與顴頰似, 餘無不似者. 眉與鼻口, 可以增減取似也.”

「其二」

정신까지도 전해지게 그려진 여러 모습의 동파 초상화
문장가의 집집마다 정결한 인연 맺었네.
붓끝으로 같은 모습을 구하려고 말아라,
본래의 모습이야 반드시 어떤 사람이랴.
傳神寫照百坡身, 翰墨家家結淨因.
莫漫毫端求甚似, 本來面目定何人.

정신까지도 전해지게 그려진 여러 모습의 소동파 초상화가 우리나라 문장가의 집집마다 좋은 인연을 맺고 있다. 신위는 아들 명준에게 기존의 다른 소동파의 초상화와 똑같이 그리지 말기를 바라고 있다.

여기서 '百坡'는 '百東坡', 바로 여러 모습의 동파를 말하는데, 이 시어의 출처는 소동파의 「범영泛穎」 시에 있다.

채색 유람선을 타고 거울같이 맑은 물을 내려다보면서
(물속의 나에게) 웃으며 '너는 누구냐?' 고 물었다.
갑자기 비늘 껍질 같은 파문이 일어
물에 비친 내 얼굴의 수염과 눈썹이 일렁거리더니
흩어져 백 개의 東坡로 되었다가
금방 다시 본 모습으로 돌아온다.

畫船俯明鏡, 笑問汝爲誰.

忽然生鱗甲, 亂我須與眉.

散爲百東坡, 頃刻復在玆.[308]

소동파는 潁水에 배를 띄웠다. 이때 잔잔하던 물 위에 갑자기 물결이 일게 되자, 물에 비친 자신의 얼굴이 백 사람의 東坡로 변화되었다가 다시 금방 원래 모습으로 돌아온 정경을 탁월한 필치로 묘사하고 있다. 신위의 시를 보자.

소동파는 해외에도 化身이 수도 없어

문장가의 집집마다 「입극도」로 신선을 불러 내린다.

……

죽순과 포脯로 제물을 차려 王維의 일을 追念했듯이

그대와 12월 19일 동파 생일날을 추모한 잔치 인연 맺었다.

百坡海外化身千, 笠屐家家喚下仙.

……

筍脯追成詩佛事, 締君臘十九筵緣.[309]

308 (淸) 王文誥 輯注, 孔凡禮 點校, 『蘇軾詩集』 권 34, 「泛潁」, 中華書局, 1987, 1,744쪽.

309 申緯, 『警修堂全藁』 册二十五, 祝聖七藁, 「翌日, 蕉硯追作坡公生日詩寄來, 卽用原韻爲謝答」, 『影印標點 韓國文集叢刊』 291, 554쪽.

소동파는 해외 곧 우리나라에도 化身이 수도 없이 많아 문장가의 집집마다 「입극도」를 배향하며 동파의 생일을 기념하여 신선 소동파를 불러 내린다. 「東坡笠屐圖」는 동파가 일찍이 해남도에 폄적되어 있을 때, 한번은 그곳의 문인 黎子雲 형제를 방문하러 가던 도중에 비를 만나서 급히 한 農家에 들어가 대삿갓과 나막신을 빌려 착용하였던 모습을 그린 것이다. 죽순과 말린 고기로 王維를 추모했듯이, 그대와 12월 19일 동파 생일날 동파를 추모하는 모임을 맺게 되었다.

이제 신위가 소동파의 '赤壁船遊'에 동일화시킨 시를 보자.

> 임술년 7월의 놀이는
> 蘇仙의 빼어난 만고의 풍류
> 해마다 나에게는 碧蘆舫이 있어
> 소동파가 황주로 폄적되어 노닐던 赤壁舟 부럽지 않다.
> 壬戌之遊七月秋, 蘇仙萬古劇風流.
> 年年我有碧蘆舫, 不羨覊鄕赤壁舟.[310]

1, 2구에서 임술년 7월 기망의 소동파의 赤壁船遊가 萬古의 風流라고 인정하고 있다. 신위 자신에게는 碧蘆舫이 있어 소동파가 황

310 申緯, 『警修堂全藁』, 册二十七, 覆瓿集四, 「次韻墨農月夕五絶句, 其二」, 『影印標點 韓國文集叢刊』 291, 593쪽.

주에서 노닐던 적벽의 배에 부럽지 않다고 했다. 赤壁舟를 자신의 서재인 碧蘆舫과 대비하고 있다.

東湖에서 너를 보내려 가을 배 띄우니
예 놀던 일 기억나나 햇수를 잊었다.
강물을 지난 후 나루의 달은 금빛을 토해내고
절문 앞에는 바다 같은 흰 구름
蘇仙의 꿈속 학은 眞境이 없고
李委가 불었던 피리도 환상의 인연
어느 곳 강산인들 적벽이 아니랴
취해서 시 읊고 깨면 전할만하도다.
東湖送汝泛秋船, 疇昔之遊不記年.
明月湧金人渡後, 白雲如海寺門前.
蘇仙夢鶴無眞境, 李委吹簫亦幻緣.
何處江山非赤壁, 醉堪吟眺醒堪傳.[311]

신위는 여기서도 「적벽부」를 수용하여 소동파에 동일화하고 있다. 가을 七月 旣望에 손님과 東湖의 봉은사를 유람하며, 예전 閏七

311 申緯, 『警修堂全藁』, 冊二十九, 覆瓿集十一, 「秋七月旣望, 從孫杭與客遊於東湖之奉恩寺, 記昔余閏七月旣望東湖之遊有感」, 『影印標點 韓國文集叢刊』 291, 640쪽.
孫八洲, 『韓中漢詩硏究』, 빛남, 1992, 76쪽.

月 旣望에 동호에서의 船遊를 추억하고 있다.

한편 '淸風五百間'은 申緯가 『警修堂全藁』에서 15번이나 사용한 시구인데, 그 出處는 소동파 시이다.

> 소동파가 周邠에게 답한 禪偈가 있어
> 그 뜻을 취해 서재의 이름을 지어 진실된 내용으로 썼다.
> 내 묻노니 오백 간 속 몇째 榻(의자)에다
> 맑은 바람 쓸고서 이 몸을 놓으셨는지.
> 老坡禪偈答周邠, 取作齋名寫作眞.
> 問五百間幾第榻, 淸風淨掃置斯人.[312]

소동파의 시구 '淸風五百間'으로 신위 자신의 서재명을 삼으니, 서재 이름에 걸맞는다. 옹방강이 汪載靑(汝翰)이 그린 내 초상화에 題해 주었다. 옹방강에게 오백 간 속 몇째 의자『榻』에다 맑은 바람으로 깨끗이 쓸고서 이 몸을 앉게 했는지 라고 묻고 있다.

> 내 누워서 들으니 늙은 스님(禪老)이 남산에 들어가
> 맑은 바람 오백 간을 깨끗이 쓸어 놓았다던데.
> 청풍 오백 간으로 서재 이름을 정한 뜻은

312 申緯, 『警修堂全藁』, 冊一, 奏請行卷, 「次韻翁覃溪(方綱)題余小照(汪載靑畵)」, 『影印標點 韓國文集叢刊』 291, 18쪽.

그대와 반씩 나누어 한가로움을 같이 하려 함이네.

臥聞禪老入南山, 淨掃淸風五百間.

此有名齋精義在, 與君分半共消閒.[313]

이 시에 대한 신위의 注에서, "나의 서재 이름이 '청풍 오백간' 이니, 그대와 절반씩 나누어 가져도 이백오십 간은 될 것이니, 그래도 청풍이 별로 좁지는 않을 것이다. 이것은 소동파가 말한 '저녁 바람과 지는 해는 원래 주인이 없어, 맑고 서늘함을 그대와 나눠 가지더라도 아깝지는 않네' 라고 표명한 것과 같다."[314]

1, 2구는 소동파의 시구를 따다 쓴 것이다. 이 시구의 出處인 소동파의 시를 보자.

禪老가 남산에 왔단 말 병상에서 들었나니

맑은 바람 오백 간을 깨끗이 쓸어 놓았다던데.

臥聞禪老入南山, 淨掃淸風五百間.[315]

313 申緯, 『警修堂全藁』, 册七, 碧蘆坊藁三, 「次韻篠齋夏日山居雜詠二十首, 其十六」, 『影印標點 韓國文集叢刊』 291, 153쪽.
허경진 엮음, 『紫霞 申緯 詩選』, 평민사, 1994, 49쪽.

314 申緯, 『警修堂全藁』, 153쪽, "僕齋名淸風五百間, 與君分半, 可得二百五十間, 淸風尙不甚窄矣. 此坡公所謂晩風落日元無主, 不惜淸凉與子分之意也."

315 (淸) 王文誥 輯注, 孔凡禮 點校, 『蘇軾詩集』 卷 10, 「病中獨遊淨慈, 謁本長老, 周長官以詩見寄, 仍邀遊靈隱, 因次韻答之」, 中華書局, 1987, 474쪽.

저녁 바람과 지는 해는 원래 주인이 없어
맑고 서늘함을 그대와 나눠 가지더라도 아깝지는 않네.
晩風落日元無主, 不惜淸涼與子分.[316]

"청풍 오백간"은 옹방강이 신위에게 지어 준 서재의 이름이기도 하다. "청풍 오백간으로 서재 이름을 정한 뜻은, 그대와 절반씩 나누어 한가로움을 보내고자 함이네."라는 구절은 묘미가 있다.

〖제3절〗 소동파 시의 창조적 수용

시 창작의 절대적 경지를 소동파 시로 설정해 놓고 시 창작을 했다 할지라도, 실제적 시 창작의 경지는 또 다른 하나의 새로운 세계를 구축하게 되는 경우가 많다. 신위는 소동파와 생활환경, 정치환경, 성격과 기질 등에 있어 상이한 점이 있었기 때문에, 아무리 소동파 시를 모의하고 추종, 숭앙하더라도 신위의 개성적 특징이 구현될 수밖에 없는 것이다. 소동파를 모방하여 그와 동일화한 것 자체

316 (淸) 王文誥 輯注, 孔凡禮 點校, 『蘇軾詩集』 권 9, 「會客有美堂, 周邠長官與數僧同泛湖往北山, 湖中聞堂上歌笑聲, 以詩見寄, 因和二首, 時周有服, 其一」, 中華書局, 1987, 453쪽.

도 의미가 높다. 그 위에 자신의 개성에 따라 창조적으로 발현된 것은 더욱 그 의미가 높다고 여겨진다.

'동파 시를 차운한 신위의 시는 34편 96수나 된다.'[317] 그 가운데 신위의 소동파 시에 대한 창조적 수용, 곧 한국적 變容을 나타낸 시가 여러 수 있다. 그 가운데 대표적인 시로는 「歲暮, 戲次韻坡集三詩, 饋歲」, 「歲暮, 戲次韻坡集三詩, 別歲」, 「歲暮, 戲次韻坡集三詩, 守歲」, 「次韻坡公謫居三適詩三首, 朝起理髮」, 「次韻坡公謫居三適詩三首, 午窓坐睡」,「次韻坡公謫居三適詩三首, 夜臥濯足」, 「早春煮雪點茶, 偶讀東坡病中大雪答趙薦詩,遂次其韻」 등이 있다. 여기서는 지면의 제약으로 소동파의 원시와 신위의 차운시 각 2수를 예로 들어, 각기 대비하여 소동파에 대한 신위의 창조적 수용의 실체를 파악하고자 한다.

1-1) 소동파의 「試院煎茶」

게 눈 상태를 지나고 물고기 눈이 생겨서
솔바람이 부는 소리를 쇄아쇄아 내려 할 제
여기저기 맷돌에서 나와 잔 구슬 되어 떨어지고
어지러이 사발을 돌아 가벼운 눈 되어 날린다.
은병에서 찻물을 부으며 두 번째라 자랑하지만

317 孫八洲, 『韓中漢詩硏究』, 빛남, 1992, 59쪽.

옛사람이 물을 끓인 깊은 뜻은 모른다.
그대는 보지 못했는가, 옛날에 이생이
활활 타는 불에서 샘이 솟는 걸 귀하게 여겼음을?
또 보지 못했는가, 오늘날의 노공이 차를 끓임에 서촉의 방법을 배워
정주의 무늬 자기에 홍옥 모양을 새겼음을?
나는 지금 가난하고 병들어 늘 기아에 허덕이는 터
내 팔자에 미인이 받쳐 든 옥 찻잔이 있을 리 없으니
관아에서 차 끓이는 법이나 잠시 배워서
벽돌 화로와 돌 탕관이나 좇아다닐까 싶다.
뱃속에 가득한 오천 권의 문장은 소용이 없고
실컷 자고 일어나 해가 높이 떴을 때
차 한 사발 마실 수 있길 바랄 뿐이다.
蟹眼已過魚眼生, 颼颼欲作松風鳴.
蒙茸出磨細珠落, 眩轉繞甌飛雪輕.
銀缾瀉湯誇第二, 未識古人煎水意.
君不見昔時李生好客手自煎, 貴從活火發新泉.
又不見今時潞公煎茶學西蜀, 定州花瓷琢紅玉.
我今貧病常苦飢, 分無玉碗捧蛾眉.
且學化家作茗飮, 塼爐石銚行相隨.
不用撐腸拄腹文字五千卷, 但願一甌常及睡足日高時.[318]

318 (淸) 王文誥 輯注, 孔凡禮 點校, 『蘇軾詩集』, 권 8, 中華書局, 1987, 370. 蘇東坡 著, 류종목 역주, 『완역 소식시집 1』, 서울대학교 출판부, 2005, 654쪽.

1-2) 申緯의 「汲江煎茶用坡公試院煎茶韻」

복사꽃 만발하고 물 붇는 봄날
맑은 새벽 항아리에 물 긷는 소리
국자로 떠서 부으니 옥구슬이 떨어지는 듯
불이 단 솥가엔 가벼운 거품이 이네.
한강은 한결같이 물맛이 좋아
천 리 밖이라도 보내주고 싶다네.
그대는 보지 못했는가?
동파가 논하기를 물을 끓이는 것이지 차를 끓이는 것이 아니며
묘미는 차가 아닌 물에 달렸다고 한 것을
또 보지 못했는가?
임고정 아래 큰 강이 동으로 흐를 때
눈보라 치듯 빨라 물거품이 옥보다 희던 것을.
강물 마셔 허기를 면하려 하니
차가 너무 익을까 조심한다네.
정처 없이 이리저리 떠도는 신세라도
신변엔 늘 술과 차가 따르네.
많은 음식과 여인들이 아무리 즐거워도
노동(盧仝)의 일곱 잔 차 그것만은 못하리.
滿地桃花春水生, 淸晨聽汲盆罌鳴.
小瓢分銚落佩響, 活火發湯旋沫輕.
八江水品無第二, 千里遠送歸海意.

君不見東坡定論水煎茶不煎, 妙不在茶唯在泉.

又不見臨皐亭下大江東去也, 急如滾雪光奪玉.

我今呑江以救饑, 點茶在手愁失眉.

蟹舍漁莊無定處, 身邊每許甌犧隨.

食前方丈侍妾數百雖快意, 不如玉川七椀色味香絶時.[319]

소동파는 「과거 시험장에서 茶를 다리며」에서 차 끓이는 정경을 '게 눈' 상태를 지나 물고기 눈이 생겨 솔바람이 부는 소리가 나고, 맷돌에서 나와 잔 구슬 되어 떨어지고, 가벼운 눈이 되어 날린다고 하였다. 과거시험 보는 관아에서 차 끓이는 것을 형상화하고 있다. 뱃속에 가득한 오천 권의 문장은 소용없고, 실컷 자고 늦게 일어나 해가 높이 떴을 때 차 한 사발을 마실 수 있기를 바라고 있다.

신위는 「강물을 길어 차를 끓이며, 동파의 '과거 시험장에서 차를 다리며' 라는 시의 운을 따라 짓다.」는 제목의 차운시에서, 봄날 맑은 새벽 항아리에 물을 길어 국자로 떠서 부으니 불이 단 솟가엔 가벼운 거품이 인다고 하였다. 여기서 八江은 '서울의 뚝섬, 서빙고, 신촌, 용산, 마포, 土亭, 西江, 望遠亭 주변의 한강을 통틀어 이

319 申緯, 『警修堂全藁』 册七, 碧蘆舫藁二, 『影印標點 韓國文集叢刊』 291, 145쪽.
申緯 著, 권경렬 역, 『다옥에 손님 오니 연기가 피어나네』, 도서출판 너럭바위, 1998, 24~25쪽, 95~99쪽.

르는 말로, 여기서는 한강을 말한다'[320] 한강은 물맛이 좋은데, 동파는 차의 맛은 물의 선택에 달렸다고 하였다. 이어서 동파의 황주 유배지 臨皐亭 아래 큰 강이 동으로 흐를 때 물거품이 옥보다 희었다고 연상하고 있다. 신위는 떠돌이 신세지만 늘 술과 차가 따른다. 좋은 음식과 많은 미인들이 아무리 즐겁다 하나 盧仝의 일곱 잔 차만은 못하리라 여기고 있다.

노동(盧仝)은 「走筆謝孟諫議寄新茶」에서, "첫 잔에 목구멍과 입술을 축이고, 둘째 잔에 고민을 깨뜨리고, 세 잔에 메마른 창자를 찾으니, 오로지 오천 권의 책만 있다네. 넷째 잔에 가벼운 땀이 나며, 평소의 불평스러웠던 일이 모두 毛孔을 향해 흩어진다. 다섯째 잔에 살갗과 뼈가 맑아지고, 여섯째 잔에 仙靈에 통한다. 일곱째 잔은 마실 수 없고, 오직 두 겨드랑이로 솔솔 맑은 바람이 생김을 느끼게 된다."[321]라고 하여, 연달아 7잔을 마시면서 새 차가 지극히 정수이며 아주 좋다고 극찬하였다.

두 시는 모두 마음껏 차의 향내와 물의 맑고 차가움을 묘사하고 있다. 소동파의 원시와 신위의 차운시가 다른 점은, 소동파는 工筆

320 申緯 著, 권경렬 편역, 『다옥에 손님 오니 연기가 피어나네』, 도서출판 너럭바위, 1998, 96쪽.

321 "一碗喉吻潤, 兩碗破苦悶. 三碗搜枯腸, 惟有文字五千卷. 四碗發輕汗, 平生不平事盡向毛孔散, 五碗肌骨淸, 六碗通仙靈, 七碗吃不得也, 唯覺兩腋習習淸風生."

花鳥畵처럼 미세한 곳, 가까운 곳에서 세밀히 묘사하였는데 반해, 신위는 潑墨山水寫意畵처럼, 큰 곳, 먼 곳을 붓을 휘둘러 묘사하였다. 또 소동파가 과거시험장에서 차를 다리는 자체만을 읊었는데 반해, 신위는 강물을 길어 차를 끓이는 묘미를 노동(盧仝)의 일곱 잔 차의 경지만은 못하리라고 하여 창조적으로 수용하고 있다. 신위의 이 차운시는 소동파의 原詩를 뛰어넘는 수준을 보이고 있다.

2-1) 소동파의「謫居三適三首, 旦起理髮」

편안히 잠자니 氣海『下丹田』가 저절로 움직여
넓고 널리 黃宮『腦頂』에 조회한다.(정수리까지 움직여 간다)
태양이 떠올랐는데 이슬 아직 촉촉하고
서리 맞은 소나무는 허옇다.
오래전부터 내가 사용하던 낡은 빗은
빗살이 듬성듬성하여 맑은 바람이 드나들어 시원하다.
한 번 빗으니 귀와 눈이 밝아지고
시원한 솔솔바람에 몸의 온 구멍이 통한다.
젊을 때는 그다지도 단잠을 좋아했기에
조정에 배알할 때면 항상 바삐 서둘렀다.
근지러운 몸을 긁어대도 좀이 쑤셔 시원하지 않고
갓(冠)과 두건이 너무도 답답하였었다.
어이 다르랴, 수레 맨 말

흙먼지가 말갈기에 배어있는 것과.
아로새긴 말안장에 방울 소리가 울리나
실은 고랑을 채운 것과 같으니.
몸의 자유는 기약할 수 없고
근질근질한 몸 비빌 버드나무는 어찌 만나기 쉬울까.
누가 이런 상쾌한 즐거움을 적어
벼슬 높은 관리에게 보낼 수 있을까.
安眠海自運, 浩浩朝黃宮.
日出露未晞, 鬱鬱濛霜松.
老櫛從我久, 齒疎含清風.
一洗耳目明, 習習萬竅通.
少年苦嗜睡, 朝謁常怱怱.
爬搔未云足, 已困冠巾重.
何異服轅馬, 沙塵滿風騣.
琱鞍響珂月, 實與杻械同.
解放不可期, 枯柳豈易逢.
誰能書此樂, 獻與腰金公.[322]

322 (淸) 王文誥 輯注, 孔凡禮 點校, 『蘇軾詩集』, 권 41, 「謫居三適, 其一, 旦起理髮」, 中華書局, 1987, 2,285쪽.

2-2) 신위의 「次韻坡公謫居三適詩 三首, 幷序, 其一, 朝起理髮」

보통 사람은 머리와 살갗이 깨끗해야
天宮에 조회할 수가 있다네.
불에 익힌 음식으로도 때를 벗을 수 있다면
어찌 반드시 적송자를 부러워하랴.
머리카락 깨끗해지는 것이 좋아서
마치 자귀질하듯 빗질을 했네.
어찌 머리만 가벼워질 뿐이랴.
온몸의 맥이 시원하게 통하네.
아침에 혹시 늦게라도 일어나면
서둘러서 일을 시작해야 하네.
바다에 아침 햇살이 떠오르며 비치자
서늘한 기운이 발 사이로 스며드네.
바로 이때 빗을 가지고
말갈기가 바람에 스치듯 빗질을 하네.
새는 처음 둥지에서 일어나지만
나와 함께 일어나는 사람은 아무도 없네.
누가 세 번이나 머리칼 잡는 노고를 감당하랴만[323]

323 "주공이 아들 伯禽에게 경계하여 말했다. '나는 천하에서도 천한 몸이 아니다. 그렇지만 나는 한 번 머리를 감는 동안에도 세 번이나 머리카락을 붙잡아 쥐었고, 한 번 밥을 먹는 동안에도 세 번이나 씹던 것을 내뱉으며 일어서서 천하의 선비들을 만났다. 그렇게 하고서도 나는 천하의 어진 사람들을 잃게 될까봐 오히려 두려웠다.' 하였다."(『史記 · 魯周公世家』. 허경진 엮음, 『紫霞 申緯 詩選』, 평민사, 1994, 87쪽)

세상 사람 만날 일이 다행히도 드물어라.
귀양와 살면서 빗질을 즐기게 된 것도
내 일찍이 동파공에게 배웠기 때문일세.

凡夫髮膚潔, 可以朝天宮.
火食苟離垢, 何必羨赤松.
喜此髮垢淨, 運櫛如斤風.
豈惟頭腦輕, 爽利百脈通.
朝起或已晏, 事應苦匆匆.
滄海纔浴日, 氣透簾幃重.
爬梳及此時, 如馬磨風騣.
有鳥初起樓, 無人與我同.
雖堪三握勞, 幸稀俗迎逢.
居謫此爲樂, 我聞於坡公.[324]

소동파의 原詩는 '아침에 일어나서 머리를 감는 정취를 읊는' 내용의 시이다. 소동파는 편안히 잠을 자고 난 후 빗으로 머리를 빗으니 귀와 눈이 밝아지고 만 가지 구멍이 다 통한다. 예전 조정에 배알할 때의 衣冠이 실로 너무도 답답하여, 실로 고랑을 채운 것과 같았다. 관리가 된 자는 이러한 체득을 하여 명리에 급급하지 않기를 바

324 申緯, 『警修堂全藁』 册二十, 梾軒集三, 『影印標點 韓國文集叢刊』 291, 448쪽. 허경진 엮음, 『紫霞 申緯 詩選』, 평민사, 1994, 86~87쪽.

라고 있다. 단전호흡을 하며 고통을 잊고 천지자연과 호흡하면서 과거에 고관으로 있을 때를 회상하여 그 부자유스런 경험과 지금 유배지에서의 자유획득을 대비의 수법으로 그려내고 있다.

신위의 화답시에서는 2/3 분량이 머리를 빗은 후의 상쾌함을 묘사하고 있다. 머리가 가벼워지고 모든 脈이 통한다. 末 4구는 이로 말미암아 관리 생활을 바삐 추구하여 알랑거리기보다는, 궁벽한 荒村에 거주하더라도 이러한 즐거움을 다 누리어야겠다고 하였다. 이러한 관점은 동파가 계발시켜 준 것이다.

두 시는 모두 머리를 빗는 소소한 생활문학으로 제재를 확대한 것이다. 신위의 차운시는 平山에 유배되었을 때에 동파의 海南島 유배작품에 감명받아 지었다. 두 시가 모두 머리를 빗는 것을 통해 老莊의 道를 깨닫고 있다.

오직 동파의 원시는 머리를 빗는 상쾌함이 筆墨에 그다지 많이 드러나지는 않고 있고, 많은 편폭에서 관리생활의 부자유를 표현하여 괴로움이 죄수와 같다고 하였다. 신위의 차운시에서는 머리를 빗어 머리가 가벼워지고 모든 脈이 통하는 즐거움을 그려내고 있으며, 마지막 부분에서는 뜻이 언외에 있어 여운의 妙를 다하고 있다.

신위가 奏請使의 書狀官으로 燕京에 가게 되었을 때, 金正喜의 소개로 翁方綱을 만나게 된다. 김정희는 '훌륭한 경치와 구경거리가 많겠지만 옹방강을 만나 뵙는 것만은 못하다.' 고 그를 만나기를 권유하였다. 이 만남으로 소동파를 아주 좋아하는 옹방강의 영향을 받아, 신위는 지금까지 盛唐의 시를 배웠던 데 반해 소동파에 심취하기 시작했다. 옹방강은 신위의 墨竹 그림을 보고 시를 지어 주었다. 그는 옹방강의 아들 翁樹崑과도 교유하는 등 이들의 墨緣은 각별했다. 신위는 소동파의 시집에 대한 7가지 주석본을 입수해 동파집 수집벽이 있음을 밝혔으며, 여러 주석본의 특징에 대해서도 논하고 있다.

신위는 '由蘇入杜' 의 길을 찾아냈다. "내 일생의 詩盟(古人과의 정신적 교류)은 '由蘇入杜' 에 있다.(余一生詩盟, 在由蘇入杜.)", '由蘇入杜' 가 詩의 眞髓임을 증명하여, 서재에 이름하니 후세에 자랑하기 족하다.(由蘇入杜證詩髓, 足以名齋後世誇.), "소동파를 통해 두보의 경지에 들어가는 것이, 길을 아는 것.(由蘇入杜是知津.)" 이라고 하였다. 역설적으로 신위의 실제 행적으로는, 燕京行 이후에 소동파와는 가까워졌으나 두보와의 거리는 멀어졌다. 그만큼 신위의 후반기에 있어 杜甫는 그의 이상적 모델이었고, 소동파는 다가갈 수 있는 현실적 모델이었다.

신위는 해마다 12월 19일 소동파의 생일날이면 소장하고 있던 4本의 소동파 초상화와, 汪汝翰이 그려준 자신의 초상화를 걸어놓고 松雪堂이 刻한 '天際烏雲' 병풍을 뒤에 꾸미고, 拜禮를 올리고 시를 지어 기념하였다. 또한 그는 소동파의 '赤壁船遊' 를 동일화시켜 船遊를 실천하였으며, 자신에게는 '碧蘆舫이라는 서재가 있어 소동파가 黃州에서 노닐던 적벽의 배『舟』에 부럽지 않다.' 고 하였다.

"淸風 五百間으로 서재 이름을 정한 뜻은, 그대와 반씩 나누어 한가로움을 같이하려 함이네.(此有名齋精義在, 與君分半共消閒.)"라고 하는 등 '청풍 오백간' 은 신위가 15번이나 사용한 소동파의 시구이다.

소동파를 모방하여 그와 동일화한 것 자체도 의미가 높지만, 자신의 개성에 따라 창조적으로 발현된 것은 더욱 그 의미가 높다. 소동파에 관한 창조적 수용을 나타내는 신위의 시는 여러 首가 있지만, 여기서는 지면의 제약상 2수만을 선별했다. 각 2수의 시로 살펴본 소동파의 원시와 신위의 차운시가 다른 점은, 소동파는 工筆花鳥畵처럼 미세한 곳, 가까운 곳에서 세밀히 묘사하였는데 반해, 신위는 潑墨山水寫意畵처럼 큰 곳, 먼 곳을 붓을 휘둘러 묘사하였다. 또 소동파가 과거 시험장에서 차를 다리는 자체만을 읊었는데 반해, 신위는 강물을 길어 차를 끓이는 묘미를 노동의 일곱 잔 차의 경지만은 못하리라고 하여 창조적으로 수용하고 있다.

또 한 수의 동파의 원시에서는 머리를 빗는 상쾌함이 筆墨에 그다지 많이 드러나지는 않고 있고, 많은 편폭에서 관리생활의 부자유를 표현하여 괴로움이 죄수와 같다고 하였다. 신위의 차운시에서는 머리를 빗어 머리가 가벼워지고 모든 脈이 통하는 즐거움을 그려내고 있으며, 마지막 부분에서는 뜻이 언외에 있어 여운의 妙를 다하고 있다. 신위의 차운시는 때로 소동파의 원시를 뛰어넘는 수준을 보이고 있다.

그는 소동파 시문의 수용을 통해 한시의 숙련과 내면의 확장에 기여하고 그를 통해 인생의 자양분을 획득하였으며, 동파를 이상적 경지로 부각시켰으며 우리의 정감이 투영되어 있다. 신위에게 있어 동파는 인생과 문학의 모범으로서의 본보기를 제공하였고, 문학적 영감과 창작기교, 예술적 성과와 경험을 제시하여 주고 있다. 일견 소동파와 같고자 하는 동일화의 노력을 경주하면서 궁극적으로는 소동파의 자양분을 자신의 것으로 전환시킬 수 있는 창조적인 수용으로 승화시킬 수 있었다. 그리하여 자신의 새로운 세계를 개척할 수 있었다.

요컨대 신위의 소동파 수용은 한중 양국의 墨緣의 상징이며, 그가 소동파에 동일화했고, 나아가 동파 시에 차운한 시에서도 原詩의 굴레에 얽매이지 않으면서 풍부한 변화를 추구하여 창조적으로, 곧 한국적 變容으로 전환시키고 있다.

제10장

결론

본 연구는 고려, 조선조의 한국 한문학에 끼친 소동파의 영향에 대해 탐색한 것이다.

중국 판본의 소동파 (시)문집이 조선으로 유입되었고, 이어서 다수의 소동파 (시)문집의 판본이 조선에서 간행되었다. 조선에서 간행된 소동파 (시)문집은 대부분 選本이다. 소동파 (시)문집의 유행의 원인은 문학 그 자체의 우수성이 가장 컸다. 또한 과거시험에도 소동파의 문장이 유용했다는 점도 과소평가할 수 없다. 이처럼 창조적 자극을 줄 뿐 아니라 실용에도 보탬이 되는 소동파 시문은 조선조 문인에게 매력적으로 보였다.

소동파 수용과정에 있어, 1077년(동파 42세) 고려 사신 崔思訓 등이 동파가 杭州에서 지은 작품집 『錢塘集』을 구입하여 귀국하였다.

그리고 全州牧 崔君址에 의해 『東坡文集』이 출판되었다. 이는 몽고와의 전쟁에서 불타 버린 동파문집의 尙州摹本을 저본으로 한 것이다. 당시 과거에 급제한 榜이 나올 때마다 "33명의 동파가 나왔다(三十三東坡出矣!)'" 〈徐居正, 『東人詩話』 卷上〉고 하였으니, 이는 "문인들이 과거 급제 전에는 과거시험 준비 때문에 풍월을 일삼을 겨를이 없다가, 과거 합격 후에 부담 없이 시 짓기를 배우는데 그 가운데 소동파의 시를 더 좋아하게 되었다."는 의미이다. 문인들의 소동파 숭상의 돌출한 예로 金富軾과 金富轍 형제의 作名을 들 수 있다. 1080년(문종 34년) 송나라로 使行가기 전에 金覲이 동파를 흠모해 두 아들의 이름을 동파 형제(蘇軾, 蘇轍)의 이름을 따서 지어준 것으로 추량된다.

고려 문인의 소동파 숭상의 이유는 다음과 같다.

첫째, 소동파의 시는 정감을 위주로 한 唐詩와는 달리 시의 氣韻이 호방하고, 雅俗을 가리지 않는 시어가 풍부하여 상당히 독창적인 면모가 있었다. 이점이 당시 사상적으로 자유로웠던 고려인들의 기질에 합치되었던 것이다. 둘째, 소동파의 시문에는 불교, 노장에 관계된 내용이 많다. 고려시대에는 불교를 숭상하였고, 또 무신란, 거란, 몽고 등의 침입으로 사회가 어수선하여 지식인들이 현실 도피적인 생각을 갖고 있었으므로 자연히 불교나 노장에 관계되는 글이 많은 소동파의 시문이 숭상을 받게 되었다. 셋째, 유배, 좌천 등으로 점철된 일생을 보내면서도 좌절하지 않고 현실 긍정적인 작품이 많은 소동파의 시문은 당시 때를 만나지 못한 지식인들에게 위안이 되었다. 넷째, 소동파는 화려한 閥閱 출신이 아니고 한미한 가문의 출신이었으므로 무신란 이후 새로 진출한 新進士類들의 선망의 대상이 되었다.[325]

이외에도 다섯째, 고려의 정통 중화 왕조로서의 宋 문화 경도, 여섯째, 소동파가 비록 儒者이지만 불교를 좋아하여 당시의 崇儒尊佛 정책에 적합했던 점, 그리고 소동파가 정치가이면서 문장가라는 면이 당시의 문인들과 비슷했다는 점, 일곱째, 동파의 인품과 문장이 매력이 있어 강한 흡인력을 지니고 있기 때문이다. 여덟째, 동파의 세력에 영합하지 않고 직언하는 성격, 애국애민의 정신, 활달한 인생관, 난관에도 슬픔을 즐거움으로 전환시킬 수 있는 초연적인 심리 등이 모두 고려 문인들에게 감동을 주고 있다.

이와 같은 것들은 고려 문인들이 소동파를 이상적인 모델로 삼게 했다. 무엇보다도, 그것은 소동파 문학 자체의 가치와 매력으로 인해 국경을 초월하여, 우리 문학의 자양분으로 삼을 수 있는 문화풍토가 갖추어져 있기 때문이라고 할 수 있겠다.

고려 문인의 소동파에 관한 人物評은 거의 긍정적 관점 일색으로, '야인의 차림새에 삿갓 쓰고 천고를 굽어보는 신선의 풍모' 등의 평어가 있다. 부정적 관점으로는 '이단을 세우고, 예법에 타격을 주었

325 以上, 許捲洙, 「소동파 시문의 한국적 수용」, 중국어문학, 제14집, 53~54쪽.

다' 는 평이 있는데, 이는 고려 후기에 전래된 주자학의 영향을 받은 것이다. 소동파에 대한 부정적 관점은 너무 적어 찾아보기조차 쉽지 않다. 이는 고려 문인의 소동파 인물평에는 부정적 관점이 농후한 동파의 高麗觀과는 상응하지 않는 일방적인 찬사가 많음을 나타낸다. 조선시대 문인의 蘇東坡觀이 소동파의 고려관과 쌍방향적인데 반해, 고려 문인의 소동파관은 일방적인 애호라고 할 수 있다.

조선조 문인들의 소동파 인물평은 3가지로 분류된다. 긍정적인 평가로는 소동파를 '호걸의 선비' 로 '和而不同' 하다고 찬미하고 있다. 부정적인 인물평으로는 '禮樂을 없애고 名教를 파괴하였다.' , '학술이 올바르지 않다.' , '大本을 어지럽히고, 權謀를 숭상하며, 예의염치를 모른다.' 등이 있다. 이러한 것은 程朱學派의 관점을 계승하여 程頤를 옹호하고 소동파를 일방적으로 배척하는 것이다. 이외에 소동파의 장단점을 포괄한 평론도 있다. 예를 들면, '문장과 節行은 선비라고 할 수 있으나 朋黨을 나눈 점' 에 대해서는 혹평하고 있다. 또한 '바른 이치에 어긋나긴 하지만, 가슴속에서 터득한 것을 토로하였다.' 그리고 '충성 되고 강직한 名臣이지만, 경박하고 기이함을 좋아하였으나' , '문장은 천하의 奇才' 라고 인정하기도 했다.

고려 문인의 소동파에 관한 詩文評은 거의 긍정적 관점 일색이다. 예를 들어, '百家의 장점을 두루 포괄한 진정한 名儒' , '전고를 사용했으나 흔적이 없어 前代에 비해 청출어람임' , '詩가 풍부하고 豪邁하여 시의 영웅임' , '남이 훔쳐 갈 수 없는 무한한 창작의 보고'

라는 평어가 있다. 부정적 평론으로는 "詩道의 측면에서 보면 마음에 차지 않는 점이 있었으므로 식자들이 이를 유감으로 여겼다."가 있다.

李仁老는 '東坡集을 읽은 후 언어가 힘차고 韻이 울리며 삼매경에 도달하는 효과를 얻었다.' 고 하였고, 이규보는 '새 뜻을 창조하는 경지에 이르렀다' 고 자임하였는데, 이는 동파 시문에 대한 고려 문인의 수용의 전형적 두 지향점이다.

고려 문인들에 있어 동파는 인생과 문학의 모범을 제공하였고, 문학적 공감, 창작 기교, 예술적 성과와 경험을 제시해 주고 있다. 그들은 자신과 자국문화의 발전을 위한 목표를 가졌기 때문에 동일화에만 머무르지 않고 창조적 수용을 지향하였다. 이렇듯 동파의 시문에 대해 모방은 하되 창조적 변질을 가져오는 "點化"나 변용이 있었으며, 그것이 우리 문학에 지속적인 생명력을 주고 있다.

조선 문인의 소동파 숭상의 이유는 아래와 같이 개괄할 수 있다.

첫째, 동파의 인품이나 문장의 수준이 큰 흡인력을 지니고 있기 때문이다. 둘째, 조선시대의 문예 숭상 思潮, 조선이 宋나라를 立國의 주된 모델로 삼은 점, 그리고 문학적으로 唐宋八家文을 중시한 점이다. 일부 純儒들은 학파나 사상의 차이로 비판적, 선택적으로 수용하기도 하였다. 셋째, 소동파의 문장이 과거시험에 유용하기 때문이다. 넷째, 조선시대 문인들은 동파와 유사하게 士禍, 당쟁, 전쟁 등을 겪어 그 처지의 유사성으로 인해 동파의 위인과 문학에 共鳴할 수 있었다. 다섯째, 국왕의 소동파에 대한 애호와 관심도 한 원인이 된다. 여섯째, 소동파는 지식인층의 고민에 대한 해결요소를 제공하고 불우한 지식인에게 共鳴을 주었으며, 그의 출사와 은퇴에 대한 관점은 조선시대 문인들에게 깊은 계시를 주었다.

'拜坡會' 는 그 명칭이 東坡祭, 東坡生日祭, 拜蘇會 등으로도 불린다. 배파회의 거행은 조선 후기 문인의 소동파 숭상의 돌출한 실례이다.

조선조 문인의 소동파의 산문에 대한 평가는 크게 2가지로 분류할 수 있다. 긍정적 평가로는 '웅장, 호방' 하며, '문장을 힘 있게 펴나가는 것은 그를 바탕으로 삼아야 한다.' 또한 '천 년 이래의 絶唱' 이라는 평이 있었으며, '文氣가 뛰어나다.' 는 평도 있다. "가을 조수가 일어나면 모든 하천이 거꾸로 흐르고, 사나운 바람이 일어나면 온갖 구멍에서 소리가 나오는" 것처럼 기세가 호방하다고도 하였다. 그리고 '자유분방한 가운데 한 조각 精深하여 남이 배울 수 없는 것이 있어' , '千古에 짝할 자가 없다.' 라고도 하였다.

조선조 문인들의 소동파 산문에 대한 부정적 평가로는 '불교의 輪回說이 문장에 나타난다.' 라는 평이 있다. 극단적인 평으로는 소동파를 "異端" 이고 '吾道(儒教)를 좀먹는 좀벌레' 라고 하였으며, 고려에 관련해서는 소동파를 '고려에 관련해서는 시샘이 너무 깊고 방어가 너무 엄격하여 어질지 못하고, 용맹스럽지 못하고, 지혜는 밝지 못한' , '小人' 으로 매도하고 있기까지 하다. 부정적 평도 만만치 않은 것은, '말을 삼갈 줄 모르고, 마음속에 있는 것을 토해내지 않으면 안 되는' 소동파의 天性, 편협된 高麗에 대한 관점으로 누차 고려를 배척한 점, 程頤와 소동파를 중심으로 대립한 洛蜀黨爭, 그리고 소동파의 불교 · 노장사상 애호 등과 내재적 연계성이 있기 때문이다. 조선조의 유학은 주로 程朱學派를 계승한 관계로 소동파와는 학파 · 사상 · 학문관점에 있어 대립되는 관계에 있었다. 특히 조선 중기 정주학이 유행할 때 소동파에 대한 부정적 평가가 많이 대두하게 된다.

이외에 소동파 산문에 대한 장단점을 포괄한 평가도 있다. 예를 들면, '문장은 혁혁하나 正學이 아니므로 朱熹의 질책을 받았다.' 등이다.

조선조의 소동파 산문 평은 고려조에 비하면 내용이 다채롭고 생동적이며 풍부하다. 소동파의 장점을 위주로 평가하였던 고려시대와 달리, 조선시대 문인의 평가는 장점과 단점을 한 몸에 지닌 인물로서의 소동파에 대한 것이 그 핵심이다.

조선조 문인의 소동파 시에 대한 평가에서, 긍정적 평가의 경우, 서거정은 소동파를 도연명의 후신이요, 백거이의 始終으로 평가하였다. 또 權應仁은 소동파의 3수의 시구를 예시하여 그의 시가 만당시보다 우수함을 예증하고 있다. 申欽은 소동파 시문이 "神의 경지"에 들어갔음을, 허균은 소동파의 시가 선인을 답습하지 않고 개성을 표현하여 일가를 이루었음을 표현하고 있다. 또한 金昌協은 소동파 시가 시로써 禪을 담론하여 禪法을 깨우쳤다고 하였다. 李瀷은 동파의 철리시는 도에 비유하여 의리가 무궁무진하였으며, 겸하여 두 수의 동파의 철리시가 조선의 붕당으로 인한 士論分裂에 경계로 삼을 만하다고 하였다. 그리고 이덕무는 소동파를 두보 이후의 최고의 시인으로 평가하고 있다.

부정적 평가의 경우, 崔笠은 소동파 시가 『십가근체시집』에서 제외된 이유는 잘못 배울 경우 너무 쉽게 짓는 폐단 초래의 가능성을 방지하는 데 있다고 하였다. 소동파 시를 들여오라는 宣祖 앞에서 柳希春은 소동파의 인물됨이 잘난 체하고 궤사스러워 심술이 바르지 않고, 文詞에 나타난 것도 다 평탄하지 않다고 하였다. 허균은 소동파에 대한 허균 當時의 수용상의 폐단을 일러 '찌꺼기를 빨아 풍속을 해치는 시어를 만들 따름' 이라고 하였다. 이수광은 소동파 시에는 전고 사용이 과다하며, 佛家용어를 많이 사용하여 새롭고 기이함을 추구하였다고 하였다. 이외에도 梁慶遇는 시어 사용에 있어 소동파의 착오를 지적하기도 하였다.

소동파 시에 대한 부정적 평가는 조선 중기에 비교적 많이 나타나고 있다. 주자학이 전래되어 극성하게 됨에 주희의 소동파 배격에 대한 영향을 받았다. 또 소동파가 불교나 노장의 용어를 많이 사용한 것을 조선의 純儒들은 좋아하지 않았다. 그리고 조선 중기에 唐詩가 많이 숭상된 것도 한 이유가 된다.

절충적 평가의 경우, 신흠은 소동파 시가 故事를 많이 사용하는 것을 먹지도 않는 음식을 쭉 늘어놓은 것으로 폄하하는 것을 인정하지만, 소동파가 재주가 많아 자연적으로 그렇게 표현한 것일 뿐 트집을 잡아서는 안 된다고 했다. 정조는 소동파 시가 기상이 광활하고 격조가 다채로워 두보의 법도를 체득하였으나 전고 인용이 너무 많아 지나치게 화려한 단점이 있다고 하였다. 정약용은 소동파는 시의 博士(박학한 선비)로 칭할 수 있다고 했다. 소동파 시는 전고 사용이 많아 정약용 삼부자의 재주로는 죽을 때까지 전공해야 미칠 정도로 난해하지만, 그래도 정약용은 전고 인용은 필요하다고 인식하고 있다.

조선조 문인들은 소동파의 前後「赤壁賦」에서 '기개와 절조는 우주를 능가하고, 문장은 별처럼 빛난다.' 는 것을 발견하였다. 또한 「赤壁賦」를 통해 소동파의 洛蜀黨爭에 있어서의 라이벌 程伊川으로 하여금, 소동파의 문필력을 인정받게 하고 싶다고 할 만큼 소동파 「적벽부」의 품격을 높이 평가하고 있다. 『壬戌泛月錄』에는 광해군 당대의 어려운 국가 현실을 직시하고 다가오는 국난인 정묘호란과 병자호란을 예견하고 있는 내용이 있다. 여기서는 또 문장은 小技일 뿐이라고 평가절하하고 있기도 하고, 「赤壁賦」는 강물과 달의 이치를 설파한 데 불과하다고 하며, 儒學의 관점에서 소동파가 신선이나 불교를 숭상한다는 한계성도 지적하고 있다.

조선조 문인의 적벽부 수용 및 적벽선유에서의 소동파에 대한 관점은 두 가지 범주로 나뉘고 있다. 첫째, 전반적으로 흠모하고 찬양하며 기리고 있다. 이는 전시기에 있어서 나타나는 가장 주조적인 정서이다. 둘째, 사람됨에 대해서는 배척하나 시문은 사랑하고 있다. 이는 조선 중기 이후의 程朱學派의 학통 계승, 소동파의 불교와 노장사상에의 몰입, 그리고 소동파의 高麗에 대한 비우호적 관점과 상호 내적 관련을 지닌다.

조선조 문인은 소동파의 표표한 기상과 행적을 흠모하며, 속세에 구속받지 않음을 흠모하고 있다. 아울러 동파가 우주의 호기를 누설하여 걸작을 만들었다고도 하며, '동파의 後身' 으로 자처하기도 하였다. 또한 "한강으로 적벽을 삼아볼까 하노니, 임술로 경진을 삼은들 무슨 상관이랴" 라고 하여 자신들의 처지에 맞게 적벽선유를 변용하고 있기도 하다. 특히 尙州 洛江船遊(낙동강선유)에서는 고려 중기(1196) 李奎報로부터 조선 후기(1862)까지 근 700년 동안 51회의 詩會가 열렸으며, 『壬戌泛月錄』(1602~1728)같은 관련 시문집을 남겼다는 사실은 동아시아 初有의 일이다.

여기서 문인들의 우리 경관문화에 대한 자부심도 녹아있음을 파악할 수 있다. 적벽선유의 재연은 중국에서 유래를 찾기 힘든 우리나라의 독특한 면모이다. 여기서 조선에서의 '적벽선유' 재연은 오랜 세월 활성화된 문화현상으로 자리매김 되었다는 것을 알 수 있었다.

신위가 奏請使의 書狀官으로 燕京에 가게 되었을 때, 金正喜의 소개로 翁方綱을 만나게 된다. 김정희는 '훌륭한 경치와 구경거리가 많겠지만 옹방강을 만나 뵙는 것만은 못하다.' 고 그를 만나기를 권유하였다. 이 만남으로 소동파를 아주 좋아하는 옹방강의 영향을 받아, 신위는 지금까지 盛唐의 시를 배웠던 데 반해 소동파에 심취하기 시작했다.

신위는 '由蘇入杜' 의 길을 찾아냈다. "내 일생의 詩盟(古人과의 정신적 교류)은 '由蘇入杜' 에 있다.(余一生詩盟, 在由蘇入杜.)", '由蘇入杜' 가 詩의 眞髓임을 증명하여, 서재에 이름하니 후세에 자랑하기 족하다.(由蘇入杜證詩髓, 足以名齋後世誇.), "소동파를 통해 두보의 경지에 들어가는 것이, 길을 아는 것.(由蘇入杜是知津.)" 이라고 하였다. 역설적으로 신위의 실제 행적으로는, 燕京行 이후에 소동파와는 가까워졌으나, 두보와의 거리는 멀어졌다. 그만큼 신위의 후반기에 있어 杜甫는 그의 이상적 모델이었고, 소동파는 다가갈 수 있는 현실적 모델이었다.

신위의 소동파 수용은 한중 양국의 墨緣의 상징이며, 그가 소동파에 동일화했고, 나아가 동파시에 차운한 시에서도 原詩의 굴레에 얽매이지 않으면서 풍부한 변화를 추구하여 창조적으로, 곧 한국적 變容으로 전환시키고 있다. 신위의 소동파 숭배는 문인 박영보 등으로 이어졌다. 19세기 문인들 사이에 유행한 동파의 초상화 소장, 拜坡會 참여 등의 문화적 활동은 이전과는 다른 양상을 띠고 있음을 보여주고 있는 것이다.

고려, 조선조의 소동파 열풍의 변화와 중국 문학 사조의 변천은 유사한 파도의 기복을 보이고 있다. 중국에서 소동파는 남송과 청대에 소동파 열기가 있었으며, 그리고 현대에도 각광을 받고 있다. 이는 중국의 문예사조가 고려, 조선조에 미친 영향 및 유학(주자학)의 변천과도 연관된다.

소동파와 그의 시문은 고려조에 문인의 최고 수준의 인기를 누리는 소동파 열풍이 있었고, 이러한 경향은 조선 전기에까지 어느 정도 지속되었다. 조선 중기에 들어 소동파를 폄하한 정주학(주자학)의 유행과 당시의 성행으로 소동파에 대한 유행은 다소 약화되었다. 이 시기 동파에 대한 부정적 측면이 다수 언급되고 있다. 그러나 이때에도 동파를 애호하는 문인들이 상당수 있었다. 조선 후기에는 김정희, 신위 등과 그 후계자들을 중심으로 동파 초상화의 소장, 拜坡會의 거행 등 문화적 활동을 통해 동파에 대한 열풍이 다시 생겨났다. 이는 조선 후기의 유학(주자학) 자체에 대한 반성과 청대 문예사조의 영향과 관련된다.

고려, 조선조 문인에게 있어 소동파는 긍정적이나 부정적으로나 가장 언급이 많이 되고 爭論이 많은 중국 문인의 한 사람이다.

한국 한문학에서 시로는 두보, 文으로는 한유가 높이 평가되었지만, 시문을 통틀어서는 소동파의 영향이 가장 컸다. 소동파는 고려, 조선조 문인들의 마음속의 숭앙의 대상이며, 문인들은 그의 문학을 통해 대리만족을 얻었다. 그것은 우리 문인에게 '충격' 과 '자극' 이 되었으며, 더 나아가 문화적 모델의 이상적 대상으로 설정되었다.

우리 문인은 이를 통해 啓示를 받았을 뿐만 아니라 사유세계를 보다 폭넓게 하였고 文學地平을 확대하였다. 그리고 소동파와 같고자 하는 동일화의 노력을 경주하면서 궁극적으로는 소동파의 자양분을 자신의 것으로 전환시킬 수 있는 창조적인 수용으로 승화시킬 수 있었다. 그리하여 자신의 또 한국 한문학의 새로운 세계를 개척할 수 있었었다.

참고문헌

1 單行本

1. 蘇東坡關係書目

- (明) 茅坤 編, 高海夫 主編, 『唐宋八大家文鈔校注集評〔東坡文鈔(上·下)〕』, 三秦出版社, 1998.
- (明) 茅坤 編, 성백효 역주, 『唐宋八大家文抄-蘇軾1-5』, 전통문화연구회, 2010.
- (明) 茅坤 編, 『蘇東坡文抄』(全二册), 학민문화사, 2008.
- (淸) 王文誥 輯注, 孔凡禮 點校, 『蘇軾詩集』(全8册), 中華書局, 北京, 1987.
- 孔凡禮 點校, 『蘇軾文集』(全6册), 中華書局, 北京, 1990.
- 柳種睦, 『蘇軾詞研究』, 中文出版社, 1993. 11.
- 柳種睦, 『소식평전, 팔방미인 소동파』, 도서출판 신서원, 2005.
- 謝桃坊, 『蘇軾詩研究』, 巴蜀書社, 成都, 1987.

- 四川大學中文系 唐宋文學研究室 編,『蘇軾資料彙編(全五册)』, 中華書局, 北京, 1994.
- 蘇東坡 著, 류종목 역주,『완역 소식시집1』, 서울대학교출판부, 2005.
- 蘇東坡 著, 류종목 역주,『정본완역 소동파시집2』, 서울대학교출판문화원, 2012.
- 蘇東坡 著, 曹圭百 譯註,『蘇東坡詞選』, 문학과 지성사, 2007.
- 蘇東坡 著, 曹圭百 譯註,『蘇東坡詩選集(上)-텅 비니 만 가지 경지가 다 담기네』, 학고방, 2010.
- 蘇東坡 著, 曹圭百 譯註,『譯註 蘇東坡散文選』(수정판), 백산출판사, 2010.
- 왕수이자오 지음, 조규백 옮김,『소동파 평전-중국의 문호 소식의 삶과 문학』, 돌베개, 2013.
- 王水照 選注,『蘇軾選集』, 上海古籍出版社, 上海, 1984.
- 王水照 著, 曹圭百 譯,『中國의 文豪 蘇東坡』, 月印, 2001. 6.
- 王水照,『蘇軾』, 萬卷樓圖書, 臺北, 1993.
- 王友勝,『蘇詩研究史稿(修訂版)』, 中華書局, 2010.
- 劉尙榮,『蘇軾著作板本論叢』, 巴蜀書社, 1988.
- 曹圭百,『蘇東坡 詩 研究』, 역락, 2012.
- 曾棗莊 等 著,『蘇軾研究史』, 江蘇教育出版社, 南京, 2001. 3.
- 曾棗莊, 曾濤 選注,『三蘇選集』, 黑龍江人民出版社, 1993.
- 曾棗莊,『三蘇研究』, 巴蜀書社, 1999.

- 鄒同慶, 王宗堂, 『蘇軾詞編年校注』(全三册), 中華書局, 北京, 2002. 9.
- 최재혁, 『소식문예이론』, 소명출판, 2015.
- 洪瑀欽, 『蘇東坡 文學의 背景』, 嶺南大出版部, 慶山, 1983.

2. 原典資料書目

- 국사편찬위원회, 『國譯中國正史朝鮮傳』.
- 金萬重, 『西浦集, 西浦漫筆』, 通文館, 1971.
- 金允植 著, 구지현, 기태완 등 譯, 『雲養集』(1-8), 혜안, 2014.
- 金允植 著, 金益洙 譯, 『續陰晴史』, 제주문화원, 2011.
- 金正喜 著, 임정기, 신호열 역, 『국역 완당전집(1-4)』, 민족문화추진회 편, 솔출판사, 1996.
- 金正喜 著, 鄭後洙 譯, 『秋史 金正喜詩』, 圖書出版 풀빛, 서울, 1999. 4.
- 김만중 지음, 심경호 옮김, 『西浦漫筆』(上·下), 문학동네, 1010.
- 金澤榮, 『申紫霞詩集』, 金滄江重編本.
- 徐居正 著, 張鴻在 譯編, 『東人詩話』, 學友社, 1980.
- 徐居正 撰, 『東文選』, 民族文化推進會, 1977.
- 徐居正, 『국역 東文選』, 민족문화추진회, 1983.
- 徐居正, 『四佳集』, 影印標點 韓國文集叢刊, 第10-11册, 민족문화추진회.
- 徐兢 著, 車柱環 等 譯, 『國譯高麗圖經』, 민족문화추진회, 1977.

- 蘇轍, 『欒城集』(全三册), 曾棗莊, 馬德富 交點, 上海古籍出版社, 1987.
- 申緯 著, 金甲起, 鄭後洙 共譯, 『신자하시집(권1-권6)』, 이화문화출판사, 2003.
- 申緯, 『申緯全集』, (原名 : 敬修堂藁), 太學社, 1983.
- 申緯, 『申紫霞詩集』, 金滄江重編本.
- 李穡 著, 여운필, 성범중, 최재남, 共譯註, 『역주 목은시고』, 월인, 2000.
- 李睟光 著 , 남만성 역, 『芝峰類說』(上·下), 을유문화사, 1998.
- 李睟光, 『芝峰類說』, 景仁文化社, 1970.
- 李裕元 著, 안 정, 김동주 譯, 『林下筆記 8』, 민족문화추진회, 2000.
- 李裕元, 『林下筆記』, 성균관대학교 대동문화연구원, 1961.
- 李瀷, 『성호사설』(1-11), 민족문화추진회, 1985.
- 李滉, 『增補退溪全書』, 成均館大學校 大東文化研究院, 1992.
- 全寅初 主編, 『韓國所藏中國漢籍總目』, 학고방, 2005.
- 正祖, 『御定 唐宋八子百選』, 계명문화사, 1986.
- 趙鍾業 編, 『韓國詩話叢編』, 東西文化社, 1989.
- 曾鞏, 『曾鞏集(全二册)』, 中華書局, 1984, 제1판, 2004, 제3차인쇄.
- 洪萬宗 著, 洪贊裕 譯註, 『譯註詩話叢林』(上·下), 通文館, 1993. 3.
- 홍찬유 감수, 정후수 역, 『추사 김정희 시 전집』, 풀빛, 1999.
- 黃堅 編, 『詳說古文眞寶大全』, 景文社 影印, 1979.

- 『高麗名賢集』(1-5), 成均館大學校 大東文化研究院, 영인본, 1980.
- 『국역 동국이상국집』, 민족문화추진회, 1979.
- 『국역 동문선』, 민족문화추친회, 1983.
- 『국역 익재집』, 민족문화추진회, 1979.
- 『北譯 高麗史』, 도서출판 신서원, 1992. 3.
- 『燕行錄選集』, 성균관대 대동문화연구원, 1960.
- 『影印標點 韓國文集叢刊 續』, 第1-110册, 민족문화추진회, 한국고전번역원.
- 『影印標點 韓國文集叢刊』, 第1-350册, 민족문화추진회.
- 『朝鮮王朝實錄』
- 『破閑集, 補閑集』(合本), 亞細亞文化社, 1982.
- 『破閑集, 補閑集』(合本), 亞細亞文化社, 1983.

3. 기타 單行本

- (宋) 陸游 撰, 李劍雄, 劉德權 點校, 『老學庵筆記』, 中華書局, 2007.
- (淸) 郭慶藩 撰, 王孝魚 點校, 『莊子集釋』(全四册), 中華書局, 1993.
- 강민구, 『조선후기 문학비평의 이론』, 도서출판 보고사, 2010.
- 康震, 『康震評說蘇東坡』, 中華書局, 2008.
- 鞏本棟, 『宋集傳播考論』, 中華書局, 2009. 4.

- 郭預衡, 『中國散文史』(全三册), 上海古籍出版社, 2000.
- 鄺健行, 陳永明, 吳淑鈿 選編, 『韓國詩話中論中國詩資料選粹』, 中華書局, 2002.
- 鄺健行, 陳永明, 吳淑鈿 編, 이장우, 박한규, 최계량 역주, 『우리나라 선비들의 중국시 이야기』(1-3), 영남대학교 출판부, 2011.
- 權太乙, 『譯註 洛江泛月詩』, 아세아문화사, 2007.
- 金慶洙, 『李奎報詩文學硏究』, 亞細亞文化社, 1986. 4.
- 金庠基, 『新編 高麗時代史』, 서울대 출판부, 1985. 4.
- 金渭顯, 『高麗時代 對外關係史 硏究』, 景仁文化社, 2004. 2.
- 金台俊 著, 金性彦 校註, 『校註朝鮮漢文學史』, 太學社, 1994.
- 金台俊 著, 崔英成 譯註, 『譯註朝鮮漢文學史』, 시인사, 1997. 3.
- 김순이, 표성준, 『제주 유배인과 여인들』, 여름언덕, 2012. 11.
- 김학주, 『조선시대 간행 중국문학 관계서 연구』, 서울대학교출판부, 2000. 3.
- 東方文學比較硏究會 編, 『轉移와 受容』, 學文社, 1986. 3.
- 柳己洙 編, 『歷代韓國詞總集』, 한신대학교 출판부, 2007.
- 閔丙秀, 『韓國漢詩史』, 太學社, 1996. 11.
- 민족문화추진회 옮김, 『신편 국역연행록선집(1-17)』, 한국학술정보, 2008.
- 朴性圭, 『고려후기 사대부 문학 연구』, 고려대 출판부, 2003. 4.
- 卞鍾鉉, 『高麗朝漢詩硏究-唐宋詩 受容樣相과 韓國的 受容』, 太學社, 1994.

- 徐遠和, 『洛學原流』, 齊魯書社, 1987. 9.
- 蕭慶偉, 『北宋新舊黨爭與文學』, 人民文學出版社, 2001.
- 孫八洲, 『韓中漢詩研究』, 빛남, 1986. 10. 再版, (1992. 10, 初版)
- 송혁기, 『조선후기 한문산문의 이론과 비평』, 월인, 2006.
- 申緯 著, 권경렬 편역, 『다옥에 손님 오니 연기가 피어나네』, 도서출판 너럭바위, 1998.
- 열상고전연구회, 『한국의 序跋』, 바른글방, 1992. 5.
- 王甦 著, 李章佑 譯, 『退溪詩學』, 退溪學研究院, 1981.
- 王水照, 『半肖居筆記』, 東方出版中心, 1998. 4.
- 王水照, 『王水照自選集』, 上海世紀出版集團, 上海教育出版社, 2000.
- 韋旭昇 著, 李海山, 禹快濟 共譯, 『韓國文學에 끼친 中國文學의 影響』, 亞細亞文化社, 1994. 1.
- 유홍준, 『완당평전(1-3)』, 도서출판 학고재, 2002.
- 尹寅鉉, 『한국한시 비평론』, 아세아문화사, 2001. 9.
- 李景華 외 지음, 이종한, 황일권 옮김, 『중국산문간사』, 계명대학교 출판부, 2007.
- 이동주, 「완당바람」, 『우리나라의 옛 그림』, 도서출판 학고재, 서울, 1995.
- 李東喆, 『白雲 이규보시의 연구』, 국학자료원, 1994. 9.
- 李丙疇 외, 『漢文學史』, 새문사, 2003. 2.
- 이종묵, 『한국한시의 전통과 문예미』, 태학사, 2002. 1.

- 李昌龍, 『比較文學의 理論』, 一志社, 1990. 10.
- 李昌龍, 『韓中詩의 比較文學的 硏究』, 一志社, 1984.
- 이혜순, 『高麗 前期 漢文學史』, 이화여자대학교 출판부, 2004. 1.
- 이혜순, 『전통과 수용-한국 고전문학과 해외교류』, 돌베개, 2010.
- 莊子 지음, 김창환 옮김, 『장자내편』, 을유문화사, 2010.
- 莊子 지음, 김창환 옮김, 『장자외편』, 을유문화사, 2010.
- 莊子 지음, 김창환 옮김, 『장자잡편』, 을유문화사, 2012.
- 全松烈, 『朝鮮前期詩歌史硏究』, 이회문화사, 2001. 10.
- 전해종, 『韓中關係史硏究』, 일조각, 1974.
- 전형대, 정요일, 최웅, 정대림, 『韓國古典詩學史』, 기린원, 1989. 7.
- 丁奎福, 『韓國文學과 中國文學』, 국학자료원, 2001. 5.
- 조남권, 『한국고전비평론, 조선중기(권1)』, 민속원, 2006.
- 조남권, 박은정, 『한국고전비평론, 조선중, 후기(권5)』, 민속원, 2010.
- 조남권, 박은정, 『한국고전비평론, 조선중기(권4)』, 민속원, 2009.
- 조남권, 박은정, 『한국고전비평론, 新羅, 朝鮮中期(권3)』, 민속원, 2008.
- 조남권, 이진호, 『한국고전비평론, 조선중기, 후기(권2)』, 민속원, 2007.
- 조동일, 『제4판 한국문학통사』, 지식산업사, 2005. 3.

- 조융희,『조선중기한시비평론』, 한국문화사, 2004.
- 中國歷史大辭典, 宋史卷編輯委員會 編,『中國歷史大辭典, 宋史』, 上海辭書出版社, 1984.
- 曾棗莊 等 著,『蘇軾研究史』, 江蘇教育出版社, 南京, 2001. 3.
- 池澤滋子,『日本的赤壁會和壽蘇會』, 上海人民出版社, 2008.
- 車柱環,『中國詞文學論考』, 서울대학교 출판부, 1982. 10.
- 崔完秀,『金秋史研究艸』, 知識文化社, 서울, 1976.
- 허경진 엮음,『紫霞 申緯 詩選』, 평민사, 1994.
- 『朝鮮王朝實錄』
- 『中國歷史大辭典, 宋史』, 上海辭書出版社, 1984.
- 조선왕조실록DB, http://sillok.history.go.kr/main/main.jsp
- 한국고전종합DB, http://db.itkc.or.kr/itkcdb/mainIndexIframe.jsp

2 研究論文

1. 中文

- 金周淳,「蘇東坡 '赤壁賦' 對朝鮮漢詩的影響」, 중국문화연구, 16호, 중국문화연구학회, 2010. 6.
- 金周淳,「試論高麗漢詩文中有關蘇東坡」, 國際中國學研究 제8집, 한국중국학회, 2005.
- 柳基榮,「蘇軾對韓國古代文學的影響及其高麗觀之研究」, 復旦

大學 中文系 博士論文, 1996. 11.
- 王水照, 「蘇軾"禁書外流"奏札與東北亞文化交流」, 『半肖居筆記』, 東方出版中心, 1998. 4.
- 王水照, 「蘇軾文集初傳高麗考」, 『半肖居筆記』, 東方出版中心, 1998. 4.
- 曹圭百, 「宋朝蘇東坡與李朝金秋史比較研究－以蘇東坡海南島與金秋史濟州島流配文學爲中心」, 『新宋學』, 上海辭書出版社, 2001. 10.
- 曹圭百, 「朝鮮時代文人對蘇東坡詩文的"受容"及其蘇東坡觀」, 『퇴계학과 한국문화』 38, 경북대 퇴계연구소, 2006.
- 陳飛龍, 「蘇軾高麗觀之探討」, 國立政治大學學報, 第64期, 1992.
- 洪瑀欽, 「"擬把漢江當赤壁"－韓國蘇軾研究述略」, 曾棗莊 等 著, 『蘇軾研究史』, 江蘇教育出版社, 南京, 2001. 3.

2. 국문

- 황선주, 양훈, 「한국본 『精刊補註東坡和陶詩話』 校讀」, 중국어문학논집 71집, 중국어문학연구회, 2011. 12.
- Jiwon Shin, 「당호를 통해서 본 19세기초 소동파 관련 서화 소장문화와 대청 문화교류」, 한국문화, 제45집, 서울대학교 규장각한국학연구원, 2009.
- 姜慶熙 , 「조선시대 東坡 『赤壁賦』의 수용－赤壁船遊와 『赤壁賦』 倣作을 중심으로」, 중국어문학논집 61집, 2010. 4.

- 강경희, 「『赤壁圖』에 구현된 『赤壁賦』의 이미지와 서사-한국과 중국의 『赤壁圖』 비교 연구」, 동양고전연구 제47집, 동양고전학회, 2012.
- 강경희, 「조선후기 崇蘇熱 과 東坡笠壁圖」, 중국어문학논집 65집, 중국어문학연구회, 2010.
- 金光年, 「金錫胄의 『古文百選』 편찬과 唐宋派의 수용」, 『東洋漢文學硏究』 20집, 동양한문학회, 2004
- 金相洪, 「茶山의 蘇東坡論」, 남명학연구, 제18집, 경상대 남명학연구소, 2004.
- 금지아, 「朝鮮 申緯의 『奏請行卷』 연구-燕行과 翁方綱과의 文墨緣을 중심으로」『열상고전연구』 21집, 열상고전연구회, 2005.
- 기태완, 「黃梅泉의 중국시에 대한 시각」, 한국한시연구, 13호, 2005. 10.
- 김갑기, 「紫霞 申緯의 시학-由蘇入杜論과 관련하여」, 한국사상과 문화 제48집, 한국사상문화학회, 2009.
- 김경동, 「蘇軾詩에 대한 李奎報의 追和詩」, 중국어문학지 19집, 중국어문학회, 2005.
- 김계태, 「蘇軾의 高麗觀」, 중국인문과학, 37호, 중국인문학회, 2007.
- 김보경, 「조선본 『東坡詩選』 初探」, 중국문학 74집, 한국중국어문학회, 2013.
- 김성기, 「고려 문인의 소동파 수용 양상」, 개신어문연구, 31집,

개신어문학회, 2010.
- 김성기, 「조선조 시인의 소동파 문학에 대한 인식」, 개신어문연구 제35집, 개신어문학회, 2012.
- 김울림, 「翁方綱의 金石考證學과 蘇東坡像」, 미술사논단 18집, 한국미술연구소, 2004.
- 김주순, 「象村 『和歸去來辭』의 비교문학적 고찰」, 한중인문학연구 23집, 중한인문과학연구회, 2008.
- 김주순,「『和歸去來辭』에 나타난 소동파와 李眉叟문학의 비교」, 한중인문과학연구 14집, 한중인문학회, 2005.
- 남영진, 「19세기 시학상의 由陸入杜와 由蘇入杜論」, 한국한문학연구 제43집, 한국한문학회, 2009. 6.
- 남영진, 「금령 朴永輔와 蘇東坡」, 한국한문학연구, 45호, 한국한문학회, 2010. 6.
- 당윤희, 「朝鮮刊 蘇軾 詩文集 및 文集 板本 小考」, 『중국문학』 63, 한국중국어문학회, 2010.
- 당윤희, 「朝鮮刊 蘇軾 詩集 板本 小考-『增刊校正王狀元集註分類東坡先生詩』를 중심으로」, 중어중문학, 제45집, 한국중어중문학회, 2009.
- 당윤희, 「조선의 중국본 시문집 유입, 간행 및 수용양상 略考-당송팔대가를 중심으로」, 중국문학 제69집, 한국중국어문학회, 2011.
- 당윤희, 오수형, 「唐宋八大家 文選集의 조선에서의 수용과 유

통–한국 소장 唐宋八大家 古文 選集 판본을 중심으로」, 중국문학 제66집, 한국중국어문학회, 2011.

- 柳種睦, 「고려 및 조선 문단에 있어서의 中國詞文學의 수용과 전개」, 中國學報, 第40輯, 한국중국학회, 1999. 7.
- 柳種睦, 「蘇軾과 高麗」, 中國文學, 第38輯, 한국중국어문학회, 2002. 11.
- 박영환, 「蘇軾과 李奎報 禪詩의 특징 비교 연구」, 인문과학연구 제5집, 가톨릭대학교 인문과학연구소, 2000.
- 변종현, 「고려 중기 한시의 宋風的 양상」, 한문학논집 제11집, 단국한문학회, 1993. 11.
- 변종현, 「고려시대 한시의 시풍 연구」, 한문학논총 제8집, 단국한문학회, 1990. 11.
- 변종현, 「唐宋詩가 고려조 한시에 미친 영향」, 동방한문학, 27권, 2004. 12.
- 孫有珍, 「『壬戌泛月錄』에 타나난 공간인식의 양상과 의미」, 경북대 국문과 석사논문, 2011.
- 孫八洲, 「申緯와 蘇軾」, 『韓中漢詩硏究』, 빛남, 1992. 10. 再版, (1986. 10, 初版)
- 송혁기, 「17~18세기 조선 문인의 蘇軾 산문 비평」, 한자한문연구 2집, 고려대학교 한자한문연구소, 2006. 12.
- 申採湜, 「蘇軾의 高麗觀」, 中國學報, 第27輯, 한국중국학회, 1987.

- 어강석, 「牧隱 李穡의 소동파 시 수용 양상」, 어문연구 제40집, 한국어문교육연구회, 2012.
- 오수형, 「正祖의 古文 指向과 御定 『唐宋八子百選』」, 중국문학 제67집, 한국중국어문학회, 2011.
- 오수형, 「正祖의 蘇軾 산문 수용양상 연구」, 중국문학 제21집, 한국중국어문학회, 2013.
- 禹埈浩, 「蘇東坡辭賦研究」, 한국외국어대 중국어과 대학원 박사논문, 1990. 8.
- 禹埈浩, 「압운과 중국고전의 번역」, 중어중문학 51집, 한국중어중문학회, 2014. 4.
- 兪弘濬, 「秋史 金正喜(1-6)」, 歷史批評, 1998, 봄號 ~ 1999, 가을號.
- 尹浩鎭, 「韓國 漢文學의 東坡受容樣相」, 嶺南中國語文學會, 『中國語文學』, 제12집, 1986. 11.
- 이사빈, 「조선시대 赤壁賦圖 연구」, 서울대 대학원 고고미술사학과 미술사전공, 석사논문, 2005. 2.
- 이승재, 「威堂 申櫶 한시 연구」, 성균관대 한문학과 석사논문, 2010. 8.
- 李昌龍, 「朝鮮朝 詩話에 投影된 蘇東坡」, 『轉移와 受容』, 東方文學比較研究會 編, 學文社, 1986.
- 李昌龍, 「소동파의 投影-高麗漢詩를 중심으로 그 財源 연구」, 인문과학논총 제8집, 1975.

- 이태형, 박미숙, 「李齊賢의 蘇軾 豪放詞의 변용 考」, 고시가연구 25집, 한국고시가문학회, 2010.
- 이태호, 〈새로 공개된 謙齋 鄭敾의 1742년작 '漣江壬戌帖'—소동파 赤壁賦의 조선적 형상화〉, 동양미술사학 제2집, 동양미술사학회, 2013. 12.
- 이현일, 「조선후기 京華世族의 동파 수용 양상」, 중국문학 62집, 한국중국어문학회, 2010.
- 정민, 「19세기 동아시아의 慕蘇 열풍」, 한국한문학연구 49, 한국한문학회, 2012.
- 정선모, 「고려시대 소동파시문집의 수용양상에 대하여」, 한문학보 제15집, 우리한문학회, 2006.
- 정선모, 「蘇軾文學初期受容樣相考」, 동방한문학 36집, 동방한문학회, 2008.
- 曹圭百, 「고려시대 문인의 소동파 시문 수용 및 그 의의(1)」, 퇴계학과 한국문화, 제39집, 2006. 8.
- 曹圭百, 「고려시대 문인의 소동파 시문 수용 및 그 의의(2)」, 퇴계학과 한국문화, 제40집, 2007. 2.
- 曹圭百, 「陶淵明에의 동일화양상과 陶詩의 창조적 수용—蘇軾詩의 한 단면」, 대동문화연구, 31집, 성균관대학교 대동문화연구소, 1996. 12.
- 조규백, 「申緯의 소동파 수용 및 그 의의」, 장서각 제28집, 한국학중앙연구원, 2012.10.

• 조규백, 「조선조 문인의 蘇東坡 인물 및 산문에 대한 평가」, 대동문화연구 제80집, 성균관대 동아시아학술원 대동문화연구원, 2012. 12.
• 曹圭百, 「천고의 명작 소동파 『赤壁賦』의 문학세계 탐색」, 제주문학 35집, 한국문인협회 제주도지회, 2001. 8.
• 曹圭百, 「秋史 金正喜의 濟州島 流配 漢詩文에 담긴 문학세계 탐색-중국문인 蘇東坡와 관련하여」, 중국연구, 32권, 한국외국어대 외국학종합연구센터 중국연구소, 2003. 12.
• 조규백, 「조선조 문인의 소동파 시 수용과 평가」, 대동문화연구 91, 성균관대 동아시아학술원 대동문화연구원, 2015. 9.
• 조규백, 「조선조 한문학에 나타난 소동파 전후 『赤壁賦』의 수용과 '적벽선유' 의 재연」, 중국학연구 67, 중국학연구회, 2014. 3.
• 조규백, 「'고려, 조선조에서의 소동파 수용' 에 관한 연구개황, 1964~2015년 기간을 중심으로」, 중국학보 73, 한국중국학회, 2015. 8.
• 趙承觀, 「한국문학상의 소동파」, 국어국문학논문집 제5집, 동국대 국어국문학부, 1964.
• 崔在赫, 「고려 문인들의 소식문예이론 수용 고찰」, 중국어문학논집, 제89호, 중국어문학연구회, 2014. 12.
• 許捲洙, 「蘇東坡詩文의 韓國的 受容」, 『中國語文學』, 제14집, 영남중국어문학회, 1988. 7.
• 홍서연, 「조선본 『精刊補註東坡和陶詩話』에 대한 문헌적 고찰」,

중국어문논총 54집, 중국어문연구회, 2012.

- 홍서연, 「『蘇詩摘律』에 대한 판본 고찰」, 중국학논총 33집, 고려대 중국학연구소, 2011.
- 황위주, 「한국본 중국시선집의 편찬에 대한 연구」, 동아인문학 제3집, 2009.
- 黃渭周, 「朱子의 蘇東坡 排擊과 朝鮮初期 漢文學」, 대동한문학, 제5집, 대동한문학회, 1993.
- 황일권, 「한국에서의 歐陽脩 산문 전파와 평가에 관한 연구-조선시대를 중심으로」, 중국어문학 제53집, 2009. 6.

부록

1. 소동파의 연보

北宋 仁宗(1022~1063)	
1세 景祐 3년, 1036	12월 19일 『양력 1037년 1월 8일』 (四川省) 眉山縣 紗穀行에서 蘇軾(號는 東坡居士) 출생. 부친은 蘇洵, 모친은 程氏.
3세 寶元 1년, 1038	兄 景先 죽음.
4세 寶元 2년, 1039	아우 蘇轍 출생.
8세 慶曆 3년, 1043	小學에 들어가 眉山縣 天慶觀의 道士 張易簡에게 배움.
10세 慶曆 5년, 1045	부친 蘇洵이 宦學여행을 떠나 모친에게서 배움.
12세 慶曆 7년, 1047	祖父 蘇序 돌아가심. 부친 宦學에서 돌아오심.
19세 至和 1년, 1054	眉州 青神縣人 鄕貢進士 王方의 딸 王弗(당시 16세)과 결혼.

20세 至和 2년, 1055	부친 蘇洵이 成都를 유람하여, 張方平을 배알하니, 張方平이 一見에 國士로 예우.
21세 嘉祐 1년, 1056	3월, 부친 蘇洵을 따라 아우 蘇轍과 함께 京師(수도 開封)에 감. 5월, 京師에 도착. 8월, 아우 蘇轍과 함께 開封府試에 합격.
22세 嘉祐 2년, 1057	정월, 禮部試에 進士급제. 歐陽修, 梅摯, 王珪, 范鎭, 梅堯臣이 시험관임. 3월, 殿試에 及第. 5월, 모친상으로 귀향.
24세 嘉祐 4년, 1059	모친의 服喪을 마치고, 10월, 부친 蘇洵을 모시고 아우 소철과 함께 開封을 향해 蜀을 출발. 12월 8일 荊州에 도착.
25세 嘉祐 5년, 1060	정월 5일, 荊州를 출발, 2월 15일, 京師에 도착, 河南府 福昌縣 主簿로 제수받았으나 부임하지 않음.
26세 嘉祐 6년, 1061	制科에 응시하여, 蘇軾은 제3등, 아우 蘇轍은 제4등으로 급제. 大理評事, 鳳翔府簽判에 임명됨. 11월, 부친 및 아우 蘇轍과 첫 이별. 12월 14일 鳳翔府에 도착. 16일, 孔子廟의 石鼓를 참관.
27세 嘉祐 7년, 1062	鳳翔에 재직.
28세 嘉祐 8년, 1063	鳳翔에 재직.

英宗(1063~1067)	
30세 治平 2년, 1065	정월, 조정에 귀환. 登聞鼓院의 判官에 임명. 直史館에 임명. 5월, 아내 王弗 죽음.
31세 治平 3년, 1066	부친 蘇洵이 『太常因革禮』 100권의 편찬을 마치고, 4월에 서거. 이로 인해 喪具를 이끌고 6월에 향리로 향함.
32세 治平 4년, 1067	4월 향리에 도착. 8월 선친을 眉州에서 장사지냄.
神宗(1067~1085)	
33세 熙寧 1년, 1068	7월 부친의 服喪을 마침. 첫 부인 王弗의 從妹 王閏之(당시 21세)와 결혼. 가족을 이끌고 아우 소철과 開封으로 향함.
34세 熙寧 2년, 1069	2월 開封으로 돌아옴. 王安石과 정견이 충돌, 監官告院이 됨. 5월 왕안석의 과거시험 개혁에 반대의견 표명. 12월 「上神宗皇帝書」 제출.
35세 熙寧 3년, 1070	「再上神宗皇帝書」를 제출하여 신법반대. 5월 차남 迨 출생.
36세 熙寧 4년, 1071	지방으로의 전출을 요청하여, 6월에 杭州通判을 임명받아, 11월 28일 着任.

37세 熙寧 5년, 1072	항주통판에 재직. 4월 三男 過 출생. 6월, 望湖樓에 오름. 12월 湖州로 여행.
38세 熙寧 6년, 1073	杭州通判에 재직.
39세 熙寧 7년, 1074	항주통판으로 재직 시 朝雲을 侍妾으로 맞음. 9월 密州知州 임명받음. 12월 着任.
41세 熙寧 9년, 1076	11월 河中府知府에 임명받음. 12월 密州를 떠남.
42세 熙寧 10년, 1077	2월 徐州知州에 임명받음. 4월 徐州知州에 着任
43세 元豐 1년, 1078	徐州에 재직. 8월 12일, 黃樓(徐州城의 동문에 黃土로 쌓은 누각)낙성.
44세 元豐 2년, 1079	3월 湖州知州에 임명됨. 4월 20일 湖州에 着任. 8월 18일 烏臺詩案으로 어사대의 감옥에 수감. 12월 26일 黃州로의 유배를 명령받음.
45세 元豐 3년, 1080	2월 1일 黃州에 着任. 定惠院에 거주. 4월 臨皐亭으로 移居. 6월 아우 소철과 武昌에 유람. 8월 아들 邁와 적벽유람. 9월 홀로 적벽유람.
46세 元豐 4년, 1081	황주 유배 계속. 정월 岐亭에 가 봉상 시절의 벗 陳慥를 만남(황주에서의 4년 남짓 유배 기간에 진조는 7번 오고, 동파는 3번 가서 만남). 이 해 馬夢

	得의 호의로 황무지를 경작, 그곳을 東坡라고 이름 지음.
47세 元豐 5년, 1082	황주 유배 계속. 2월 東坡의 옆에 雪堂을 지음. 7월에 적벽을 유람하고 「赤壁賦」를 지음. 10월 다시 적벽을 유람하고 「後赤壁賦」를 지음.
48세 元豐 6년, 1083	황주 유배 계속. 5월 南堂 낙성. 10월 12일 밤에 馬夢得과 承天寺 유람.
49세 元豐 7년, 1084	3월 汝州團練副使의 명받음. 4월 황주를 떠남. 廬山 구경. 7월 金陵의 王安石을 방문. 10월 19일 상서를 올려 常州거주를 요청.
50세 元豐 8년, 1085	다시 상서를 올려 常州거주를 요청. 汝州團練副使 常州居住를 명받음. 3월 神宗이 죽고, 어린 哲宗이 즉위, 高太后의 섭정. 5월 常州貶所 도착. 6월 朝奉郎에 복직, 登州知州에 임명됨. 10월 登州 着任. 禮部郎中으로 召還의 명받음.

哲宗(1085~1100)

51세 元祐 1년, 1086	3월 中書舍人에 임명됨. 9월 1일, 司馬光이 죽음. 조정에서는 程頤로 하여금 사마광의 장례를 주관하게 하였는데, 정이가 古禮를 따르려하자

	蘇軾이 그를 희롱하여 結怨. 9월 翰林學士知制誥로 옮김.
52세 元祐 2년, 1087	翰林學士로 재직.
53세 元祐 3년, 1088	翰林學士로 재직
54세 元祐 4년, 1089	상주하여 지방관으로 전출을 요청. 3월 杭州知州에 임명되고, 7월에 着任. 11월 3일 「論高麗進奉狀」을 상주. 11월 13일 「論高麗進奉第二狀」을 상주. 12월 3일 「乞令高麗僧從泉州歸國狀」을 상주함.
55세 元祐 5년, 1090	杭州知州로 재직. 항주 西湖에 제방(蘇堤)을 축조. 8월 15일 「乞禁商旅過外國狀」을 상주함.
56세 元祐 6년, 1091	2월 翰林學士承旨로 召還의 명 받음. 7월 지방관으로 전출을 요청하여 허락을 얻음. 8월 潁州知州에 임명되어 潁州에 着任.
57세 元祐 7년, 1092	2월 揚州知州에 임명됨. 8월 兵部尙書로 소환됨. 11월 禮部尙書 端明殿學士兼翰林侍讀學士가 됨.
58세 元祐 8년, 1093	禮部尙書에 재직. 2월 1일, 2월 15일, 2월 26일 각기 「論高麗買書利害箚子三首」를 상주함. 8월

	아내 王閏之가 죽음. 9월 定州知州에 임명됨. 10월 23일 定州에 着任.
59세 紹聖 1년, 1094	6월 惠州(建昌軍司馬惠州安置)로의 유배 명령. 셋째 아들 過와 朝雲을 데리고 大庾嶺을 넘어, 10월 2일 혜주에 도착, 合江樓에 寓居, 18일 嘉祐寺로 이사.
60세 紹聖 2년, 1095	惠州에 있었음. 3월 19일 合江樓로 이사.
61세 紹聖 3년, 1096	惠州에 있었음. 4월 20일 다시 嘉祐寺로 이사. 7월 朝雲이 죽어, 8월에 조운을 豐湖의 棲禪寺 동남쪽의 松林에 매장.
62세 紹聖 4년, 1097	2월 14일 白鶴峰 新居로 옮김. 4월 17일 瓊州別駕 昌化軍安置의 명을 받음. 막내아들 過를 데리고 海南島로 출발. 5월 11일 雷州로 유배 가는 도중인 아우 蘇轍과 藤州에서 상봉하여 雷州까지 동행, 6월 11일 형제의 영원한 이별. 渡海. 7월 配所 도착. 12월 19일(동파의 생일)에 아우 蘇轍이 동파의 요청으로 「東坡先生和淵明詩引」(一名, 「子瞻和陶淵明詩集引」)을 지음.
63세 紹聖 5년, 1098	海南島 儋州에 있었음.

63세 元符 1년, 1098	儋州에 있었음. 5월 桄榔庵 새 거주지 완성. 9월 天慶觀 유람.
64세 元符 2년, 1099	儋州에 있었음.
65세 元符 3년, 1100	1월 12일, 哲宗이 죽고, 徽宗이 즉위. 5월 廉州安置를 명받음. 渡海. 7월 4일 廉州도착. 8월 舒州團練副使, 永州居住를 명받음. 8월 29일 廉州를 떠남. 11월 朝奉郎에 복직, 提擧成都府玉局觀에 임명, 거주자유.
徽宗(1100~1125)	
66세 建中靖國 1년, 1101	5월 여행 도중 병에 걸려 常州에서 누움. 6월 常州에서 上奏 하여 致仕함. 7월 28일 别世.
崇寧 1년, 1102	閏 6월 汝州 겹성현(郟城縣)의 峨眉山에 장사지냄. 부인 王閏之와 合葬. 아우 蘇轍이 형의 墓誌銘(「亡兄子瞻端明墓誌銘」)을 지음.

2. 소동파의 관직 이동표

	貶謫時期	地方官時期	中央官時期
1期:科擧應試期 및 仕宦前期		鳳翔簽判 (첫 부임지 : 26~29) 杭州通判(36~39) 密州知州(39~41) 徐州知州(42~44) 湖州知州(44)	科擧合格(21, 22, 26歲) 母喪歸鄕(22~24) 判登聞鼓院(30) 直史官(30) 父喪歸鄕(31~33) 監官告院(34~36) 地方官自請(36) 烏臺詩案(入獄)(44)
2期:黃州流配期	黃州團練副使(45~49) 汝州團練副使의 命(49) 赴任途中(49~50) 隱居目的의 常州居住認可 常州 宜興 到着(50)		

3期: 仕宦後期		登州知州(50) 杭州知州(54~56) 潁州知州(56~57) 揚州知州(57) 定州知州(58~59) 惠州安置 命(59)	禮部郎中(50) 起居舍人(50) 中書舍人(51) 翰林學士知制誥(51) 翰林學士(52~54) 地方官自請(54) 翰林學士承旨(56) 地方官自請(56) 兵部尙書(57) 禮部尙書端明殿學士兼翰林侍讀學士(57~58) 禮部尙書(58)
4期: 惠州, 海南島流配期 및 北歸	惠州安置(59~62) 瓊州別駕昌化郡安置 命(62) 儋州貶謫(62~65) 廉州安置 命(65) 廉州到着(65) 舒州團練副使, 永州居住 命(65)	朝奉郎, 提擧成都玉局觀, 居住自由(65) 常州到着, 致仕(66) 別世(66)	

3. 許筠의 『閑情錄』에 수록된 소동파 관련 자료[1]

1 제1권 隱遁

1)

소동파蘇東坡가 남쪽으로 귀양 갈 적에 영嶺을 넘어 임간林間에 머물게 되었는데, 거기서 두 도인道人을 만났다. 도인은 동파를 보고는 깊이 들어가 나오지 않았다. 동파가 압송 사신押送使臣에게 말하기를,

"이 집 안에 이인異人이 있으니 함께 들어가 보자."

하고, 곧 문 안으로 들어가니, 수간數間 모옥茅屋에 두 도인의 의상意象이 매우 소쇄瀟洒해 보였다. 도인이 사신을 돌아보고 이 사람이 누구냐고 묻기에 소 학사蘇學士라고 대답하니, 도인이 말하기를,

"그럼 소자첨蘇子瞻이 아닌가."

하였다. 사신이 말하기를,

"소 학사는 당초 문장으로 뜻을 얻었으나 끝내 문장 때문에 뜻을

1 『閑情錄』은 許筠이 중국의 여러 책들에서 속세를 떠나 은거하며 한가롭게 산 사람들의 삶에 대한 기록을 뽑아 만든 책이다. 『성소부부고(惺所覆瓿藁)』에 수록되어 있다. 여기서는 한국고전번역원의 한국고전종합DB에 의거하여, 『閑情錄』에 수록된 소동파 관련 자료 전체를 뽑아 모았다. 필자(조규백)는 여기서 단지 『閑情錄』, 제7권, 2)의 인용시 번역과 주석 한 군데의 오역만 수정하고, 전반적으로 원고를 약간 손보았다.

잃었다.”

하니, 도인은 서로 마주 보며 웃고 말하기를,

“문장이 어찌 뜻을 얻고 잃게 할 수 있겠는가. 부귀(富貴)란 원래 성쇠盛衰가 있는 것이다.”

하였다. 동파가 말하기를,

“어느 산림山林에 도사道士가 없으리오마는 그중에서 특이한 이로는 여류女流에 춘몽파春夢婆[2]가 있고, 이곳에 두 도인이 있다.”

하였으니, 그가 만난 사람 중에 어찌 그리 현자가 많은가.

『장공외기長公外記』

2 제2권 高逸

1)

주진촌朱陳村이라는 마을은 서주徐州 풍현豐縣에서 동남으로 1백 리쯤 되는 깊은 산중에 있다. 그곳 민속이 매우 순박한데 고을에는 오직 주씨朱氏와 진씨陳氏 두 성씨만이 살아 대대로 혼인을 한다. 백낙천白樂天의 주진촌시朱陳村詩 34운韻이 있는데, 그 대략에,

2 소식(蘇軾)이 창화(昌化)에 있을 적에 큰 바가지를 등에 메고 전지(田地) 사이를 오가며 노래를 부르니, 어떤 노파(老婆)가 소식에게 말하기를 “내한〔內翰: 송대 한림학사(翰林學士) 의 이칭, 소동파를 지칭함.〕의 지난날 부귀는 일장춘몽(一場春夢)이었다.” 하니, 소식은 그의 말을 옳다고 하였다. 그 마을 사람들은 이 노파를 춘몽파라 불렀다.

고을이 멀어 관사가 적고	縣遠官事少
사는 곳이 깊숙해 풍속이 순후하네.	土深民俗淳
재물이 있어도 장사를 하지 않고	有財不行商
장정이 있어도 군대에 들어가지 않네.	有丁不入軍
집집마다 촌업을 지켜	家家守村業
머리가 희도록 밖으로 나가지 않네.	頭白不出門
살아서는 주진촌 사람이요	生爲陳村人
죽어서도 주진촌 진토라네.	死爲陳村塵
밭 가운데 있는 노인과 어린이들	田中老與幼
서로 쳐다보며 어찌 그리 즐거운가.	相見何欣欣
한 마을에 오직 두 성씨가 살아	一村唯兩姓
대대로 서로 혼인을 한다네.	世世爲婚姻
친척은 서로서로 모여서 살고	親屬居有族
노인과 젊은이가 함께 노닌다네.	少長游有群
황계와 백주로	黃鷄與白酒
열흘이 멀다 하고 모여 즐기네.	歡會不隔旬
살아서는 멀리 이별하는 일이 없고	生者不遠別
시집가고 장가가는 것도 이웃에서 고르네.	嫁娶先近隣
죽어서도 먼 곳에 장사하지 않아	死者不遠葬
옹기종기 무덤들이 마을을 둘렀네.	墳墓多繞村
이미 삶과 죽음이 편안하고	既安生與死
몸도 마음도 괴롭히지 않네.	不苦形與神

이런 까닭에 장수하는 사람이 많아 所以多壽考
때로는 현손을 보는 사람도 있다네. 往往見玄孫

하였다. 내가 이 시를 읊을 때마다 속된 마음이 단번에 씻어지는 듯하여, 그곳에서 태어나지 못함을 유감으로 여겼다. 뒤에 파옹〔坡翁, 소식(蘇軾)〕의 주진촌가취도시朱陳村嫁娶圖詩를 보니, 거기에,

내 지난날 주진촌朱陳村의 관리가 되어 我是朱陳舊使君
농사를 권하러 행화촌을 찾았더니 勸農曾入杏花村
요즈음의 그곳 풍물 어찌 차마 그리랴 而今風物那堪畫
고을 아전들 돈 내라고 한밤중에도 문 두드리네. 縣吏催錢夜打門

하였으니, 송나라 때의 주진촌은 당나라 때의 주진촌이 아니다. 더구나 지금에 가서 본다면 어떻게 변했을지 알 수 없는 일이다.

『지비록知非錄』

2)

어렸을 때 동파〔東坡 : 소식(蘇軾)의 호〕를 뵈니, 그가 다음과 같이 말하였다.

"세상에는 호걸豪傑스러운 선비로서 은거하고 세상에 나오지 않는 사람이 있다. 내 고향에 어떤 사람이 대대로 미산眉山에 살고 있었는데, 우리 선군先君을 장사지낼 때 기일이 임박하도록 묘지에 쓸 벽돌이

모자랐다. 그래서 사람들에게 물으니 그들이 '이 사람을 가서 보면 즉시 해결해 줄 것이다. 다만 그는 사냥을 하며 떠도는 날이 많고 또 그가 사는 곳이 세상과 멀리 떨어진 깊은 산속이라 어떨지 모르겠지만, 시험 삼아 한번 가보라.' 하였다. 그래서 내가 무릇 이틀을 걸려서야 그 집에 이르렀는데, 그 집에 이르러 해가 기울도록 그가 오기를 기다렸다. 저녁에야 비로소 종자從者 수기數騎를 거느리고 어떤 사람이 왔는데, 그 주인은 젊은 소년이었다. 명함을 들이니 그 소년이 옷을 바꿔 입고 나와 앉아서 찾아온 까닭을 물었다. 그래서 내가 사실대로 자세히 얘기를 하자, 그 소년이 '쉬운 일입니다. 잠시 식사를 하시고 이 집에서 쉬십시오. 기한 내에 필요하신 것을 갖다 드리도록 말하겠습니다.' 하였다. 조금 뒤에 비녀婢女 몇 사람이 무릎을 꿇고 식사를 올리는데, 그것은 모두 그날 잡은 신선한 것이었다. 술을 몇 잔 주는데 식사가 끝난 뒤에야 조용히 서로 마주앉아 이야기를 하였다. 다음날 그 사람이 종과 말을 보내서 나를 산 아래까지 호송하게 하였는데, 사흘이 지나도록 아무런 소식이 없었다. 일을 시작해서 땅을 파는데 그날 저녁이 다 되도록 벽돌 한 장도 오지 않았으므로 내가 크게 후회하였다. 그런데 다음 날 아침에 묘지墓地 옆을 가보니 벽돌이 5만 장이나 촘촘히 쌓여 있었다. 여러 사람들이 크게 경탄驚嘆을 하였는데, 일을 마친 뒤에 다시 그를 찾아가 사례를 하려 하였으나 만날 수가 없었고, 후일 그 벽돌 값을 가지고 간 사람도 그를 만나지 못하고 돌아왔다."

『단연록丹鉛錄』

3 제3권 閒適

1)

또 소자첨〔蘇子瞻 : 자첨은 송(宋) 소식(蘇軾)의 자〕은 황주黃州와 영외嶺外에 있을 때 매일 일찍 일어나서 객客들을 불러들여 서로 이야기하지 않으면 으레 자신이 객들을 찾아가서 이야기하였고, 그와 종유從遊하는 자들도 말을 가리지 않고 마음대로 해학諧謔하여 마음의 간격을 두지 않았다. 또 이야기를 못 하는 자에게는 귀신에 대한 이야기를 억지로 시키다가 혹 이해가 가지 않을 경우에는 그런 거짓말은 그만두라고 하여 듣는 자들이 모두 허리를 잡고 웃어대면서 마음껏 즐긴 뒤에야 헤어지곤 하였다 한다.

『미공비급眉公祕笈』

2)

이태백李太白의 시에,청풍명월은 일전이라도 돈을 들여 사는 것이 아니다(淸風明月不用一錢買)라고 하였는데, 동파〔東坡 : 소식(蘇軾)의 호〕의 적벽부赤壁賦에는 이르기를,

"저 강상江上의 맑은 바람과 산간山間의 밝은 달이여, 귀로 듣노니 소리가 되고 눈으로 보노니 빛이 되도다. 갖자 해도 금할 이 없고 쓰자 해도 다 할 날이 없으니, 이것은 조물造物의 무진장이다."

라고 하였으니, 동파東坡의 뜻은 대개 이태백의 시구詩句에서 나온 것이다.

대저 바람과 달은 돈을 들여 사지 않을뿐더러, 그것을 가져도 누가 금할 이가 없는 것이니, 태백과 동파의 말이 진실이다. 그러나 맑은 바람과 밝은 달을 즐길 줄 아는 사람은 세상에 몇 사람 되지 않고 맑은 바람과 밝은 달도 1년 동안에 또한 몇 날도 되지 않는다. 가령 어떤 사람이 이 낙樂을 안다 할지라도 혹은 세속 일에 골몰하여 정신을 빼앗기거나 혹은 장애障礙로 인하여 비록 그를 즐기려 해도 즐기지 못하는 자가 있다. 그렇다면 일없이 한가하게 있으면서 이미 돈을 들여서 사는 것도 아니요, 게다가 그를 가져 보았자 누가 갖지 못하게 금할 이도 없는 이 청풍명월을 만나가지고도 즐길 줄을 모른다면 이는 자기 스스로 장애를 만들어낸 것이다.

『경서당잡지』

4 제4권 退休

1)

한퇴지〔韓退之 : 퇴지는 한유(韓愈)의 자〕의 시詩에,

한가히 살자니 양식이 부족하고 閑居食不足
벼슬에 나가자니 능력이 모자라네. 從宦力難任
이 두 가지 일 모두 본성을 해치는 거라 兩事皆害性
일생 동안 늘 고심했다네. 一生常苦心

했고, 소자첨〔蘇子瞻 : 자첨은 소식(蘇軾)의 자〕은,

집에 있으니 처자식 울부짖고　　家居妻兒號
벼슬하니 원숭이 학 원망하네.　　出仕猿鶴怨
열에 한 가지도 제대로 못 하니　　未能逐什一
어떻게 구만리 장천을 날겠는가.　　安能搏九萬

했으니, 이 두 사람도 진퇴進退의 사이에서 머뭇거림을 면하지는 못했다. 그 뒤 퇴지退之는 형산衡山에서 눈 속을 헤매었고 자첨子瞻은 담해儋海에서 솟아오르는 해를 바라보았다. 은거한답시고 문 닫고 들어앉아 이불을 뒤집어쓰고 거친 음식이나 먹고 있는 사람들과 비교해 본다면, 이 두 사람은 신선이라 하지 않을 수 있겠는가. 그래서 고반시考槃詩를 지은 사람이,

"자나 깨나 이 즐거움 잊지 않을 것을 맹세하네."

했다.

『지비록知非錄』

5 제5권 遊興

1)

내가 황주黃州로 귀양 가 있을 적에 변재辨才와 참료자參寥子 두 선

사禪師가 사람을 보내어 문안해왔고, 또 태허太虛라는 제명題名으로 글을 보내왔다. 이때는 중추中秋가 10일 남짓 남은 때라서, 가을장마에 물이 불어 수면水面이 천리에 뻗쳤다. 달은 방성(房星 : 별 이름)과 심성(心星 : 별 이름) 사이에 솟았고, 수면 위에는 흩날리는 실이슬이 자욱했다. 내가 거처하는 곳은 강江과의 거리가 10보步도 못 되었다. 그래서 동자童子와 단둘이서 작은 배를 저어 적벽赤壁에 이르렀다. 무창武昌의 산골짜기를 바라보니 울창한 나무숲이 창연蒼然했고 구름 덮인 파도는 하늘과 맞닿았다. 인하여 이 정경을 기록, 참료자에게 부치면서 변재에게도 보이게 했다. 숭우嵩郵로 가는 인편이 있다면 또한 이 기록을 태허太虛에 부칠 수도 있으리라.

『소문충공집蘇文忠公集』

2)

원풍元豐 3년(1080, 고려 문종 34) 여름 6월에 여산廬山에 가서 이 산의 남쪽 기슭을 올라가 서현곡棲賢谷으로 들어갔다. 골짝에는 큰 바위가 많았는데 높고 웅장한 모습으로 서로 의지해 있었고, 바위 사이로는 물이 흐르고 있었다. 물소리는 마치 우렛소리 같았고 1천 대의 수레가 치닫듯 지축을 흔들었으므로, 지나는 사람들은 마음이 떨려 몸을 가눌 수 없을 정도였다. 험하기로 이름난 삼협〔三峽 : 촉(蜀)에 들어가는 세 협곡〕도 이보다 더하지는 못하리라. 그래서 다리 이름을 삼협교三峽橋라 했나 보다. 삼협교를 건너 동쪽으로 가니 산을 의지해 물이 흐르고 있었고, 수면은 흰 비단을 깐 것처럼 평평하기만 했다. 큰 바위가 그

물을 가로막는 곳에 이르자 물은 큰 수레바퀴처럼 맴돌아 괴었는데, 이리저리 돌면서 마구 솟구치기도 하여 온갖 모습을 다 연출했다. 원院은 이 지점 위쪽에 자리잡고 있었다. 오른쪽으로 석벽石壁을 의지했고 왼쪽으로 흐르는 물을 끼고 있었다. 승당僧堂은 석벽의 등마루에 있었다. 그래서 큰 봉우리와 기이한 바위가 처마끝에 춤추고 소나무와 대나무가 이리저리 얽히고설켜 짙은 푸르름이 서로 얼크러졌다. 때문에 큰 비바람이 불면 중들은 봉우리나 바위가 무너져내려 승당을 덮칠까 걱정한다고 한다. 여산廬山의 지리에 익숙한 사람에게 물어보니, 이 산의 승경勝景은 서현곡棲賢谷이 제일인데 이런 곳은 한둘 정도라 한다.

『소문충공집』

3)

원풍 2년 10월 1일, 나는 오흥吳興에서 항주杭州를 거쳐 동쪽으로 회계會稽에 왔다. 그때 용정龍井에 변재대사辨才大師가 있었는데, 편지를 보내어 나를 산으로 들어오라고 초청했다. 성곽城郭을 나오자 날이 저물었다. 배를 타고 호수湖水를 따라 보령普寧에 이르렀는데, 도중에 참료자參寥子를 만났다. 그래서 용정에서 보낸 남여藍輿에 대해 물어봤더니, 내가 때맞추어 오지 않아서 가버렸다고 했다. 이날 저녁 맑게 갠 하늘에 숲 사이로 달이 떠오르니, 터럭 끝이라도 셀 수 있을 정도로 환했다. 드디어 배에서 내려 삼료자와 함께 지팡이를 짚고 호수를 따라 걸었다. 뇌봉雷峯을 지나고 남병南屛을 넘어 혜인간惠因澗에서 발을 씻었다. 영석오靈石塢에 들렀다가 지름길로 풍황령風篁嶺에 올랐으며, 용정정龍井亭에 쉬면서는 샘물을 떠마셨다. 보령普寧에서부터 15개의 불사佛寺를 거쳐왔는데, 모두 적막하기만 한 채 사람 소리는 들리지 않았다. 길가의 여사廬舍에도 등불이 희미하게 가물거렸다. 나무숲은 매우 울창했고 흐르는 물소리는 비명처럼 격렬하여 인간 세계가 아닌 것만 같았다. 3경更이 지나서야 비로소 수성원壽聖院에 도착, 조음당潮音堂에서 변재대사를 만났다. 다음날 바로 돌아왔다.

『소문충공집』

4)

소성〔紹聖 : 송(宋) 철종(哲宗)의 연호(年號)〕 2년(1095, 고려 헌종 1) 3월 4일, 담사군詹使君이 나를 초청하여 함께 백수산白水山 불적사佛跡寺를 유람했다. 탕천湯泉에서 목욕하고 폭포수 아래서 바람을 쐰 뒤 중령中嶺에 올라 폭포수의 근원을 바라봤다. 견여肩輿에서 내려 걸어가면서 산 경치를 구경하고, 또 유람객들과 얘기도 나누었다. 저물녘에 여포荔浦 가에서 쉬면서 지팡이를 짚고 대숲 속을 거닐었다. 이때 여주 열매가 가시연밥 열매처럼 주렁주렁 달려 있었다. 부로父老들이 여주 열매를 가리키면서,

"이것으로 내가 안주를 만들어 놓을 테니, 공께서는 술을 가지고 다시 오시겠습니까?"

하므로, 나는 흔연히 그러마고 했다.

『소문충공집』

5)

오늘 백수산白水山 불적암佛跡巖을 유람했다. 산 위에는 폭포수가 있었는데 높이가 30길이었으므로 물이 우렛소리를 내면서 굴러떨어지고 번갯불처럼 부서져 흩어졌다. 도저히 그 형상을 표현하기가 어려웠다. 그것은 대략 항우項羽가 장감〔章邯: 진(秦)의 장군〕을 격파할 때의 상황과 비슷할 것 같았다.

『소문충공집』

6)

봄 산은 아리따워 웃는 것 같고 여름 산은 푸르름이 뚝뚝 듣는 것 같고, 가을 산은 맑고 깨끗해 화장한 것 같고, 겨울 산은 참담하여 조는 것 같다. 이는 곽희郭熙가 한 말로 네 계절의 산 경치를 분명하게 그려냈다. 이로 보면 야인野人은 참으로 아무리 취해와도 금하는 이 없고 아무리 가져다 써도 바닥나지 않는 것이 경치라는 것을 알고 있는 것이다.호산湖山과 달인達人은 대개 서로 걸맞은 점이 있다. 그래서 달인이 거처하는 곳에는 절로 왕기旺氣가 있게 마련이다. 이를테면, 사안謝安의 사공돈謝公墩, 정자진鄭子眞의 곡구谷口, 왕적王績의 취향醉鄕, 소식蘇軾의 소제蘇隄에 왕왕 그런 왕기가 있었으니, 이른바 초목草木과 금어禽魚도 모두 상서로운 빛과 맑은소리를 낸다는 것이 헛말은 아닌 것 같다.

『지비록』

6 제6권 雅致

1)

소동파〔蘇東坡 동파는 : 송(宋) 소식(蘇軾)의 호〕가 형 자명子明에게 준 편지에,

"우리 형제가 이제 다 늙었습니다. 마땅히 때때로 즐겨야지 세상 일은 개의介意할 것이 못 됩니다. 스스로 즐긴다는 것 역시 세속世俗의 낙樂을 말하는 것이 아닙니다. 가슴속이 한 점 티끌도 없이 탁 트이면 천지 사이의 산천山川 · 초목草木 · 충어蟲魚의 류類가 모두 우리들에게 즐거움을 줄 것입니다."

『소문충공집蘇文忠公集』

2)

소자첨(蘇子瞻 : 자첨은 소동파의 자)이 유경문〔劉景文 : 경문은 유계손(劉季孫)의 자〕에게 말하였다.

"나는 평생 동안 기쁜 일이 없었다. 오직 문장을 지을 때 뜻대로 써내려가다가 문맥이 많은 변화를 이뤄 뜻을 다하지 못함이 없게 되면, 세상에 이보다 더한 즐거움이 없을 것이다."

『장공외기長公外記』

3)

갈치천〔葛稚川 : 치천은 진(晉) 갈홍(葛洪)의 자〕이,

"다시 고향鄕園에 돌아와 보니 남녀男女는 다 바꾸어졌는데 오직 녹수綠水와 청산靑山만은 옛 모습대로요 변하지 않았다."

하였고, 소동파〔蘇東坡 : 동파는 송(宋) 소식(蘇軾)의 호〕는,

"다시 여부廬阜(여산)를 찾으니 19년 간 사는 동안 능곡陵谷의 초목草木은 옛 모습을 잃었고, 서현사棲賢寺와 개선사開先寺의 승경勝景은 자못 그 반이 없어졌으니 환영幻影의 허망함은 이치가 참으로 그러하다. 그러나 산중 도우(道友 : 도로 사귄 벗)들의 계합契合한 친분은 옛날과 같으니 도道가 세월을 초월해 있다는 말이 진실로 빈말이 아니다."

하였다. 이 두 사람의 말을 되새기니 문득 원림園林에 가고픈 생각이 인다.

『지비록』

4)

원풍〔元豐 : 송 신종(宋神宗)의 연호〕 6년 10월 보름날 밤에 막 옷을 벗고 잠을 자려고 하는데, 밝은 달빛이 방안에 비치어 벌떡 일어났으나, 생각해보니 함께 노닐 사람이 없었다. 그래서 드디어 승천사承天寺로 가서 장회민張懷民을 찾았더니, 회민도 역시 잠을 이루지 못하고 있었다. 두 사람이 함께 뜨락을 거니는데, 뜨락은 마치 호수와 같아서 물속에 수초가 서로 엇갈려 있는 듯하였으니, 대개 그것은 대나무와 잣나무의 그림자가 달빛에 서로 엇갈려 있는 것이었다. 어느 날 밤인들 달이 없으며 어느 곳인들 대나무와 잣나무가 없으련만, 다만 우리 두 사람처럼 한가로운 정취가 있는 사람이 드문 것일 뿐이다.

『소문충공집蘇文忠公集』

5)

한 해가 다하려 하고 풍우風雨가 처연凄然하며 죽옥竹屋의 종이를 바른 창에 등불이 푸르게 빛나니, 이때야말로 참으로 자그마한 홍취가 있는 것이다.

『소문충공집』

6)

강산江山의 풍월風月은 본래 일정한 주인이 없고, 오직 한가로운 사람이 바로 주인인 것이다.

『소문공충집』

7 제7권 崇儉

1)

자첨〔子瞻: 자첨은 소식(蘇軾)의 자〕이 황주黃州에 있을 때 그와 이웃하여 왕래하던 자들 역시 가난한 사람이 많았다. 스스로 말한 삼양三養이 있는데,

"분수에 편안하여 복을 기르고, 위장을 편히 해서 기氣를 기르며, 비용을 절약하여 재물을 늘린다."

는 것이 그것이다. 섭석림〔葉石林: 석림은 섭몽득(葉夢得)의 호〕이 말하기를,

"산속에서 사니 반찬은 언제나 얻을 수 있고, 내가 또 술을 많이 마시지 않으니 이 두 가지를 같이 취하여 참작해서 행하겠다."

하고, 농담삼아 손에게 말하기를,

"옛날에 빈객을 대접하던 예로는 연燕과 향享이 있었는데, 향은 약간 감쇄하는 것이니 베푸는 데는 각각 마땅함이 있다. 이제 우연히 모였을 경우에는 자첨이 행한 향으로 하고, 때가 아닌데 특별히 모였을 경우에는 온공溫公이 행한 연을 베풀어 때에 따라 마땅한 것을 쓰리라. 필시 먼저 고한다고 해서 비록 손님들이 모두 웃을 것이지만 역시 내 뜻은 꺾지 못할 것이다."

하였다.

『지비록』

2)

동파〔東坡: 소식(蘇軾)의 호〕는 이렇게 말했다.

"내가 왕 참군王參軍의 땅을 빌려 채소를 심었는데 땅은 반 묘畝가 되지 않았는데도 나와 그대가 1년 내내 채소를 포식했다. 밤중에 술에 취하여 술기운을 풀 방법이 없을 때면 채소를 뽑아서 익혀 먹으면, 미각에는 토양의 기름기를 함축했고 그 기氣는 서리와 이슬을 머금어서 비록 고량진미라도 나을 것이 없었다. 인생이란 모름지기 어떤 물건이기에 다시 탐심을 낼 것인가. 이어 시 네 구를 짓기를,

가을이 되자 서리 이슬 동쪽 정원에 가득한데　　秋來霜露滿東園

무는 뿌리 생기고 겨자는 싹이 나네. 蘆菔生兒芥有孫
나는 (이것들을 먹고도) 何曾[3]같은 부자처럼 배부른데 我與何曾同一飽
어찌 고생스레 닭과 돼지고기를 먹을 필요 있으리. 不知何苦食鷄豚

내가 짐짓 그 여사廬舍를 안소安蔬라 하였다."

『소문충공집蘇文忠公集』

3)

동파가 황주黃州에 있을 때 아침저녁 음식이 고작 술 한 잔 고기 한 점에 불과했고, 귀한 손님이 있으면 그렇게 세 차례 하였다. 그리고 또 이렇게 말하였다.

"나를 초대할 자에게도 이렇게 알리노니, 첫째 분수에 맞게 복을 기르고, 둘째 위장을 편안히 하여 기氣를 기르며, 셋째 비용을 절약하여 재산을 늘리라."

『장공외기長公外記』

4)

동파東坡의 을첩乙帖에 이렇게 씌어 있다.

3 何曾은 西晉初에 丞相과 太傅를 역임한 사람이다. (淸) 王文誥 輯注, 孔凡禮 點校, 『蘇軾詩集』 권40, 「擷菜, 幷引」, 中華書局, 北京, 1987, 2202쪽. 「誥案」: 『晉書』에서는, "何曾은 성격이 사치하여 꾸미는데 힘을 써서 반찬의 맛이 임금보다 지나쳤다. 하루의 음식에 萬錢을 들일 정도였는데도 오히려 '젓가락 놓을 곳이 없다' 고 말했다."고 하였다. -조규백 註

"내가 50년을 살면서 비로소 살아가는 대요大要는 바로 인색한 것뿐이라는 사실을 알았다. 이것을 아름다운 말로 표현하면 검소儉素라고 할 수 있다. 그런데 우리들의 검소란 속인俗人들의 그것과는 같지 않아 담담한 맛이 있다. 『시경詩經』에 "크게 화목하고 크게 공경하니, 복 받으심도 매우 많으시네.(不戢不難, 受福不那.)"라고 했으니, 먹고 싶은 입맛을 어찌 다 충족시키겠는가. 매양 절약하고 검소하게 사는 것 역시 복福을 아끼는 것이며, 수壽를 연장하는 길이다. 내가 경사京師에 가면 마땅히 이 계책을 쓰리라. 나는 산림山林의 사람으로서 이 계책을 일소에 붙여서는 안 된다."

『미공십부집眉公十部集』

8 제8권 任誕

1)

소장공〔蘇長公 : 장공은 송(宋) 소식(蘇軾)의 별칭〕이 유양維揚에 있을 때 하루는 손님 십여 명과 잔치했는데 모두 당시의 명사名士들이었다. 미원장〔米元章 : 원장은 미불(米芾)의 자〕 역시 그 자리에 참석했는데 원장이 갑자기 일어나 말하기를,

"세상 사람들이 모두 이 미불米芾을 미쳤다고 하는데 그게 사실인가 자첨〔子瞻 : 소식(蘇軾)의 자〕에게 질정하고자 한다."
하니, 장공長公은 웃으며 말하였다.

"나는 세상 사람들의 말을 따르겠다."

『하씨어림』

9 제9권 曠懷

1)

소식蘇軾이 별가別駕로 담주儋州에 안치安置되자 처음 도착해서는 관사官舍를 세내어 거처했는데, 유사有司가 안 된다고 하자 드디어 땅을 사서 집을 지었다. 담주 사람들이 돌을 운반하고 삼태기에 흙을 담아 나르며 도왔다. 그는 날마다 어린 아들 과過와 그곳에서 글을 읽으며 스스로 즐겼고, 때로는 큰 바가지를 짊어지고 밭이랑 사이를 다니면서 노래를 하였는데, 70세 된 엽부(饁婦 : 농부에게 들밥을 해다 주는 아낙네)가 있어 그에게 말하기를,

"내한〔內翰 : 송(宋) 한림학사(翰林學士)〕의 옛날 부귀영화가 한바탕 봄꿈이었습니다."

하니, 소식이 정말 그렇게 여기고 인하여 엽부를 '춘몽파春夢婆' 라고 호하였다.그때에 왕정국〔王定國 : 정국은 왕공(王鞏)의 자〕이 소식의 당黨에 연좌되어 침주郴州로 폄관貶官되어 있었는데, 소식이 북北으로 귀향할 때 왕공王鞏과 작별하였다. 그러자 공이 시아侍兒인 유노柔奴에게 술을 내오게 하니, 소식이 유노에게 묻기를,

"영남嶺南이 응당 좋지 않았을 것이다."

하자, 유노가,

"이 마음이 편안한 곳이 곧 내 고향입니다."

하였다. 식이 이로 인하여 유노에게 정풍파定風波란 사詞 한 편을 지어 주었다. 엽부와 유노는 참으로 달자達者요, 초야草野에 묻힌 여류女流라고는 생각되지 않는다. 일설에 춘몽파를 정풍파定風波라고도 하는데, 마침내 그 사詞가 천고千古의 쾌담快談이 되었다.

『문기유림』

2)

소동파蘇東坡가 널리 천하의 선비를 사랑하여 어진 자나 불초한 자나 가리지 않고 좋아하였다. 그러므로 그는 일찍이 말하기를,

"위로는 옥황대제玉皇大帝를 섬길 수 있고, 아래로는 비전원(卑田院 : 빈궁한 백성을 구제하여 기르는 곳)에서 빌어먹는 아이도 모실 수 있어야 한다."

하였다. 그러므로 자유〔子由 : 동파의 아우 소철(蘇轍)의 자〕가 조금 틈이 있으면 늘 동파에게 사람을 가려서 교제할 것으로 경계하였다. 그러나 그럴 때마다 동파는 말하기를,

"내 눈앞에 보이는 천하에는 한 사람도 좋지 않은 사람이 없다."

하였다. 그러나 이것도 또한 하나의 병이다.

『철경록(輟耕錄)』

10 제10권 幽事

1)

나무 심는 방법이 동파〔東坡: 소식(蘇軾)〕보다 묘한 이가 없다. 그가 말하였다.

"큰 것은 살릴 수가 없고 작은 것은 노부老夫가 또한 크기를 기다릴 수가 없어서 오직 중간 것을 가려야 하는데, 흙이 많이 붙은 것이 좋다."

『소창청기』

11 제12권 靜業

1)

동파〔東坡: 송(宋) 소식(蘇軾)의 호〕가 왕랑王郎에게 보낸 편지에서 다음과 같이 말하였다.

"나이 젊은 사람으로 학문이 없는 자는 매양 책 한 권을 가지고 여러 번 읽어야 된다. 바다에 있는 여러 가지 보화寶貨를 사람들이 자기 힘에 따라 가져올 뿐 그것을 다 가져올 수 없듯이 독서도 다만 자기가 바라는 것을 얻을 뿐이다.

그러므로 학문을 하려는 자는 언제나 한 가지 뜻을 가지고 무엇을 구해야 한다. 만약 고금古今의 흥망興亡 · 치란治亂과 성현聖賢의 이력履歷을 구하려 한다면 여기에다 뜻을 두고 구해야 하고, 다른 생각을 해서는 안 된다. 또 다른 사적事跡이나 문물文物 등을 구하려 한다면 역시 이와 같이 해야 한다. 왜냐하면 그렇게 하여 학문이 이루어지면 팔방에서 질문을 해 와도 대답할 수 있게 되어 건성으로 독서한 사람과는 비교가 되지 않기 때문이다."

독서하는 사람은 마땅히 이것으로 지침을 삼을 것이다.

『미공비급』

12 제13권 玄賞

1)

황노직〔黃魯直: 노직은 송(宋) 황정견(黃庭堅)의 자〕이 만년晩年에 방안에 소동파蘇東坡의 초상肖像을 걸어 놓고 아침마다 의관衣冠을 하고 향을 피우며 숙배肅拜를 매우 공경스럽게 하니, 어떤 사람이,

"동시同時에 명망名望이 서로 엇비슷하였는데, 무엇 때문에 그리하는가?"

하고 묻자, 그는 놀라서 곧 자리를 피하며 말하였다.

"내가 어찌 소공蘇公을 따를 수 있겠는가. 나는 그의 제자弟子일 뿐이니 예禮를 잃어서야 되겠는가."

『하씨어림』

2)

소자첨〔蘇子瞻: 자첨은 소식(蘇軾)의 자〕이 강을 건너 의진義眞에 도착하여 형공〔荊公: 왕안석(王安石)의 봉호〕의 유장산시遊蔣山詩에 화답和答하는 시를 지어 형공에게 보내니, 형공은 그 시를 읽다가,

산봉우리가 많으니 햇빛을 가리고　　峯多巧障日
강이 머니 하늘을 띄우고자 한다　　江遠欲浮天

한 데에 이르자 탁자를 어루만지며 감탄하였다.

"내가 일생 동안 지은 시가 이 두 구절만 못하다."

『하씨어림』

3)

위무제魏武帝는 유연幽燕의 노장老將 같아서 기운氣韻이 침착하고 웅장하며, 조자건〔曹子建: 자건은 조식(曹植)의 자〕은 삼하三河의 소년少年 같아서 풍류風流가 볼 만하며, 포명원鮑明遠은 주린 매가 나온 것 같아서 기교奇矯가 무쌍無雙하며, 사강락謝康樂은 동해의 돛단배에 바람이 지나가고 햇볕이 쬐는 것 같고, 도팽택〔陶彭澤: 팽택령을 지낸 도연명(陶淵明)〕은 붉은 구름이 하늘에 있는 것과 같아서 권서卷舒가 자유로우며, 왕우승〔王右丞: 상서우승을 지낸 왕유(王維)〕은 가을 물에 부용화芙蓉花가 바람에 의지하여 웃는 것과 같으며, 위 소주〔韋蘇州: 소주 자사를 지낸 위응물(韋應物)〕는 원객園客이 홀로 양잠養蠶하는 것과 같아 음휘音徽에 암

합暗合하며, 맹호연孟浩然은 동정호洞庭湖의 물결에 나뭇잎이 약간 떨어지는 것과 같으며, 두목지杜牧之는 동환銅丸이 비탈을 구르고 준마駿馬가 언덕을 내려오는 것과 같으며, 백낙천白樂天은 산동부로山東父老가 농상農桑을 힘쓰는 것 같아 일과 말이 모두 착실하며, 원미지〔元微之: 미지는 당(唐) 원진(元稹)의 자〕는 귀년〔龜年: 당 현종(唐玄宗)의 악공(樂工)〕이 천보〔天寶: 당 현종의 연호〕 유사遺事를 말하는데 모양은 초췌憔悴하나 정신精神은 상傷하지 않은 것과 같으며, 유몽득〔劉夢得: 몽득은 당(唐) 유우석(劉禹錫)의 자〕은 얼음에 조각을 하고 아름다운 옥에 조각한 것 같아서 광채가 절로 나며, 이태백李太白은 유안劉安의 계견鷄犬이 하늘까지 음향音響을 남겼으나 그 소리가 나는 곳을 찾으려 하니 황홀하여 정처定處가 없는 것과 같으며, 한퇴지韓退之는 모래주머니로 강물을 막고 배수진背水陣을 친 것은 오직 한신韓信만이 할 수 있는 것과 같으며, 이장길〔李長吉: 장길은 당(唐) 이하(李賀)의 자〕은 한 무제漢武帝가 승로반承露盤에 이슬을 받아먹었으나 다욕多欲을 고치는 데 아무 도움이 없었던 것 같으며, 맹동야〔孟東野: 동야는 당(唐) 맹교(孟郊)의 자〕는 물에 잠긴 단검斷劍과 구렁에 누운 쓸쓸한 소나무 같으며, 장적張籍은 우공(優工: 배우)이 시골로 돌아다니며 술을 마시고 때로 해학諧謔의 기미가 있는 것과 같으며, 유자후〔柳子厚: 자후는 유종원(柳宗元)의 자〕는 고추〔高秋: 중추(仲秋)〕에 홀로 졸고 갠 저녁에 외로이 피리를 부는 것 같으며, 이의산〔李義山: 의산은 이상은(李商隱)의 자〕은 온갖 보물의 미관美觀을 위한 장식과 천사千絲의 철망鐵網이 화려하고 고우나 실용에 적합하지 않은 것과 같으며, 송조宋朝의 소동파蘇東坡는 천황天潢을 파헤쳐 창해滄海

로 흐르게 하는데 온갖 변괴變怪가 다 생기지만 끝내는 웅장雄壯 혼후渾厚한 데로 돌아가는 것과 같으며, 구양수歐陽脩는 네 개의 호瑚와 여덟 개의 연璉을 종묘宗廟에 베풀어 놓을 수 있는 것과 같으며, 왕안석王安石은 등애鄧艾가 음평도陰平道에서 줄을 타고 내려가 촉蜀에 들어갔으니 험하기 때문에 공을 이룬 것과 같으며, 산곡〔山谷 : 송(宋) 황정견(黃庭堅)의 호〕은 도홍경〔陶弘景 : 남북조(南北朝) 때의 은사〕이 궁중宮中으로 들어와서 이치를 변론하고 현학〔玄學 : 도가(道家)의 학〕을 담론하면서도 송풍松風을 그리워하는 생각이 여전한 것과 같으며, 매성유〔梅聖兪 : 성유는 송(宋) 매요신(梅堯臣)의 자〕는 황하黃河의 흐름을 막으니 순식간에 소리가 없는 것과 같으며, 진소유〔秦少游 : 소유는 송(宋) 진관(秦觀)의 자〕는 혼기婚期를 맞은 처녀가 봄나들이를 하였다가 끝내 아름다움에 손상이 된 것과 같으며, 진후산〔陳後山 : 후산은 송(宋) 진무기(陳無己)의 자〕은 깊숙한 곳에서 학鶴이 홀로 울고 깊은 숲 속에 꽃이 외로이 피어 조용히 스스로 곱게 여길 뿐 알아주기를 구하지 않는 것과 같으며, 한자창〔韓子蒼 : 자창은 송(宋) 한구(韓駒)의 자〕은 이원자제梨園子弟들이 음악을 연주하는데 차례로 늘어서서 질서 있는 것과 같으며, 여거인〔呂居仁 : 거인은 송(宋) 여본중(呂本中)의 자〕은 유학儒學을 버리고 선禪으로 돌아간 것을 스스로 뛰어났다고 여긴 것과 같다. 기타의 작자作者들을 다 진술陳述하기는 어려우나, 당唐 나라의 두공부杜工部는 주공周公이 예악을 제정한 것과 같아서 후세 사람이 의의擬議할 수 없다.

『시인옥설詩人玉屑』

4)

동파〔東坡 : 소식(蘇軾)의 호〕의 금시琴詩에,

만약 거문고에 거문고 소리가 있다면	若言琴上有琴聲
갑 속에 넣었다고 어찌 울지 않는가.	放在匣中何不鳴
만약 소리가 손가락 끝에서 난다면	若言聲在指頭上
어찌 그대 손가락에서 소리가 나지 않는가.	何不於君指上聽

하였으니, 동파는 거문고로 설법說法하였다고 이를 만하다.

『미공비급眉公祕笈』

5)

노래꾼 원도袁綯가 일찍이 동파東坡를 따라 객客들과 금산金山을 유람하였는데, 마침 중추가절仲秋佳節이라서 사방 하늘에는 구름 한 점 없이 파랗고 게다가 강물은 계속 흐르고 달빛은 그림처럼 아름다웠다. 일행一行이 금산 묘고대妙高臺에 올라 원도에게 노래를 부르게 하였다. 그는 수조가水調歌를 불렀는데, 그 첫머리는 다음과 같았다.

명월이 얼마 동안 있게 될는지	明月幾時有
술잔 잡고 청천에 물어보리라.	把酒問青天

노래가 끝나자 동파는 일어서서 춤을 추었다.

『하씨어림何氏語林』

6)

동파가 말하였다.

“나는 본래 바둑 둘 줄을 모르는데, 일찍이 혼자서 여산廬山 백학관白鶴觀을 유람할 때 보니 관중觀中 사람들은 모두 문을 닫고 낮잠을 자고 있는데, 고송古松과 시내 사이에서 바둑 두는 소리가 들렸다. 나는 매우 기쁜 생각이 들어 이때부터 바둑을 배우려 하였으나 끝내 배우지 못하였다. 나의 아들 과過는 바둑을 둘 줄 알므로 담이 태수(儋耳太守) 장중張中이 날마다 와서 과와 바둑을 두었다. 나도 옆에 앉아 하루 종일 구경하여도 싫지 않았다. 그리하여 시를 짓기를,

오로봉 앞 백학관 유지에는	五老峯前白鶴遺址
노송의 그늘 뜰 덮어 풍일이 맑네.	長松蔭庭風日清美
나는 때로 혼자 거닐지만 선비 하나 못 만났는데	我時獨遊不逢一士
아들은 누구와 바둑 두는지 문밖에 신이 두 켤레	誰與棋者戶外屨二
사람 소리 들리지 않고 때로 바둑알 소리만 들릴 뿐	不聞人聲時聞落子
바둑판 놓고 마주앉은 이 맛 뉘라서 알랴.	紋枰坐對誰究此味
낚시 없이 낚으려니 생각이 어찌 물고기에 있겠는가	空鉤意釣豈在魴鯉
아들놈은 도에 가까워 바둑알 놓느라 손가락 펴네.	小兒近道剝啄信指
이기면 참으로 기쁘지만 져도 역시 기쁘니	勝固欣然敗亦可喜
평화롭고 한가로움이여 다시 무엇을 바라겠는가.	優哉游哉聊復爾耳

하였다.”

『장공외기長公外記』

7)

남악南岳 이암로李巖老는 졸기를 좋아하였다. 다른 사람들이 배불리 먹고 바둑을 둘 때면 암로는 번번이 베개를 베고 누웠다. 몇 판의 바둑이 끝난 뒤에야 그는 한 번 돌아누우며 말하기를,

"나는 비로소 한 판을 두었는데, 그대들은 몇 판을 두었는가?"
하였다. 동파東坡가 말하였다.

"암로는 항상 사각四脚의 바둑판을 사용하는데, 다만 바둑판 위에 검은 돌만을 놓을 뿐 흰 돌은 놓지 않는다. 과거에는 변소邊韶와 적수敵手였는데, 지금은 진박陳搏에게 백을 빼앗겼으나 이기는 때도 더러 있었다. 바둑을 둘 때에는 마음속에 전혀 딴생각이 없다 하니, 구양공〔歐陽公 : 구양수(歐陽脩)〕의 시에,

천산 달 밝은 밤에 피리를 불고	夜涼吹笛千山月
많은 꽃길을 덮어 사람을 혼미케 하네.	路暗迷人百種花
바둑이 끝나니 세속을 잊을 수 있고	棋罷不知人換世
술 취하니 나그네 고향 생각 어쩔 수 없네.	酒闌無奈客思家

한 것이 거의 이 사람에 가깝다."

『소창청기小窓淸記』

13 제14권 清供

1)

온공〔溫公 : 송(宋) 사마광(司馬光)의 봉호〕이 자첨〔子瞻 : 송(宋) 소식의 자〕과 차茶와 먹墨에 대해 말하기를,

"차와 먹 두 가지는 성질이 꼭 서로 반대이다. 차는 흰 것을 좋은 것으로 치는데 먹은 검은 것을 치고, 차는 무거운 것을 치는데 먹은 가벼운 것을, 차는 새것을 치는데 먹은 오래 묵은 것을 친다."

하자, 소자첨蘇子瞻이,

"상품上品의 차와 뛰어난 먹은 다 함께 향기로우니 이는 그 덕德이 같은 것이고, 모두 성질이 견고堅固하니 이는 그 지조가 같은 것이다. 비유컨대 현인賢人과 군자君子가 그 지혜와 아름다움의 정도가 같지는 않지만 그 덕과 지조는 한 가지인 것과 같다."

하니, 온공이 매우 옳게 여겼다.

『소문충공집蘇文忠公集』

2)

동파〔東坡 : 송(宋) 소식의 호〕가 이렇게 말하였다.

"동주同州에서 나는 양羊을 푹 쪄서 행락杏酪을 발라먹는데 숟가락으로 먹고 젓가락으로 먹지 않는다. 남도南都의 발심면撥心麪으로 괴엽냉도(槐葉冷淘 : 냉면의 이름)를 만들고, 양읍襄邑에서 나는 작은 돼지로 국을 끓이고, 공성共城에서 나는 좋은 쌀로 밥을 짓고, 거위 알을 찌고

오홍吳興의 포인庖人이 송강松江에서 나는 농어로 회를 쳐서 가져오면 배불리 먹고, 여산廬山 강왕곡康王谷의 물로 증갱(曾坑: 차 이름)의 상품을 달여 마신다. 조금 후 옷을 벗고 편히 누워서 사람을 시켜 나의 적벽부赤壁賦 전후편을 외게 하면 크게 즐거울 것이다."

『소문충공집蘇文忠公集』

3)

동파〔東坡: 소식(蘇軾)의 호〕의 시에,

해안蟹眼이 지나가매 어안魚眼이 나오네.[4] 蟹眼已過魚眼生

하였다.

『미공다동』

4)

동파〔東坡: 소식(蘇軾)의 호〕가 말하였다.

"산우(山芋: 고구마)로 옥삼갱玉糝羹을 끓이면 빛과 향기와 맛이 모두 좋다. 하늘의 수타(酥酡: 인도에서 우유로 만드는 음식)는 어떨지 모르

4 해안은 차를 끓일 때 부글부글 끓어오르는 거품이 게의 눈과 비슷하므로 이른 말이고, 어안 또한 물이 끓어 이는 거품이 물고기 눈과 같다 하여 붙여진 이름이니, 차를 끓일 때 처음에는 게의 눈처럼 생긴 물방울이 몰리다가 한참 지나면 물고기 눈처럼 변하는 것을 형용한 것이다.

지만 지상(地上)에는 결코 이보다 맛있는 음식이 없을 것이다."

『미공비급』

14 제15권 攝生

1)

동파거사〔東坡居士: 동파는 송(宋) 소식(蘇軾)의 호〕가 황주黃州에 있을 때 이렇게 썼다.

"지금부터는 아침저녁 음식 한 종지에 고기 한 점을 넘지 않을 것이고, 높은 손님이 있을 때는 그렇게 세 번까지 대접할 수 있으나 절대 그 이상은 하지 않을 것이다. 나를 초대할 자에게도 미리 이렇게 알린다. 이는 첫째 분수에 맞게 복을 기르는 일이요, 둘째 위胃를 편안케 하여 기운을 기르는 일이요, 셋째 소비를 절약하여 재산을 불리는 일이다."

『공여일록公餘日錄』

2)

동파東坡가 이렇게 말하였다.

"양주楊州에 무관武官 시진侍眞이란 이가 있는데 이광二廣에 벼슬한 지 10여 년이지마는 끝내 수토병水土病에 걸리지 아니하였고, 안색은 불그레 윤기가 돌며 허리와 발이 경쾌하였다. 애초부터 약은 먹지 아니하였고 매일 5경更이면 일어나 앉아 두 발을 서로 대고 뜨거워 땀이 나도록 용천혈湧泉穴을 마찰하였다.

구공〔歐公: 구양수(歐陽脩)를 말한다〕이 평생에 선仙이나 불佛을 믿지 아니하고 남이 행기行氣하는 것을 웃더니 만년에 말하기를 '수년 이래 발에 종기가 나서 참을 수 없이 아팠는데, 어떤 사람이 한 방법을 일러주므로 3일을 해 보았더니 깨닫지 못하는 사이에 없어졌다. 그 방법이란 발을 쭉 뻗고 앉아 눈을 감고 주먹을 꼭 쥐며 곡도穀道를 움츠러뜨리고 몸을 좌우로 흔들며 두 발은 기구氣毬 모양으로 하여 힘이 다하면 쉬고 기운이 회복되면 다시 하는데 7일을 하고 8일째는 쉬었다.' 하였는데 이것이 반신운수搬薪運水의 첩법捷法이다. 문충공文忠公은 아픔이 가시자 곧 그만두었지마는 만일 그만두지 아니하였으면 상당한 유익함이 있었을 것이다. 또 왕정국王定國의 편지에 보면 '발바닥 마찰 하는 법은 정국定國이 스스로 이미 행하고 있으니, 다시 바라는 것은 공부를 더 하여 그만두지 아니하고 매일 술을 조금씩 마시고 음식을 조절하여 항상 위장 기운을 장건壯健하게 하기를 바란다."

『저기실』

색인

ㄴ

ㄷ

ㅁ

ㅂ

ㅅ

ㅇ

ㅈ

ㅊ

ㅌ

ㅍ

ㅎ

국문연구요약

고려, 조선조 한국 한문학에서의 소동파의 인간 및 시문의 영향에 대한 연구는 時空을 달리한 한중고대 문인 간의 정신적, 문화적 교류에 대한 연구이다. 본 연구는 고려, 조선조의 한국 한문학에 끼친 소동파의 영향에 대해 탐색하였다.

구체적으로 연구의 내용을 살펴보면, 2장에서는 소동파 시문집의 고려, 조선으로의 유입 및 국내 판본의 간행에 대해 한중문학교류의 관점에서 검토하였다. 소동파 문집과 소동파 시집으로 나누어 고찰하였다.

3장에서는 고려, 조선조 한시문의 思潮와 문인의 소동파 수용 및 소동파 숭앙의 원인에 대해 파악하였다. 구체적으로 먼저 고려, 조선의 한시문 사조를 고려와 조선의 경우로 나누어 각기 소동파와 연관시켜 검토하고, 고려, 조선 문인의 소동파 숭앙의 원인을 검토하였다. 조선의 경우는 '拜坡會' 와 관련지어 논하였다. 그리하여 소동파에 대한 우리 사대부 문인들의 열렬한 숭앙의 원인은 무엇인지를 파악해 보았다.

4장에서는 고려, 조선조 문인의 소동파 인물평을 검토하였다. 아울러 그 연구배경으로서의 소동파의 高麗觀, 洛蜀黨爭을 검토하였다.

5장에서는 고려조 문인의 소동파 시문 수용 및 그 의의를 파악하였다. 구체적으로 먼저 고려 문인의 소동파 수용과정과 소동파 詩文評을 검토하고, 소동파 시문 수용 및 그 의의를 파악하였다. 여기서 소동파 시문을 모방하고 소동파와 같고자 추구하는 '동일화양상' 을 諸家의 소동파 시문에 대한 詩文句의 차용, 典故의 활용 등을 통해 고찰하고, 이어서 창조적 수용에 초점을 맞추어 논지를 전개하였다.

6장에서는 조선조 문인의 소동파 산문 수용과 평가를 고찰하였다. 먼저 소동파 산문에의 심취와 동일화양상을 검토하고, 이어서 소동파 산문에 대한 평가를 긍정적 평가와 부정적 평가로 2分하여 검토하였다. 여기서 소동파를 부정적으로 비판한 朱熹의 학설이 어떤 영향을 끼쳤나 하는 점도 구체적 사례를 통해 파악하였다. 아울러 소동파의 고려에 대한 편견이나 그의 정치 행적에서 나타난 反高麗的 경향이 우리 문인의 소동파 평가에 영향을 주었던 사실도 간과할 수 없다.

7장에서는 조선조 문인의 소동파 시 수용과 평가를 논술하였다. 구체적으로 소동파 시의 수용양상을 '소동파에의 심취와 동일화양상' 과 '소동파 시의 창조적 수용' 으로 나누어 파악하고, 이어서 문인의 소동파 시에 대한 평가를 검토하였다.

8장에서는 조선조 한문학에 나타난 소동파 전후 「적벽부」의 수용과 '적벽선유' 의 재연을 고찰하였다. 구체적으로 우선 소동파 전후 「적벽부」의 수용과 평가를 검토하고, 이어서 소동파 '赤壁船遊' 의 재연에 대해 '소동파의 後身 自處' 와 '적벽선유' 의 變容으로 나누어 파악하였다. 특히 尙州 洛江船遊에서는 고려 중기(1196) 李奎報로부터 조선 후기(1862)까지 근 700년 동안 51회의 詩會가 열렸으며, 『壬戌泛月

錄』(1602~1728)같은 관련 시문집을 남겼다는 사실은 동아시아 初有의 일이다.

9장에서는 조선조 후기 소동파의 영향을 가장 많이 받은 대표적인 문인인 申緯를 설정하여, 신위의 소동파 수용 및 그 의의를 파악하였다. 구체적으로 '소동파 배우기' 과정-翁方綱의 매개역할과 소동파 시에의 심취와 동일화양상, 그리고 소동파 시의 창조적 수용으로 나누어 검토하였다.

고려, 조선조의 소동파 열기의 변모양상은 南宋前期, 淸代, 그리고 當代(1980년 이후)에 있어서의 중국에서의 소동파 열기의 頂點과 어느 정도의 시차를 두고 유사한 파도의 起伏을 보이고 있다. 한국에서의 소동파 열기는 고려중기에 최고조를 보이고 있고, 조선전기에도 이러한 경향은 어느 정도 지속되고 있다. 조선중기에는 唐詩에 대한 유행이 高潮와 성리학(程朱學, 朱子學)의 흥성으로 소동파의 열기는 다소 약해지고 있으며, 소동파에 대한 비판의 목소리가 높아지고 있다. 조선후기에 이르러 성리학 자체에 대한 반성과 淸代문예사조의 영향으로 문화적인 측면에서 소동파 열기가 다시 고조되고 있다.

고려, 조선조 문인들은 소동파 문학을 받아들이면서 '충격'과 '자극'을 받아, 우리의 실정에 맞게 그에 대해 긍정적으로 때로는 비판적으로 평가하여 생기 있고 독창적인 문학세계를 개척하고자 하였다. 우리 문인들은 자국의 문화를 더욱 발전시키기 위하여 중국의 우수한 문화를 적극 수용하여 자신의 것으로 만들었으며, 문학의 새로운 발전을 이루어 나갔다. 특히 유가사상 특히 신유학이 중심이던 조선조 문인에게 유불도 사상이 융합된 소동파의 문학은 사유세계를 보다 폭넓게 해 주었을 뿐 아니라 문학지평을 확대시켜 주었다.

다만 짚고 넘어가야 할 점은 소동파가 고려에 대해 불신하고 매도하였다는 것인데, 이는 중국의 일부 중화주의자들이 인접국을 매도한 전형적인 사례로, 우리가 타산지석으로 삼아야 할 것이다. '고려와의 우호정책을 표방한 신법파의 정책을 반대한 소동파의 정책은 사실에 근거하지 않은 것과 시기심에서 나온 것이 있어 편파적이다. 특히 麗宋의 정치, 군사, 외교적인 면에서 편파적이다. 다만 문화교류 측면에서는 우호적이었다. 소동파는 북송 신법파의 고려와 연합하여 요나라를 제어하자는 聯麗制遼 정책에 대해서 회의하고 반대하였다. 이는 新舊黨爭의 갈등과 연계된다.' (王水照)

조선조의 소동파 詩文評은 고려조에 비하면 내용이 다채롭고 생동적이며 풍부하다. 소동파의 장점을 위주로 평가하였던 고려시대와 달리, 조선시대 문인의 평가는 장점과 단점을 한 몸에 지닌 인물로서의 소동파에 대한 것이 핵심이다.

한국 한문학에서 시로는 杜甫, 文으로는 韓愈가 높이 평가되었지만, 詩文을 통틀어서는 소동파의 영향이 가장 컸다. 소동파는 고려, 조선조 문인들의 마음속의 숭앙의 대상이며, 문인들은 그의 문학을 통해 대리만족을 얻었다. 그것은 우리 문인에게 '충격' 과 '자극' 이 되었으며, 더 나아가 문화적 모델의 이상적 대상으로 설정되었다. 우리 문인은 이를 통해 啓示를 받았을 뿐만 아니라 사유세계를 보다 폭넓게 하였고 文學地平을 확대하였다. 그리고 소동파와 같고자 하는 동일화의 노력을 경주하면서, 나아가 소동파의 자양분을 자신의 것으로 전환시킬 수 있는 창조적인 수용으로 승화시킬 수 있었다. 그리하여 자신의 또 한국 한문학의 새로운 세계를 개척할 수 있었다.

＊색인어

高麗朝, 朝鮮朝, 韓國 漢文學, 蘇東坡(蘇軾), 洛蜀黨爭, 赤壁賦, 赤壁船遊, 拜坡會, 申緯.

英文提要(Abstract)

Su Dongpo's Influences on the Korean Literature Written in Chinese

Cho Kyubaek

The study on Su Dongpo(Su Shi)'s human nature and literature and its influence on Korean literature written in literary Chinese represents the exchange of the mental and cultural in the ancient literature of Korea and China in different of time and space. This paper explores the effects of Su dongpo's influence on Korean literature. This research consists as follows.

Chapter II expplores the introduction of his works into the Koryo and Choseon dynasties and the their publication of his books in terms of Sino-Korean cultural exchange during those eras. Books of essays and poems are dealt with separately.

Chapter III includes the trends of China's poetry and prose of Koryo and Choseon dynasties and the acceptance of Su Dongpo and the cause of respect for him from the literary people of

Choseon era.

To be more specific, the issues are divided into Koryo dynasty and Choseon Dynasty.

In additions, Chapter Ⅲ discusses 'the society in respect for Su Dongpo' and the cause of enthusiasm for him in the noble class of Choseon dynasty.

Chapter Ⅳ reviews the personal criticism of Su Dongpo in the literary people of Koryo and Choseon dynasties and mention his opinion on Koryo and Luo Shu Party Strife as a background research.

Chapter Ⅴ figures out the acceptance and meaning of Su Dongpo's poetry and prose in the literary circle of Koryo.

To be concrete, firstly Ch5 examines the process of acceptance of Su Dongpo and reviews the criticism of Su Dongpo's poetry and prose in the literary world of Koryo.

Secondly Chapter Ⅴ inquires the imitation of Su Dongpo's poetry and prose and the identification with him through borrowing of Su Dongpo's poetry and prose and unfolds the point of an argument, focusing on creative acceptance.

Chapter Ⅵ considers the acceptance and criticism of Su Dongpo's prose in Choseon dynasty. Firstly ChⅥ reviews the admiration and identification and positive and negative criticism of Su Dongpo's prose.

Here chapter VI discusses how Zhu Xi' opinion affects the criticism of Su Dongpo, giving specific examples. In additions, Chapter VI demonstrates that the prejudice against Koryo and his anti-Koryo political activities of affect the criticism of Su Dongpo in Choseon's literary people.

Chapter VII states the acceptance and criticism of Su Dongpo's poetry. Specifically, chapter VII deals with the acceptance, on one hand the devotion to Su Dongpo's poetry and identification with it and on the other, the creative acceptance of Su Dongpo's poetry and then reviews the criticism of Su Dongpo's poetry in Korean literary arena.

Chapter VIII contemplates the acceptance of Chibi Fu (Rhapsody on Red Cliff) and a second presentation Su Dongpo in Choseon Dynesty. Specifically Chapter VIII explores an acceptance and criticism of Chibi Fu and then discusses a second presentation of Chibi Fu, dividing it into two parts i.e. a change in a self-appointed reincarnation and the Chibi Boating excursion.

Especially, a poetry club of Su Dongpo had held fifty-one boating meetings in Nagdonggang River in Sangju from Lee Kyubo, the middle of Koryo Dynasty(1196) to the latter part of Choseon Dynasty for 700 years. It left a garland, Imsulbeomwolrok(壬戌泛

月錄 : 1602-1728), as the result, which was the first achievement of such kind in East Asia.

Chapter IX talks about Shin Wi, a literary person of the latter part of Choseon Dynasty who was strongly influenced by Su Dongpo, and discusses the acceptance and the meanings of Su Dongpo in Shin Wi. Concretely, Chapter IX reviews the process of learning of Su Dongpo - an intermediary role of Weng Fanggang and the admiration of Su dongpo's poetry and identification with it, and creative acceptance Su Dongpo's poetry.

In comparison with Koryo Dynasty. the criticism of Su Dongpo's poetry in Choseon has a various, dynamic and plentiful contents. Mainly dissimilar to positive acceptance of Su Dongpo in Koryo Dynasty, the criticism of the literary people in Choseon Dynasty focuses on the dual aspect (strength and weakness) of Su Dongpo.

In Korean literature written in literary chinese, Du Fu is highly evaluated in poetry and Han Yu in writings, but Su Dongpo in both poetry and prose. Su Dongpo becomes the object of esteem in the literati in Koryo and Choseon dynasties. They acquire a vicarious satisfaction through Su Dongpo's literature. That becomes an impact and stimulus in Korean literary people and become a ideal cultural model.

Through Su Dongpo's literature, Korean literary men receive not only revelation but also expand a world of thoughts and a prospect of literature. In trying to be identified with him in literature, Korean literary men are able to convert Su Dongpo's nutritive element into of those own and can sublimate it into creative acceptance. Therefore it makes Korean literary men develop their own new world.

＊색인어

Koryo Dynasty, Choseon Dynasty, the Korean Literature Written in Literay Chinese, Su Dongpo(Su Shi), Luo Shu Party Strife, Chibi Fu(Rhapsody on Red Cliff), Chibi boating excursion, Society in respect for Su Dongpo, Shin Wi

한국 한문학에 끼친
소동파의 영향

초판 인쇄 2016년 2월 22일
초판 발행 2016년 2월 29일

지은이 | 조규백
디자인 | 이명숙 · 양철민
발행자 | 김동구
발행처 | 명문당(1923. 10. 1 창립)
주 소 | 서울시 종로구 윤보선길 61(안국동)
우체국 010579-01-000682
전 화 | 02)733-3039, 734-4798(영), 733-4748(편)
팩 스 | 02)734-9209
Homepage | www.myungmundang.net
E-mail | mmdbook1@hanmail.net
등 록 | 1977. 11. 19. 제1~148호

ISBN 979-11-85704-60-9 (93810)
22,000원